JIM KELLY

Die Schatten von Cambridge

Weitere Titel des Autors:

Die dunklen Stunden der Nacht

Über den Autor:

Jim Kelly wurde 1957 als Sohn eines Detectives von Scotland Yard geboren. Er besuchte die Universität in Sheffield, absolvierte dann eine Ausbildung zum Journalisten und arbeitete für die *Bedfordshire Times*, die *Yorkshire Evening Press* und die *Financial Times*. Sein erstes Buch, *Die dunklen Stunden der Nacht*, schaffte es auf die Shortlist des John Creasey Awards und hat seither einen CWA Dagger in The Library und den New Angle Prize for Literature gewonnen. Kelly lebt in Ely, Cambridgeshire. Nähere Infos unter: Jim-kelly.co.uk@thewaterclock

Jim Kelly

DIE SCHATTEN VON CAMBRIDGE

Eden Brooke ermittelt

KRIMINALROMAN

Aus dem Englischen von
Frauke Meier

lübbe

Dieser Titel ist auch als Hörbuch und E-Book erschienen

Die Bastei Lübbe AG verfolgt eine nachhaltige Buchproduktion. Wir verwenden Papiere aus nachhaltiger Forstwirtschaft und verzichten darauf, Bücher einzeln in Folie zu verpacken. Wir stellen unsere Bücher in Deutschland und Europa (EU) her und arbeiten mit den Druckereien kontinuierlich an einer positiven Ökobilanz.

MIX
Papier | Fördert gute Waldnutzung
FSC® C014496
FSC www.fsc.org

Vollständige Paperbackausgabe

Deutsche Erstausgabe

Für die Originalausgabe:

Titel der englischen Originalausgabe: »The Mathematical Bridge«
Originalverlag: Allison & Busby Limited

Für die deutschsprachige Ausgabe:

Textredaktion: Dr. Frank Weinreich, Bochum
Umschlaggestaltung: Johannes Wiebel | punchdesign, München
unter Verwendung von Illustrationen von
© Arcangel: Stephen Mulcahey, © shutterstock.com: hxdbzxy | Hus-jak
Satz: hanseatenSatz-bremen, Bremen
Gesetzt aus der Baskerville
Druck und Verarbeitung: GGP Media GmbH, Pößneck
Printed in Germany
ISBN 978-3-404-18847-5

5 4 3 2 1

Sie finden uns im Internet unter luebbe.de
Bitte beachten Sie auch: lesejury.de

Für Steve und Gabrielle Bennett,
für eine Freundschaft, die sich von Dryden zu Shaw und
weiter bis zu Brooke erstreckt.

ANMERKUNG DES AUTORS

Die Stadt Cambridge spielt eine der Hauptrollen in *Die Schatten von Cambridge.* Wie alle fiktiven Charaktere ist auch sie eine Mischung aus Realität und Fantasie, sowohl in geographischer als auch in historischer Hinsicht. Ich hoffe, dass, wie auch immer sich Fakten und Fantasie vermischen, der Geist der Stadt erhalten bleibt.

KAPITEL EINS

Neujahr 1940
Cambridge, England

Detective Inspector Eden Brooke trottete auf den Market Hill, den großen Platz der Stadt. Schnee schwebte langsam in dicken Flocken zu Boden, jede einzelne ein mathematisches Juwel, das in der finsteren Nacht mal in diese, mal in jene Richtung getragen wurde. Alle Geräusche erklangen gedämpft; eine Uhr, die zur Unzeit die Stunde schlug, das rhythmische Gebell eines Hundes am Flussufer, das ferne Poltern eines Munitionszugs auf dem Weg zu den Häfen an der Küste im Osten. Die Verdunkelung war umfassend, doch der Schnee verbreitete sein eigenes Licht, eine Art inneres Leuchten, das die tiefhängenden Wolken am Himmel zum Vorschein brachte. Brooke blieb stehen, sein letzter forscher Schritt verhallte ohne Echo, und er fragte sich, ob er den Schnee fallen hören konnte; ein eisiges Flüstern im Takt der glitzernden Kristalle, wenn sie auf dem Pflaster zur Ruhe kamen und sich zu einem nahtlosen weißen Laken vereinigten.

Das Licht zweier Suchscheinwerfer auf der Suche nach den erwarteten deutschen Bombern zappelte im Süden über den Himmel. Brooke dachte an seinen Sohn Luke, der mit der British Expeditionary Force an der belgischen Grenze lagerte, wo er gerade jetzt unter demselben weinenden Himmel schlief und auf den Frühling wartete, auf Tauwetter und die ersten Granatsalven aus dem Osten. Der Krieg dauerte schon fast fünf Monate, und ein Zusammenstoß der Großmächte rückte mit jedem Tag näher, während sich der Sitzkrieg seinem unausweichlichen Ende entgegenschleppte.

Brooke setzte seinen Gang durch eine Welt fort, die ihm wohlvertraut war: die Stadt bei Nacht, ein Labyrinth aus Steinen und verborgenen Orten, ein ganz persönliches Königreich. Er passierte die elfenbeinfarbenen Marmorsäulen des Senatsgebäudes und sah vor sich die King's Parade, eine breite Hauptverkehrsader, die zu einer Seite an ein chaotisches Durcheinander aus Läden und Gaststätten grenzte. Über ein ausgedehntes Schneefeld führte der Blick zu den steinernen Maßwerken der Collegegebäude und der erhabenen Silhouette der King's College Chapel. Vollkommene Stille beherrschte die Szenerie, als wäre sie im Moment erstarrt. Er blickte auf. Schneeflocken landeten nass in seinen Augen, und er sah, wie die vier großen Spitztürme der Kapelle in den Wolken verschwanden, als wäre das Gebäude an vier steinernen Haken vom Himmel herabgelassen worden.

Brooke zündete sich eine Zigarette an, eine seiner kostbaren Black Russians, und atmete tief die arktische Luft ein, der ein sonderbar metallisches Aroma anhaftete; eine Erinnerung an Granitinseln und Eisberge und endlose graue Ozeane. Der Schnee, der nun schon seit dem Silvestertag ununterbrochen fiel, überzog alles mit einer umfassenden, gefalteten Decke, verhüllte teilweise einen geparkten Wagen, bedeckte das ganze Pflaster, ein paar Geschäftseingänge und eine provisorische Mauer aus Sandsäcken, die zum Schutz vor Bombenexplosionen erbaut worden war, für den Fall, dass die lange erwarteten Luftangriffe sich doch endlich einstellten. Eis hing an den Holzplatten, die den Platz der Buntglasfenster einnahmen, welche man entfernt und in die Sicherheit städtischer Kellergewölbe verbracht hatte.

Selbst in dem schwachen Licht benötigte Brooke eine getönte Brille zum Schutz seiner geschädigten Augen: Heute waren es ockerfarbene Gläser, die wie ein feiner Filter wirkten, der exklusiv für ihn eine vergoldete Welt erschuf. Einsatzbereit in seiner Tasche ruhten die grün, blau und schwarz getönten Brillen. Aber bei Nacht war die Stadt immer schon schattig gewesen, auch vor der Verdunkelung. Gasknappheit hatte während der meisten Jahre seit dem Ersten Weltkrieg dafür gesorgt, dass es um zehn Uhr abends »Licht aus« hieß. Und im Grunde brauchte er seine Augen auch nicht, um den Weg zu finden; er las diese Straßen, als wären sie in Braille niedergelegt worden.

Die Glocke von Great St. Mary's durchbrach die Stille und verkündete die Stunde.

Brooke hielt an seinem gewohnten Platz inne, gegenüber dem Torhaus des King's College. Dort, wo die Tür der Pförtnerloge geöffnet worden war, konnte er gerade noch einen Flecken gelben Lichts auf dem Mauerwerk ausmachen. Eine dunkle Gestalt kam mit einer abgeschirmten Laterne heraus und trottete in den dahinter liegenden Front Court, um mit ihrer Runde zu beginnen, Fenster und Türen zu kontrollieren und nach verräterischen Lichtspalten an den Räumen der Gelehrten Ausschau zu halten, die noch spät in der Nacht arbeiteten. Eine Katze folgte dem Mann und sprang von Fußabdruck zu Fußabdruck, bis beide verschwunden waren.

Brooke genoss seine Zigarette, bewunderte wie stets die Art, wie das goldene Filterpapier das Licht einfing. Während er das Nikotin einsog, trat er einen Schritt vor, drehte sich auf dem Absatz herum und betrachtete die Wand, die vor ihm aufragte, wohl wissend, was er dort finden würde: eine ovale steinerne Plakette, die dort schon gehangen hatte, als er sie als einsames Kind auf seinen Streifzügen durch die Stadt erstmals entdeckt hatte. Frost hatte an den Lettern und grob gemeißelten dekorativen Symbolen gehaftet, die einen Weinkrug samt Trauben darstellten.

EDWARD FITZGERALD, POET,
LEBTE HIER VON 1880 – 1891

FitzGeralds Meisterwerk hatte Brooke gelesen, als er während des Ersten Weltkriegs in der Wüste stationiert gewesen war. *Rubāʿiyāt of Omar Chayyām*, seine Übersetzung des persischen Originals, hatte den Platz der *Ilias* in seinem Seesack übernommen. Während des langen Marsches der Egyptian Expeditionary Force, der von Kairo aus über den nördlichen Sinai führte, hatte er Tapferkeit und Lebensmut bewahrt, indem er sich Abend für Abend der sanften Einladung des Dichters hingegeben hatte, den Tag zu genießen.

Sei glücklich in diesem Moment. Dieser Moment ist dein Leben.

Brooke bückte sich, formte einen Schneeball und warf ihn auf die Plakette. Angesichts der Schrecken dieses Krieges, den zu überstehen er das Glück gehabt hatte, war dies eine Philosophie, die das Leben feierte, das er lebte.

Die weiße Stille hielt vor. Vielleicht war dies nur eine Art Echo der *Rubā'iyāt*, doch mit ihrer weichen Decke erinnerte ihn die Straße an die Wüste, den blendenden Sand zwischen Gaza und der See, der über Dörfer und Straßen kroch, über Lager und Bäume, und sie auf genau diese Weise zurückließ: gedämpft und verhüllt, aufgeteilt in sanfte Rundungen.

Diese Wüste hatte Brooke zur Nachteule gemacht, heimgesucht von Schlaflosigkeit, Ergebnis seiner Gefangenschaft und der Folter in Händen der osmanischen Türken. Trotz des Schmerzes – grelles Licht, das bei den nächtlichen Verhören auf seine Augen getroffen war, und die blendende Sonne bei Tag – hatte er die Geheimnisse gewahrt, die er zu wahren hatte. Der König hatte ihm einen Orden verliehen, aber er hatte sich nie als Helden wahrgenommen. Am fünften Tag war er nicht einmal mehr imstande gewesen, Wahrheit und Lüge zu unterschieden. Es schien alles schon so lange zurückzuliegen.

Er füllte seine Lunge, hielt die Luft an und hatte das sichere Gefühl, dass in Kürze etwas beginnen würde. Der unerwartete Bonus seines Zustands war genau diese insomnische Aufregung: eine Art Hyperaktivität, bei der seine Sinne auf einem übermenschlichen Niveau arbeiteten.

Schon einen Moment, bevor das Geräusch wahrnehmbar war, hörte er sein vorauseilendes Echo: das Fiepen einer Polizeitrillerpfeife. Dann drei Pfiffe, eine Pause und noch drei Pfiffe – das vereinbarte Signal.

Brooke rannte zur Ecke Kings Lane, und die metallenen Blakeys an seinen Schuhen durchstießen die Schneedecke und knallten auf das darunter liegende Pflaster. Schwer atmend hielt er inne und hörte erneut Pfiffe, lauter, aber ohne den Dreier-Rhythmus. Unter dem Schnee führte schmal und gepflastert ein dunkler Durchgang zu den Türen des Queens' College unter seinen drei oktagonalen Türmchen.

Police Constable Collins stand auf der Straße, und seine schwarze Pelerine schwang auf, als er sich wechselweise nach links und rechts drehte und in seine Pfeife blies.

Brooke wurde langsamer und verfiel ins Gehen. Die Polizeitruppe des Borough war eine der kleinsten im ganzen Land. Von den nur achtzehn Constables in Uniform kannte er jeden: Collins, gerade achtzehn, war nervös und das, was Claire als »verhuscht« bezeichnen würde. Brooke erkannte einen panischen Unterton in dem manischen Gepfeife. Was hatte den jungen Constable nur so verstört? Ein Flüchtender – ein Student, der nach einem heimlichen Rendezvous in sein Zimmer zurückkletterte?

»Collins«, sagte er. »Ganz ruhig, Junge. Was ist hier los?«

Collins ließ die Trillerpfeife an ihrer Schnur fallen.

Brooke nahm seinen Hut ab, brachte ihn in Form, setzte ihn wieder auf und zog sich die Krempe etwas tiefer ins Gesicht. Die prächtige Fassade des Colleges wirkte enorm still. Sein Vater hatte ihn einst hergebracht, um ihm Erasmus' Räumlichkeiten in dem dritten hohen Türmchen zu zeigen, ein Symbol ruhiger, vernunftbetonter Logik.

Schwer atmend nahm Collins unbeholfen Haltung an.

»Entschuldigen Sie, Sir«, sagte er, außerstande, mehr von sich zu geben.

Brookes Ruf eilte ihm voraus: barsch, unberechenbar, außerstande, sich mit Idioten herumzuschlagen. Den Detective Inspector gegen sich aufzubringen galt im Borough als sicheres Ende der eigenen Laufbahn. Collins würde wie die anderen jungen Constables bis zum Frühjahr bei der Army landen, wenn der Krieg nicht vorher endete. Und wie die anderen hoffte er ohne Zweifel, bis dahin eine ruhige Kugel schieben zu können.

»Was ist passiert, Collins?«

»Sir, ich war dabei, Feierabend zu machen, und schon auf dem Heimweg, als ich den Pförtner schreiend auf der Straße angetroffen habe. Da ist eine Person im Fluss, Sir, treibt stromabwärts. Er ruft gerade im Spinning House an, Sir. Ich habe um Unterstützung gebeten.«

Das Hauptquartier des Borough residierte im Spinning House, einem mittelalterlichen Zuchthaus, keine halbe Meile entfernt.

»Es sind noch zwei andere in der Nachtschicht, Jenkins und Talbot. Ich dachte, sie würden die Pfeife hören.«

»Gut«, sagte Brooke. »Diese Person. Hat er sie selbst gesehen? Irgendwelche Lebenszeichen?«

Ein leerer Blick verriet Brooke alles, was er wissen musste: Collins hatte gar nicht erst gefragt.

»Sobald die Verstärkung eintrifft, schicken Sie sie zum Fluss, zur Great Bridge und dann weiter zur Jesus Lock. Wenn da wirklich ein Mensch im Wasser treibt, so treibt er dorthin. Der Fluss hat Hochwasser. Ich werde mich um den Pförtner kümmern. Pfeifen Sie weiter. Immer nur drei Pfiffe, dann machen Sie eine Pause. Verstanden?«

Collins nickte.

»Wenn Sie die anderen flussabwärts geschickt haben, gehen Sie selbst flussaufwärts und kontrollieren die Brücken. Fangen sie mit der Silver Street an. Sehen Sie nach, ob irgendjemand dort ist.«

Collins sah aus, als versuche er, sich die Anweisungen einzuprägen.

Brooke trat über die hohe Schwelle der Miniaturtür in dem großen Holztor des Colleges und fand den Pförtner in seiner Loge vor.

»Bin durchgekommen. Sie schicken Hilfe«, sagte der Pförtner und ließ den Hörer fallen. Jegliche Farbe war aus seinem Gesicht verschwunden.

»Alles in Ordnung mit Ihnen?«, fragte Brooke.

»Folgen Sie mir«, sagte er und schnappte sich eine Sturmlaterne und eine Taschenlampe.

Front Court war ein Pfuhl der Schatten, aber Cloister Court erhob sich aus der Nacht aufgrund der Tudorfassade mit den schwarzen Balken auf weißem Putz. Vor sich konnte Brooke gerade noch die Stiefel des Pförtners im Licht der Laterne ausmachen und die Fußspuren, die sich tintenschwarz im Schnee abzeichneten.

Sie passierten einen Torbogen mit einem einzelnen, würgenden Gargoylekopf und traten hinaus auf die elegante Wölbung der Mathematical Bridge, erbaut aus geraden Holzbalken, die tangential angeordnet worden waren, um einen Brückenbogen zu formen. Zudem war sie – zumindest einer umstrittenen Legende zufolge – ohne einen einzigen Nagel erbaut worden.

Der Pförtner stand außer Atem auf der Brückenmitte und hielt die Laterne über das Wasser. Der Cam war aufgewühlt, eine schokoladenfarbene Flut, die unter ihren Füßen wirbelte, die Oberfläche pockennarbig vor kreisenden Miniaturstrudeln. Dann und wann trieben Eisplatten vorüber.

»Genau hier«, sagte er. »Da war ein Sack, Sie wissen schon, wie man sie für Kartoffeln benutzt. In der nächsten

Sekunde war er schon wieder weg. Ich glaube, er hat versucht, sich zu befreien. Ich habe eine Stimme gehört, Sir. So klar und deutlich wie meine eigene.«

»Was hat sie gesagt, diese Stimme?«

»Helft mir. *Helft mir!* Mehr nicht. Und das Schlimmste ist, dass es eine Kinderstimme war. Ein Junge – das würde ich beschwören. Wer tut so etwas, Sir? Wer ersäuft ein Kind wie einen Hund?«

KAPITEL ZWEI

Brooke lief zurück, überquerte King's Parade, wo er weitere Polizeipfeifen hörte und in der Ferne einen Funkwagen sah, dessen schwache, halb verdeckte Scheinwerfer nur ein kurzes Stück den Schnee anleuchteten, während er in Richtung Great Bridge verschwand. Gegenüber dem Torhaus des Trinity bog er scharf nach rechts in das alte jüdische Ghetto ab, ein labyrinthisches Viertel voller Sackgassen, deren Lage er sich als Kind eingeprägt hatte. Links, rechts, rechts führte ihn zu einem kleinen Hof, auf dem der Schnee die Konturen einer Reihe adliger Köpfe akzentuierte, die eiserne Ablaufrinnen stützten.

Der Hof weitete sich und gab den Blick auf eine Collegefassade und ein einzelnes großes Tor frei. Mit seinem Siegelring schlug er an dem Eisenscharnier ein längst perfektioniertes Klopfzeichen für die Nacht – zweimal Pochen, Pause, einmal Pochen. Dann wartete er, stellte sich die behäbigen Schritte des Nachtpförtners vor und blickte hinauf in das Schneegestöber, jede Flocke ein Schatten vor dem leuchtenden Himmel. Er dachte an den Schnee, der sich auf den wirbelnden Fluss senkte, das Kind, das verzweifelt kämpfte, zweifach erstickt von dem Sack und dem Wasser und doch vor allem gepeinigt von der bitteren Kälte.

Doric, der Nachtpförtner des Michaelhouse, stand in der offenen Tür mit dem großen Ring voller Collegeschlüssel in der Hand und war bereits dabei, sich wieder dem Inneren seiner Loge mit ihren getäfelten Wänden und dem orangefarbenen Schein des Kohlefeuers zuzuwenden. Hier suchte Brooke in den meisten Nächten Zuflucht, angelockt von der Wärme und der Aussicht auf ein paar Speisereste aus der Küche oder einem Platz am Feuer, an dem er die Collegezeitung lesen konnte. Doric war eine von Brookes vertrauenswürdigsten Mit-Nachteulen, verdammt zu einem Leben fern des Lichts, daheim in der schattigen Welt des Colleges nach Einbruch der Dunkelheit, deren unbestrittener Herr und Meister er war.

Doric ergriff einen Kessel und stellte ihn auf den Herd.

»Heute Nacht nicht, Doric«, sagte Brooke, während er immer noch auf der Schwelle verharrte. Er hatte den Hut abgenommen und strich sich mit einer Hand durch das dichte, schwarze Haar, das prompt wieder über seine Stirn fiel. »Keine Zeit. Ich brauche die Schlüssel für einen Stocherkahn des Colleges. Ein Kind ist im Wasser. Vielleicht kommen wir noch rechtzeitig, wenn wir uns beeilen.«

Doric nahm einen einzelnen Schlüssel vom Haken und fragte: »Was ist mit Jesus Lock?«

Er drehte sich zu einer Wandkarte um, auf der die gequälte Passage des Flusses durch die Stadt erkennbar war. »Der Fluss führt Hochwasser; sie könnte offen sein.«

Sollte die Schleuse wirklich offen sein, dann bestand die Gefahr, dass das Kind in den breiteren Abschnitt des Flusses und weiter zum Meer getragen wurde.

»Rufen Sie den Schleusenwärter an, Doric«, bat Brooke und setzte den Hut wieder auf. »Wenn Sie die Nummer finden können. Wenn nicht, rufen Sie im Spinning House an, die werden sie haben. Da gibt es ein Cottage gleich bei den

Toren. Die sollen auch das Siel schließen. Ich werde bald dort sein.«

»Nehmen Sie das«, forderte Doric ihn auf und zog eine der Collegetaschenlampen unter seinem Tresen hervor, die er Brooke zusammen mit dem Schlüssel reichte.

Brooke lief zurück zum Fluss, folgte seinen eigenen Fußspuren, die in dem steten Schneefall schon beinahe nicht mehr zu erkennen waren. Das Blut raste durch seine Adern, sein Herz war überstrapaziert, und das veranlasste ihn, noch einmal über das Kind nachzudenken: *Sein* Herz mochte langsamer schlagen, sein Blut langsamer strömen und sich in den eiskalten Gliedern sammeln. Jede Minute, die vorüberzog, entfernte das Kind weiter vom Leben, dessen war er sicher. Das Flusswasser konnte nicht wärmer als ein oder zwei Grad über dem Gefrierpunkt sein. Der Schock allein mochte schon tödlich sein.

Das Michaelhouse grenzte auf der Rückseite nicht an den Fluss wie so viele andere mittelalterliche Colleges. Dennoch gab es in der Saison eine Menge sich begeistert auf dem Wasser tummelnder Stechkahnfahrer und Ruderer im College, was einen Anlegeplatz hinter verschlossener Tür nötig machte, gleich da, wo Brooke im Sommer seiner privaten Leidenschaft für das Schwimmen im Cam nachzugehen pflegte. Jede Nacht schlüpfte er dann in das grüne Wasser und glitt ungesehen durch das Herz der alten Stadt.

Heute Nacht lagen die Stechkähne des Michaelhouse wie eine gefrorene Flotte angekettet unter einer einheitlichen Schneedecke.

Brooke öffnete das eiskalte Vorhängeschloss und machte einen Kahn los. Als Student war er geschickt im Umgang mit der Stocherstange gewesen, wenn er das Flachboot an den sonnenüberfluteten Wiesen vorbei hinaus aufs Land gefahren hatte, wo der seichte Fluss über ein Kiesbett strömte. Heute jedoch machte die Kälte ihn schwerfällig, und er hatte Mühe, die Stange als Ruder zu verwenden, um das Boot in die Hauptströmung zu steuern.

Dorics Lampe riss die steilen Steinwände aus dem Dunkel, die inmitten der Stadt als Flussufer dienten. Collegemauern drängten sich zu beiden Seiten dieses Abschnitts, den jeder die Backs nannte. Der Lichtstrahl fing sich in den fallenden Schneeflocken; die Studentenzimmer waren dunkel, die Fensterläden geschlossen; eine einzelne Eule saß in einer leeren Mauernische, die Augen weit aufgerissen. In der Mitte des Flussbetts raste die Strömung schnell dahin, aber in dem Rückstau, der durch die Schleusen und die Docks, die Stufen und Brücken hervorgerufen wurde, beschrieben Strudel wirre Kreise. Wenn das Kind noch immer im Fluss trieb, konnte sich der Sack überall verfangen haben. Doch es war nirgends ein Lebenszeichen zu sehen.

Eisblöcke tanzten in dem schlammigen Wasser. Der kalte Fluss, gefangen zwischen feuchten Collegemauern, hatte die Luft noch mehr ausgekühlt. Brooks Atem bildete Dampfschwaden, während er die Stange nutzte, um das Boot unter einer Reihe von Steinbrücken hindurchzusteuern, bis eine scharfe Biegung ihn zur Great Bridge selbst führte, der alten römischen Querung, die die Unterstadt mit der Oberstadt verbunden hatte, dem Teil, der sich um die Burg drängelte. Von hier aus ging es geradeaus weiter zur Jesus Lock.

Über ihm auf der Brücke stand ein Constable und schwang eine Laterne.

»Keine Spur von dem Kind«, rief eine Stimme. »Sie schließen die Schleuse und Baits Bite auch.« Dann war

Brooke vorbei und rauschte unter dem hallenden Steingewölbe hindurch.

Im Sommer hätte er sein Gewicht an der Stange einsetzen müssen, um sie wie einen im Kiesbett verankerten Hebel zu benutzen und sich vorwärtszuschieben, aber heute Nacht war der Cam ein reißender Strom, und so zog der Fluss ihn in hohem Tempo mit. Bald konnte er recht deutlich das weiß schäumende Wasser erkennen, das vor dem näherkommenden Wehr neben Sielen und Schleuse aufgewühlt war.

Der Lichtstrahl seiner Taschenlampe glitt über die Fluten, von links nach rechts, links nach rechts. Der Fluss war schwarz, aber durchzogen von kleinen, wirbelnden Kreisen voller silbriger Blasen. Auf der fernen Schleusenbrücke arbeitete sich der Schleusenwärter an einem eisernen Rad ab und schloss Zoll um Zoll die Tore. Ein Police Constable am anderen Ufer richtete eine Lampe auf das Wasser, das durch die enger werdende Öffnung sprudelte, und hielt Ausschau nach dem Kind.

Der Schneefall ließ nach; der Mond kam in einer Lücke zwischen den unsichtbaren Wolken zum Vorschein und ergoss sein Licht über den breiten, brodelnden Strom. Der Stechkahn raste weiter, so schnell, dass Brooke sich an den Seiten festhalten musste. Seine Augen tasteten das Wasser ab, und für eine Sekunde – beinahe hätte er es verpasst! – war da etwas zu sehen gewesen, das sich nicht mit dem Strom bewegte: ein flüchtiger Eindruck von Sackleinen; eine Hand, die sich emporzurecken schien und etwa zwanzig Yards entfernt durch die Wasseroberfläche brach. Drei taumelnde Sekunden später war er beinahe da, streckte die Hand danach aus, obwohl er im selben Moment wusste, er war ein Yard zu weit weg. In seinem Bemühen, Finger mit Fingern zu verschränken, wäre er beinahe aus dem Boot gefallen. Dann blickte er zurück, richtete die Lampe aus, aber die Hand war verschwunden.

Der Stechkahn tauchte in Wellentäler, schaukelte und donnerte ungebremst durch die kleiner werdende Öffnung der Tore. Rechts erhaschte er einen Blick auf den Schleusenwärter, das Gesicht glänzend vor Schweiß, eine Hand erhoben, die Augen geweitet. Unter der Schleuse schufen die herabstürzenden Fluten einen Strudel, in dessen Zentrum Brooke mit seinem Boot herumgewirbelt wurde. Erst jetzt, da er sich wieder von den Schleusentoren entfernte, fiel ihm das Tosen des Wassers auf, das nun nachließ und eine sonderbare, rieselnde Ruhe zurückließ. Hinter ihm hatten sich die Tore geschlossen.

War das Kind hindurchgeschlüpft oder saß es weiter oben im Fluss in der Falle?

»Irgendeine Spur?«, brüllte der Schleusenwärter, von dem vor dem Licht der Suchscheinwerfer nur die Silhouette zu sehen war.

Brooke lauschte angestrengt, hoffte, das Echo einer Kinderstimme zu hören. Aber alles, was er wahrnahm, war das schaurige *Brrrr! Brrrr!* eines Nachtfalken im fernen Schilf. Er ließ den Lichtstrahl der Taschenlampe über das Wasser gleiten.

»Nichts«, flüsterte er vor sich hin.

KAPITEL DREI

Brooke setzte alle Ressourcen ein, die das Borough zu bieten hatte. Ein Funkwagen wurde nach Baits Bite entsandt, der nächsten Schleuse flussabwärts, während Vorbereitungen getroffen wurden, um den ganzen Fluss bei Morgengrauen von der Mathematiker-Brücke stromabwärts mit Netzen zu durchsuchen.

Auf welchen Bereich sollte sich die Suche konzentrieren? Es war anzunehmen, dass das Kind zusammen mit Brooke und dem Stocherkahn durch die Schleuse getrieben war, obgleich sich die Tore da bereits schlossen. Das bedeutete, dass es in einen der Wirbel geraten und in ein Nebengewässer oder einen Graben getragen worden sein konnte.

Die Nachtschicht des Borough war im Einsatz, an beiden Ufern sollten drei von ihnen die Meile von der Great Bridge zu Baits Bite abgehen. Die motorisierte Flusspatrouille der Army war dem oberen Flusslauf zugeteilt worden. Den mobilen Suchscheinwerfer einer Flakgeschützstellung auf dem Marshall Airport hatte man ans Ufer gerollt. Jenseits der Gischt des zwischen den Schleusentoren herabfallenden Wassers zeigte sich die Oberfläche ebenfalls lebendig, voller Blasen, Strudel und Treibgut aus Zweigen und Ästen, Moos und Schilf. Lichter flackerten in den Kanal- und Hausbooten, deren Eigner an Deck Beobachtungsposten bezogen hatten. Der WVS, der Women's Voluntary Service, den man wegen des Notfalls alarmiert hatte, war mit einem mobilen Teestand an der Schleuse eingetroffen.

Mit jedem Viertelstundenschlag der städtischen Uhren schwand die Hoffnung.

Brooke richtete im Schleusenwärterhäuschen eine Art Kommandoposten ein. So charmant die Hütte von außen wirkte, so streng utilitaristisch war sie von innen. Die Dekoration beschränkte sich strikt auf das Grün-Weiß der Cam Conservators, einer uralten Flusswächterorganisation, wie eine Messingtafel neben der Tür verkündete. In den vorderen Räumen lagerten schmiedeeiserne Ersatzteile für die Schleuse, Bootshaken und große Fässer mit Schmieröl für Schleuse und Tore. Der Schleusenwärter, ein Witwer, schien nur eine kleine Küche mit Pritsche und Kanonenofen im hinteren Bereich zu bewohnen. Aber er besaß ein Telefon, ein an der Wand hängendes Bakelitmodell mit einer an der Seite angebrachten Karte, auf der in Druckschrift die Nummern für die Schleusen weiter oben und weiter unten am Fluss aufgeführt waren.

Brooke legte Einsatzpläne für die Tagschicht vor, um die Suche fortzusetzen, darin enthalten eine unausgesprochene Frage: die Suche wonach? Nicht mehr nach einem Kind. Nach einer Leiche. Es konnte kaum Zweifel geben, dass der Junge – die Stimme hatte hoch geklungen, aber laut dem Pförtner ging es definitiv um einen Knaben – bereits auf dem Grund des Flussbetts lag, die Lunge voller Wasser. Aber es ging nicht nur um die Suche nach einer Leiche – die Identität des Opfers wäre ein Hinweis in sich, und es mochte noch mehr geben: Wunden, die ihm zugefügt worden waren, Kleidung, eine Schnur, der Sack selbst.

Brooke studierte die Karte des Schleusenwärters im

Licht einer kahlen Birne. Er hatte die ockerfarbene Brille gegen die grüne ausgetauscht, um die schmerzhafte Blendwirkung des elektrischen Lichts zu dämpfen.

Die Karte zeigte den Cam, der aus den Bergen im Süden herabfloss, sich um den Stadtkern schmiegte und schließlich weiter in die Fens strömte. Das Kind war in den Fluss geworfen worden – wo? Die Antwort musste flussaufwärts der Mathematiker-Brücke liegen. Kleinere Nebenflüsse – der Oberlauf des Cam, der Granta, der Rhee – bildeten ein ganzes Netzwerk aus Bächen und Teichen. Wie lange konnte das Kind geschwommen sein, ehe es die Mathematiker-Brücke passiert hatte? Ein paar hundert Meter, vielleicht eine halbe Meile? Bei Tageslicht würden die Funkwagen des Borough zu den Brücken und Dörfern stromaufwärts ausgesandt werden, die sich direkt an die von viel Grün gekennzeichneten Vororte mit ihren Zwischenkriegs-Doppelhausbauten anschlossen, in denen sie mit der Haus-zu-Haus-Befragung beginnen konnten. Hatte irgendjemand Kinderschreie gehört? Vermisste ein Familie ein Kind?

Die filigrane Darstellung des Verlaufs von Fluss und Bach, Graben und Entwässerungskanal auf der Karte verschwamm vor Brookes versehrten Augen. Er war erschöpft und brauchte ein Plätzchen, um sich auszuruhen. Das beste Heilmittel gegen die Schmerzen war jetzt ein Spaziergang unter den kalten Sternen in der Linderung verheißenden Dunkelheit. Und er musste dabei nicht einmal allein bleiben, denn die Stadt war voller Nachteulen, die jederzeit ein warmes Kaminfeuer, einen Tee, einen Whisky oder auch guten Rat bereithielten, wenn ein Fall sich als unlösbar darstellte. Oder sogar eine Couch oder einen Lehnsessel, falls der Schlaf ihn wie so oft ohne Vorwarnung überfiel wie ein Hammerschlag.

Folglich verließ er das Häuschen des Schleusenwärters und machte sich auf den Weg zurück in die Stadt. Parker's Piece – der große offene Park der Stadt – präsentierte sich als geisterhafte Ansammlung weißer Rundzelte; ein Armeelager seit der ersten Kriegswoche. In den Lücken zwischen den Zelten brannten hier und da Feuer. Beim Anblick dieser Szenerie kam ihm abrupt eine Nacht im Jahr 1934 in den Sinn, als er als Detective Sergeant Teilnehmer des Hungermarschs aus Jarrow beschattet hatte. Die zerlumpten, arbeitslosen Männer hatten die Stadtgrenze in der Abenddämmerung erreicht. Zunächst waren sie am Girton College mit Tee und Brötchen empfangen worden, ehe ihnen das Borough mit strikter Teilnahmslosigkeit begegnete, als sie Parker's Piece erreichten. Dieses Gefühl, dass seine Pflicht und sein Verständnis in entgegengesetzten Richtungen an ihm zerrten, hatte dafür gesorgt, dass er Demonstrationen seither mit Argwohn beäugte.

Aber hier, in einem Militärlager, fühlte er sich wohl. Claire sagte immer, er wirke zielstrebig und gäbe eine ansehnliche Figur ab: Hut; breite Schultern; ein Körper, der sich nach unten verjüngte bis hin zu den Füßen, die aussahen, als wären sie miteinander verschmolzen; gleichsam ein Nagel, der in den Boden getrieben werden sollte. Ein Corporal im Kampfanzug kam mit einer Taschenlampe auf ihn zu und überprüfte seinen Dienstausweis, ehe er ihn mit der Warnung, er möge aufpassen, wo er hintrete, durchwinkte.

Fünf Minuten später hatte er die fernen Eisentore von Fenner's Cricketfeld erreicht. Kein menschlicher Fußabdruck zeigte sich auf dem Spielfeld, nur die gespenstischen Spuren von Vogelschwingen, zurückgelassen beim Abflug, tüpfelten das Außenfeld. Eine kurze Straße, gesäumt von großen Vorstadthäusern, mündete in einer Sackgasse. Die grüne Tür des letzten Hauses war stets unverschlossen, also öffnete er sie vorsichtig und kletterte die zwei Treppen hinauf zu einem Schlafraum.

Detective Chief Inspector Frank Edwardes lag in seinem Sterbebett, gestützt auf einen Haufen Kissen, und das Licht der Kerze, die neben einem Bücherstapel stand, fiel auf die marmorgraue Haut seines Gesichts. Das Fenster, angelehnt trotz der Kälte der Nacht, bot einen Blick auf das geisterhafte Cricketfeld. Der Mond tauchte es, nun, da die Wolkendecke dünner wurde, in ein kaltes Licht und malte Schatten unter die kahlen Ulmen, die das Gelände umschlossen.

»Eden«, sagte Edwardes und schlug plötzlich die Augen auf.

Sie hörten Schritte in dem Stockwerk unter ihnen. »Das wird Kat sein, die Ihnen Tee kocht.«

»Ich habe sie geweckt«, sagte Brooke.

»Das bezweifle ich.«

Kat, Edwardes Frau, war eine Krankenschwester, die früher mit Claire zusammengearbeitet hatte und sich nun um ihren Mann kümmerte.

»Irgendetwas Neues vom Fluss?«, fragte Edwardes.

Neben dem Bett nahm eine Reihe Funkgeräte eine ganze Wand des großen Schlafzimmers ein. In Friedenszeiten war Edwardes ein »Ham« gewesen – ein begeisterter Amateurfunker –, einer von Tausenden überall im Land, die einfache Sendeanlagen bauten, Netzwerke unterhielten und exotischen Botschaften aus Europa und darüber hinaus nachspürten. Der Krieg hatte ein Verbot aller Funkgeräte mit sich gebracht, die samt und sonders bei der Obrigkeit abgeliefert werden mussten. Doch es gab eine große Ausnahme: Jeder Ham, der zustimmte, den Äther nach nützlichen Informationen abzusuchen und sie umgehend an die Geheimdienste zu übermitteln, konnte seine Ausrüstung behalten.

Edwardes verfolgte die Funknachrichten aus den Fahrzeugen des Borough zusammen mit dem restlichen nächtlichen »Verkehr«.

»Keine Neuigkeiten«, sagte Brooke. »Keine Spur von ihm. Ich hab seine Hand gesehen, Frank. Hätte ihn beinahe erwischt, aber die Strömung war zu stark, und die Schleusentore standen offen.«

»Gut gemacht«, bemerkte Edwardes.

»Was?«

»Dass Sie nicht reingesprungen sind, Eden. Niemand mag allzu waghalsige Helden. Wir alle wissen, dass Sie im Fluss schwimmen, aber nicht in der Dunkelheit, nicht in eiskaltem Wasser, nicht bei Hochwasser. Sie hatten keine Chance.«

Brooke nickte zustimmend. »Das ist richtig. Zu kalt, Edwardes, sogar für mich. Und der Junge war im Handumdrehen wieder verschwunden. Inzwischen schwimmt Eis auf dem Fluss, große Schollen. Es muss nur noch ein bisschen kälter werden, nur noch etwas länger kalt bleiben, und die Studenten werden Schlittschuh laufen.«

Edwardes zündete sich eine Zigarette an und warf den Kopf zurück. »Das würde ich zu gern noch mal sehen. So habe ich Kat kennengelernt. Im letzten Winter vor dem Großen Krieg, draußen bei Coe Fen. Ich war gestürzt, und sie hat mir aufgeholfen.« Seine Augen starrten irgendetwas in mittlerer Entfernung an.

Als er 1919 aus dem Sanatorium zurückgekehrt war,

hatte Brooke sein Studium im Michaelhouse aufgegeben, um sich dem Borough anzuschließen. Der Schaden an seinen Augen hatte ihm umfängliches Lesen und Laborrecherchen unmöglich gemacht. Sein Vater, ein distanzierter Mann, hatte einen Nobelpreis für die Entwicklung eines Serums gegen Diphterie gewonnen, ein Durchbruch, der Tausende, vielleicht Millionen von Leben gerettet hatte. Brooke, ein Kriegsheld, hatte immer noch das Bedürfnis, dem Frieden ein Gefühl von Sinn abzuringen. Die Polizei hatte ihm die Möglichkeit eröffnet, sich mit der Lösung logischer Probleme zu befassen und der Stadt, die er sich als einsames Kind angeeignet hatte, zu dienen.

Edwardes war sein Mentor gewesen. Sie hatten beinahe zwanzig Jahre zusammengearbeitet, von Krieg zu Krieg, und die Stadt im Zeitalter der Stempelgeldschlangen während der Großen Depression beaufsichtigt. Vor neun Monaten hatte ein unspezifiziertes Geschwür den alten Mann ereilt. Brooke hatte das Büro seines Vorgesetzten übernommen, und er hätte auch seinen Rang haben können, doch er hatte es nicht eilig gehabt, in die Fußstapfen eines Sterbenden zu treten. Die Fiktion, Edwardes würde geheilt und bei guter Gesundheit zurückkehren, wurde sorgfältig aufrechterhalten. Aber sein Leben würde in diesem Raum enden, und zwar wahrscheinlich noch bevor im Frühjahr der erste Ball auf Fenner's rollte.

Morsecode hallte plötzlich durch den Raum, und Edwardes griff zu seinem Block und notierte mühelos Zeilen scheinbar zufälliger Lettern in Fünfergruppen.

Als wieder Stille einkehrte, studierte er seine Notiz und lachte. »Nicht einmal kodiert«, sagte er. »Einer von unseren. Es ist immer einer von unseren. Ein Ham draußen in

Royston. Er sagt, er hätte gerade eine Nachricht aus Felixstowe aufgefangen, dass dort die Sirenen heulen. Vielleicht ist er das jetzt endlich. Der echte Krieg.«

Brooke setzte sich in den Lehnsessel, als Edwardes anfing, die neuesten Nachrichten von BBC zu umschreiben: Angst vor einer deutschen Invasion in Norwegen, Truppenbewegungen nahe der französischen Grenze. Seine Stimme schien zu verklingen, und als Brooke die Augen schloss, stürzte er rücklings in einen jähen Schlaf.

Edwardes las, als Brooke zwanzig Minuten später wieder erwachte. Auf dem Tisch neben ihm stand eine Tasse mit kaltem Tee.

Edwardes klappte das Buch zu. »Erzählen Sie mir mehr über das Kind im Fluss.«

»Der Pförtner im Queens' hat eine Stimme ›Hilfe‹ schreien gehört. Nur dieses Wort. Er ist in einem Sack unter der Mathematiker-Brücke durchgetrieben. Ich schätze, er dürfte vier oder fünf sein. Ein Junge. Es gibt keine Hoffnung, aber es wäre schön, wenn es wenigstens Gerechtigkeit geben könnte. Das Problem ist, dass ich mir den Mörder nicht vorstellen kann. Wer würde so etwas tun?«

»Sie haben Recht. Das sprengt jegliches Verständnis. Das ist Ihr Problem – er ist ein Schreckgespenst, dieser Mörder. Er kommt mit einem Sack daher, um sich die ungezogenen Kinder zu holen. Nikolaus, nur verkehrt herum. Ein Sack mit Spielzeug für die braven Kinder, nur der Sack für die bösen. Wenn Sie genau darüber nachdenken, sagt das eine Menge aus. Ich würde mich auf das *Warum* konzentrieren, nicht auf das *Wer*. Der Modus Operandi ist schonungslos. Und so einen Sack hat man nicht einfach so bei sich. Also Vorsatz. Und dazu rabiat und erbarmungslos, also würde ich auf einen Profi schließen. Das ist kein Familiendrama, nicht wahr? Wo hat er ihn reingeworfen?«

Brooke fing an, sich im Geiste die Brücken stromaufwärts von der Mathematiker-Brücke vorzustellen: Silver Street, die Little Bridges, Fen Causeway …

Der alte Mann legte den Notizblock mit den hingekritzelten Punkten und Strichen weg. »Sie spazieren nicht mit einem Sack, in dem ein zappelndes Kind liegt, durch Cambridge – richtig?«, fuhr Edwardes fort. »Er muss einen Wagen benutzt haben oder einen Laster und hat das wahrscheinlich bewusstlose Kind auf der Ladefläche oder im Kofferraum transportiert. Dann hält er an, wirft den Sack übers Geländer und fährt davon. Das eiskalte Wasser bringt den Knaben wieder zu Bewusstsein.«

»Gott! Was für ein Gedanke.«

Edwardes setzte sich auf. »Ich werde Ihnen was sagen, Eden. Aller Wahrscheinlichkeit nach hat er schon früher getötet. Und Sie wissen, was das bedeutet. Es ist ein Klischee, aber eben auch die grausame Wahrheit: Wenn er muss, wird er wieder töten.«

KAPITEL VIER

Im Spinning House schlief Brooke eine Stunde in Zelle sechs mit einem Kerzenstummel auf einer Holzleiste, die Dunkelheit samten auf seinen Augen. Als er erwachte, empfand er Hunger. Claire arbeitete in der Nachtschicht im städtischen Krankenhaus, und sie trafen sich, wann immer sie konnten, zum Frühstück. Brooke schlüpfte wieder in den Trenchcoat aus dem Großen Krieg, schnappte sich seinen Hut und erklomm die Wendeltreppe zur Wache des Spinning House, wo ihm der Sergeant erklärte, vom Cam gebe es nichts Neues, abgesehen davon, dass sie gerade anfingen, den Fluss mit Netzen zu durchsuchen und die Ufer gründlich inspziert worden waren.

Brooke trat hinaus auf die Regent Street, die alte Römerstraße, die sich wie ein Pfeil von den sanften Gog Magog Hills aus in die Stadt bohrte. Vollkommene Stille beherrschte die Szenerie. Am östlichen Himmel zog die Dämmerung herauf, und er empfand den vertrauten Kitzel, den er schon seit Kindertagen erlebte, wenn er die Stadt für sich allein hatte; ein Spielzeug, ein Puzzle, ein Labyrinth. Gegenüber dem Polizeirevier befand sich die Fassade der *Cambridge Daily News*. Licht fiel aus einem einzelnen Fenster im Obergeschoss, und Brooke hörte ein Telefon unbeachtet klingeln. Neben der *News* schloss sich das New Theatre an, ein dramatisches Zuckerwerk aus Balkonen und Schmiedeeisen. Die Theater waren wieder geöffnet worden, ebenso wie die Kinos, und er und Claire hatten in der Vorwoche die letzten Plätze für *Gaslight* ergattert. In Brookes Augen war das purer Luxus: ein netter, sauberer Mord, und alles spielte sich in einem kleinen Haus ab.

Er machte sich auf den Weg zum Addenbrooke's Hospital, eine halbe Meile auf verschlungenen Pfaden durch das Wissenschaftsviertel der Universität, ein Gitterwerk aus kühlen, nüchternen Ziegelgemäuern. Gegenüber der säulenverzierten Pracht des Fitzwilliam Museum mit den vier sitzenden Löwen, auf die er als Kind geklettert war, bis ein erzürnter Kurator ihn fortgeschleift hatte, kam er wieder heraus. Er bog ab durch die Eisentore des Krankenhauses, und als er an dem Gebäude emporblickte, sah er schmale Lichtstreifen überall dort, wo die Verdunkelungsrollos nicht alles abdeckten. Die Dämmerung zog auf und tauchte den Dampf und Rauch aus Schornsteinen und Rohren in ein goldenes Licht.

Drinnen führte ihn der Weg über die hellen, spiegelglatten Korridore zur Aufnahmestation, und seine Metall-Blakeys klangen auf dem polierten Linoleum wie Gewehrfeuer. Da er schon dort war, fand er es nur angemessen, den Richtlinien zu folgen, also spürte er die diensthabende Schwester auf und erzählte ihr von den Ereignissen am Fluss. War in der Nacht irgendeine verdächtige Person gesehen worden? Nach neun Uhr abends hatten sie drei Leute behandelt: zwei Männer, die auf der Straße vor *The Eagle* eine Auseinandersetzung gehabt und sich gegenseitig mit identischen Flaschen identische Schnittwunden zugefügt hatten, und die Entfernung eines akuten Blinddarms. Brooke bat darum, dass das Spinning House im Fall der Aufnahme von Kindern oder Opfern häuslicher Gewalt informiert werde.

Konnte dort das Motiv für das Verbrechen liegen? War familiäre Zerstrittenheit die Ursache?

Brooke rannte die Treppe zum Sunshine Ward hinauf. Die Kinder wurden gerade zum Frühstück geweckt. Sie lagen in dreißig eisernen Bettgestellen an einer Seite der langgezogenen Station, nur wenige Fuß voneinander entfernt. Durch den Raum trieb der Geruch von zu lange ziehendem Tee und verbranntem Toast, und irgendwo spielte ein Radio auf dem Sender Home Service die Musik einer Tanzkapelle. Wie aufs Stichwort strömte Sonnenschein durch die Fenster auf einer Seite herein.

»Du solltest nicht hier sein«, sagte seine Frau, als sie mit einer Bettpfanne in der Armbeuge lächelnd vor ihm stand. Claire war Schwester auf dieser Station, versetzt aus der Geriatrie. Kinder sollten in mehr als nur einer Hinsicht wieder zu ihrem Leben gehören: Ihre Tochter Joy, selbst ebenfalls Krankenschwester, war schwanger und nun zu Hause, nachdem sie sechs Monate lang bei den Soldaten, die sich von Portsmouth nach Frankreich einschiffen sollten, Gesundheitskontrollen in letzter Minute durchgeführt hatte. Das gerade anbrechende Jahr verhieß ein Enkelkind.

In dem Sanatorium außerhalb von Scarborough, in das man Brooke nach dem Martyrium in der Wüste gebracht hatte, hatte Claire ihn oft berührt, hatte seine Hände von den verwundeten Augen weggezogen oder eine Salbe auf sein kaputtes Knie aufgetragen, dort, wo seine Häscher ihm in der Hoffnung, er würde langsam in der Sonne sterben, ins Bein geschossen hatten, ehe sie ihn im Süden von Gaza zurückgelassen hatten.

Er wollte sie jetzt berühren, aber die Bettpfanne war zwischen ihnen.

»Das ist ein offizieller Besuch. Ich bin ein Detective Inspector, Schwester Brooke.«

Er nahm seinen Hut ab, fuhr sich mit der Hand durch das dichte schwarze Haar und strich es von seiner Stirn zurück.

»Das bedeutet, du bekommst eine kostenlose Tasse Tee.«

Der Schwesterntisch war am hinteren Ende, sodass man die eng geschlossenen Bettenreihen überblicken konnte. Dies war Claires Königreich. Sie war als ältestes Kind mit sechs jüngeren Brüdern aufgewachsen, weshalb ihr Leben ihr oft erschien wie das endlose, wirkungsvolle Streben, Ordnung ins Chaos zu bringen.

Während sie einer Belegschaft, bestehend aus drei Schwestern, Anweisungen erteilte, fiel Brooke die verstörende Anomalie auf, die stille Kinder darstellten. Ein paar aßen ihren Toast und tranken Tee, andere lagen reglos an einem Tropf, und eines wurde mit dem Löffel gefüttert. Die schwebende, beinahe sakrale Stille war enervierend.

Brooke balancierte seinen Hut auf dem Knie; dem verwundeten Knie, um genau zu sein, dem, das mit Hilfe eines rigorosen Schwimmprogramms wiederhergestellt worden war. Dieses Programm, dem Claire ihn ursprünglich im Schwimmbecken des Sanatoriums unterworfen hatte, hatte die Saat für seine sommerliche Leidenschaft für nächtliche Schwimmausflüge gelegt.

Er zündete sich eine Zigarette an. »Letzte Nacht hat jemand ein Kind in einem Sack in den Fluss geworfen. Einen Jungen, lebend. Der Pförtner des Queens' hat einen Schrei gehört, als der Sack vorbeitrieb. Wir haben unser Bestes getan, doch das war nicht gut genug, fürchte ich. Ich habe die Schleusentore schließen lassen, und wir suchen den unteren

Flusslauf ab. Ich habe unten schon gefragt, und anscheinend gab es in der Nacht nichts Verdächtiges. Und hier? Irgendwelche Aufnahmen? Häuslicher Krach?«

Claire lehnte sich zurück, und ihr kurzes blondes Haar fiel säuberlich von selbst in Form. Sie hatte ein rundes Gesicht mit starken Zügen, große, braune Augen, ein gütiger Mund. Brooke bezweifelte, dass irgendeine der Schwestern sie je aufgeregt erlebt hatte.

»Ein Kind wurde nach einem häuslichen Vorfall in Romsey Town eingeliefert, aber das war in der vorletzten Nacht. Der Junge ist ziemlich arg geschlagen worden. Blutergüsse und ein Knochenbruch hier …« Sie legte einen Finger auf den Wulst über ihrem linken Auge. »Er wird nicht entlassen, ehe ein Constable sich dort umgesehen hat. Wir haben dieses Kind schon früher gesehen. Der Kleine ist ein Stammgast.«

Brooke notierte Adresse und Namen.

»Sonst noch irgendeine Idee?«, fragte er und rieb sich die Augen. »Ich muss einen Namen finden.«

»Ich würde es mit dem Offensichtlichen versuchen, Eden: Waisenhäuser, Pflegestellen, Kirchen. Davon abgesehen denke ich, ich würde einfach warten. Irgendwer muss irgendwo aufwachen und feststellen, dass ein Kind verschwunden ist. Stell dir nur vor, es wäre Joy gewesen.«

Für einen Moment sah er seine Tochter so vor sich, wie sie einmal gewesen war: ein Kind, schlafend in ihrem Kinderbettchen. Rasch verdrängte er das Bild.

Claires Blick wanderte durch die Station. »Hier haben wir nur die üblichen Dramen.« Sie zeigte auf das erste Bett auf der rechten Seite und dann auf das nächste. »Meningitis, Influenza, Influenza … Wir haben beinahe tausend Evakuierte in der Stadt, Eden. Diese Vaccies sind ein Teil unseres Lebens. Wie du weißt, arbeiten wir wegen des Krieges mit halber Belegschaft. Das ist so ein Durcheinander. Wenn man Familien auseinanderreißt, ist alles ungewiss. Was sollen wir mit einem Fünfjährigen machen, der nach seiner Mum schreit, die achtzig Meilen entfernt im East End ist?«

Cambridge hatte sich in eine Stadt der Kinder verwandelt. In mutmaßlich sicherer Distanz zu London und weitgehend frei von kriegstauglicher Schwerindustrie galt Cambridge als ideale Zuflucht, gerade ein paar Stunden von der Hauptstadt entfernt. Kinder in Zweierreihen, ein jedes ausgestattet mit dem Evakuierten-Etikett, die sich ihren Weg vom Bahnhof in die Stadt bahnten, waren ein alltäglicher Anblick.

»Wer würde das tun, Claire – ein Kind auf diese Weise ermorden? Was für ein Mann würde so etwas tun?«

»Warum ein Mann, Eden?«, fragte sie. »Die Welt versinkt im Chaos. Die Männer ziehen aus, um nach Frankreich zu gehen, zur Grundausbildung, zur Navy, zur Air Force. Familien zerbrechen. Es gibt viele Frauen, die nicht damit fertigwerden. Es ist nicht so, dass die alle still leiden.« Sie wedelte mit einem Finger vor ihm. »Lektion Nummer eins, Inspector. Keine voreiligen Schlüsse ziehen.«

KAPITEL FÜNF

Detective Sergeant Ralph Edison erschien um kurz nach halb neun an Brookes Bürotür, wie stets bewaffnet mit einem Becher Tee und einem Teller aus der Kantine des Spinning House. Ein Hauch von gebratenem Schinken, von dem mehrere Scheiben in ein weiches Brötchen gequetscht worden waren, war ihm vorausgeeilt. Der Geruch war fast eine Tortur, blieben doch nur noch wenige Tage, bis man ihnen eine Rationierung von Schweinefleisch zumuten würde. Das hypnotische Aroma mochte sich schon bald als ein Relikt der Vergangenheit erweisen. Edison nahm Platz, und die Hosenbeine seines alten Anzugs rutschten empor und gaben den Blick auf das Uhrenmuster seiner Socken frei.

Bei Kriegsausbruch waren Officers im Ruhestand in den aktiven Dienst zurückbeordert worden, um die klaffenden Löcher zu stopfen, die einberufene und freiwillige Soldaten hinterlassen hatten. Edison hatte dreißig Jahre lang der uniformierten Truppe angehört, aber Brooke brauchte einen Sergeant, und so war der Sechsundsechzigjährige gezwungen gewesen, einen Anzug aus zweiter Hand hervorzukramen. Trotz der Zivilkleidung vermittelte Edison allein durch seine natürliche, selbstsichere Autorität das Gefühl der alten Uniform; eine Art Aura polizeilicher Macht, selbst wenn deren Symbol ordentlich daheim in seinem Schrank hing, eingehüllt in einen Kleidersack aus Papier.

»Immer noch nichts Neues vom Fluss«, meldete Edison gemächlich, beinahe behäbig. »Natürlich sind die einzigen Neuigkeiten, mit denen wir rechnen können, schlechte Neuigkeiten.«

»Ja, allerdings, Sergeant. Aber wir brauchen diesen Leichnam. Wir haben sonst nichts. Keinen Namen, kein Motiv, keine Mordwaffe – selbst der Sack könnte uns eine Spur liefern. Das Problem ist: Wo steckt die Leiche? Ecken und Enden, Edison, wir müssen sie alle durchstöbern. Irgendwann taucht sie auf. Das tun sie immer. Aber vorerst müssen wir die Spur des Mörders aufnehmen. Noch heute.«

Edison nippte an seinem Tee. Brooke stellte sich oft vor, er könnte die Mechanismen in dem beständigen Geist seines Sergeants arbeiten hören, langsam, aber zuverlässig. Der Ruhestand hatte ihm Zeit für seinen Kleingarten versprochen. Selbst jetzt, mitten im Winter, schaute er auf dem Weg zum Revier regelmäßig dort vorbei. Der Erde an seinen Händen nach zu schließen, hatte er sogar den Spaten geschwungen, vielleicht zwischen den Beeten überwinternder Gemüsepflanzen Schnee geräumt.

»Familiendrama?«, fragte Edison schließlich.

Brooke schob einen Bogen Papier über den Schreibtisch. »Eines. Hier sind Name und Adresse notiert. Das Kind liegt mit einem gebrochenen Wangenknochen im Addenbrooke's. Claire sagt, sein Vater hätte das schon früher gemacht. Ein Constable ist unterwegs, um ihn zu besuchen – können Sie sich vergewissern, dass das erledigt wird?«

Edison nickte.

»Ich habe die Hand des Kindes gesehen, Edison, so klar und deutlich, wie ich jetzt Sie sehe.«

Edison nickte erneut, als würde Brooke eine Bestätigung benötigen.

»Also gehen wir von einem Sack mit einem Kind aus. Wie alt? Drei, vier?« Edison streckte den Arm aus und ballte die Faust, als umfasse er das obere Ende eines Sacks. »Er ist nur wegen der Luft in seiner Lunge geschwommen. Er kämpft, aber er atmet, kommt hoch, um Luft zu schnappen – er hat es geschafft zu schreien. Und dann ist da das kalte Wasser. Er kann noch nicht lange im Fluss gewesen sein, Sir. Ich setze auf die Silver Street Bridge. Die ist wie weit entfernt? Fünfzig Yards stromaufwärts? Oder die Little Bridges bei Coe Fen – da gibt es drei. Einsam gelegen, weit abseits der Hauptstraße.«

»Überprüfen Sie die«, sagte Brooke. »Ich habe den jungen Collins letzte Nacht losgeschickt, damit er einen Blick auf die Silver Street wirft. Sehen Sie mal, ob er was entdeckt hat. Er hat die zweite Schicht, also wird er nach dem Mittagessen wieder hier sein. Der Schnee war tief und unberührt. Wenn der Sack dort ins Wasser geworfen wurde, muss es Spuren gegeben haben.«

»Wenn er etwas gefunden hätte, dann hätte er sich gemeldet«, wandte Edison ein.

»Vielleicht. Prüfen sie es nach. Inzwischen sollten wir uns um das Offensichtliche kümmern, Sergeant. Schulen, Waisenhäuser, Sozialfürsorge – alle, die etwas mit Kindern zu tun haben. Der Junge ist irgendwo verschwunden. Lassen Sie uns herausfinden, wie sein Name lautet.« Brooke warf einen Blick auf seine Armbanduhr und erhob sich. »Inzwischen werde ich im Top Office vorstellig.«

Innerhalb des Spinning House wusste jeder, was sich hinter dem Euphemismus »Top Office« verbarg. Detective Chief Inspector Carnegie-Brown herrschte mit einer stumpfen Autorität, wie sie typisch für Glasgower war, über das Borough. Ihr großer Adlerhorst von einem Dachbüro hatte in jener Zeit, in der dies noch ein Armenhaus gewesen war, dreißig gefallene Mädchen in eisernen Bettgestellen beherbergt. Sie hatte den Raum um eine spartanische Frische bereichert.

»Viel Glück, Sir«, sagte Edison und zog sich zurück.

KAPITEL SECHS

Die Tür von Chief Inspector Carnegie-Brown stand stets offen.

Brooke wartete und erging sich in einem wohlbedachten Hüsteln, als er sah, dass seine Vorgesetzte eine Akte studierte, eine Brille auf dem Rücken der markanten Nase. Sie saß hinter einem großen Schreibtisch mit einer geschnitzten Highland-Jagdszenerie, den sie von ihrem letzten Posten in Glasgow mitgebracht hatte. Alleinstehend, burschikos, reserviert war es ihr gelungen, einen – wenngleich widerstrebenden – Respekt für ihre Korrektheit zu erwerben. Brooke hatte sie gelegentlich bei seinen sommerlichen Schwimmausflügen gesehen, wenn sie an einem freien Tag zum Fliegenfischen am Ufer bei Fen Ditton kampierte. Stets haftete ihr ein Hauch der großartigen Natur Schottlands an.

»Brooke. Gut. Setzen Sie sich. Das Kind – irgendwas Neues?«

Brooke informierte sie, doch er sah ihr an, dass sie nicht zuhörte, sondern sich bereits zurechtlegte, was sie ihm zu sagen gedachte. Sie tauschten ein paar flüchtige Bemerkungen darüber aus, die Grafschaftspolizei zur Verstärkung bei der Suche hinzuzuziehen. Dann schob sie eine Akte über die makellose Schreibtischplatte zu Brooke.

»Die können Sie lesen, wenn Sie Zeit haben, aber lassen Sie mich Ihnen einen kurzen Überblick geben. Prinz

Henry, Herzog von Gloucester, der Bruder des Königs, der eine kurze und unbeachtliche Laufbahn am Trinity College hatte, beabsichtigt, unsere schöne Stadt zu besuchen.«

Brooke war nicht gerade ein begeisterter Anhänger der königlichen Familie. Er war vollends zufrieden damit, für König und Vaterland zu kämpfen, aber die Angehörigen der weiteren Verwandtschaft, die ihm im Zuge seiner Pflichterfüllung begegnet waren, fand er durchweg beachtenswert unbeachtlich. Im Kopf versuchte er, den aktuellen Familienstammbaum zu rekonstruieren. Der alte König hatte fünf Söhne hinterlassen. Der Älteste – der in Ungnade gefallene Edward VIII – hatte abgedankt, um fortan der Herzog von Windsor zu sein. Damit fiel der Thron an George VI. Henry war der Nächstjüngere. Aber das waren nicht alle, da gab es noch einen jüngeren Prinz Richard und einen, der nach dem Großen Krieg gestorben war, ein kranker Junge, dessen Namen Brooke entfallen war.

»Ich weiß, wir erwähnen Windsor nicht mehr«, sagte Carnegie-Brown. »Und mit gutem Grund. Wir erwähnen auch Henry nicht, aus eher harmlosem Grunde. Ein Mann, so bedeutungslos, dass man ihn offenbar mit dem Spitznamen ›der Unbekannte Soldat‹ belegt hat.«

Brooke nickte. Er erinnerte sich dunkel, nach seiner Rückkehr aus dem Krieg einen königlichen Prinzen in einem Hindernisrennen reiten gesehen zu haben, bejubelt von einer loyalen Menge. Die Stadt war übellaunig, grau und erschöpft gewesen, so wie das ganze Land. Folglich wurde jede Gelegenheit zum Feiern mit geradezu manischer Begeisterung aufgenommen. Die Zuschauer veranstalteten ein großes Hurra und wedelten mit Fahnen; Kinder thronten auf Schultern, um einen Blick auf den Prinzen zu erhaschen. Er erinnerte sich an einen großen, beleibten jungen Mann, hoch aufgeschossen, aber füllig mit einem runden Kopf, der zur Antwort schüchtern die Hand erhoben hatte.

»Prinz Henry ist plötzlich viel wichtiger, als wir dachten«, fügte Carnegie-Brown frostig hinzu. »Der König hat zwei Töchter, die beide noch nicht alt genug sind, um ihrem Vater uneingeschränkt auf den Thron zu folgen, sollte er einer Krankheit oder einem Unfall zum Opfer fallen. Oder einem feindlichen Angriff, Gott behüte. Die Familie bleibt weiterhin in London, und der König wünscht, von Zeit zu Zeit die Front zu besuchen. Sollte irgendetwas passieren, werden wir einen Regenten benötigen. Henry wurde ausgewählt, diese Rolle zu erfüllen. Sollte also tatsächlich etwas passieren, wird er faktisch unser König sein, bis Prinzessin Elizabeth mündig wird. Anschließend wäre er dann ein nicht mehr ganz so unbekannter Soldat. Aber das ist offensichtlich ein hypothetisches Szenario, kein theoretisches. Maßnahmen wurden ergriffen. Seine persönliche Sicherheit ist von höchster Wichtigkeit. Wenn der König das Land verlässt – wie er es nächste Woche tun wird, um Frankreich zu besuchen –, ist es Henry verboten, das Gleiche zu tun, ungeachtet seiner derzeitigen militärischen Rolle als Verbindungsoffizier zwischen unserer Armee an der belgischen Grenze und Paris. Entweder König George oder Prinz Henry müssen stets sicher daheim im Reich bleiben.«

Etwas in Carnegie-Browns Stimme verriet eine nicht eben ungezügelte Zuneigung zu der Institution, die zu verteidigen ihre Pflicht war. Brooke vermutete da einen schwärenden schottischen Groll.

»Das alles summiert sich zu einem einfachen Problem: Wir müssen sicherstellen, dass sein Aufenthalt in dieser

Stadt für weiter nichts als seine schlichte Vorhersagbarkeit in Erinnerung bleiben wird. Theoretisch koordiniert die Grafschaftspolizei die Sicherheitsmaßnahmen, praktisch müssen wir die Last der Verantwortung schultern. Er befindet sich auf unserem Terrain.«

Außerhalb des alten Stadtzentrums war die Polizei von Cambridgeshire zuständig. Ihr Hauptquartier lag keine halbe Meile entfernt auf Castle Hill. Die Beziehungen zwischen den beiden Dienststellen waren feindselig, obwohl niemand, den Brooke je danach gefragt hatte, in der Lage zu sein schien, diesen glühenden Antagonismus zu einem bestimmten grundlegenden Ereignis zurückzuverfolgen. Die Aussicht auf eine wie auch immer geartete Zusammenarbeit war jedenfalls nicht gerade charmant.

Sie warf ihm über ihren Schreibtisch eine Notiz zu. »Wir können bei der Grafschaft um Arbeitskräfte und Unterstützung bei der Logistik ersuchen. Hier ist die Telefonnummer. Rufen Sie an, Brooke. Schaffen Sie all die Hilfe heran, die Sie kriegen können. Lassen Sie uns das hinter uns bringen und weiterziehen. Der Besuch ist für Samstag, den elften Januar, geplant. Jeglicher Urlaub ist gestrichen, hier und bei der Grafschaftspolizei.«

Wieder entlassen zog Brooke sich in sein Büro zurück und las die Akte. Der Zeitplan für den königlichen Besuch war angenehm banal. Prinz Henry gedachte mit dem Wagen anzureisen und eine Suite mit mehreren Zimmern im Trinity zu beziehen, um anschließend zu einem Fußballspiel auf Parker's Piece zwischen einer Army-Mannschaft und einer, die die Universität aufgestellt hatte, zu fahren. Danach würde er zum Tee zu Fuß ins Trinity zurückkehren. Am Abend wurde er als Gast im Queens' College erwartet.

Man würde ihn einladen, das neue Fisher Building zu eröffnen, einen Erweiterungsbau am Westufer. Dort sollte ein formelles Festessen im Großen Saal stattfinden. Anschließend würde er ins Trinity gehen, um dort zu nächtigen, ehe er am Morgen nach dem Frühstück aufbräche, um mit dem Wagen zum St. James Palace zu fahren.

Brooke zapfte seine Geduldsreserve an und streckte eine Hand aus, um den Hörer abzunehmen und sich eine Verbindung zur Grafschaftstruppe herstellen zu lassen, doch kaum berührte er das Bakelit, klingelte das Telefon. Es war der diensthabende Sergeant der Wache. Ein Pater John Ward der St. Alban's Church, Upper Town, hatte angerufen, um sie darüber zu informieren, dass man ihnen am Tag zuvor zweiunddreißig Evakuierte aus London geschickt habe. Sie alle hatten Essen erhalten und die Nacht in der Kirche verbracht. Ein Namensaufruf an diesem Morgen hatte ergeben, dass einer fehlte.

»Ein Fünfjähriger«, sagte der Diensthabende, aber Brooke war bereits aufgesprungen und griff nach seinem Hut, angetrieben von der Erinnerung an die fahle Hand, die die Oberfläche des silbrig-schwarzen Flusses durchbrach.

KAPITEL SIEBEN

Die Upper Town und die katholische Kirche St. Alban's lagen auf der anderen Seite der Great Bridge, dort, wo die Römer ihren Außenposten auf erhöhtem Gelände erbaut hatten, dessen höchsten Punkt die künstliche Kuppe des Castle Hill darstellte. Wenn er als Kind von dort aus nach Osten geblickt hatte, war es Brooke nicht schwergefallen, den durchdachten Ausführungen seines Vaters Glauben zu schenken, die besagten, das nächste so hoch gelegene Land wäre der Ural jenseits von Moskau, was die bitteren Winde zu erklären half. Die ganze Gegend hatte etwas Verlorenes an sich und moderte seit dem Schwarzen Tod still in Armut und Elend vor sich hin, vergessen über fünf Jahrhunderte, wären da nicht die Kais am Fluss. Kleine, schäbige Reihenhäuser kauerten sich in ein Labyrinth aus Straßen in dem steilen Ufergelände über dem Cam.

Immigranten waren gekommen und gegangen – Niederländer, Hugenotten, Letten – bis schließlich die Iren eintrafen und halfen, die Entwässerungsgräben für die Fens auszuheben, um anschließend schnurgerade Eisenbahnschienen zu legen. Die Lower Town, die sich mit mittelalterlich-honigfarbenen Steinen schmückte, hatte ihre mildtätigen Spenden entrichtet, um die himmelschreiende Not ihrer mittellosen Cousine auf dem Berg zu lindern: Eine weiterführende Schule, eine Methodistenmission und eine

Reihe von Armenhäusern waren so entstanden. Die Arbeitslosigkeit in den Dreißigern hatte die Gegend schäbig und armselig zurückgelassen; noch heute, besonders im Zuge der Verdunkelung, war die Upper Town ein Ort, den man nach Sonnenuntergang tunlichst meiden sollte. In der Stadt stand sie in dem düsteren Ruf, eine radikale Politik zu betreiben, was ihr den Spitznamen Red Hill eingetragen hatte.

Während Brooke westwärts durch die verschneiten Straßen ging, konnte er die graue Silhouette der Upper Town mit dem sanften Berghang, den Burgruinen, dem Bezirksgefängnis und dem hohen Satteldach von St. Alban's sehen, die sich scharf von dem eisblauen Himmel absetzte. Er schritt durch ein Gebiet, das in einer seiner geliebten alten Karten als Bridgetown ausgewiesen war, überquerte das Gewässer und gelangte in das Cambridge jenseits der Brücke. Zu einer Seite der Straße verdeckten die hohen Mauern des Magdalene College – der einzigen mittelalterlichen Einrichtung westlich des Flusses – die tiefstehende Sonne; auf der anderen Seite ragte eine ganze Reihe alter Häuser und Läden mit vorstehenden Obergeschossen mittelalterlicher Bauart über das Pflaster und die schmale Straße hinaus.

Als Kind hatte Brooke, wenn er zwischen Schule und seinem Zuhause kreuz und quer durch die Stadt gewandert war, heimlich diese Häuser inspiziert. Jedes Stockwerk wartete mit dem auf, was einer seiner Lehrer einst als »unzüchtige Bilder« bezeichnet hatte, schmiedeeiserne Konsolen, die allerlei Ausschweifungen darstellten: ein nacktes, eng umschlungenes Paar, ein Phallus zwischen Traubengebinden, die vorspringenden Brüste einer Frau – alles in mittelalterlicher Doppelzüngigkeit geschaffen, um den Teufel abzuwehren. Bedachte man den abwesenden Vater, den Tod der Mutter, als er gerade sechs gewesen war, und das Fehlen von Geschwistern, dann hatten ihm diese Bilder eine raue Version der Geschichte von den Bienen und den Blumen beschert.

Am Fuß des Castle Hill begann das Elendsviertel. Eine gewundene Straße lockte seinen Blick an. Leere Wäscheleinen spannten sich kreuz und quer über sie, und ein kleines Kind spielte mit einem Wägelchen in der Gosse. Zwei Hunde, die so gar nichts gemeinsam zu haben schienen, stritten sich um zusammengeknülltes Zeitungspapier, das einst Pommes frites enthalten hatte. Außer Sichtweite, ein paar Straßen entfernt, befanden sich die Mietskasernen – eine baufällige Ansammlung an Wohnhäusern auf einem Hügel mit dem einschmeichelnd süßen Namen Honey Hill; Adressen, die täglich auf der Liste der Beklagten im Amtsgericht auftauchten. Rechts auf dem ansteigenden Gelände stand St. Alban's, ein abweisend viktorianisches Bauwerk aus grauem Gestein, die Linien streng und maschinell geformt, bar jeglicher heimeligen Spuren eines Maurermeißels. Ein verwilderter Friedhof führte zu einem breiten Vorbau, in dem Sandsäcke und Holz aufgestapelt waren. Als uniformierter Constable in den Jahren gleich nach dem Krieg hatte er hier oft Obdachlose angetroffen, doch die Kirche duldete sie, also hatte er sie stets in Ruhe gelassen.

Im Inneren, unter einer Doppelreihe runder Hängelampen, frühstückten Kinder an Tischen auf Stützböcken, die im Mittelgang des Kirchenschiffs aufgestellt worden waren. Die Kirchenbänke waren mit Bettwaren übersät, darunter waren Koffer verstaut, an denen noch immer die Evakuierten-Etiketten hingen. Es ging laut und fröhlich zu; eine

Kakophonie des Geplappers, in der sich die berauschende Temperatur widerspiegeln mochte. Warme Luft stieg aus in den Steinboden eingelassenen Eisengittern auf. Ein Geistlicher in einer schlichten, schwarzen Soutane, der dabei war, Milch auf Becher zu verteilen, war auf Brooke aufmerksam geworden und winkte ihn herbei.

Er lächelte, noch bevor Brooke ihm die Hand schüttelte.

»Pater Ward?«

»Inspector Brooke? Frühstück? Ich kann Ihnen Toast und Tee anbieten. Sie müssten sich aber beeilen, die Kinder sind gefräßig wie die Tölpel.« Und genauso klang es auch: nach einer ganzen Kolonie Tölpel, die eine hoch aufragende Klippe belagerten. Ward war vielleicht Ende dreißig. Er hatte feine Züge, doch sein dichtes Haar war so weiß wie der Schnee vor der Tür. Keine Spur eines regionalen Akzents kennzeichnete seine Sprache, da waren nur die knappen, präzisen Laute eines englischen Universitätsabsolventen zu vernehmen.

Im Profil betrachtet erinnerte er Brooke frappierend an eine Hollywoodversion eines glamourösen Priesters. Claire hatte ihn ins Regent geschleppt, um sich *Teufelskerle* anzusehen, in dem Spencer Tracy sich bemühte, die Seele des Möchtegern-Gangsters Mickey Rooney zu retten. Ward hatte etwas von der muskulösen Attraktivität des Stars an sich, in dessen Schatten sich eine größere Sensibilität verbarg.

»Können wir uns irgendwo unterhalten?«, fragte Brooke.

Ward reichte die Kiste mit Milchflaschen weiter an eine Frau mittleren Alters, die eine Schürze trug und energisch Toast mit Butter bestrich. Sie nahm sie wortlos entgegen und stemmte sie hoch auf den Tisch. Ihr leuchtend rotes, auf dem Kopf aufgetürmtes Haar erinnerte Brooke an einen georgianischen Druck einer Dame der Gesellschaft, in deren Locken ein Vogelkäfig steckte. Die Ärmel ihrer Bluse waren hochgekrempelt, und einer ihrer Unterarme war vom Handgelenk bis zum Ellbogen mit bunten Metallarmreifen geschmückt. Sie bot einen mondänen Anblick, obwohl ihr Gesicht vor Schweiß glänzte.

Ward führte Brooke zum Altar, auf dem eine Monstranz ohne Hostie im inneren Rund das Licht einfing. Hier, nahe dem goldenen Tabernakel, traf ihn der Geruch des Weihrauchs beinahe wie ein physischer Schlag. Eine Nebentür führte zu einem bescheidenen Büro, das mit einem kleinen Fenster in Form eines Kreuzes gesegnet war, in das man grellrotes und blaues Glas eingesetzt hatte.

Der Geistliche setzte sich nicht. »Es tut mir leid, dass ich Alarm schlagen musste. Es ist nur so, dass die Verantwortung drückend ist: Dies sind Gottes Kinder, und eine Nacht lang war ich ihr Vater. Also habe ich angerufen.«

Wieder fiel Brooke die bemerkenswert klare englische Aussprache auf, und er stellte sich vor, diese Stimme würde die Nachrichten auf BBC vorlesen.

»Das Kind wird immer noch vermisst?«, erkundigte sich Brooke.

Ward schien ein wenig zusammenzusacken, ehe er den Kopf senkte und antwortete. »Ja. Sean Flynn, fünf Jahre alt. Er ist gestern zusammen mit den anderen mit dem Zug eingetroffen. Insgesamt waren es zweiunddreißig Kinder, zwanzig Mädchen, zwölf Jungen. Sie sind zu Fuß vom Bahnhof hergelaufen, und wir haben ihnen eine heiße Mahlzeit gegeben. Nur Suppe und Brot – aber es war genug da für eine zweite und dritte Portion. Mister Lloyd, der Krämer vom Gipfel des Hügels, hat uns zudem Äpfel zukommen lassen. Sie waren müde und enorm aufgeregt, also habe ich einen Gesang organisiert. Wir haben ein Piano, und Mrs Aitken – Sie haben sie draußen helfen gesehen – kann spielen. Es war wundervoll im Kerzenschein. Natürlich hat es auch Tränen gegeben, besonders zur Schlafenszeit. Da haben Gebete geholfen. Um neun habe ich abgesperrt, und wir haben die Namen aufgerufen. Wir haben sie gebeten, ihre Etiketten zu behalten, anderenfalls hätte hier ein heilloses Chaos Einzug gehalten, wie Sie sich sicher vorstellen können. Ich habe die Türen nicht wieder aufgeschlossen, sie waren die ganze Nacht verriegelt. Aber Flynn war fort, also habe ich angerufen.« Er berührte kurz den schwarzen Bakelithörer. »Natürlich haben viele von ihnen Heimweh, darum ist das nicht allzu überraschend. Wir haben festgestellt, dass das kleine Fenster in der Toilette nur angelehnt war. Das ist die einzige Möglichkeit, wie er hinausgelangen konnte.«

»Sind wir denn sicher, dass er rausgelangt ist? Haben Sie die Kirche durchsucht?«

»Ja. Zweimal. Das ist nicht so schwierig, Inspector. Dies ist eine arme Gemeinde mit einer armen Kirche. Marie – Mrs Aitken – hat die Kinder beaufsichtigt, während ich überall nachgesehen habe, im Beichtstuhl, der Sakristei – obwohl die auch abgeschlossen war –, in den Schränken, der Gewandtruhe, überall.«

»Dachboden? Krypta?«

»Wir haben weder noch.«

»Wo wohnen Sie?«

»Im Presbyterium nebenan, auf der Nordseite. St. Alban's – die Schule, um genau zu sein – ist auf der anderen Seite der Kirche, im Süden. Insgesamt sind es drei

Gebäude, alle um einen Hof geschart und alle im gleichen deprimierenden Stil erbaut, fürchte ich. Es gibt keine Verbindungstüren. Ein jedes steht für sich allein, wenngleich unser aller Leben vom selben Strang ist – wenn ich so poetisch sein darf.«

»Könnten Sie mich herumführen?«, bat Brooke.

Es gab eine Seitentür zum Hof, der unverkennbar als Spielplatz genutzt wurde. Kreidevierecke eines Hüpfspiels waren auf den Boden gezeichnet worden, und ein einzelner Satz Torpfosten zierte einen Abschnitt der kahlen Wand. Die Kirche nahm eine Seite ein, die Schule eine andere, das Haus die dritte, und alle trugen die gleiche institutionelle Uniform: grün lackierte Fensterrahmen und Türen, rote Ziegel mit viktorianischer Ausschmückung.

»Das ist Ihr Haus?«, fragte Brooke.

Ward sah so erschrocken aus, als hätte er es gerade zum ersten Mal gesehen.

»Ja. Erbaut wurde es für drei Priester, aber im Lauf der Zeit … ich bin allein.«

»Wo haben *Sie* letzte Nacht geschlafen?« Es gelang Brooke nicht, das kritische Wort unbetont zu lassen. Zwar war damit keine Beschuldigung verbunden, doch er sah einen Schatten über Wards offenes Gesicht huschen, ein flüchtiger Ausdruck der Enttäuschung.

»Ich habe in meinem Büro geschlafen, da, wo wir uns gerade unterhalten haben. Aber ich habe die Tür offen stehen lassen. Mrs Aitken hat draußen bei den Kindern übernachtet, gleich in der vordersten Bank. Sie ist eine Heilige.«

»Ich verstehe. Und wo schläft sie normalerweise?«

»Es gibt eine Haushälterinnenwohnung im Presbyterium, das ist unerlässlich. Katholische Priester sind nicht gerade für ihre häuslichen Fähigkeiten bekannt, Inspector. Oder für gefügige, dienliche Gattinnen.«

Also nicht ganz allein, dachte Brooke, während er gegen das Gefühl ankämpfte, abgefertigt zu werden. Der Ton des Geistlichen klang inzwischen auffallend heiter.

Sie kehrten ins Büro zurück. Ward legte einen Finger auf eine Akte auf seinem Schreibtisch.

»Ich dachte, das würden Sie sehen wollen: Einzelheiten zu dem jungen Flynn. Setzen Sie sich. Ich hole Ihnen die versprochene Tasse Tee.«

Brooke nickte. Das Angebot einer Tasse Tee war so etwas wie die übliche Währung unter denen, die nicht in den Krieg gezogen waren. Manchmal schien es geradezu unpatriotisch, auch nur daran zu denken, sie abzulehnen.

Er las die Formulare in dem rot-blauen Licht, das durchs Fenster strömte. Als Eltern waren Gerald und Mary Flynn aufgeführt, die Adresse lautete Askew Road, Shepherd's Bush, London. Flynn war Schüler an der Sacred Heart gewesen, einer Diözesanschule, geleitet von der katholischen Kirche. Als Beruf des Vaters war Eisenbahnkaufmann vermerkt. Flynns schulische Beurteilung war auf zwei Worte komprimiert worden: »Leicht führbar«. Lesen bereitete ihm Mühe, seine mathematischen Fähigkeiten waren dürftig, aber er war gut im Sport, besonders im Fußball. Seine Größe war mit drei Fuß plus drei Zoll angegeben. Eine knappe medizinische Bescheinigung enthielt nichts Besorgniserregendes. Der Junge war am Tag zuvor im Bahnhof King's Cross den Diözesanvertretern übergeben, sein Formular datiert und abgezeichnet worden.

Geräusche eines gutartigen Krawalls hallten durch die Kirche, als Ward mit der Tasse Tee zurückkehrte.

»Ich habe den Kindern gerade erzählt, dass Sean vermisst wird und sich vermutlich in der Kirche versteckt. Sie sollen ihn suchen. Das ist ein sehr aufregendes Spiel, und ich habe eine Orange als Preis ausgelobt.«

»Niemandem ist ein vermisster Freund aufgefallen?«

»Nein – aber das ist nicht verwunderlich. Die meisten Kinder, die nach Kriegsausbruch evakuiert wurden, wurden in großen Gruppen weggebracht. Ganze Schulen, auf jeden Fall ganze Klassen. Manche Eltern wollten ihre Kinder bei sich behalten; vielleicht, weil sie zu klein oder schüchtern waren. Die Regierung sagt uns ständig, dass die Angriffe kommen werden, und die Leute denken nun anders. Darum hat die Diözese beschlossen, die Daheimgebliebenen einzusammeln und alle zusammen zu verschicken – wenn man das so ausdrücken kann. Ein paar sind befreundet, Klassenkameraden, aber die meisten sind ganz allein. Sean gehört dazu, nehme ich an.«

Ward warf einen Blick auf die Uhr an der Wand. »Die Kinder sind spät dran«, sagte er. »Ich werde sie nach nebenan zur Schule bringen müssen. Da findet eine Willkommensveranstaltung statt, und danach lernen sie die Leute kennen, die sich einverstanden erklärt haben, sie aufzunehmen. Oder die angewiesen wurden, sie aufzunehmen. Oder bezahlt. Die Kinder sind aufgeregt, aber auch ängstlich, das ist nur natürlich. Was soll ich tun, Inspector?«

»Lassen Sie die Kinder ihre Suche abschließen«, sagte Brooke. »Danach müssen Sie weitermachen. Bringen Sie sie zur Schule, und ich werde sehen, ob wir Sean finden können. Aber es gibt da etwas, das Sie wissen sollten, Pater …«

Eine Unterwassersuche im Fluss war keine Angelegenheit, die man der Öffentlichkeit vorenthalten konnte. Dafür waren Boote nötig und Netze und eine Menge Constables an den Ufern. Die Neuigkeit würde auch St. Alban's bald erreichen. Brooke blieb keine andere Wahl, als ehrlich zu sein.

»Pater, Sie sollten auf das Schlimmste vorbereitet sein. Letzte Nacht ist ein Kind im Fluss ertrunken. Wir suchen gerade nach ihm. Es war ein kleiner Junge. Es tut mir sehr leid ...«

»Oh Gott, nein.« Er schüttelte den Kopf, tastete mit einer Hand nach dem Schreibtisch, um sich abzustützen, und bedeckte mit der anderen die Augen. Ermattet, vorübergehend zusammengestutzt auf die Größe eines ganz gewöhnlichen Menschen, sank er zurück auf seinen Stuhl, und zum ersten Mal sah Brooke eine grausame Ironie in dem von der Kirche verliehenen Ehrentitel »Pater«, dem lateinischen Wort für »Vater.«

KAPITEL ACHT

Brooke schloss die Haustür auf und rief: »Zu Hause!«

Claire durchquerte den Flur, eine Auflaufform in Händen. Hitze stieg zwischen ihnen auf, als sie innehielt, um ihn zu küssen. Da ihre Tochter nun wieder unter demselben Dach lebte, fiel die abendliche Begrüßung etwas zurückhaltender aus. Zuvor waren sie einander in die Arme gefallen, um das tägliche Wiedersehen zu begehen.

Das alte Haus war zugig, aber aus dem Esszimmer drang das flackernde Licht eines Kaminfeuers, und die paar Schneeflocken, die in Brookes Windschatten hereingeflogen waren, schmolzen auf dem alten Vorleger rasch dahin, als er mit Stiefeln aufstampfte, an denen noch Schlamm und Schneematsch vom Flussufer hafteten.

»Du bist pünktlich. Sehr gut! Das ist mal etwas Neues.«

»Wir können den Jungen nicht finden, und es ist dunkel. Es gibt nichts weiter zu tun, und ich bin mit meinem Latein am Ende. Wenigstens wissen wir jetzt, wer er war. Ein Vaccie – aus St. Alban's in der Upper Town.«

Claire eilte voran zum Tisch, der sorgfältig gedeckt war mit dem Besteck seiner Mutter und dem, was vom Kristallglas übrig war. Sogar ein Kerzenständer hatte sich gefunden.

»Was feiern wir?«, fragte er, schüttelte seinen Mantel ab und warf seinen Hut auf den Ständer.

Joy, immer noch in der Schwesterntracht aus der Tagesschicht im Krankenhaus, tauchte auf der Treppe auf und ging vorsichtig die Stufen hinab. Seine Tochter war im dritten Monat schwanger und strahlte vor Gesundheit. Sie sah aus wie ihre Mutter, adrett wie ein Kätzchen, doch ihre Farben hatte sie von ihm: dunkles, beinahe schwarzes Haar und blaue Augen. Claires angeborene, muntere Tatkraft fand ihren Widerhall in ihrer Tochter. Wenn die beiden zusammen waren, schienen sie einen kleinen Wirbelsturm an Aktivitäten zu entfesseln. Joy hatte den gesunden Menschenverstand ihrer Mutter, aber nicht die Spur ihres Kontrollbedürfnisses, des obsessiven Drangs, sich stets vergewissern zu müssen, dass auch alles in Ordnung war.

»Luke hat geschrieben«, sagte Joy zur Antwort auf eine entsprechende Frage ihres Vaters. »Es geht ihm gut, also dachten wir, wir sollten unsere Dankbarkeit für die gute Nachricht zum Ausdruck bringen.«

Auf dem Herd entdeckte Brooke eine Flasche Wein, einen der Clairets seines Vaters aus dem staubigen Keller. Er schenkte ein und inhalierte das erdige Bouquet.

»Wie geht es Doric?«, fragte Joy. Als sie noch ein Kind gewesen war, hatte er sie zu heimlichen nächtlichen Besuchen in der Pförtnerloge mitgenommen, wo sie gelernt hatte, Brot über einem Kohlenfeuer zu rösten.

»Blüht und gedeiht. Man hat ihn zum Luftschutzhelfer gemacht. Jetzt hat er etwas, womit er dem Oberpförtner gegenüber prahlen kann, und triumphiert insgeheim.«

Sie nickte. »Mum sagte, du hättest angefangen, nachts zu schlafen. Stimmt das?«

»Nein, das tut es nicht. Ich komme nach Hause. Ich esse. Ich gehe ins Bett. Ich habe einen festen Ablauf – was, wie man mir gesagt hat, das ist, was ich brauche. Der Schlaf selbst stellt sich immer noch nicht ein, besonders dann nicht, wenn deine Mutter arbeitet.«

»Gib nicht mir die Schuld«, sagte Claire, zog die Tür zu und schloss die Wärme ein. »Schneit es immer noch?«

»Ein paar Flocken, mehr nicht.«

Brookes Insomnie, die nach Kriegsende im Sanatorium begonnen hatte, war im Lauf der Jahre schlimmer und zu einem Teil seines Lebens geworden. Aber Claire war aufgefallen, dass seine natürliche Energie schrittweise abnahm und seine Stimmung schlechter wurde, als ob die endlosen Tage, die in endlose Nächte übergingen, ihn auslaugten.

Angewiesen, einen Versuch zu unternehmen, das Geheimnis des Schlafs zu ergründen, hatte Brooke sich an einen alten Freund gewandt, einen Wissenschaftler namens Peter Aldiss. Der Mann war wie er selbst eine Nachteule und widmete sich vierundzwanzig Stunden am Tag einer scheinbar endlosen Reihe von Experimenten zur Untersuchung des Biorhythmus, der eingebauten natürlichen Uhr des Menschen. Vor dem Großen Krieg war Aldiss sein Zimmergenosse gewesen, und er hatte ein brüderliches Interesse an Brookes schlaflosem Albtraum entwickelt.

Aldiss' Regelwerk basierte auf der Vorstellung, dass eine feste Routine installiert und strikt befolgt werden musste. Wenn Brooke die Augen aufschlug, musste er hinausgehen ins Tageslicht. Soweit es nicht zu sehr schmerzte, sollte er lediglich die ockerfarbene Brille aufsetzen, um so viel Licht wie möglich aufzunehmen. Während des Tages hatte Aldiss ihm mehrere Spaziergänge verordnet, besonders wann immer die Sonne herauskam. Die Mahlzeiten hatten beinahe religiös begangen zu werden: drei an der Zahl, um sie auf die verschiedenen Tagesphasen zu verteilen, vom Frühstück über das Mittagessen zum Abendessen. Während der Phase, die zum Schlafen vorgesehen war, durfte er nichts zu sich nehmen. Nach dem Abendessen gab es eine Zeit der Entspannung, ein langes, warmes Bad in dem torfig-braunen Wasser. (Heiß, in Brookes Fall, denn er verabscheute alles Lauwarme.) Dann ins Bett, in einem dunklen Raum, selbst wenn die Verdunkelungsregeln ausgesetzt wurden, das Fenster offen, sodass die Geräusche des Flusses über die Aue hereinsickerten. Bisher hatten die festen Abläufe keinen Schlaf erzeugt. Der Nachtschwärmer entfloh seinem Bett. Immerhin versuchte er es jede Nacht aufs Neue.

Nach dem Abendessen war es an Brooke, Lukes Brief vorzulesen, denn Claire und Joy erklärten beide, er habe die passende Stimme dazu. Zwar war ihr Sohn mit den primären Expeditionsstreitkräften über den Kanal geschickt worden, um sich für den Krieg bereitzuhalten, doch seine Einheit war nach Süden verlegt worden, um Truppen der französischen Armee zu unterstützen, die im lange umkämpften Grenzgebiet an der Saar lagerten.

Lukes Brief war familiär und drehte sich vorwiegend um Ernährung. Einen Abschnitt mochte Brooke besonders:

Roper, der beim letzten Mal dabei war, sagt, sie werden uns Gräben ausheben lassen, sobald der letzte Frost vorbei ist. Dann sind wir wieder da, wo es 1914 angefangen hat. Ich habe keine Lust, mir mein Quartier mit Ratten zu teilen. Die Schlauen tippen auf einen Angriff im Norden, genau wie beim letzten Mal. Dann wären wir weitab vom Schuss, was mir nur recht sein kann. Das Essen hier ist ausgezeichnet. Wir haben Eier gestohlen und alles geschossen, was sich bewegt. Und die Saar ist voller fetter Fische, auch wenn deren genaue Gattung ein Mysterium bleibt.

Am Ende faltete Brooke rasch den Brief zusammen und stellte die Frage, die das Haus zu überschatten schien wie die Bäume am Ufer.

»Und Ben? Irgendwas Neues?«

Joys Mann Ben war auf einem U-Boot. Als sie das letzte Mal von ihm gehört hatten, lag er vor Rosyth in Schottland und wartete auf Befehle. Zu Weihnachten, als sie ihn zum ersten Mal kennengelernt hatten, hatte er still und ruhig am Feuer gesessen und ihnen beschrieben, wie es war, in dem »Fisch« – wie er das U-Boot nannte – auf dem Meeresgrund zu liegen und reglos zu warten und zu lauschen. Sollte ihr Kind ein Junge sein, dachte Brooke, war ihm der Name Jonah vorherbestimmt. Ben, so schien es, schlief gern, wenn das U-Boot in der Tiefe lag, und offenbarte ein beinahe übermenschliches Maß an Nervenstärke und Gemütsruhe.

Joy schüttelte den Kopf. »Nichts. Keine Neuigkeiten … Was steht in der Zeitung?«

»Nicht viel«, sagte Brooke, faltete den *Telegraph* auseinander und überflog die Schlagzeilen. »Die Finnen setzen sich gegen die Russen zur Wehr, die Chinesen ziehen sich in der Konfrontation mit Japan zurück.« Beschönigend gab er einen Bericht wieder, demzufolge die Regierung unter Druck war, weil sie die Kontrolle über die norwegischen Häfen erringen musste, ehe die Deutschen ihnen zuvorkommen konnten, um die Roheisenlieferungen aus Narvik und Tromsø zu schützen. Sollte es an dieser Küste zu Kampfhandlungen kommen, wäre Bens U-Boot wirklich im Krieg.

»Und dann haben wir noch dies«, verkündete Brooke, als Claire, bereit zu ihrer Nachtschicht, in Uniform auftauchte und sich auf einen Stuhl setzte, um ihre Glasohrringe abzunehmen. »Die Darbietung des Abends.« Jeden Abend wählten sie etwas aus, das laut vorgelesen wurde, gewöhnlich, um der Innenschau zuvorzukommen und die Stimmung zu heben. Oft wurde die Auswahl von Dorics sorgsamer Lektüre der Zeitungen in der Pförtnerloge beeinflusst.

MANN MIT DREI FRAUEN BEI DEM VERSUCH ERTAPPT, EINE VIERTE ZU EHELICHEN

John Edward Shrike, ein Corporal des Royal Lancashire Regiment, wurde vor dem Schwurgericht zu Preston aufgrund zweier getrennter Anklagen der Bigamie für schuldig befunden.

Vor Gericht stellte sich heraus, dass Shrike, 38, seine erste Frau, die er 1935 geheiratet hatte, wegen »unüberbrückbarer Differenzen« verlassen habe, die Trennung aber »gütlich« verlaufen sei.

Nach dem Scheitern seiner ersten Ehe verließ er das Heim der Familie in Croydon, Süd-London, und zog nach Ilford, Essex, behielt jedoch seine Stellung als Lokführer in der Untergrundbahn.

1936 lernte er seine zweite Frau kennen, die er im Standesamt zu Basildon heiratete. Shrike log über seinen Familienstand und nannte einen falschen Geburtsort.

Shrikes zweite Frau verließ ihn wegen eines anderen Mannes, und er blieb in ihrem Zuhause in Ilford, bis er sich bei Kriegsausbruch freiwillig meldete.

Seine dritte Frau lebte in Northallerton, Nord-Yorkshire. Er begegnete ihr an einem freien Tag während seiner Ausbildung in Catterick Camp, und sie heirateten im Standesamt von York.

Shrike schloss seine Ausbildung ab und wurde als Kanonier in Surrey in der Kaserne am Rande von Croyton stationiert. Seine Frau und sein Kind blieben in Northallerton.

Bei einer Tanzveranstaltung lernte er eine ortsansässige Frau kennen, der er bei ihrem zweiten Zusammentreffen einen Heiratsantrag machte. Sie bestand darauf, in der örtlichen Kirche zu heiraten, und das Aufgebot wurde bekanntgemacht.

Shrike besuchte seine erste Frau, die in der Nähe lebte und von der er sich im Guten getrennt hatte, um sie zu bitten, die Hochzeit zu ignorieren.

Er erklärte ihr, dass er den Gedanken nicht ertragen könne, dass sie alle aufeinanderträfen.

Sie aber ging zur Polizei.

Der Verteidiger sagte, Shrike sei »attraktiv und charmant und hat den Frauen erzählt, dass er eine große Summe Geldes erben würde«. Es fiele ihm schwer, allein zu leben, und ihm fehlten die regelmäßigen Mahlzeiten, wenn er nicht daheim sei.

Der Richter, Mr. Justice Acre, sagte: »Bigamie droht zu einem heimischen Wirtschaftszweig zu werden. Es gibt Anzeichen dafür, dass sie in diesem Krieg ebenso überhandnimmt wie im letzten. Frauen, getrennt von Familie und Freunden, müssen sich vor rücksichtslosen Männern in Acht nehmen, die sich selbst als frei von den Beschränkungen eines verpflichtenden Bundes begreifen.«

Brooke legte die Zeitung weg.

»Die ganze Welt hat den Verstand verloren«, bemerkte Joy.

Später, als er auf dem Dachboden in der Badewanne lag, versuchte Brooke, sich zu entspannen. Dies war einst die Zuflucht seiner Mutter gewesen, drei Stockwerke über dem Labor seines Vaters. Sie hatte die Badewanne einbauen lassen und den Raum mit einer Chaiselongue und einer Leselampe ausgestattet. Damals hatte Brooke auf dem Teppich gelegen, um der Gute-Nacht-Geschichte zu lauschen. In jenen Tagen war sein Schlaf voller Abenteuer, Burgen und Schatzsuchen gewesen.

Ehe er das Spinning House verlassen hatte, hatte Brooke den Befehl erteilt, die Suche im Fluss noch einen weiteren Tag fortzusetzen, doch der Augenblick, in dem er gefordert wäre, die Eltern des vermissten Jungen anzurufen, rückte immer näher.

Vermisst: Das war ein Konzept, von dem Brooke verfolgt wurde. Er war in der Wüste vermisst worden. Und er fürchtete nichts mehr, als dass Luke ein ähnliches Schicksal erleiden könnte, weshalb jeder seiner Briefe auch so wunderbar war.

Das Badewasser war nur noch lauwarm, also zog er den Stöpsel und sah zu, wie das Wasser kreiste. Ein vertrautes Gefühl der Verzweiflung kreiste ebenso. Er fragte sich, wie es dazu hatte kommen können, gerade einundzwanzig Jahre, nachdem die Waffen an der Westfront verstummt waren. Ein neuer Krieg würde jeden Moment ausbrechen. Und rückblickend war er unausweichlich.

Als Detective Sergeant war er einmal zu einer Ruhestörung vor dem Tivoli-Kino gerufen worden. Das musste 1936 oder 1937 gewesen sein – er wusste es nicht mehr genau, aber er erinnerte sich an den Titel des Films: *Our Fighting Navy* – Unsere kämpfende Marine. Eine Gruppe Kriegsgegner, samt und sonders Studenten, hatte sich draußen versammelt. Eine Gegendemonstration, organisiert von der Fascist League und tausend Mann stark, hatte sich, ganz im Geiste eines Student Rag, jener Manifestation der Rivalität zwischen zwei Institutionen, formiert. Brooke hatte sich gezwungen gesehen, seinen Constables den Befehl zu erteilen, ihre Schlagstöcke einzusetzen, als im Foyer ein Handgemenge ausgebrochen war. Er erinnerte sich an Sprechchöre: »Stürzt Hitler!« traf auf »Heil Hitler!«, und dann hatte jemand eine Stinkbombe geworfen. Das alles war ihm sehr englisch erschienen.

Und nun wartete Luke auf der anderen Seite des Kanals auf Tauwetter, damit er einen Schützengraben ausheben konnte.

KAPITEL NEUN

Der Schlaf brach jäh über ihn herein: Er spürte, wie seine Füße in eine unsichtbare Grube stürzten, und sein Bewusstsein purzelte hinterher. Die Geräusche des Flusses jenseits der Aue klangen aus. So viele seiner Träume waren gar keine, sondern Visionen flüchtiger, nur halb erinnerter Augenblicke seines früheren Lebens. Dieses Mal kehrte er in den Großen Krieg zurück, auf die Küstenstraße auf dem Sinai, wo sie die Türken zurückdrängten, Meile um Meile in einem zermürbenden Feldzug gutmachten, dessen Ziel die Einnahme Jerusalems war; eine Art Kreuzzug. Der letzte Kreuzzug.

Sie hatten eine Brücke über einen Fluss erreicht, der, wenn er denn da war, unter der Straße zur See strömte, der jedoch nur dem Namen nach ein Fluss war. Tatsächlich handelte es sich um ein Wadi, das nur während einiger weniger Stunden nach einem Wüstenregen Wasser führte. Einige Männer verweilten auf der Brücke und starrten in die Tiefe. Er hätte sie passieren sollen, aber die Neugier trieb ihn, den Fahrer seines gepanzerten Wagens anzuweisen, am Rand zu halten und eine Reihe Pferde vorbeiziehen und die Führung übernehmen zu lassen. Die Gruppe verdrießlicher Männer machte Platz, damit er an die Betonbrüstung treten konnte.

Die Schichten in dem Wadi waren gewiss schön, mit dem

trockenen Sand abgelagert in einem labyrinthischen Muster vergangener Rinnsale und Strömungen. Das Bild in seinem Traum war nur schwarz-weiß. Das übliche Treibgut war in der Höhe im Trockenen zurückgeblieben; entwurzelte Bäume und Dornenbüsche, eine kaputte Feldflasche, eine Reihe schwererer Granitbrocken, mitgerissen von der Kraft der Flut. Der Traum schuf nun seine eigene Realität, denn die Bilder aus der Tiefe waren übersinnlich genau, jedes Sandkorn erfasst in einer ganz eigenen Vision.

Ein kurzes Stück stromaufwärts fanden sich die Überreste einer Karawane, zurückgelassen von geflohenen Nomaden. Als die Armee gen Osten marschiert war, hatten sie Dörfer und Lager verlassen, Frauen und Kinder, die zu entkommen versuchten, während die Männer längst fort waren. Es sah aus, als hätte die Flut eine dieser wandernden Gruppen erwischt. Ein totes Pferd lag verschüttet im Sand, nur sein verrottender Kopf war noch zu sehen. Ein paar Stoffstreifen waren halb vergraben, außerdem einige Kalebassen und etwas, bei dem es sich möglicherweise um eine gewebte Satteldecke handelte. Ein einzelnes Wagenrad lag zwischen Töpfen und Pfannen.

Und da war ein Kind. Ein Junge lag allein in dem trockenen Flussbett wie ein angeschwollener Seestern, die Glieder leicht blau angelaufen, das Gesicht grotesk verzerrt. Fliegen waren in der drückenden Wüstenhitze nicht zu sehen, aber die Geräusche, jenes basale, bedeutungsschwere Brummen, waren unverkennbar, und das Bild veränderte sich wie eine Fata Morgana. Ein Kind, ertrunken in einem Fluss, der nicht da war. Brooke sah zu lange hin und befahl schließlich einem Sergeant, die Leiche zu suchen und das Kind anhand der Kleidung irgendwie zu identifizieren.

In den Taschen hatte sich nichts gefunden, außer einem einzelnen britischen Penny, Königin Victoria auf der einen, die Jahreszahl 1899 auf der anderen Seite. In der Realität war er weitergezogen und hatte erst einen Tag später begriffen, dass er den Knaben hätte beerdigen sollen. In seinem Traum versuchte er, seinen Sergeant zu bitten, dass er zurückkehren und das in Ordnung bringen möge. Doch jedes Mal, wenn er sich bemühte, die Worte zu formulieren, fühlte sich seine Zunge an wie tot, gelähmt an der Wurzel. Er versuchte zu schreien, versuchte es mit aller Kraft und erwachte, als sich der Schrei endlich von seinen Lippen löste.

KAPITEL ZEHN

Schweißgebadet erwachte Brooke. Er flüchtete aus dem Haus und machte sich auf den Weg zu dem Häuschen bei Jesus Lock. Er hatte darum gebeten, dass ein Constable an der Schleuse blieb und das Telefon bemannte. Die Nachtschicht war umorganisiert worden, sodass am Ufer Streifen patrouillierten für den Fall, dass der Leichnam des Kindes auftauchte. Boot-zu-Boot-Befragungen waren nach Einbruch der Dunkelheit flussabwärts in Richtung Baits Bite fortgesetzt worden. Aber die Moral war eingebrochen; es gab keine Hoffnung mehr. Flusswächter, Wasserpolizei und Collegepförtner waren ersucht worden, die Augen aufzuhalten: Irgendwann würde der Leichnam auftauchen. Da ihm der Schlaf sowieso vorenthalten blieb, hatte Brooke das Bedürfnis, die Vorkehrungen zu kontrollieren.

An der Tür zum Schleusenwärterhäuschen begegnete er PC Cable, der gerade auf dem Weg hinaus war und seinen Kinnriemen richtete. Cable war ein gescheiter, zuverlässiger Officer und doch dazu bestimmt, noch vor dem Frühjahr zum Militärdienst einberufen zu werden. Wenn das in diesem Tempo weiterging, würden dem Borough nur die Krummen und Lahmen bleiben.

»Sir, die Wache hat gerade angerufen. PC Harris am anderen Ufer sagt, eine Frau auf dem Treidelpfad vermutet, dass jemand in Newtons Fabrik einbricht. Sie sagt, sie hat drei Männer am Sicherheitszaun gesehen. Sieht nach Einbrechern aus, die die Verdunkelung ausnutzen. Sie ist jetzt dort und zeigt Harris die Stelle.«

Sie gingen flussabwärts, vorbei am Midsummer Common, den College-Bootshäusern am anderen Ufer und weiter über die Newton Bridge; ihr Name ein Scherz, der sich weitgehend etabliert hatte, aufgebracht von den Hunderten von Frauen und Männern, die in der Elektrofabrik auf der anderen Seite arbeiteten. Das Gebäude war niedrig und mit einem modernistischen, wellenförmigen Dach ausgestattet. Im Mondschein war die brutale Schlichtheit der Anlage gut erkennbar: drei Stockwerke, lange Reihen Crittall-Strahlrahmenfenster. Der ganze Komplex stand zurückgesetzt hinter einem vereisten Fußballfeld auf der Aue. Als Brooke das Schneefeld überquerte, erinnerte er sich, dass die Fabrik Rundfunkempfänger und neumodische Fernsehgeräte herstellte, möglicherweise auch elektronische Laborgeräte. Es gab mehrere ähnliche Fabrikanlagen, sowohl flussauf- als auch flussabwärts, gegründet von geschäftstüchtigen Akademikern, die die Liebesaffäre der Stadt mit der Mathematik genommen und in eine Leidenschaft für Technik umgewandelt hatten.

Vor sich konnten sie im Licht von Taschenlampen an einem Drahtzaun eine Gruppe Leute lebhaft miteinander reden sehen: zwei Police Constables, jemand, der aussah wie ein Nachtwächter mit Sturmlaterne, und eine Frau in einem schwarzen Mantel mit Pelzkragen und einer Fellmütze.

PC Harris zog seinen Notizblock zurate und stellte die Zeugin als Dr. Augustine Bodart vor, Dozentin am Davison College. Sie war auf dem Heimweg gewesen, als ihr etwas Verdächtiges oben am Zaun aufgefallen war, das sie dem

Constable gemeldet hatte, der auf dem Treidelpfad patrouillierte.

»Der Constable sagt, ein Kind wird vermisst?«, fragte sie Brooke, eine Hand vor den Mund geschlagen. Sie war vielleicht vierzig, stämmig und hatte bemerkenswert lebendige und ausdrucksstarke Züge, die den Eindruck vermittelten, sie spräche mit einem nicht besonders hellen Kind.

Brooke sagte ihr, sie wären immer noch hoffnungsvoll und eine Suche sei im Gang. Dann bat er sie, zu erzählen, was sie gesehen hatte.

»Drei Männer, gleich hier«, antwortete sie, und Brooke fiel ein deutlicher, gutturaler Akzent auf: deutsch, möglicherweise, oder vielleicht ungarisch oder osteuropäisch. »Sie sind in Richtung Stadt gelaufen. Ich zweifle nicht, dass sie durch den Zaun gekommen sind. Auf jeden Fall habe ich ihre Gesichter gesehen. Arbeiterklasse, vielleicht?«

»Haben Sie sie gerufen?«, fragte der Nachtwächter, der, wie Brooke nun sah, ein älterer Mann mit grauem Schnurrbart und Eisenbahnermütze war und außerordentlich besorgt wirkte.

Bodart hielt die Frage offenbar für recht dumm, denn sie schüttelte lachend den Kopf. »Gewiss nicht. Das sind Verbrecher. Und ich war hier, auf dem Treidelpfad, nicht weit entfernt.«

»Sie haben Alarm geschlagen?«, erkundigte sich Brooke.

»Ich sagte es dem Constable, als ich ihn gleich darauf auf dem Pfad gesehen habe – eine Minute später, vielleicht zwei.«

»Da war keine Spur von denen mehr zu sehen, Sir«, berichtete Harris.

Brooke nahm seinen Hut ab und strich sich mit der Hand

durch das schwarze Haar. »Sie sind Staatsbürgerin welchen Landes, Doktor Bodart?«

Der Krieg hatte derartige Fragen notwendig gemacht.

Sie spannte sich ein wenig und zog den Pelzkragen enger zu. »Ich bin Österreicherin, Inspector. *Österreicherin.* Die Nazis sind in mein Land einmarschiert, so, wie sie es zweifellos mit ihrem vorhaben. Ich melde mich einmal in der Woche im Spinning House. Ich kann Ihnen versichern, dass ich keine Gefahr für das Königreich darstelle.«

Sie lächelte und sah einen nach dem anderen an, offenkundig zufrieden mit ihrer Erklärung.

Brooke erinnerte sich an die Wochenschau, in der von Hitlers triumphalem Einmarsch in Wien berichtet worden war. In seinen Augen war das Konzept der »Invasion« überstrapaziert worden. Und ganz nebenbei hatte der »Anschluss« Österreichs, oder besser die Annexion, Dr. Bodart gewissermaßen zu einer Bürgerin des Reichs gemacht, ob ihr das nun gefiel oder nicht. Bei Kriegsausbruch hatten von der Regierung eingesetzte Tribunale den Status Tausender Deutscher und Österreicher überprüft, die dauerhaft in England lebten. Ein paar hundert waren eingesperrt worden, weitaus mehr hatte man laufen lassen, allerdings unter Restriktionen hinsichtlich ihres Bewegungsradius. Eine dieser Restriktionen bestand darin, dass sie sich regelmäßig auf einem örtlichen Polizeirevier zu melden hatten.

Brooke überließ sie einem der Constables, der mit ihr einen Termin für ihre Aussage auf dem Revier vereinbaren und sich eine möglichst genaue Beschreibung der drei Männer geben lassen würde. Derweil trat er, unterstützt von dem Nachtwächter, dessen Name Ridley lautete, durch das Loch im Zaun.

»Ich denke, wir sollten nachsehen, worauf die es abgesehen hatten, meinen Sie nicht?«, fragte Brooke.

Ridley, der in einem Häuschen auf einer Seite der Fabrik wohnte, folgte Brooke auf dem Fuße. »Ich wollte gerade meine Runde machen«, erzählte er. »Und es war auch nicht meine erste. Das ist nicht meine Schuld. Der Laden hat die höchste Sicherheitsstufe. Die werden nicht in die Labore gelangt sein. Da ist alles abgesperrt.« Der Wachmann klimperte mit einem Haufen Schlüssel an seinem Gürtel.

Brooke musterte die Fassade, und ihm ging durch den Kopf, dass die Fabrik *jetzt* die höchste Sicherheitsstufe hatte.

Sie begannen, das Gebäude zu umrunden: Das Werktor befand sich am nördlichen Ende, einem Fahrradschuppen und etwas, das aussah wie ein Generator, gegenüber. Die andere Seite der Fabrik, hinter der die Straße und die Kirche St. Andrews lagen, verschwand beinahe in einem Hain aus hoch aufragenden Kiefern und einer mächtigen Zeder. Auf der Südseite gab es keine Türen, aber einige Funkantennen ragten auf dem Gelände auf, und in einer Ecke stand ein hoher Mast – eine Sehenswürdigkeit in einer weitgehend eben gelegenen Stadt.

Ridley folgte Brookes nach oben gewandtem Blick. »Zweihundert Fuß hoch«, sagte er. »Und der Scheinwerfer ist dafür da, Flugzeuge zu warnen. Im Sommer haben wir einen Tagesausflug nach Ely gemacht und konnten es sogar von dort aus sehen«, fügte er mit einem Hauch von Berufsstolz hinzu.

Sie kehrten zum Haupteingang zurück, der in der Tat sicher verriegelt war. Unterwegs hatten sie jedes Fenster im Erdgeschoss kontrolliert, und keines war zerbrochen oder gewaltsam geöffnet worden. Kellertüren für Lieferanten waren mit Ketten gesichert. Es sah aus, als wären die Einbrecher mit leeren Händen geflohen.

»Was denken Sie, hinter was waren die her?«, fragte Brooke, während er sich im Licht der Taschenlampe Notizen machte.

Der Nachtwächter zuckte mit den Schultern.

»Was stellt Newton her?«

Ridley schüttelte den Kopf. »Das Gleiche wie eh und je. Radios. Fernsehgeräte – dafür ist das Ding da«, fügte er hinzu und deutete mit einem Nicken in Richtung Mast. »Verstärkt das Signal von Ally Pally, damit sie das Bild richtig hinkriegen. Nach dem Krieg werden die Tausende von den Dingern herstellen, wissen Sie? Einen für jedes Haus, sagen die.«

Ally Pally – Alexandra Palace am nördlichen Stadtrand von London – wurde von der BBC zum Testen von TV-Übertragungen eingesetzt.

Ridleys futuristische Vision löste einen Moment der Stille aus.

Und da fiel Brooke eine winzige Welle auf, eine kaum wahrnehmbare Veränderung des Luftdrucks. Plötzlich loderte am Fuß des Masts eine zitronengelbe Flamme auf und jagte glühende Schmerzen durch Brookes Augen in sein Gehirn, von wo aus sie sich einen Weg hinab in sein Rückenmark zu brennen schienen. Die Druckwelle zwang ihn auf die Knie; das Geräusch, ein dumpfer Schlag, ein schwerer Schlag, wurde gefolgt von einem ätzenden Zischen, begleitet von einer Wolke erstickenden Qualms.

Brooke mühte sich auf die Beine, tastete in seiner Tasche nach der schwarz getönten Brille und zwang sich, die Augen aufzumachen. Der Fernsehmast brannte, metallene

Querstangen erglühten in einem geometrischen Muster vor den tief hängenden Schneewolken. Ridley stand da, Blut strömte aus einer Wunde über dem Haaransatz, und er zitterte erbärmlich.

Die Explosion hatte Brooke taub zurückgelassen. PC Harris näherte sich mit Dr. Bodart im Schlepptau und schrie offensichtlich etwas, doch kein Wort war zu hören. Lichter flammten auf, als in den Häusern an den nahegelegenen Straßen Türen und Fenster aufgerissen wurden. Vom Flussufer wanderte der Lichtschein einer Flakgeschützstellung über die Szenerie.

Die Flammen leckten an dem Mast empor, flackerten und erloschen, bis nur noch ein kleines Feuer am Fuß übrig war. Für einen Moment stellte sich die Illusion ein, der Turm würde in sich zusammenfallen und umstürzen, aber er stand sicher auf seinem kastenförmigen Betonsockel. Und in dem unsteten Feuerschein sah Brooke die in Tünche auf den Beton aufgemalten Buchstaben, jeder einen Fuß hoch.

Er sorgte dafür, dass Ridley sich auf eine niedrige Mauer setzte, während er auf den Mast zuging. Das Feuer erlosch nun schnell und zerfiel zu einem Bündel sonderbar blau flackernder Flammen.

Aus zwanzig Fuß Entfernung konnte Brooke die Worte entziffern.

Zwei Dinge wusste er: Er hatte keine Bombe vom Himmel fallen gehört, und ein Flugzeug war auch nicht über ihnen hergeflogen. Also musste der Sprengstoff am Fuß des Masts platziert worden sein, mit an Sicherheit grenzender Wahrscheinlichkeit von den geflohenen »Einbrechern«. Und wenn er auch kein Linguist war, wusste er doch genau, dass diese getünchte Botschaft nicht Englisch war.

KAPITEL ELF

In dem getäfelten Raum der Pförtnerloge des Michaelhouse war eine Tafel angebracht worden, gleich bei den beschrifteten Postfächern. Auf diese kritzelte der Oberpförtner Anweisungen und Ermahnungen für die Nachtschicht: Doric und seine drei Untergebenen. Der Nachtpförtner pfiff vor sich hin, während er die Aufgabenliste löschte, die vom Fegen des Kapellenbodens bis zum Austausch der Kerzen in der Great Hall reichte.

Auf die nun wieder makellos schwarze Oberfläche schrieb Brooke sorgfältig die Worte, die er von dem Betonsockel des gesprengten Fernsehmasts kopiert hatte. Er hatte PC Harris vor Ort postiert, und ein Funkwagen sollte während der Nacht stündlich dort vorbeifahren. Ein Ingenieur aus der Fabrik, den man aus dem Bett gezerrt hatte, hatte den Mast untersucht und für stabil erklärt. Die Bombe war, so schien es, eine zusammengepfuschte Mischung aus einigen Pfund niederoktaniger Explosivstoffe – seinem Gefühl nach speziell für einen rein symbolischen Anschlag zusammengestellt.

Ridley, den verletzten Nachtwächter, hatte ein Krankenwagen zum Addenbrooke's gefahren. Brookes Ohren hatten sich erholt, seine Kleidung war lediglich mit Asche beschmutzt, und die sengende Pein in seinen Augen war einem dumpfen Schmerz gewichen.

Die fremdartigen Akzente niederzuschreiben bereitete ihm am meisten Probleme, und er nahm sich vor, die Grafschaftspolizei zu bitten, sie möge ihren eigenen Fotografen schicken, um die genaue Inschrift in situ festzuhalten, ehe mit den Reparaturen begonnen wurde.

Tiocfaidh ár lá.

Brooke, gedrängt, ein Glas Clairet des Colleges (vom Oberkellner zusammengeschüttet aus nicht vollständig geleerten Gläsern) und die Überbleibsel des formellen Banketts dieses Abends zu verkosten, hatte Zeit, sich Gedanken über die kuriosen Worte zu machen.

Er versuchte, den Buchstaben Klang zu verleihen, was im Gegenzug Doric ein absonderliches Geräusch entlockte, ein lautes Gelächter, in dem Verwirrung zum Ausdruck kam. Der Pförtner stand direkt vor Brookes kryptischer Parole. Er war unfähig stillzuhalten, und so ergingen sich seine Lippen in einem klanglosen Pfeifen, während er die Buchstaben betrachtete.

»Wann steht Doktor Phipps auf?«, fragte Brooke. Schon vor vielen Jahren in seinen eigenen Studientagen vor dem Großen Krieg hatte Phipps den Ruf ausgeschmückt, den Michaelhouse für seine geheimnisumwobenen Passionen genoss. Phipps war Linguist und hegte ein besonderes Interesse an dem Flickwerk der Dialekte auf dem indischen Subkontinent.

»Ich kann ihn gleich herholen«, erbot sich Doric.

»Es ist fünf Uhr morgens, Doric.«

»Doktor Phipps schläft nach dem Mittagessen. Meist nach einem *guten* Mittagessen, wenn Sie verstehen, was ich meine, Mister Brooke. In der vergangenen Dekade ist es in gewisser Weise bergab gegangen mit ihm. Nachts denkt und schreibt er. Vor der Verdunkelung habe ich auf meinen Runden immer Licht in seinem Fenster gesehen. In manchen Nächten kann ich immer noch einen hellen Streifen erkennen.«

Dorics Position als Nachtpförtner war ihm für den Zeitraum, der schon jetzt als »auf Kriegsdauer« bezeichnet wurde, sicher. Was wohl auch seiner simultanen Ernennung zum Feuerposten und zum Luftschutzwart, der für die Überwachung der Verdunkelung auf dem Gelände des Colleges verantwortlich zeichnete, zu verdanken war.

Dr. Phipps wurde pflichtgetreu herbeigeholt und erschien in Morgenmantel und Stiefeln, offenkundig unbeirrt von der unzeitigen Störung. Gepflegt und hochgewachsen, wie er war, hätte jeder, der ihm das erste Mal begegnete, ihn als hölzern und leidenschaftslos eingestuft. Brooke jedoch hatte von jeher auch eine lebhaftere, freudvolle Note an ihm wahrgenommen.

Er studierte die Tafel mit leidenschaftlicher Neugier für weniger als zehn Sekunden.

»Ja. Irisch – die reagieren verschnupft, wenn man es Gälisch nennt. Und natürlich berüchtigt: *Unser Tag wird kommen.* Eine Parole der Rebellen.«

Sie hatten ihm ein Glas Wein gereicht, und er schien bleiben zu wollen, also fragte ihn Brooke, ob es in der Schrift irgendwelche verborgenen Hinweise gäbe.

Phipps studierte die Buchstaben. »Ist das eine genaue Wiedergabe?«

»Ich habe mich bemüht.«

»Ja. Die Beugungen und Akzente sind korrekt. Wie ich

schon sagte, das ist eine Parole. Jedes Kind dürfte sie kennen, aber vielleicht die kleineren diakritischen Zeichen auslassen.«

»Und hier?«

Phipps zuckte mit den Schultern. »Eine geschulte Hand?«

Brooke überließ Phipps einem weiteren Glas Wein und machte sich auf den Weg zum Spinning House. Zwar hatte es nicht ernsthaft geschneit, aber es war bitterkalt. Der Market Hill war menschenleer, der sonst die ganze Nacht geöffnete Teestand noch immer verlassen, der Brunnen im Zentrum ein Becken voller Eis.

Was ihn wieder an das Kind erinnerte und an die kalte, tödliche Berührung des Flusses.

Nachdem er sich beim diensthabenden Sergeant im Spinning House gemeldet hatte, ging er in sein Büro und holte einen Ordner mit Schriftverkehr mit Scotland Yard aus dem Aktenschrank. Er hatte eine Liege, die er während des Krieges im Hafen von Alexandria gekauft hatte. Gewissenhaft gemalte Szenerien schmückten das Holz: der blaue Nil, grüne Binsen, eine rote Sonne. Dies war ein Bett, in dem er niemals schlief, die flüchtigen Augenblicke, in denen ihn der Schlaf anfallartig überfiel und die seinen Tag zu unterbrechen pflegten, blieben den Zellen im Untergeschoss vorbehalten. Die Liege diente ausschließlich zum Lesen.

Schnell hatte er die relevanten drei Aktennotizen gefunden, alle adressiert an seine Vorgesetzten:

DRINGEND. ALLGEMEINE WARNUNG.
AN ALLE CHIEF CONSTABLES

Er entdeckte Carnegie-Browns säuberliche Schrift am Seitenrand, wo sie anstelle des Chief Constable unterschrieben hatte, der seine Rolle als rein zeremoniell betrachtete. Der Mann, ein Lieutenant-General aus dem Großen Krieg, ließ sich nur selten im Spinning House blicken, es sei denn, es waren Würdenträger auf der Schwelle in Empfang zu nehmen. Alle operativen Akten gingen direkt an Carnegie-Brown, die sie mit einem matten Kommentar an Brooke weiterreichte. »Beobachtungsauftrag, Brooke. Cambridge ist wohl kaum eine Hochburg der Fenier.«

Das erste Schreiben war die umfassende Erläuterung einer Kriegserklärung, die die Irisch-Republikanische Armee vor exakt einem Jahr in Dublin gegen das Vereinigte Königreich verfasst hatte; viele Monate, bevor der deutsche Einmarsch in Polen einen weit größeren Konflikt einleitete. Die IRA plante einen Feldzug unter dem Codenamen S-Plan, wobei »S« für Sabotage stand. Ihr Ziel war es, Ulster zurückzuerobern oder – möglicherweise – potenzielle deutsche Verbündete zu beeindrucken, mit denen sie sich ihrer Vorstellung zufolge eines Tages zusammenschließen würden. Die irische Regierung, die enorm auf Neutralität bedacht war, hatte die Rebellenführer eingesperrt. Die Bombenanschläge auf der »Hauptinsel« dauerten an, Hunderte von unbedeutenden Attacken auf kleinere Anlagen der Infrastruktur: lokale Kraftwerke, Bahngleise, Postämter, Briefkästen, Telefonvermittlungen. Rauchbomben wurden in vollgestopften Kinos gezündet. Doch der Schaden war begrenzt; ihr erklärtes Ziel lautete, niemanden zu töten. Doch Fehler geschahen, und es gab Todesopfer. Inzwischen schien der Feldzug geschrumpft zu sein.

Warum war er dann hier wieder angeheizt worden,

ausgerechnet im verschlafenen Cambridge? Und warum nahmen sie sich einen TV-Mast vor? Brooke kannte niemanden, der einen Fernseher besaß. Er hatte einmal einen eingeschaltet in einem Schaufenster an der Petty Cury gesehen, auf dem ein schattiger Zwei-Minuten-Mickey-Mouse-Cartoon lief. Den Mast zu zerstören würde dem staatlichen Gemeinwesen kaum einen entscheidenden Schlag zufügen und der Wirtschaft umso weniger.

Er zündete sich eine Black Russian an und sah zu, wie der Rauch zu der nikotinverfärbten Decke aufstieg.

Plötzlich spürte er, wie seine Nerven an Armen, Beinen und Schläfen gefroren. Das war ein Phänomen, das ihm vertraut war: der Moment einer verstörenden Enthüllung. Er hatte das Offensichtliche übersehen, gerade *weil* es so offensichtlich war. Sean Flynn, ein irisch-katholischer Junge, war entführt und ermordet worden, ertränkt im Fluss, gerade vierundzwanzig Stunden, bevor eine IRA-Einheit einen Angriff auf eine Elektrofabrik am Ufer desselben Flusses ausführte. Brooke setzte sich auf. Wieder sah er die fahle Hand des ertrinkenden Kindes vor sich und dann – seine Vorstellungsgabe lief auf Hochtouren – die rote Wappenhand von Ulster, triefend vor Blut.

KAPITEL ZWÖLF

Die Morgendämmerung verlor sich in einem neuen Schneegestöber, welches das Tageslicht mitten in der Luft einfing und eine graue, wirbelnde Welt schuf. Flocken klebten an Brookes Wimpern, als er sich auf den Weg zum Krankenhaus machte. Also hielt er den Kopf gesenkt und konnte nur die großen Steinpranken der Löwen sehen, die den Eingang zum Fitzwilliam Museum bewachten, ehe er sich abrupt umwandte, um die Straße zu überqueren. Nun musste er all sein Kindheitswissen über die Stadt zurate ziehen, um nicht in einen der künstlich angelegten schmalen Wasserläufe zu treten, die hier die gewöhnlichen Abflussrinnen ersetzten. Der Schnee hatte sie vollends gefüllt, aber sie waren zwei Fuß tief und tückisch. Erbaut, um Wasser aus den Bergen in einen »neuen Fluss« zu tragen, führten sie nun schon seit Jahrhunderten einen Bach in das Zentrum der Stadt. Als Kind hatte er in der Schule Papierboote gebastelt und unter den Augen verständnisloser Fußgänger die Straße hinuntersegeln lassen. Eines dieser federleichten Schiffe hatte den ganzen Weg hinunter bis zu Fitzbillies Bun Shop heil überstanden und stand nun auf seinem Kaminsims.

Er sprang über die erste, zugeschneite Rinne, überquerte die Straße und sprang über die zweite.

Als er schließlich den steinernen Säulengang des Krankenhauses erreicht hatte, war die Vorderseite seines Mantels weiß, und er musste stehenbleiben und mit den Füßen aufstampfen, um Schnee und Eis abzuschütteln. Erst als er damit fertig war, sah er Claire, den Schwesternumhang über den Schultern und einen dampfenden Becher in den Händen.

»Hast du dich verkrümelt?«, fragte er und legte den Arm um sie. Eine Minute standen sie eng beisammen und genossen die innige Wärme.

Sie bot ihm einen Schluck von ihrem siedend heißen Tee.

»Ich habe von der Explosion gehört«, sagte sie. »Priestly, der Gehilfe in der Wäscherei, hat gesagt, er wäre draußen gewesen, um Schnee zu schippen, und hätte gedacht, das wäre ein Bombenabwurf gewesen. Er war beim letzten Mal dabei.«

»Darum bin ich hier. Der Hauswart hat ein Schrapnell abbekommen.« Er beschloss, die Tatsache, dass er zu dem Zeitpunkt neben dem Hauswart gestanden hatte, unerwähnt zu lassen.

»Vorhin wurde ein Soldat eingeliefert, der sich beim Fußballspielen in seiner Baracke eine Sprunggelenksfraktur zugezogen hat – was für ein Idiot. Wie auch immer, er sagte, in der Kaserne ginge das Gerücht um, die Bombenleger wären diese Iren – die Rebellen?«

Brooke zuckte mit den Schultern. »Es sieht so aus. Ziemlich amateurhaft, kaum mehr als ein Feuerwerkskörper.«

»Was bereitet dir dann solche Sorgen? Ich kenne diesen Ausdruck.«

»Das Kind im Fluss. Es könnte ein Evakuierter aus London sein, es ist höchstwahrscheinlich einer. Irischer Katholik. Was dies zu einer dieser Gelegenheiten macht, bei denen zwei Dinge auf so besorgniserregende Art zusammentreffen, dass man einfach weiß, es kann kein Zufall sein. Ich wette, da gibt es eine Verbindung, was meinst du?«

Sie betrachtete den herabfallenden Schnee. »Ich bin wegen eines Schwätzchens mit Joy hergekommen. Das hier ist unser heimlicher Treffpunkt.«

»Wie geht es ihr?«

»Sie ist in Ordnung. Besorgt, krank vor Sorge sogar, nehme ich an, aber das weiß man bei ihr nie. Sie hat deine Fähigkeit geerbt, ihre Gefühle vor der Außenwelt abzuschirmen. Oder ist das eher ein Unvermögen?«

Brooke studierte ihr Gesicht. »Lippenstift?«, fragte er. »Ist das erlaubt?«

»In der Station ist es eisig. Sie mussten heute Nachmittag die Heizkessel abstellen, und die Heizkörper sind noch nicht warm genug. Meine Lippen waren blau und unansehnlich und bestimmt kein Aushängeschild für gute Gesundheit. Außerdem mache ich die Regeln. Damit habe ich eine neue Entwicklung im Sunshine Ward eingeleitet – wir sehen aus wie die Tiller Girls!« Sie lachte und nahm die Kapuze ab. »Komm, ich zeig dir was …«

Nachdem sie durch die Haupteingangstür eingetreten waren, bog sie links ab und ging ihm voran die Betonstufen zum Keller hinunter. Das war ihr geheimer Treffpunkt. Wenn ihre Schichten es zuließen, trafen sie sich in dem warmen Heizkeller, zu dem Claire sich einen Schlüssel gesichert hatte. Brooke sagte, sollten sie je erwischt werden, wäre das ein Skandal, und *News of the World* würde den Keller als Liebesnest abstempeln.

Brookes Hoffnungen wurden jäh zunichtegemacht, als Claire das Licht einschaltete. Der Heizungsraum war in eine neue Station umgewandelt worden. Messingbettgestelle standen in militärisch ordentlichen Reihen mit wenigen Zoll Abstand zueinander in dem Raum.

»Sie haben den Heizkessel abgeschaltet, weil ein paar Rohre verlegt werden mussten, um Platz für all die Betten zu schaffen«, sagte sie. »Sechzig Betten. Vorsorglich für den Fall von Luftangriffen. Damit wir nicht überfordert werden. Und sie haben die Schlösser an den Türen entfernt«, sagte sie bekümmert.

Als sie anschließend zur Kinderstation zurückkehrte, machte sich Brooke durch den Hauptkorridor im Erdgeschoss auf den Weg zur Aufnahme.

Ridley, der Hauswart der Newton-Fabrik, lag in einem Bett unter einer hellen Lampe.

»Ich werd's überleben«, sagte er vergnügt und schüttelte Brooke die Hand, machte aber einen geschwächten Eindruck.

Seine Brust war bandagiert, der Kopf ebenso.

»Ich kann nach Hause gehen, wenn der Doktor mich angeschaut hat. Das passiert nach dem Frühstück. Ich kann nur nicht schlafen.«

»Wie kommen Sie nach Hause?«

»Die Firma schickt einen Wagen. Außerdem habe ich eine Woche frei. Der Geschäftsführer war schon da. Das ist Mister Tyndale. Das war das erste Mal, dass ich mit ihm gesprochen habe. Hab ihm gleich gesagt, dass niemand in die Fabrik reingekommen ist. Er hat trotzdem immer wieder gefragt.«

Ridleys Hand streifte zum Nachttisch und zu der Brille, die dort lag.

»Er hat gesagt, ich darf nicht mit der Presse reden, und wenn Sie Fragen haben, soll ich Ihnen sagen, Sie sollen seine Sekretärin anrufen.«

Brooke nahm den Hut ab. »Unglücklicherweise ist Mister Tyndale aber nicht der Chief Constable, Mister Ridley. Wenn ich irgendwelche Fragen stelle und Sie sie nicht beantworten, dann werde ich sie Ihnen im Spinning House erneut stellen müssen.«

Ridley schluckte krampfhaft. »Ja. Natürlich. Ich meine nur ...«

Steif beugte er den Arm und schaffte es mit Mühe, eine Visitenkarte hervorzuholen, die er Brooke reichte. »Geprägt«, sagte er anerkennend.

Mr Tyndale war als Geschäftsführer und Gründer ausgewiesen.

Ridley nickte und holte tief Luft. »Er hat gesagt, wenn Sie vorbeikommen, soll ich Ihnen sagen, der Betriebsleiter – Mister Forbes – würde vor Ort alle Fragen beantworten, soweit es ihm möglich ist. Er dürfte jetzt dort sein.«

Brooke fragte sich, was in dieser Fabrik hergestellt wurde, das solch eine institutionelle Geheimniskrämerei erforderlich machte. Fernsehen mochte die Sensation des Jahrhunderts sein, aber kurz vor Kriegsausbruch würde der Diebstahl einiger Geräte in Hinblick auf das Los der Nation kaum ins Gewicht fallen. Oder lief da etwas weit Wertvolleres über die Fertigungsstraßen bei Newton?

KAPITEL DREIZEHN

Edison war an seinem Tisch im Sergeants-Zimmer, als Brooke aus seinem eigenen Büro herunterkam, und hatte eine Auswahl an Gemüse auf einem großen Tisch ausgebreitet: Karotten, Rote Bete, Steckrüben und römischen Blumenkohl. Edisons Sachkenntnis in Hinblick auf Gemüse wurde weithin bewundert. Seine Großzügigkeit war auch willkommen, aber – wie er erklärte – vorwiegend das Ergebnis davon, dass seine vier Kinder erwachsen geworden waren und »sich aus dem Staub gemacht« hätten. Für einen flüchtigen Moment sorgte sich Brooke, das bevorstehende Frühjahr könnte seinen Detective Sergeant vor ein unerträgliches Dilemma stellen: zum Dienst melden oder Zwiebeln pflanzen.

Als er Brooke sah, stand er auf und schwenkte einen steifen Arm über dem Gemüse, um auf dies Muster seiner Großzügigkeit zu deuten. »Wir können das nicht alles behalten, Mister Brooke. Im Schuppen friert's, und der Platz in der Speisekammer ist begrenzt. Darum hat man mich beauftragt, ein bisschen Gemüse zu verteilen. Nehmen Sie sich nur – die anderen werden auch bald hier sein, und die werden bestimmt nicht die Form wahren. Gierige Bettler sind das.«

Brooke trat ans Fenster und blickte hinunter in den Hof des Reviers. Edisons Ruhestandspläne beschränkten sich nicht auf seinen Kleingarten. Er besaß einen Wolseley

Wasp, ein schönes Automobil, das er stets auf Hochglanz polierte und dessen Motor perfekt eingestellt war.

»Zu kalt für den Wagen?«, fragte Brooke.

»Nein, dem geht's gut. Ich bin zu Fuß gekommen, um das alles zu holen. Wenn erst mal Salz auf den Straßen ist, dann wird er sich schon behaupten«, sagte Edison, und in seiner Stimme machte sich die Hoffnung bemerkbar, man könnte ihn mit einem polizeilichen Auftrag losschicken. »Die Wache hat mich über das Attentat an der Fabrik informiert«, erzählte er. »Klingt mir ein bisschen schludrig.«

Brooke setzte sich. Im Sergeants-Zimmer gab es Spinde und Tische, die gewöhnlich von Spielkartenstapeln geschmückt wurden. Ein Spülbecken und ein Wasserkocher rundeten die Ausstattung ab. Edison ließ sich ebenfalls auf einen Stuhl sinken.

»Allerdings. Nichtsdestoweniger will das Home Office es ganz genau wissen. Ich werde mich gleich bei Newton mit dem Betriebsleiter treffen. Danach gehe ich wieder zum Fluss und sehe nach, wie die Schleppnetzsuche vorangeht. Wir können nicht ignorieren, dass es da möglicherweise einen Zusammenhang gibt, Edison. Der Mord war der Wegbereiter für die Bombe, davon bin ich überzeugt.

»Sie denken, das Kind ist jemandem in die Quere gekommen?«

»Vielleicht. Ich werde den Eltern bald sagen müssen, dass ihr Sohn vermisst wird.«

Wieder dieses unsägliche Wort, »vermisst«. War es besser, zu warten, bis er Neuigkeiten zu bieten hatte, seien die nun gut oder schlecht?

»Inzwischen möchte ich, dass Sie sich auf unsere Fenier-Attentäter konzentrieren.«

Rasch brachte Brooke ihn auf den neuesten Stand der Ermittlungen. Die »Bombe« in der Newton-Fabrik – oder zumindest, was davon übrig war – war eingesammelt und mit dem Zug nach Süden zur Analyse geschickt worden. Brooke hatte eine Stunde am Telefon mit Scotland Yard zugebracht. Als es ihm endlich gelungen war, den scheuen Inspector des Special Branch aufzuspüren, lautete dessen Rat, sie sollten sich auf den Sprengstoff konzentrieren, nicht auf die Bombenleger.

Frühere IRA-Bomben hatten sich als ein Gemisch erwiesen, das unter dem Namen Paxo bekannt war, benannt nach dem Hersteller beliebter Hühnchenfüllungen, einer faden Mixtur aus Salbei, Zwiebeln und Brosamen. Das Rezept der IRA umfasste große Mengen Kaliumchlorid, Schwefelsäure und Eisenoxid. Und sie hatten eine »Fabrik« benötigt, in der sie die Sprengladungen anmischen konnten, nebst irgendeinem abgelegenen Ort, um all diese Zutaten aufzubewahren.

Der Inspector der Special Branch hatte kein Blatt vor den Mund genommen. »Sie kennen Ihre Stadt, Brooke. Die Bombenleger zu suchen ist sinnlos. Die Iren halten zusammen, ob sie nun an diesen Feldzug glauben oder nicht. Jesus, die Hälfte der Männer dienen in *unserer* Armee, und es sind alles Freiwillige. Trotzdem bekommen sie kein Zigarettenpapier zwischen diese Leute. Nein, suchen Sie nach den Chemikalien, suchen Sie nach der Fabrik.«

Brooke sah Edison in die wässrigen Augen. »Setzen wir unsere Männer – und die Uniformierten – darauf an. Vielleicht können wir mit einheimischen Chemikern und Baumeistern reden und herausfinden, wo auch immer diese Iren die Zutaten für ihre Bombe herbekommen haben. Und dann ist da noch diese mysteriöse ›Fabrik‹. Auch in dem

Fall: Informieren Sie die Uniformierten, die sollen schauen, ob jemandem etwas Verdächtiges aufgefallen ist. Ein Lager, eine Werkstatt, eine Garage; bringen wir unsere Leute auf die Straße. Und vergessen Sie Boudicca nicht«, fügte Brooke einen Hinweis auf die Hundestaffel des Spinning House hinzu, auch wenn die derzeit nur aus einem Bluthund bestand. »Falls wir Unterstützung brauchen, hat die Grafschaft eigene Hunde. Delegieren Sie das alles, Edison. Sie haben auswärtige Pflichten.«

Scotland Yard war unter der Regie des Special Branch für die Koordination der Jagd nach den IRA-Attentätern in England zuständig. Die tatkräftigsten und erfolgreichsten Ermittlungen hatten im Anschluss an einen Bombenanschlag in Coventry im vergangenen Sommer stattgefunden. Ein Fahrrad mit Sprengstoff und einem Zeitschalter im Fahrradkorb war vor einem Geschäft im Stadtzentrum abgestellt worden. Eine der Haupteinkaufsstraßen der Stadt versank in einem Meer aus zerbrochenem Glas und Schutt. Die Explosion hatte fünf Menschen getötet und siebzig verletzt. Eine der Toten war eine junge Frau auf einem Einkaufsbummel gewesen, die in wenigen Tagen hätte heiraten sollen. Zwei Männer waren verhaftet und des Mordes angeklagt worden. Sie erklärten vor Gericht, ihr eigentliches Ziel sei eine Telefonvermittlung gewesen, doch es sei zu einem katastrophalen Fehler gekommen. Der Richter ließ sich davon nicht beeindrucken. Derzeit saßen sie im Gefängnis zu Birmingham und warteten auf ihre Exekution, während die irische Regierung um Gnade ersuchte.

»Ich möchte, dass Sie die Wache von Coventry aufsuchen, das sind anscheinend die Experten. Lesen Sie die Akten, Edison. Wir brauchen Verdächtige – Namen, eine Verbindung nach Cambridge. Was immer Ihnen auffällt. Sie haben dort Familie?«

Edison spannte sich auf seinem Stuhl ein wenig an und stellte seine Tasse ab.

Brooke war Mrs Edison nur einmal bei der offiziellen Verabschiedung ihres Gatten in den Ruhestand begegnet. Die hatte im großen Saal des Spinning House stattgefunden, jenem Zimmer, in dem Frauen von zweifelhaftem Ruf zur Arbeit an den Spinnrädern angehalten worden waren, als das Gebäude noch als Gefängnis und Armenhaus gedient hatte. Mrs Edison hatte sich sichtlich unbehaglich gefühlt, eingeschüchtert von all der Förmlichkeit, zu der auch die unpersönliche Lobrede des Chief Constable zählte.

»Das ist doch kein Problem?«

»Nein, Sir.«

»Helfen Sie mir auf die Sprünge. Mrs Edison wurde geboren in …?«

»Milltown Malbay, County Clare. Jetzt lebt die Familie in Coventry – ihre Schwestern und ein Bruder, um genau zu sein. Sie stehen sich alle sehr nahe.«

»Gut. Sie können den Wasp nehmen. Ich habe das Benzin genehmigt. Detective Inspector Harvey ist Ihr Mann vor Ort. Er hat die Akten. Die haben dort Fortschritte gemacht: Die Leute, die das getan haben, sollen gehängt werden, aber sie wissen inzwischen, wer ihnen geholfen und wer geschwiegen hat, als er die Polizei hätte anrufen müssen. Ihre Schlussfolgerung lautet, dass die IRA-Zellen zwar eigenständig sind, es aber einen Koordinator gibt – und vermutlich auch einen Zulieferer. Die Bombe ist einfach zu bauen, aber die Zündvorrichtungen sind verzwickter. Sie müssen sie hingebracht haben, womöglich sogar übers Meer aus

Dublin, und dann muss sie von einem Experten angebracht worden sein. Wir müssen also eine Verbindung zu unserer Bombe finden. Was immer Sie auftreiben können. Die einzige Möglichkeit, diese Leute zu finden, sind *Informationen*. Sie werden unser Experte sein, Edison. Wenn Sie es für nötig halten, in Coventry zu bleiben, dann tun Sie das. Sie können sich ein Hotelzimmer nehmen, falls eine Übernachtung bei der Familie Schwierigkeiten bereitet.«

»Sir. Nein – Marianne, meine Schwägerin, die hat Platz. Sie ist Witwe, und alle Kinder sind aus dem Haus. Ich war bei ihrer Hochzeit.« Edison schüttelte den Kopf. »Das ist ein halbes Jahrhundert her. Es war in Milltown. Was für ein Ort, Sir. Da gibt es einen Strand, dessen Ende man nicht sehen kann, und einen großartigen Berghang, getüpfelt mit Cottages. Wir haben gedacht, wenn ich erst im Ruhestand bin, dann könnten wir dort hinziehen, uns ein Haus kaufen und den Rest unseres Lebens dort verbringen. Sogar das Licht ist da anders – es glüht irgendwie. Mrs Edison mag einen schönen Sonnenuntergang. Und man kann dort alles anbauen, wenn man eine Kuh hat, die den Dünger liefert.« Edison betrachtete seine Gemüseauslage. »Es gibt eine Menge Ärger in der Stadt, Sir. Seit dem Anschlag.«

Die anti-irische Stimmung hatte sich seit dem Bombenattentat zugespitzt. Es gab Demonstrationen und Streiks in Fabriken mit einem hohen Immigrantenanteil. Irische Arbeiter wurden von erzürnten Hauswirten gezwungen, ihre Pensionen zu verlassen. Weitere Zwischenfälle waren über Coventry hinaus protokolliert worden: in London, Birmingham, Portsmouth.

»Ich weiß, Sergeant. Das Neueste haben Sie vielleicht noch gar nicht gehört.« Brooke zog eine zusammengefaltete

Zeitung aus dem Mantel. »Der Chief Constable von Coventry, ein Captain Hector, hat dem *Daily Telegraph* – keinem geringeren Blatt – erzählt, er sei nicht irischer Abstammung, sondern ein ›guter, unbescholtener Somerset-Mann‹. Was immer das heißen soll.«

»Die Leute, die ich kenne, Sir, die haben für diese Bombenleger nichts übrig«, sagte Edison. »Das sind Patrioten. Anders als diese Leute. Sie haben Größeres im Sinn. Die haben keine Freunde, weder in Coventry noch sonst irgendwo.«

Brooke schnappte sich Hut und Mantel. »Gehen Sie einfach vorsichtig vor. Eines der Opfer war eine junge Frau, die sich gerade ihr Hochzeitskleid kaufen wollte. Man hat sie anhand ihres Verlobungsrings identifiziert. Nur an dem, Edison. Ein überbeanspruchtes Wort – Blutbad. Wenn noch jemand bei diesem Feldzug zu Tode kommt, bekommen wir es womöglich mit einem ausgewachsenen Aufruhr zu tun.«

KAPITEL VIERZEHN

Die Newton-Fabrik warf all seine Erwartungen über den Haufen, kaum dass Brooke eingetreten war: Stille Korridore mit Parkettfußboden führten an zwei großen Produktionshallen vorbei. Da war kein Donnern irgendwelcher Maschinen zu hören, kein Zischen von Dampf, nichts als das Summen kleiner Bohrer, das Sirren von Extraktionsapparaten, ein leises gleichmäßiges Klopfen, alles überlagert von Musik aus dem Radio. Hunderte arbeiteten in den Werkhallen. Frauen in makellos weißen Overalls, die ihr Haar mit Turbanen verhüllt hatten, standen mit Lötkolben in Händen an langen Fertigungsstraßen. Die Männer saßen an Einzeltischen, umgeben von einem Wirrwarr aus elektronischen Komponenten, Radiogeräten und ausgeweideten Fernsehgeräten. Einige beäugten das Innenleben der Apparate mit großen beleuchteten Lupen, die an Gelenkarmen befestigt waren. Doch was Brooke in Erinnerung bleiben würde, war der Geruch: das unverkennbar metallische Aroma der Elektrizität, ein dunstiger Hauch von tausend durchgebrannten Sicherungen.

Die Büros, ein Stockwerk höher, zeichneten sich durch die leicht spröde Stille einer öffentlichen Bibliothek aus. Eine ganze Reihe Sekretärinnen tippte mit gewandter Fingerfertigkeit auf ihren Maschinen, gleich gegenüber einer weiteren Gruppe von Frauen, die Comptometer bedienten.

Sie addierten, subtrahierten, kalkulierten auf den mechanischen Rechnern und das alles in einem schwindelerregenden Tempo. Brooke saß an einem Kaffeetisch und drehte langsam seinen Hut in der Hand, während sein Blick über Ausgaben der *Radio Times* und Broschüren der neuesten Serien von Fernsehgeräten glitt. Die aufgerufenen Preise galten im Hause Brooke als skandalös und hatten bereits dazu herhalten müssen, seinen Sohn und seine Tochter von der Idee abzubringen, sie könnten sich so einen Apparat anschaffen. Ein *Newton-Mitteilungsblatt*, das zwischen den Magazinen lag, rühmte: *Offiziellen Statistiken zufolge sind bereits fast 20.000 im Besitz eines TV-Geräts.*

Ralph Milton-Forbes, Betriebsleiter, führte ihn in ein großes Büro an der Ecke des Fabrikgebäudes, von dem aus man einen ausgedehnten Blick auf den Fluss und die Stadt im Süden hatte. Stromabwärts konnte Brooke die Polizei-Barkasse sehen, die mit einer Flottille kleinerer Boote im Gefolge die Sucharbeiten leitete. Die vergebliche Mühe sollte bei Einbruch der Dunkelheit endlich beendet werden.

»Ich bin Rafe Forbes«, sagte der Mann und schüttelte ihm kraftvoll die Hand. Brooke fiel der Widerspruch auf, der sich aus dem Verzicht auf den halben Doppelnamen einerseits und der Nutzung der Oberklassen-Kurzform des Namens Ralph andererseits ergab. Er trug das silberne Haar zurückgekämmt über einem breiten, offenen Gesicht, was den Eindruck vermittelte, er wäre mit hoher Geschwindigkeit gerannt. Eine Dogge lag unter seinem Schreibtisch, die langen Beine wie zum Trocknen ausgestreckt.

»Natürlich werden wir das binnen einer Woche repariert haben«, sagte er, als er sich ans Fenster stellte und hinaus zu dem verkohlten TV-Turm blickte. Männer bauten dort ein Gerüst auf und fingen an, das geschwärzte Metall neu zu lackieren.

»Das Ministerium hat eine Stillschweige-Empfehlung ausgegeben – damit unsere Schlamm tretenden Freunde noch nicht einmal öffentliche Aufmerksamkeit erregen können.« Die Kontrolle über die Presse mit Hilfe eines »Beratungssystems«, bestehend aus Empfehlungen, die auf Basis von Verteidigungserfordernissen herausgegeben wurden, hatte ein Maß an Selbstzensur hervorgebracht, wie es vor dem Krieg undenkbar gewesen wäre.

Forbes sah Brooke an, betrachtete das leicht nach vorn fallende, dichte schwarze Haar, die ockerfarbene Brille. »Special Branch hat mir mitgeteilt, dass ich so offen wie möglich sein soll. Fragen beantworten, so was eben. Im letzten Krieg war ich in der Beschaffung, Schreibtischarbeit im Ministry of Supply. Mathematik, Statistik, das sind meine Stärken. Wie es aussieht, hat der König Ihnen einen Orden für Tapferkeit in der Wüste verliehen. Man sagt, Sie hätten mit Lawrence von Arabien gedient.«

Brooke setzte sich. »Ich habe ihn zweimal gesehen, Mister Forbes. Einmal in einer Oase über ein offenes Feuer hinweg, das andere Mal aus einer halben Meile Entfernung, während er in weißer Robe auf einem Pferd saß. Wenn das als ›mit ihm dienen‹ durchgeht, dann stimmt, was man sagt.«

Brooke zog eine Zigarette hervor. »Warum brauchen Sie die Genehmigung von Special Branch, um mit mir zu reden? Ich dachte, Sie stellen Fernsehgeräte und Radios her. Die IRA nimmt Kommunikationseinrichtungen aufs Korn. Ridley – Ihr Nachtwächter – sagte, der Mast soll

Signale der BBC aus London auffangen. Damit wäre das geklärt. Das dürfte aber kaum der Geheimhaltung unterliegen.«

»Ridley sollte seinen Mund halten. Das sollten wir alle. Cambridge ist derzeit voll von allen möglichen Leuten. Juden, beispielsweise, Iren, Deutsche, Österreicher – als Nächstes kommen dann die Spaghettifresser. Mussolini ist gerade noch so weit davon entfernt, für Hitler Partei zu ergreifen.« Er hielt die Hand hoch, sodass sich Daumen und Zeigefinger beinahe berührten. »Die verdammte Stadt ist voll von denen.« Forbes richtete seine Krawatte.

»Wir haben das Gebäude vergangene Nacht kontrolliert«, sagte Brooke. »Es schien abgesichert.«

»Ja, ja. Die sind nicht reingekommen. Gute Arbeit. Der Mast ist schlimm genug. Es ist ein Fernsehempfänger, da hat Ridley recht, für unsere Forschungsleute. Kommerzielle Dienstleistungen haben ein winziges Publikum – aber eines Tages, Brooke? Ein Gerät in jedem Haus. Nein. Das Problem ist, hinter was sie her gewesen sein könnten. Wo sie nahe dran waren.«

Er schnappte sich einen schweren Tweedmantel, typisch für die Landbevölkerung, von einem Ständer und schnippte mit den Fingern, worauf der Hund sich umständlich auf die Beine mühte.

»Ich zeige es Ihnen draußen.«

Der Hund ging die Betonstufen hinab voran zu einer Außentür. Forbes zog einen Schlüsselbund von seinem Gürtel. »Es gibt drei Sätze«, preschte er vor, noch ehe Brooke fragen konnte. »Ich, Ridley und der Geschäftsführer – er lebt zwanzig Meilen entfernt von hier, aber sie sind beide da, wenn wir sie brauchen. Alle drei Sätze sind vollständig, und keine der Türen wurde aufgebrochen. Also ist ipso facto auch niemand hineingelangt.«

»Ein Nachschlüssel ist schnell angefertigt«, wandte Brooke ein.

»Nicht, wenn man sie stets bei sich hat«, erwiderte Forbes und stieß die Tür auf, hinter der eine Schneelandschaft zum Vorschein kam, die sich bis zum Fluss zog.

»Und Ridley?«, fragte Brooke.

»Ridley können Sie vertrauen. Er ist nicht der Allerhellste, aber loyal. Hat früher in der Werkhalle gearbeitet. Bei Passendale hat ihn eine Kugel erwischt. Ist als Held zurückgekehrt. Also hat er den Job bekommen und dazu eine Werkswohnung. Er ist verlässlich. Warum? Denken Sie etwa, er ist ein getarnter Fenier? Der Mann ist Engländer, Brooke.«

Der Hund rannte im Schnee wie manisch im Kreis herum. Zwei Paar Torpfosten waren der einzige Hinweis darauf, dass unter dem Schnee anscheinend ein Fußballfeld lag. Ein tristes, von Feuchte verunstaltetes Umkleidehäuschen aus Beton mit unlackierten Läden stand hinter einem der Tore. Dahinter schloss sich der Zaun an, der das ganze Gelände umgab.

»Wie kommt man am Haupttor durch den Zaun?«, fragte Brooke.

»Nach Sonnenuntergang ist da ein elektrisches Schloss aktiviert. Man braucht einen sechsstelligen Code. Auch hier gilt – nur wir drei haben den.«

Forbes fing an, einen kleinen Ball für den Hund zu werfen, der jedes Mal losrannte und rasant wieder zurückkam, wobei er eine chaotische Reihe Pfotenabdrücke im Schnee hinterließ.

»Richtig, Inspector. Das können Sie nicht wissen.« Forbes sah sich in der Umgebung um. Es war niemand in Sichtweite, weder am Ufer noch auf den Feldern. »Stellen Sie sich vor, ich bin ein Funkgerät und schicke eine Reihe Signale los. So wie jetzt.« Er hielt den Ball in der Hand, warf ihn auf das offene Gelände und wartete darauf, dass der Hund ihn zurückbrachte. »Bis jetzt habe ich den Ball geworfen und nichts zurückerhalten, es sei denn, Gawain mischt sich ein. Das Gleiche passiert mit Funksignalen, man schickt sie in den Äther und hört nichts mehr von ihnen. Es sei denn, Folgendes geschieht.« Er warf den Ball an die Wand des Umkleidehäuschens. Der Ball prallte zurück, und er fing ihn wieder auf, ehe der Hund ihn sich schnappen konnte. »So einfach ist das. Ich bin ein Sender. Wenn ich diesen Ball fange, bin ich ein Empfänger. Gäbe es eine ganze Reihe von Sendern hier auf dem Feld, könnten wir alle den Ball gegen den Sportpavillon werfen. Dann könnten wir analysieren, wie er zurückkommt, und anhand dessen die Form des Pavillons und die Entfernung zu ihm berechnen, weil wir wissen, wie schnell wir den Ball geworfen haben. Radiowellen, müssen Sie wissen, reisen stets exakt mit Lichtgeschwindigkeit. Das ist ein extrem effizientes System.«

»Und diese Sender und Empfänger stellen Sie hier her?«

»Ja. Nun ja, eine Schlüsselkomponente. Die Deutschen sind da auch dran – und die Yankees und die Franzosen. Jeder weiß, dass das funktioniert. Wir wissen das schon seit Jahrzehnten. Es ist nur noch die passende Technologie nötig. Wir brauchen eine Fertigungsanlage. Früher nannten wir es das Telemobiloscope. Jetzt reden wir von RADAR, denn so wollen die Yankees es nennen. Wenn man es richtig macht, kann man damit Flugzeuge lokalisieren, Schiffe, Stürme auf See, Luftschiffe – was auch immer.

An der Ostküste zieht sich eine Reihe von Sendern von Tyne bis nach Kent. Das nennt sich Chain Home. Wenn die deutschen Bomber kommen, und das werden sie, könnte diese Reihe London retten, Brooke, und damit Tausende von Leben, Hunderttausende von Leben. Was wir nicht wollen, ist, dass jemand diese Anlage sieht und einen Plan entwickelt, um sie zu blockieren.

Die IRA besteht aus einem Haufen Bauern mit Mistgabeln, das ist nicht das Problem. Aber wir wissen, dass sie die Deutschen beeindrucken wollen. Unser Feind ist ihr Freund.« Er deutete auf den geschwärzten TV-Mast. »Wenn Sie mich fragen, gibt es nichts, worüber wir uns Sorgen machen müssen. Das ist ein verdammt großer Mast, sie haben es nicht geschafft, ihn hochzujagen, Ende der Geschichte. London ist trotzdem nervös. Wir sind schon dabei, die Sicherheitsmaßnahmen zu überprüfen.«

Die Polizei-Barkasse glitt auf dem Fluss vorüber, ein Netz wurde auf dem Deck verstaut.

»Irgendwelche Neuigkeiten über das verschwundene Kind?« Forbes hatte eine Zigarre hervorgeholt, eine Panatella, die er mit einem silbernen Feuerzeug entzündete.

»Es gibt jetzt keine Hoffnung mehr. Es ist ein irisch-katholisches Kind, weshalb wir eine Verbindung zwischen diesen Ereignissen nicht ausschließen können. Vielleicht ist das Kind den Attentätern irgendwie in die Quere gekommen oder hat etwas gesehen, das es nicht hätte sehen sollen. Oder jemanden, den es nicht hätte sehen sollen.«

Forbes blies eine Rauchfahne in die Luft. »Das klingt recht weit hergeholt. Ein hässliches kleines Familiendrama dürfte wahrscheinlicher sein, meinen Sie nicht? Wissen Sie, was das Problem ist? Bastarde. Wird kein Engländer sein, Brooke. Darauf wette ich. Gawain hier …«

Er tätschelte den Hund, und während er an dem edlen Kopf herumfummelte, fiel Brooke ein emailliertes Abzeichen an Forbes' Revers auf, auf dem ein Vollmond mit einem eingravierten blauen *G* zu sehen war.

»Sie ist reinrassig«, sagte er und richtete sich auf. »Ich züchte sie, darum weiß ich das genau. Kennt man die Eltern, so kennt man auch das Kind. Und das ist alles, worum es in diesem Krieg geht, Brooke. Reines Blut.«

KAPITEL FÜNFZEHN

Brooke betrat St. Alban's durch die eisenbeschlagene Eichentür, die sich, gebremst von einem Türdämpfer, geräuschlos hinter ihm schloss. Eine große Strohmatte lag auf dem Parkettboden, um Schnee und Matsch aufzunehmen, weshalb auch seine Schritte lautlos waren. Einen Moment lang blieb er stehen und schlug sich den Schnee vom Mantel. Am anderen Ende des Kirchenschiffs saß Pater Ward auf einer Bank, Seite an Seite mit einem anderen Mann, der den Kopf gesenkt hatte, sodass es aussah, als flüsterten die beiden miteinander. Brooke hustete, was beide zu erschrecken schien. Pater Ward erhob sich verlegen.

»Neuigkeiten, Inspector?«, fragte der Geistliche. Brooke staunte erneut über die Energie, die der Mann verströmte, während er auf ihn zukam, um ihm die Hand zu schütteln. So viele Priester und Vikare vermittelten den Eindruck, sie würden mit dem Gefüge ihrer Kirchen verschmelzen. Ward hingegen schien eine zu mächtige Persönlichkeit zu besitzen für diese bescheidene Kirche, die vernachlässigte Einrichtung einer armen Gemeinde.

Brooke unterrichtete ihn über den Einsatz am Fluss und die zunehmend dringlicher werdende Notwendigkeit, Sean Flynns Eltern zu kontaktieren, um ihnen zu sagen, dass ihr Sohn vermisst wurde. Während der Inspector sprach, musterte er den anderen Mann: runde Schultern, schlurfender

Gang, schütter werdendes rotes Haar und ein sauberer, aber abgetragener Anzug. Brookes Blick, der nun, da er seine Brille abgenommen hatte, nicht mehr verborgen war, wich er sorgsam aus.

»Kennen Sie unseren Schulleiter?«, fragte Ward. »Nicht? Liam Walsh.«

Walshs Hand wirkte sonderbar leblos, fahl und kalt. Brooke schätzte ihn auf ungefähr vierzig, aber er wirkte so niedergedrückt, als wäre die Verantwortung, die mit seiner Position einherging, im wahrsten Sinne des Wortes eine Last für ihn. Er murmelte ein paar Worte, und sein von Dubliner Schärfe geprägter irischer Akzent bildete einen deutlichen Kontrast zu Wards Nachrichtensprecher-Englisch.

»Es gibt eine neue Entwicklung, Pater«, sagte Brooke. »Können wir uns setzen?«

Walsh hatte es so eilig, die Kirche zu verlassen, dass er in seiner Hast beinahe gestrauchelt wäre.

»Das betrifft die ganze Gemeinde«, sagte Brooke und erhob die Stimme. »Daher sollte der Schulleiter vielleicht bleiben?«

Walsh nickte mehrere Male, als würde er versuchen, sich selbst zu überzeugen, dass der Vorschlag des Inspectors weise war, ehe er sich geschlagen gab und wieder auf die Kirchenbank zurückglitt.

Brooke umriss kurz die Reihe der Ereignisse, die mit der Explosion an der Newton-Fabrik ihren Anfang genommen hatte – die Botschaft, die zurückgelassen worden war, die drei Männer, die gesehen wurden, als sie den Tatort verlassen hatten –, um dann kurz den S-Plan der IRA zusammenzufassen und seine Zuhörer an die Anschläge im vergangenen Jahr zu erinnern, zu denen auch die fatale Gräueltat in Coventry zählte.

Als er fertig war, kehrte gedankenschwere Stille ein.

»Es gibt keine Beweise für eine Verbindung zu St. Alban's?«, fragte Walsh schließlich und verströmte einen milden Unwillen. »Sie können nicht annehmen …«

»Die Gemeinde ist überwiegend irisch«, konstatierte Brooke. »Ein Kind wird vermisst und wurde mutmaßlich ermordet. Es wäre nachlässig, die Möglichkeit eines Zusammenhangs zu verwerfen.« Rasch erläuterte er die Logik, die der Suche nach Verdächtigen hier in der Upper Town zugrunde lag. Der vermisste Junge war irischer Katholik. Er ist vierundzwanzig Stunden vor dem IRA-Anschlag verschleppt worden. Hat er also für die Bombenleger und ihre Sympathisanten ein Risiko dargestellt?

Ward hörte geduldig zu. »Ja, ich verstehe. Wir werden uns diesen Problemen wohl stellen müssen, nehme ich an. Auch wenn wir derzeit, nicht wahr, noch nicht wissen, ob der Junge tot ist. Er könnte auch versuchen, zurück nach Hause zu gehen, oder sich irgendwo verstecken. Und falls er das Opfer ist und es eine Verbindung zu den Republikanern gibt, dann liegt die aller Wahrscheinlichkeit nach in *seiner* Vergangenheit, nicht in unserer.«

Brooke fand, das war eine kluge Beobachtung. »In der Tat, das akzeptiere ich. Wir werden uns die Familie ansehen, wenn wir können. In der Zwischenzeit, Pater, sind wir hier.«

Brooke breitete die Arme aus, um Kirche, Schule und Gemeinde einzubeziehen.

Ward nickte und sah den Schulleiter an, als wolle er ihn zur Unterstützung aufrufen, sagte aber nichts.

»Die Gemeinde ist irisch, richtig«, stimmte er dann

schließlich zu. »Vorwiegend. Und arm. Ganz sicher stärker irisch geprägt als die Große Kirche.« Die Große Kirche war ein Wahrzeichen von Cambridge, die Church of Our Lady and the English Martyrs, ein kathedralengroßes viktorianisches Mahnmal an der Ecke von Parker's Piece. »Wir sind nicht ausschließlich irisch. Da gibt es auch spanische Flüchtlinge aus dem Bürgerkrieg. Baskische Katholiken. Und Polen. Wiederum oftmals arm, oft auf praktische Hilfe angewiesen. Katholische Wissenschaftler, Theologen, gehen zum St. Edmund's House und übernehmen eine Seelsorgestelle an der Universität. Wir leben hier weitgehend in unserer eigenen kleinen Welt, Inspector, aber die ist gekennzeichnet von Armut, nicht von heißblütigen Revolutionären.«

»Und die Schule?«, fragte Brooke und sah Walsh an.

Walsh dachte eingehend über die Frage nach, die Hände wie zum Gebet zusammengepresst. »Die Mehrzahl der älteren Kinder sind in Irland zur Welt gekommen. Und etliche Lehrer auch, ich selbst eingeschlossen. Viele Kinder sind hier geboren, aber ihre Eltern – ja, da mag einer oder auch beide aus Irland kommen. Viele der Väter dienen als Soldaten des Königs.«

»Ist die hiesige Gemeinde patriotisch?«, erkundigte sich Brooke.

Ward blickte auf. »Es gibt eine Gaelic Society, einen Hurlingclub, Gesangsabende in den Pubs. Liam bietet Unterricht in der Sprache ihrer Väter an, und natürlich werden sie in ihrer Religion unterwiesen. Die Übergangsriten werden geachtet: Erstkommunion, Firmung, Messe und Segnung. Dies sind einfache Leute, Inspector. Sie leben buchstäblich von der Hand in den Mund. Wenn Sie Fenier suchen, Redner, die die Armen aufpeitschen, dann, denke ich, wäre St. Edmund's vielleicht der bessere Ort, um mit der Suche zu beginnen. Es verirren sich nicht viele Intellektuelle auf die Kirchenbänke von St. Alban's.«

»Aber die Leute bringen der Sache Sympathie entgegen?«, hakte Brooke nach.

»Es gibt mehr als nur eine Überzeugung, Brooke. Irland ist bereits frei – wenn auch für einige nicht frei genug. Und dann ist da Ulster. Und schließlich auch noch der Krieg selbst. Sie sind Gäste in einem fremden Land, zumindest einige von ihnen. Die übrigen sind Einheimische von Rechts wegen. Ich bin Engländer, Internatsschüler, ausgebildet in Ampleforth und Oxford. *Sie* scheinen kein Problem damit zu haben.«

Brooke fragte sich, wie gut der Pater seine Schäfchen wirklich kannte.

»Und Sie selbst, Mister Walsh? Irischer Staatsbürger, sagen Sie? Dann werden Sie im Spinning House registriert sein?«

»Ja. Meine Frau auch. So will es das Gesetz. Wir haben uns wie angeordnet gemeldet. Ich habe nichts dagegen einzuwenden.«

Die Tür auf der anderen Seite der Kirche, die, die zu dem Spielplatz führte, wurde geöffnet und gab den Blick auf wild herumtobende Kinder im schneebedeckten Hof frei.

Eine junge Frau verharrte zögernd auf der Schwelle, als wäre sie aus Stein gehauen.

»Ich bitte um Verzeihung, Pater. Liam, hast du Zeit für Naturwissenschaften, oder …«

Walsh sprang auf. »Nein, nein, ich komme schon.«

Er neigte den Kopf, als wollte er um Erlaubnis ersuchen, aber Brooke wartete lieber darauf, vorgestellt zu werden.

»Meine Frau, Inspector«, sagte Walsh, und ein gewisser Besitzerstolz schimmerte unverkennbar durch. »Kathleen.«

Sie tat ein paar Schritte auf die Männer zu. Ihre herausragendste Eigenschaft in der augenblicklichen Gesellschaft war eindeutig ihre Jugend. Fünfundzwanzig, vielleicht dreißig Jahre alt, zarte Haut und die Art von rabenschwarzem Haar, die glänzt und schimmert wie ein flüssiger Spiegel. Klein, geschmeidig, aber mit ordentlichem Busen ausgestattet, hätte sie selbst eine Schülerin sein können. Sie war mindestens eine Dekade jünger als ihr Gatte. Und ihre Stimme bildete mit einem melodischen Trällern, das andeutete, sie könnte jederzeit jede gewünschte Note treffen, einen deutlichen Kontrast zu denen der Männer. In Hinblick auf sie fiel es selbst hier in der Kirche schwer, das Adjektiv »strahlend« zu umgehen.

»Der Inspector denkt, der Tod des jungen Sean hätte etwas mit den republikanischen Bombenlegern zu tun«, erklärte Walsh, in dessen Ton sich der Hauch eines Lachens eingeschlichen hatte. »Wir sind alle verdächtig«, fügte er hinzu, bemüht, die Aufmerksamkeit des Geistlichen zu erringen.

Ward gab den Friedensstifter. »Er tut nur seine Arbeit, Liam. Welches andere Motiv bietet sich an, solange wir die Wahrheit nicht kennen?«

Doch Mrs Walsh war binnen eines Herzschlags zornigrot angelaufen. »Die Leute mögen am Zahltag patriotische Lieder singen, Inspector. Sie mögen sogar ein paar Pennys für die Rebellen spenden. Aber Gewalt? Ein Kind töten?« Ihr Ton klang vage herausfordernd, und der schwache Akzent verstärkte sich. »Für diese Idee werden Sie in der Upper Town kein Verständnis finden.«

KAPITEL SECHZEHN

Zurück in seinem Büro zog Brooke das Rollo hoch und sah zu, wie die Nacht jenseits des Ziegelmonuments heraufzog, als das sich der Turm der Universitätsbibliothek präsentierte. Venus glitzerte einsam an dem eisblauen Himmel. Die Suche im Fluss war beendet worden. Er hatte die Kosten für diesen Einsatz schon am ersten Tag kaum rechtfertigen können, von einem dritten ganz zu schweigen.

In Ermangelung einer Leiche stand der ganze Fall auf tönernen Füßen. Alle Mordermittlungen gingen üblicherweise von einem Leichnam aus: Er lieferte den nötigen Ansatzpunkt, wissenschaftlich betrachtet, aber wichtiger noch war er als greifbarer Ausdruck eines moralischen Gebots. Seine Gegenwart im Leichenhaus verlangte nach Vergeltung und Gerechtigkeit. Seine Abwesenheit gab lediglich Anlass zu Fragen. Und er brachte Pflichten mit sich. Gleich morgen früh würde er Sean Flynns Eltern anrufen müssen.

Eine Stunde saß Brooke an seinem Schreibtisch. Es gab keine Neuigkeiten von Edison, also nahm er an, dass sein Sergeant zumindest bis zum kommenden Tag fortblieb. Er rief im Pfarrhaus der Church of Our Lady and the Englisch Martyrs an, der katholischen Hauptkirche, und wurde an das Diözesanbüro in Norwich verwiesen. Als er sich dort meldete, war er überrascht, dass ein junger Geistlicher abnahm und ihn bat, in der Leitung zu bleiben.

Während er wartete, rief er sich die Kathedrale ins Gedächtnis: ein würfelförmiges, viktorianisches Gebäude, das den Horizont beherrschte und auf den emporragenden Spitzturm seines mittelalterlichen Vorgängers hinabblickte. Als der Hörer am anderen Ende wieder aufgenommen wurde, war der Dekan am Apparat, der Brookes Anliegen zur Kenntnis nahm, Einsicht in die Akten über Pater John Ward und Liam Walsh, den Schulleiter der Diözesan-Grundschule von St. Aban's, zu erhalten.

»Routineermittlungen«, erklärte Brooke und vereinbarte, dass ein Bote der örtlichen Polizeistation die Dokumente am kommenden Morgen abholen würde.

»Es gibt nichts Neues?«, fragte der Dekan. »Pater John hat mit dem Bischof gesprochen. Wenn Sie ihn sehen, sagen Sie ihm, wir beten für das Kind.«

Brooke legte den Hörer auf die Gabel. Er sollte heimgehen und etwas essen, auch wenn das Haus verlassen sein würde. Der Gedanke an ein heißes Bad war verlockend, der an Eintopfreste weniger.

Er schnappte sich seinen Mantel und machte sich auf den Weg durch die verschneiten Straßen.

Eine glitzernde Straßenbahn rumpelte auf der Regent Street vorüber, und das Pflaster war voller Arbeiter, die es eilig hatten, nach Hause zu kommen, ehe die Verdunkelung begann oder die Sirenen heulten.

Brooke nahm die Abkürzung durch die All Saints Passage ins alte jüdische Ghetto. Die Pförtnerloge im Michaelhouse hatte ein Koksfeuer zu bieten. Unter Missachtung von Aldiss' ausdrücklichem Rat, bis zum späten Abend zu fasten, verschlang Brooke einen Teller mit übriggebliebenen Röstkartoffeln und einem einzelnen gegrillten Perlhuhnbein, von dem nur ein paar jämmerlich dünne Knochen auf dem Teller zurückblieben.

Etwas an der achtlos weggeworfenen federleichten Karkasse brachte ihn dazu, laut auszusprechen, was ihm durch den Kopf ging.

»Wir haben das Kind nicht gefunden.«

Doric kannte ihn gut genug, um nichts zu sagen. Stattdessen schenkte der Pförtner eine Tasse Tee ein, wippte auf seinen Senkfüßen vor und zurück, und seine Hand zuckte zu einem losen Faden an seiner Tunika.

»Sie haben den Fluss mit Schleppnetzen durchsucht und nichts gefunden außer toten Hunden und Fahrrädern«, fuhr Brooke fort. »Ich weiß, dass ich seine Hand gesehen habe. Der Leichnam muss dort sein. Aber wenn sich seine Lunge mit Wasser gefüllt hat, dann wird er bis auf den Grund gesunken sein, und wir werden ihn vielleicht nie finden. Das wird noch als eines dieser vergessenen Rätsel aus Kriegszeiten enden, Doric. Wenn der Krieg erst richtig losgeht, interessiert sich niemand mehr für das Leben eines kleinen Kindes.«

»Die Eltern?«, wandte Doric ein.

»Die muss ich morgen früh anrufen. Darauf freue ich mich ganz und gar nicht.«

Doric war inzwischen an seinen kleinen Schreibtisch getreten, wo er offensichtlich angefangen hatte, Silber zu putzen. Die Nachtschicht war das Reich, in dem er der König war. Die Unterpförtner unterstanden seinem Kommando. Die erhabene Autorität des Oberpförtners war weiter nichts als Gemunkel. Die ruhige Ordnung in dem vertäfelten Raum und das rhythmische Polieren eines Silbertellers schienen den Pförtner zu inspirieren, denn er stand auf und ging hinaus in den Lagerraum, aus dem er mit einer Papierrolle zurückkehrte, die er auf den Tresen stellte.

Es war eine Navigationskarte des Flusses, auf der Schleusen, tiefe Stellen im Flusslauf, Durchbrüche und Gräben verzeichnet waren.

»Sie könnten darum bitten, den Fluss trockenzulegen, Mister Brooke«, sagte er und nestelte mit seinen verquollenen Fingern am Rand der Karte herum.

Doric hatte vor dem Großen Krieg am Trinity gearbeitet. Er erklärte, dass es im letzten Jahrhundert vergleichsweise gang und gäbe gewesen sei, die Konservatoren, jene uralten Hüter des Flusses, zu bitten, die Schleusen flussabwärts zu öffnen, um das Wasser abfließen zu lassen und die Fundamente der Colleges an den Backs bloßzulegen. So konnten relativ einfach Mauerwerk und Brücken, Anleger und Entwässerungskanäle repariert und planmäßige Wartungsarbeiten an Schleusentoren ausgeführt werden. Derlei Arbeiten wurden gewöhnlich für trockene Sommer eingeplant, aber große Kälte – so, wie die derzeit angekündigte – bot ebenfalls ideale Bedingungen, da die schmalen Oberläufe vereisten und den steinernen Kanal des Cam nicht würden speisen können.

»Der Kniff dabei ist, dass man es nicht bei Nässe tun darf, verstehen Sie, denn dann saufen die Oberläufe ab und halten den Wasserstand oben. Wenn man aber jetzt die Schleusentore öffnet, dauert es nur Stunden, bis man das Flussbett sehen kann. Sobald Sie die Schleusentore öffnen, werden Sie sehen, ob ihr Knabe dort ist.«

Brooke studierte die Karte. »Und wenn Tauwetter einsetzt?«

»Wird nicht passieren. Johnston, der Nachtpförtner vom

Benet's, sagt, die Meteorologen setzen allesamt auf starken Frost. Eisenhart bis zum Wochenende. Und wenn der Fluss erst gefriert, dann ist ihre Leiche natürlich einige Tage, wenn nicht Wochen eingeschlossen. Also haben Sie nur jetzt eine Chance, Mister Brooke.«

Brooke nahm sie wahr. Draußen am Flussufer wurde deutlich, dass die Meteorologen recht hatten. Frost überzog die Auen und schuf eine erlesene Landschaft aus Eis: Bäume, weiß wie Knochen, das Gras und der Schilf wie überzuckerte Süßigkeiten, der Fluss selbst beinahe erstickt unter Miniatur-Eisschollen, die sich unter den Brücken drängelten.

Der Schleusenwärter von der Jesus Lock nahm seine Bitte, den Fluss trockenzulegen, gelassen auf.

»Machbar ist das natürlich«, sagte er und schob seine Mütze über die breite Stirn nach hinten. »Ich werde aber mit Clayhythe reden müssen«, fügte er hinzu, ging in sein unaufgeräumtes Büro und nahm den Telefonhörer ab.

Clayhythe war die Leitstelle, untergebracht in einem stilvollen, beinahe schon exzentrischen Haus am Ufer des unteren Cam, gleich neben einem Hafen, etwa eine Meile entfernt von dem Dorf Waterbeach. Das Obergeschoss des mit Spitztürmen geschmückten, geometrisch eigentümlichen Hauses bestand Gerüchten zufolge aus einem einzigen Raum, dem opulenten Speisesaal der Konservatoren. Hier trafen sich die Herren des Flusses, die ermächtigt waren, an den Schleusen Zölle einzufordern, um ihre Pflichten zu beraten. Die bestanden aus allen möglichen Aspekten der Aufsicht über den Cam von seinem Oberlauf bei Byron's Pool bis hin zur letzten Schleuse bei Bottisham. Ihre Schatzkammern wurden geplündert, um für Ausbaggerarbeiten, ein

Schleusentor, einen steinernen Anleger oder einen neuen Treidelpfad zu bezahlen. Oder für ein opulentes Festmahl.

Eine kurze Unterhaltung, im Zuge derer Brookes Rang und Position verifiziert wurden, führte zu einem Plan. Eine unterschriebene Mitteilung aus dem Büro des Chief Constable wäre vonnöten; nachträglich, da es sich nur um eine Formalität handelte. Die Schleusentore der Jesus Lock sollten umgehend geöffnet werden, ebenso die von Baits Bite weiter unten am Fluss. Ein eisiger Kälteeinbruch sollte sich der Vorhersage gemäß binnen achtundvierzig Stunden intensivieren, also war die Zeit knapp. Doch es würde keine zwölf Stunden dauern, bis der Fluss in die Fens hinaus geströmt wäre. Bis zur Abenddämmerung des folgenden Tages würde das Flussbett bloßliegen. Damit hätte Brooke sechs Stunden, um die Suche in seinem Verlauf zwischen Mill Street und Baits Bite durchzuführen.

Danach würden die Schleusentore wieder geschlossen werden, damit sich das Wasser rechtzeitig ansammeln konnte, um dem Ersuchen mehrerer Colleges und der Schlittschuhvereine, eine Eislauffläche vorzubereiten, nachzukommen. Auf dem Fluss selbst sollte eine Strecke für Eisschnelllauf angelegt werden, markiert durch Fässer, die man auf dem Eis aufstellen würde.

»Einen besseren Zeitpunkt wird's nicht geben«, meinte der Schleusenwärter und führte Brooke zu einem eisernen Radgriff, den er zu drehen begann, um die Tore zu öffnen. Schon stürzte der Fluss aufgewühlt in einer kraftvollen grünen Woge durch die Lücke. »Ist inzwischen ein paar Jahre her, seit wir den Fluss das letzte Mal trockengelegt haben«, sagte er. »Wer weiß, was Sie da alles finden.«

KAPITEL SIEBZEHN

Die Straßen der Stadt waren verlassen, der Schnee bildete auf dem Pflaster eine feste Kruste, auf der Brookes Schuhe knirschten, als er zurück zum Spinning House ging. Ein Constable, der auf seiner Runde an der Round Church vorüberkam, salutierte. Der Gedanke an das kalte Haus in Newnham Croft war nun sogar noch unattraktiver als während der Abenddämmerung. Also tauchte er an der Sidney Sussex Street in eine lange Gasse ab, die schon jetzt von einem halben Dutzend Vagabunden besiedelt war; Herumtreiber, die sich ihr Essen aus Mülltonnen holten und eine Zuflucht für die Nacht suchten. Brooke fand es erstaunlich, dass es in dieser Stadt überhaupt Obdachlose gab, bedachte man, dass sie auf beinahe übernatürliche Weise kalte Winde anzuziehen schien. Die Fens im Norden schienen arktische Lüfte zu sammeln, um sie schließlich in voller Stärke auf die Straßen loszulassen.

Eine Feuerleiter aus Metall führte auf ein Flachdach hinauf. Brooke musste die Füße anheben, um sie aus der dicken Schneeschicht zu befreien, als er es überquerte. Auf der anderen Seite reichte eine zweite Leiter über zwanzig Fuß auf ein weiteres Flachdach, und dann ging es eine letzte Feuertreppe hinauf. Die führte über mehrere Absätze, ehe sie ihn auf eine Plattform entließ, einen hölzernen Sims, der die höchste Lage in dieser Ecke der Stadt für sich beanspruchen konnte. Dieser Sims ermöglichte einen Panoramaausblick auf den Fluss, die Upper Town und das mittelalterliche Durcheinander aus College-Gebäuden in der Tiefe. Auf fast neunzig Fuß Höhe bot dieser Ausguck – ein offizieller Posten des Observer Corps – eine Vogelperspektive, aus der sich die Stadt wie eine lebendige Landkarte darstellte.

Der Posten war von Sandsäcken umgeben, die mehrere Fuß hoch gestapelt waren, und in der hinteren Ecke, vor einem breiten Schornstein, befand sich eine konische Stahlhütte, aus der Josephine Ashmore trat. Sie zupfte ihre perfekt geschneiderte Uniform zurecht und strich sich über das kurze braune Haar, das mit seinem kostspieligen Schnitt exakt bis zu ihrem Kragen reichte. Eine Gasmaske in einem Lederbehälter wippte auf ihrer Hüfte, vom unverzichtbaren Lebensretter umgewandelt in ein modisches Accessoire.

Ihre Miene hellte sich auf. »Welch eine Ehre. Besuch aus dem Borough. Wie aufregend.«

Kameradschaftlich standen sie an der Sandsackbrüstung. Unter ihnen in der Stadt krochen einige wenige Wagen durch die Schluchten aus Ziegeln und Backstein, lugten mit Hilfe der teilweise verhüllten Scheinwerfer voraus. Das dem Schnee selbst innewohnende Leuchten gab die schweren Wolken am Himmel preis, die seit Sonnenuntergang gen Süden zogen.

»Tee?«, fragte Ashmore.

Brooke ergriff einen Feldstecher und vollzog eine Tour d'Horizon, während das Wasser erhitzt wurde. Das Oberserver Corps verfügte über sechs Beobachtungsposten in der Stadt, die alle einen 360-Grad-Ausblick gestatteten. Die Radarstationen der Ostküste waren in Bereitschaft, um Alarm auszurufen, der die konische Hütte per Telefon erreichen würde. Ashmores Aufgabe war es, jede nützliche militärische Information an den Flugplatz bei Duxford im Süden der Stadt weiterzuleiten. Sie war geschult worden, mit Hilfe eines fest installierten Auswertetisches den Kurs anfliegender feindlicher Maschinen zu verfolgen – optisch wie akustisch. Nach einem Angriff sollte sie Brände auf der Karte verzeichnen.

»Befehle für die Nacht?«, fragte er und nahm den ihm angebotenen dampfenden Becher entgegen.

»Wir sind in standardmäßiger Alarmbereitschaft für einen deutschen Bomberangriff, der nie eintritt«, sagte sie. »Gerüchten zufolge werden sie später in diesem Monat, wenn der Schnee erst mal weg ist, Frankreich angreifen. Berlin wird nicht wollen, dass wir Luftsicherung für unsere Jungs bereitstellen, also werden sie vielleicht dann auftauchen und versuchen, die Startbahnen zu zerstören und die Kisten am Boden festzuhalten. Dann werden wir alle Tränen in den Augen haben nach all den langweiligen Nächten, in denen nichts passiert ist.«

Jo Ashmores Leben hatte vor dem Krieg nur sehr wenige langweilige Nächte umfasst. Die Ashmores hatten im Haus neben den Brookes in Newnham Croft gleich am Fluss gewohnt. Die Kinder waren befreundet gewesen, die beiden Familien auf die spezielle Art miteinander verwachsen, die dazu führte, dass niemand sich mehr erinnern konnte, wie sie einander so gut kennengelernt hatten. Als Kind hatte Jo mit Brookes Tochter Joy in ihrem Haus Verstecken gespielt. Während Joy Krankenschwester geworden war, hatte Jo sich treiben lassen. Zu einem gewagten Lebensstil und Partys in London war ein Skandal mit einem verheirateten Mann gekommen. Ihr Vater, ein Geschichtsprofessor, hatte von ihr verlangt, sich bedeckt zu halten. Ironischerweise hatte sie das auf diese herausragende Position in schwindelerregender Höhe geführt.

»Irgendwelche Instruktionen wegen der IRA-Bombenleger?«, erkundigte er sich.

»Seitenweise, Brooke. Stapelweise Papierkram. Wir sollen die Augen offenhalten und auf alles potenziell Verdächtige in der Nähe der üblichen Ziele achten. Briefkästen, Leitungsmasten, Telegrafenmasten, Hauptgasleitungen, Kraftwerke, Masten – so wie der bei Newton. Das war ein Anblick, kann ich Ihnen sagen. Ich dachte, das ganze Ding kommt runter. Und die haben den Zaun durchgeschnitten?«

Brooke nickte, setzte seinen Hut wieder auf und zog die Krempe tief über die Augen.

»Aber das ist immer noch ein Klacks«, fuhr sie fort. »Leg die Bombe auf ein Fahrrad, fahr es zum Zielobjekt und hau ab. Das sind nicht gerade tapfere Krieger, nicht wahr, Brooke? Aber es gibt Vermutungen.«

Sie nippte an ihrem Becher und lächelte neckisch. Sogar als Kind hatte sie sich zu dem blassen, heldenhaften Mann nebenan hingezogen gefühlt, der umwoben war von der Legende Lawrence von Arabiens und doch beharrlich schwieg, wenn Geschichten über Krieg und Sieg aufkamen. Die Kinder sahen zu, wenn er den Fluss entlang nach Hause kam, die Hände in den Manteltaschen, Hut auf dem Kopf, die Beine verjüngt bis auf die ordentlichen Budapester, stets begleitet von dem metallischen Klappern seiner Blakeys auf dem Boden. Immer war er von einer Aura der Gefahr umgeben und wirkte bedrohlich, was bedeutete, dass sie ausnahmslos jedes Mal aus ihrer Deckung sprangen und schreiend vorausrannten, um sich rasch im Haus zu verstecken.

»Nur weiter«, sagte Brooke. »Was für Vermutungen?«

Sie holte einen Stapel getippter Arbeitsanweisungen aus der Hütte, die von einem Briefklemmer zusammengehalten wurden.

»Die Theorie lautet, dass die Bombenleger darauf aus sind, die Deutschen zu beeindrucken. Aber sie schlagen sich nicht gut, oder? Bisher haben sie aus Versehen ein Dutzend Zivilisten getötet, ein paar Briefkästen abgefackelt und einige Kinobesucher gestört. Die wollen, dass Berlin denkt, sie wären die Armee hinter den Linien. Darum wird vermutet, dass sie weitermachen und sich steigern werden. Zuerst einmal sollen wir die wichtigsten Anlagen der Infrastruktur im Auge behalten – Tanklager, Drehbrücken, Brücken im Allgemeinen, Flugplätze und Startbahnen. Schleusen auch. Und die Pumpwerke in den Fens. Deiche. An der Denver Schleuse kampiert ein ganzes Platoon, um dafür zu sorgen, dass wir alle sicher in unseren Betten schlafen können, geschützt vor der Gefahr, dass eine einzige Bombe eine Überschwemmung auslöst. Stellen Sie sich das vor, Brooke. Sogar Berlin würde es merken, wenn hier plötzlich ein Binnenmeer auftaucht.« Sie stürzte einen Schluck lauwarmen Tee hinunter. »Jeder Observationsposten hat eine Liste von Zielen, die er überwachen muss. Und das ist meine Priorität.« Sie zeigte nach unten, wo die Straße in die Ferne führte, und dann zu der Great Bridge.

»Wenn jemand die Brücke hochjagt, geht die Hölle los, Brooke. Die wichtigste Nord-Süd-Verbindung. Hauptflussquerung. Die Armee sagt ein Chaos voraus, und die müssen es wissen, schließlich sind sie perfekt darin, eines zu schaffen. Wenn wir irgendetwas Verdächtiges bemerken, besonders nach Einbruch der Dunkelheit, sollen wir das Militär in

Madingley Hall anrufen. Ich persönlich glaube jedoch nicht, dass die sich die Mühe machen werden. Zu offensichtlich. Wenn ich an deren Stelle wäre und es auf internationalen Budenzauber angelegt hätte, dann würde ich mir einen Munitionszug vornehmen. Davon haben wir jetzt zwei oder drei jede Nacht. Eine Meile lang, Brooke. Braucht zwanzig Minuten, um vorbeizurattern. Wenn so einer entgleist, das wäre ein Albtraum. Und wenn man ihn dann noch anzündet, hört man den Knall noch in Berlin.«

Wie aufs Stichwort konnten sie in der Stille von ferne das Rattern eines Zuges hören.

Brooke betrachtete ihr Profil, die leicht geöffneten Lippen, die leuchtenden Augen. Seine Tochter hatte geflüstert, Jo habe einen neuen Liebhaber, einen Piloten. Und dieser sei anders, nicht nur ein fescher Schnurrbart, der mit wehendem Seidenschal im offenen Wagen einherfuhr. Und zweifellos hatte etwas die Stimmung hier in dem zugigen Dach-OP verbessert. Besuchte der neue Mann sie auf dem Dach? Wandel lag jedenfalls in der Luft. Brooke waren ein paar subtile Veränderungen aufgefallen: Ein kleiner Spiegel hatte immer auf der richtigen Höhe in der Hütte gehangen, dass Jo Lippenstift auflegen konnte. Der war fort. Und sie zündete sich nicht mehr mit einem extravaganten Streichholz die Zigaretten an, sondern viel diskreter mit einem Feuerzeug, das sie mit der Hand abschirmte, den Kopf abgewandt. Und ihr Lächeln wirkte nicht mehr so brüchig.

»Es gibt noch wildere Gerüchte«, berichtete Ashmore und versteckte das Gesicht hinter ihrem Feldstecher. »Einer der OP-Männer sagte, ein Kamerad, der ein Gespräch im Zug mit angehört hat, hätte ihm erzählt, einer der Bombenleger aus Coventry hätte, als man ihn geschnappt hat, Pläne in der Tasche gehabt: Buckingham House, offensichtlich. Die sind immer noch alle in London – der König, die Königin. Und sie haben versucht, Chamberlains Sohn umzubringen – haben Sie das schon gehört?«

Brooke nickte. »Nicht gerade welterschütternd, nicht wahr? Die Bombe war in einer Tabaksdose, Jo. Und er war *in* Irland.«

»Mag sein. Aber wir sind in Alarmbereitschaft. Uns steht dieser Besuch Prinz Henrys bevor. Sie können sich vorstellen, was für einen Wirbel der auslösen wird. Und da kommt immer mehr Papierkram aus London über die IRA. Diese beiden Bombenleger, die in Birmingham auf den Henker warten. Wenn die baumeln, wird die IRA zurückschlagen. Die können gar nicht anders.«

Und dann lachte sie. Ihr hübsches Gesicht strahlte bei der Aussicht auf Exekution und Chaos.

KAPITEL ACHTZEHN

Den Buchstaben seines neuen Regelwerks folgend machte sich Brooke auf den Weg nach Hause zu einem Bad, einer Mahlzeit und einem mondlosen Schlafzimmer. Auf dem Weg am Fluss entlang begrüßte er ein zunehmendes Gefühl der Müdigkeit, sogar der Ermattung. In Newnham Croft, wo der Fluss aus den kreidehaltigen Bergen mit einer Reihe von Gräben und Bächen und tiefen Stellen, an denen die Strömung besonders langsam war, eintraf, hüllte sich die Landschaft in eine eigentümliche Stille: Wie ein Bann hatte das Eis den Wasserlauf zum Stillstand gebracht. Als er den Hebel am Tor anhob, betrachtete er das Haus, eines von zwei edwardianischen Einfamilienhäusern mit ausgefallenen Dekoelementen, die an einen Bahnhof oder ein Pfarrhaus gemahnten. Dies war schon ein ganzes Leben lang sein Zuhause und in den letzten zwanzig Jahren das seiner Familie. In der Wüste, in seiner Zelle, hatte er davon geträumt, diesen Pfad hinaufzugehen, und immer noch hob dieser einfache Vorgang stets seine Stimmung.

Er öffnete die Tür und unterdrückte den Drang, »zu Hause!« zu rufen, weil er wusste, dass Claire immer noch in der Nachtschicht arbeitete, Joy jedoch daheim sein könnte, sich aber ausruhen würde. Die Treppe führte an ihrem Zimmer vorbei. Ihm fiel der Lichtstreifen unter der Tür auf, und er fragte sich – obwohl er es eigentlich wusste –, ob sie wach im Bett lag und an Ben dachte, der gerade jetzt womöglich in den braunen, kalten, finsteren Tiefen der Nordsee trieb. Auf dem Dachboden ließ er sich ein Bad ein, heiß und dampfend, fühlte sich dann aber zu müde, um hineinzusteigen. Die späte Mahlzeit aus wieder aufgewärmtem Eintopf war ihm auch zuwider, also fachte er im Schlafzimmer ein Feuer an, legte seine Brille auf den Nachttisch und mühte sich unter die schwere Decke.

Sein Schlaf umspannte ungefähr zwanzig Minuten wilder Träume, die sich im Kreis zu drehen schienen. Er war wieder auf der Brücke an der Wüstenstraße durch Sinai und blickte mit all seinen Kameraden in die Tiefe. Dieses Mal war dort kein trockenes Wadi, sondern eine stürmische Flut. Und dann watete er hinaus in das Wasser, versuchte ein Kind aus der Strömung zu ziehen, aber jedes Mal, wenn er nach ihm griff, entzog sich ihm die Hand des Jungen. Sie saßen in einem Wirbel fest, sodass sich seine vergeblichen Bemühungen endlos wiederholten. Das Kind hatte keinen Namen, aber er sah sich dennoch gezwungen, ihn hinauszubrüllen, doch die Silben gerieten durcheinander, weil sich seine Zunge anfühlte, als wäre sie festgeleimt, träge und unempfänglich an der Wurzel, sodass er am Ende nicht mehr herausbrachte als ein sonderbares, animalisches Heulen aus tiefster Kehle.

Als er erwachte, stand Joy mit einer Tasse Tee am Fußende des Betts.

»Ich habe die Schreie gehört«, sagte sie. »Na ja, eigentlich waren es keine Schreie, nicht wahr? Es ist etwas Hartnäckiges, Frustriertes. Ich mache mir Sorgen. Mum macht sich Sorgen. Ich glaube nicht, dass das besser wird, was meinst du?«

Das Feuer brannte noch, und so konnte Brooke ihr Gesicht sehen. Zum ersten Mal glaubte er, den Geist *seines* Vaters in ihren Zügen zu erkennen, irgendwo in ihrem steten, unvoreingenommenen, aufmerksamen Blick.

Sie setzte sich eine Weile zu ihm, während er an dem Tee nippte und sich eine Zigarette anzündete.

»Warum rauchst du diese Dinger?«, fragte sie und deutete mit einem Nicken auf die Black Russian.

»Dein Großvater hat sie geraucht. Er hatte ein silbernes Etui in seinem Labor unten im Haus. Ich glaube, das hatte seinem Vater gehört. Sein Name war eingraviert: Dr. E. E. Brooke. Ich habe sie damals immer stibitzt. Das war meine einzige Art der Rebellion. Ich war ein langweiliges Kind.«

Sie lachte, eine Hand auf den Bauch gelegt. »Bens Mutter hat angerufen. Sie hat ein Telegramm aus Rosyth bekommen. Das Boot sticht in der Morgendämmerung zu einer Patrouille in den Northern Approaches in See; den Jargon beherrscht sie schon richtig gut. Ich glaube, sie meint die Arktis, Norwegen und noch weiter oben. Jedenfalls kann ich deswegen auch nicht schlafen, aber ich werde es trotzdem versuchen.«

»Ich werde lesen«, sagte er, und sie wünschte ihm eine gute Nacht.

Eine Stunde später schlich er nach unten, stellte unterwegs fest, dass Joys Licht aus war, quälte sich auf der Fußmatte in seinen Mantel und wickelte sich einen Schal um den Hals, ehe er seinen Hut von dem Pfosten am Fuß der Treppe angelte.

Die Kälte draußen war erstaunlich. Es war so kalt, er spürte, wie sein Haar vereiste und die Luft in seinen Augen stach. Nase und Kehle fingen ein bisschen zu schmerzen an. Ihm war zumute, als glitte er in eine leichte Narkose.

Aldiss' Labor befand sich im Wissenschaftsviertel hinter der roten Klinkerfassade des Sedgwick Museum. In jenen glücklichen Tagen vor dem Großen Krieg hatten sie zusammen studiert und sich eine Zimmerflucht im Michaelhouse geteilt. Aldiss war brillant, dies aber auf eine einzigartig unscheinbare Art. Die meisten Leute, die ihm das erste Mal begegneten, dürften ihn für einen nicht besonders gescheiten, provinziellen Hausierer oder vielleicht für einen Bankangestellten halten. Verbale Pyrotechnik und hochfliegende kreative Hypothesen überließ er anderen und konzentrierte sich stattdessen auf die für ihn typische, gnadenlose Logik. Die befähigte ihn, fehlerfreie, gründliche Experimente durchzuführen.

Das Labor im fünften Stock eines anonymen Blocks aus den Zwischenkriegsjahren war das reinste Treibhaus. An einer Wand stand eine ganze Reihe Käfige mit bis zu hundert Meerschweinchen, die eine sonderbare Kollektion an Lauten verbreiteten und doch irgendwie tonlos blieben: die Bewegung des weichen Fells, das Knacken, mit dem winzige Kiefer Samen und Getreidekörner bearbeiteten, Pfötchen, die schwerelos über den Boden glitten.

»Ich nutze den Kälteeinbruch aus«, sagte Aldiss, holte eine Flasche Maltwhisky aus einem Abzugsschrank und schenkte zwei großzügig bemessene Schuss in Messbecher. Aldiss war eine von Brookes gastfreundlicheren Nachteulen. Seine Forschungen gestatteten keine Pausen, folglich brachten Besucher ein wenig Leben in die Langeweile. Und es gab immer Maltwhisky, gewöhnlich von Skye und in einem respektablen Alter.

Aldiss war Experte für circadianische Rhythmik, jene eingebauten Zyklen, die Tieren und Pflanzen die Chance gaben, hormonell auf die unausweichlichen Herausforderungen des Lebens vorbereitet zu sein. Einige Monate lang hatte er sich auf die Auswirkung des Lichts konzentriert. Hinter den drei Stahltüren des Labors verwahrte er Kakerlaken, Glühwürmchen und Hamster und setzte sie einem sorgsam regulierten Muster aus künstlichem Sonnenlicht aus. Brooke stand bei seinen nächtlichen Besuchen oft inmitten leuchtender Glühwürmchen, während Aldiss die Kameras kontrollierte, mit denen er ihre Bewegungen und ihre Lumineszenz aufzeichnete. Ein Besuch im Kakerlakenraum hatte ihm allerdings gereicht. Das Trippeln der gepanzerten Insektenleiber auf dem Betonboden verstörte ihn.

Inzwischen widmete sich Aldiss den Auswirkungen von Hitze.

»Genieß es, solange du kannst«, sagte er und berührte kurz den Heizkörper. »Ich öffne zu jeder vollen Stunde die Fenster. Wie gesagt, das ist eine Chance, die ich mir nicht entgehen lassen darf. Ich kann die Temperatur variieren, kann sie hochfahren und absenken, aber einen borealen Windstoß kann ich nicht künstlich erzeugen, darum ist das eine einmalige Gelegenheit. Wenn es so weit ist, kann ich nicht mehr mit dir reden. Ich muss beobachten, Brooke. Und das ist eine ernste Angelegenheit.«

»Ich kann nicht schlafen«, sagte Brooke.

»Das habe ich bereits herausgefunden«, entgegnete Aldiss und fuhr sich mit der Hand durch das, was von seinem Haupthaar noch übrig war. Er hatte einen klobigen Kopf, eine Art Findling mit blasser Haut, der gerade jetzt ein wenig zu schwer für seinen Hals schien. Immer wieder hob er ihn, um Brooke in die Augen zu sehen.

»Ich habe mich an die Regeln – deine Regeln – gehalten, aber erfolglos.«

»Noch«, sagte Aldiss und warf einen Blick auf die Wanduhr. »Als Wissenschaftler warst du nie pingelig, oder? Wenn du sagst, du hältst dich an die Regeln, warum zweifle ich dann an dir? Das Bad, beispielsweise?«

Brooke zuckte mit den Schultern. »Es war spät. Ich habe im Schlafzimmer Feuer gemacht. Es war warm.«

Aldiss schüttelte den Kopf. »Ja, *es*. Es geht aber darum, dass *du* warm wirst. Ein Bad verändert deine Körpertemperatur und – das ist die Idee dahinter – das regt die Freisetzung bestimmter Hormone an und führt nach Lage der Dinge einen schlafähnlichen Zustand herbei. Geduld, Brooke.« Wieder ein Blick zur Uhr. »Ich muss mich bereitmachen.«

Brooke ging zu der Bank, auf der Aldiss die neuesten Ausgaben wissenschaftlicher Magazine für seine Studenten ausgebreitet hatte. Er mochte seine eigenen Studien aufgegeben haben, trotzdem hielt Brooke sich gern über die neuesten Erkenntnisse der Naturwissenschaften auf dem Laufenden. Oberhalb der Bank war eine Pinnwand angebracht, und sein Blick heftete sich umgehend an eine Mitteilung mit der Überschrift:

BESUCH VON PROF. JOHN ARKWRIGHT
KING'S COLLEGE, LONDON

DAS HINTERLAND VON NJASSALAND

Doch nicht das Thema der Debatte sprang ihm ins Auge, sondern das Symbol am Kopf der Seite: ein großes G auf einem Bild des Mondes, das genau mit dem übereinstimmte, welches er am Revers des Betriebsleiters von Newton, Rafe Forbes, gesehen hatte.

»Wofür steht das?«, fragte er und zeigte auf das Symbol, als Aldiss gerade in einen Mantel schlüpfte.

»Für die Galton Society«, erklärte Aldiss. »Die gibt es schon eine ganze Weile. Gegründet vor unserer Zeit, Brooke. Von Francis Galton – Statistiker, Geograph, Universalgelehrter. Liegt wohl inzwischen im Sterben, nehme ich an. Galtons Ruf ist nicht mehr, was er mal war.«

»Könntest du herumfragen und herausfinden, was die vorhaben?«

»Könnte ich. Werde ich. Klingt für mich, als würden sie vorwiegend den spannenden Reichsgeschichten lauschen. Das dürfte nur ein Haufen alter Knaben sein. Aber ich werde berichten«, sagte er und salutierte träge. »Also, bereit?«

Er ging zur Nordwand des Labors und riss die Fenster auf. Ein schwacher Wind trug knochentrockene Schneeflocken in den Raum. Die somnambulen Hamster fingen an, sich im Licht ihrer Sonnenlampen zu regen.

»Genetik interessiert die Society natürlich auch«, fügte er hinzu, offenbar bereit zu schwatzen, während er erste Notizen anfertigte. Brooke sah, dass jeder Hamster mit einem kleinen, am Fuß befestigten Etikett gekennzeichnet war wie eine Ladung Evakuierter aus East End. »Erinnerst du dich an Bateson von der Trinity?«

Den hätte Brooke schwerlich vergessen können. William Bateson war einer der altehrwürdigen Wissenschaftler ihrer gemeinsamen Studienzeit gewesen.

»Er hat das Wort ›Genetik‹ geprägt, Brooke. Bis zu einem gewissen Grad hat er sich auf Galton verlassen. Und da kommt mir ein Gedanke. Vielleicht hat deine falsch gehende innere Uhr gar nichts mit deiner Zeit in der Wüste zu tun. Vielleicht hast du diese Behinderung geerbt, sofern es denn eine ist. Und nun muss ich arbeiten und den Schnabel halten.«

Er setzte sich auf einen hohen Hocker. Sein Atem war deutlich in der Luft zu erkennen, während er kariertes Diagrammpapier mit geheimnisvollen Chiffren beschriftete und die zunehmend schnelleren Bewegungen seiner vormals so schläfrigen Versuchskaninchen festhielt.

Brooke stand auf, verblüfft über Aldiss' Idee. Sein Vater, Professor der Medizin, war ganz sicher auch eine Nachteule gewesen. Nach dem Tod von Brookes Mutter war der alte Mann für ihn eine kaum greifbare, distanzierte Person geworden. Seinen Sohn hatte er seiner Schule, den Streifzügen durch die Stadt und der laschen Beaufsichtigung durch eine Reihe von Kindermädchen überlassen. Wenn sein Vater dann doch nach Hause kam, zog er sich sogleich in sein Privatlabor im Keller des Hauses zurück. Müde, aber häufig freudig erregt, pflegte er dann zum Frühstück zu erscheinen und einen Tee zu trinken.

Die Vorstellung, seine Insomnie könnte eine Art familiäre Gabe sein, sorgte dafür, dass auch Brooke selbst sich sonderbar beschwingt fühlte.

KAPITEL NEUNZEHN

Brooke holte sich die neueste Ausgabe des Londoner Telefonbuchs aus der Vermittlungsstelle und eine Tasse Tee aus der Kantine, ehe er die Stufen zu seinem Büro hinaufstieg wie ein Mann auf dem Weg zum Galgen. Der Anruf musste getätigt werden. Sean Flynn wurde bereits seit zwei vollen Tagen vermisst. Die Suche nach seinem Leichnam im Fluss war eingestellt worden. Das trockene Flussbett würde sich heute Nacht zeigen. Seine Eltern hatten ein Recht, über das wahrscheinliche Ergebnis solch einer Operation informiert zu werden, und das wahrscheinliche Ergebnis lautete, dass sie den Leichnam eines Fünfjährigen in einem Sack finden würden. Pater Ward von St. Alban's hatte eine Stunde zuvor im Spinning House angerufen, um Bescheid zu geben, dass das vermisste Kind nicht wieder aufgetaucht war. Wenn die Mutter des Jungen wie geplant am Samstag in die Stadt käme, zusammen mit anderen Eltern, die es kaum erwarten konnten, ihre Kinder zu sehen, dann würde sie voraussichtlich ihren toten Sohn im Leichenschauhaus offiziell identifizieren müssen.

Brooke blickte hinaus zu den grauen, verschneiten Dächern. Der Tag selbst war totgeboren, das Licht gefiltert von einem Schleier aus herabfallendem Eis und Schnee. Brooke schaltete die Schreibtischlampe ein, richtete seine blau getönte Brille und suchte nach dem Namen von Seans Vater –

Gerald J. Flynn – und der Adresse, die gemäß seiner Akte westlich von Shepherd's Bush liegen sollte. Die diversen Flynns füllten mehrere Seiten, viele davon drängelten sich in den blühenden irischen Migrantengemeinden in West- und Nordlondon. Es gab einen G. F. Flynn, Wood Green, Nordlondon und dann eine ganze Reihe von G. M. Flynns. Brookes spürte, wie sein Herz vor Erleichterung einen Satz tat, als er das Buch weglegte.

Die Vermittlung stellte ihn zum Polizeirevier von Shepherd's Bush durch. Man notierte das Ersuchen des Borough, einen Constable zum Haus zu schicken. In diesem Stadium galt Sean Flynn schlicht als vermisst, aber die Eltern mussten erfahren, dass sie sich auf schlimme Nachrichten einstellen sollten. Brooke regte dem diensthabenden Sergeant von Shepherd's Bush gegenüber an, dass Mary Flynn an ihrem geplanten Besuch in Cambridge am kommenden Samstag festhalten solle. Ihr Ehemann möge sie begleiten. Falls das nicht möglich war, sollte ein guter Freund oder ein naher Verwandter bei ihr sein. Das Borough würde in der Zwischenzeit jegliche Neuigkeiten an Shepherd's Bush weiterleiten.

Als er fertig war, stand Brooke auf und blickte vom Fenster aus in den Hof, wo er den Wasp entdeckte. Frischer Schnee sammelte sich auf der Windschutzscheibe, und von der Motorhaube stieg Dampf auf. Scheinwerfer und Türgriffe waren vereist. Fünf Minuten später tauchte Edison mit Tee und Keksen auf. Schnee schmolz auf dem warmen Mantel, den er von seinen breiten Schultern zu streifen bemüht war.

»Fortschritte, Sir. Und ein Name – nun ja, beinahe ein Name. Auf jeden Fall eine Adresse.«

»Von Anfang an, Edison«, bat Brooke und zündete sich eine Zigarette an.

Als der Sergeant seinen Notizblock herausfischte, fiel Brooke auf, dass der Pensionär erheblich jünger wirkte als an seinem ersten Tag zurück im Dienst. Ermittlungen waren, anders als der Dienst in Uniform, ganz offensichtlich sein Metier. Oder lag es am Geschwindigkeitsrausch in seinem Wolseley Wasp?

»Nach dem Bombenanschlag in Coventry haben sie ziemlich schnell zwei der Männer aufgegriffen«, sagte Edison. »Der Rest der Organisation ist untergetaucht. Fünf Menschen zu töten hatte nicht zu ihrem Plan gehört. Zwei Männer im Todestrakt zu haben auch nicht. Der Attentäter, den sie nicht erwischt haben, der, der das Kommando hatte und die Zünder bereitgestellt hat, war längst weg. Aber natürlich ist er derjenige, den sie brauchen, denn er stellt das Bindeglied zu Dublin dar.

Dann gab es einen Glücksfall. Die beiden Attentäter wollten nicht reden, aber die irische Gemeinde – die Clubs, die Pubs, die Kirchen –, alle waren schockiert und wütend. Das CID konnte eine Beschreibung des Fremden anfertigen – groß, schlank, attraktiv, spitzer Haaransatz –, und durch die haben sie zumindest zwei Namen erfahren, die er benutzt hat, während er in der Stadt war. Zweiter Glücksfall: Er hat einen davon – John Fitzpatrick – angegeben, um ein Zimmer im Caledonian Hotel in der Nähe von King's Cross zu buchen. Das war vor einer Woche.

Special Branch ist direkt zur Vordertür rein. Unser Freund saß an der Bar, allerdings wussten sie das nicht. Er hat die Fliege gemacht, im Hemd, trotz des Schnees. Wenn er ordentliche Papiere und den nötigen irischen Pass hat, dann ist er inzwischen in Dublin und trägt einen ganz neuen Anzug. Oben in seinem Zimmer im Caledonian haben sie seinen Mantel an einem Haken gefunden; keine Brieftasche, aber ein Notizbuch mit Namen. Na ja, zumindest mit acht Sätzen Initialen und acht unvollständigen Adressen. Also, *T. H., 18 Station Road*, so was in der Art. Die zugehörigen Städte wird er sich gemerkt haben, nehme ich an, und die vollen Namen seiner Landsleute auch. Ich habe einen Blick auf die Liste geworfen und *Honey Hill* entdeckt. Sie haben zwar herumtelefoniert, aber niemand hat an Cambridge gedacht, und ich bin ziemlich sicher, das ist einzigartig.«

Honey Hill lag mitten in dem Elendsviertel in der Upper Town, dem maroden Ghetto aus Kämmerchen und Speichern, in dem die Ärmsten hausten. Das Viertel war überbevölkert, unhygienisch und, nach Einbruch der Dunkelheit, eine verbotene Zone für die bessere Gesellschaft.

Edison schlug sein Notizbuch auf. »*P. O., 14B Honey Hill.* Das stand ganz oben auf der Liste, was nichts zu bedeuten haben muss, aber bedeuten *könnte*, dass Cambridge als Nächstes dran glauben sollte.«

»Die Bombe bei der Newton-Fabrik«, sagte Brooke.

Edison reckte einen Finger hoch. »Vielleicht. Das waren sie zwar bestimmt, aber es gibt ein Muster bei diesem S-Plan. Bisher war jede Zelle für *zwei* Bomben verantwortlich. Sie machen beide bereit, jagen erst eine und dann ziemlich kurz darauf die zweite hoch. Dann lösen sie die Zelle auf und hauen ab. Darum schätze ich, da kommt noch eine, Sir. Es sei denn, der Tod des Kindes hat sie abgeschreckt.«

Brooke lehnte sich auf seinem Stuhl zurück und musterte den großen Stadtplan, der an der gegenüberliegenden Wand hing. Cambridge war keine Industriestadt, aber es gab zweifellos ein paar sehr lohnenswerte Ziele, wie Jo Ashmore ihm mit beträchtlichem Eifer erklärt hatte.

»Ich werde Madingley informieren müssen«, sagte Brooke. »Die hohen Tiere können eine Menge Personal zusammentrommeln. Wenn wir vor allen potenziellen Zielen eine Wache postieren wollen, brauchen wir ein ganzes Bataillon.« Er stand auf. »Sie müssen sich ausruhen, Sergeant, wenigstens für ein paar Stunden – und das ist ein Befehl. Aber zuerst stellen wir auf Honey Hill eine Wache auf. Wenn möglich, sollten wir selbst uns fernhalten. Setzen wir den örtlichen Constable dort ein. Mit Feingefühl! Verschaffen wir uns einen versteckten Beobachtungsposten: ein Haus gegenüber, einen Eckladen, was immer nötig ist. Sehen wir mal, ob wir diesen mysteriösen P. O. zu Gesicht bekommen.«

»Eine Beschreibung wäre ein guter Ansatzpunkt«, fuhr Brooke nach einer kurzen Pause fort. »Dann könnten wir die mit dem abgleichen, was die Zeugin aus der Nacht der Explosion ausgesagt hat. Wir haben eine grobe Vorstellung. Ich werde mich gleich erkundigen, ob der Zeugin noch mehr einfällt. Ihr erster Versuch war eher die Karikatur eines Iren. Vielleicht sind ihr jetzt ein paar zusätzliche Einzelheiten erinnerlich. Inzwischen postieren wir die Wache auf Honey Hill. Aber beim kleinsten Anzeichen von Gefahr, Edison, bei allem, womit wir nicht fertig werden, müssen wir diesen P. O. von der Straße holen und in eine Zelle im Keller verfrachten. Wir gehen kein Risiko ein. Und wir müssen um jeden Preis einen zweiten Bombenanschlag verhindern.«

KAPITEL ZWANZIG

Mit Hilfe des Stadtplans, den er als Kind im Kopf angefertigt hatte, machte sich Brooke über eine Reihe von kleinen Gassen, die hinab zu den Flussauen führten, auf den Weg zum Davison College. Eine kleine Rinderherde stand dampfend auf der anderen Seite des Flusses, als er einer Route folgte, die ihn über mehrere schmale Holzbrücken, bekannt als Little Bridges, in das Dorfgebiet von Newnham führte. Die Hauptströmung war zu einem Rinnsal zusammengeschrumpft, Kiesflächen, auf denen sich erster Schnee sammelte, zum Vorschein gekommen. Bis zum Einbruch der Dunkelheit würde der Oberlauf trocken sein, und die letzte Suche nach dem vermissten Jungen konnte beginnen.

Hatte man das Marschland einmal durchquert, erreichte man das Gebiet der Viktorianischen Colleges: Ziegelgemäuer, wenig einladende archenförmige Kapellen und robuste Türmchen. An jeden verfügbaren Meter gusseisernen Zaungitters waren Fahrräder gekettet.

Dr. Augustine Bodarts knappe Aussage, die sie am Tag nach der Explosion auf dem Revier gemacht hatte, verriet, dass sie in der Zeit zwischen neun und sechs in ihrem Labor im College zu finden sei; einem Stift für Frauen am äußersten Ende der Stadt, an den sich Felder anschlossen, getüpfelt mit den Stangen von Rugby-Toren. Die Fassade des Colleges war von besonders deprimierender Machart, ein Bollwerk, das an ein Gefängnis erinnerte, dazu geschaffen, die Laster der Stadt fernzuhalten – oder, ganz lapidar: Männer.

Der Pförtner sagte ihm, er würde Dr. Bodart in der Tat im Labor finden. Ein Nachwuchspförtner sollte den Besucher auf seiner weiteren Reise begleiten, da alle Außenstehenden stets beaufsichtigt werden mussten. Der Weg führte sie durch eine kleine Tür, die ihn an Alices Pforte zum Wunderland erinnerte. Und was dahinter lag, war in der Tat eine ganz eigene Welt: ein großer Garten, versteckt vor der Stadt, geschützt von einer Mauer aus Collegegebäuden rundherum.

Hier hatte man insgeheim anstelle der düsteren Neo-Gotik der neuen Colleges Raum für etwas Vergnüglicheres geschaffen: weißes Holz anstelle von Stein, Fenster, die bis zum Boden reichten, verspielte Dekorationen, die den Gebäuden einen Hauch von Küstenatmosphäre verliehen. Der Garten selbst, geprägt von exotischen Bäumen und ausgedehnten, schneebedeckten Rasenflächen, wirkte trotz eines zentralen Parterres und eines Denkmals eher zwanglos.

Der Nachwuchspförtner, ein Jugendlicher, dessen jüngster Wachstumsschub dafür gesorgt hatte, dass seine Hose zwei Zoll über den Schuhen endete, stufte Brookes moralische Verfassung offenbar als annehmbar ein, denn er wurde schon beim ersten einer ganzen Reihe von Schildern mit Richtungspfeilen und der Aufschrift LABOR allein gelassen. Der Weg führte durch ein kleines Gehölz zu einer Ansammlung von Fertighäusern, deren Dächer gespickt waren mit Oberlichtern, durch die ein bemerkenswert goldener Lichtschein herausdrang und die Äste der Bäume über ihnen mit güldenem Schimmer überzog. Brooke tauschte die grün getönte Brille gegen die blauen Gläser und trat ein.

Bodart stand allein in einem weißen Laborkittel im Raum und kümmerte sich um eine lange Reihe kleiner Topfpflanzen unter drei großen Lampen mit versilberten Schirmen. Die Intensität des goldenen Lichtscheins war für Brooke unerträglich, also wandte er sich ab und tauschte die blauen Gläser gegen die schwarzen. Die Luft war subtropisch heiß und feucht, und irgendwo rumorte ein Heizkessel, vermutlich unter ihren Füßen. Flüchtig fühlte er sich an St. Alban's erinnert – ein Bild, das er, rückblickend, hätte zur Kenntnis nehmen und überdenken sollen.

Bodart deutete in Richtung Decke und auf die provisorischen, vorgefertigten Laborwände. »Wissenschaft für Frauen«, sagte sie. »Uns wurde erlaubt, die Labore in der Stadt zu nutzen. Von Männern erlaubt. Ich ziehe es vor, Herrin meiner eigenen Hallen zu sein. Was sagen Sie dazu?« Licht fing sich in ihren lebhaften Augen, und Brooke ertappte sich dabei, ihr als Antwort zuzulächeln.

Bodart, deren Brille mit einer Kette um ihren Hals gesichert war, fragte ihn, ob sie zunächst ihre aktuellen Beobachtungen abschließen könne, ehe sie dem Detective Inspector ihre volle Aufmerksamkeit widmete. »Fünf Minuten, mehr nicht.«

Brooke tupfte sich die Stirn mit einem Taschentuch ab und versuchte, sich auf Bodarts Arbeit zu konzentrieren. Die Pflanzen stufte er als Platterbsen ein. Die, die durch die Lampen zum Blühen gebracht worden waren, waren nach Farben geordnet: Weiß, Blau und Rot. Andere, die kurz vor der Blüte standen, warteten auf Holztabletts. Die Arbeit, welchem Zweck sie auch dienen mochte, schien akribische Beobachtung zu beinhalten. Notizen wurden von Klemmbrettern in Aktenordner transferiert. Zahlen wurden mit Kreide auf eine große Tafel geschrieben, auf der bereits ein Gitter prangte. Alle Pflanzen wurden aus der Nähe betrachtet, als berge jedes Blatt und jeder Stängel das Geheimnis des Lebens.

Als Bodart fertig war, zapfte sie an einem Wasserhahn ein Glas Wasser und zog sich einen Stuhl heran. Die stämmige Frau hatte ihr graues Haar zu einem festen Knoten frisiert, und ihr äußerst bewegliches Gesicht weigerte sich, sich der Tatenlosigkeit hinzugeben. Ihr Blick huschte über Brookes Züge, als würde sie Daten zu einer besonders faszinierenden Topfpflanze sammeln.

Die grundlegenden Informationen hatte Brooke schnell beisammen. Sie lebte auf einem Hausboot am Flussufer, denn sie zog, was sie »die Außenwelt« nannte, einem Zimmer im College vor. Ihre Arbeit an den pflanzlichen Erbgängen hielt sie bis spät abends im College fest. Sie wiederholte die mündliche Aussage vom Abend der Explosion. Auf dem Heimweg hatte sie drei Männer durch eine Lücke im Sicherheitszaun der Fabrik klettern sehen. Da sie Alarm schlagen wollte, sich aber davor fürchtete, die Männer auf ihre Gegenwart aufmerksam zu machen, war sie auf dem Treidelpfad Richtung Stadt zurückgegangen, wo sie dem Constable begegnet war. Er hatte sie angewiesen, auf einer Bank zu warten, während er zum Tatort lief.

»Also haben Sie die Männer gesehen und dann beinahe sofort den Constable?«

»Ja. Ein paar Sekunden später, höchstens eine halbe Minute. Das nennt man Glück.«

»Und wie weit waren Sie entfernt, als Sie diese Männer entdeckten?«

Sie schaute ins Nichts, als versuchte sie, ein Bild der Männer zu beschwören. »Dreißig Yards?«

»Haben die Sie gesehen?«

»Vielleicht. Sie waren auf der Flucht, nicht wahr? Also hatten sie keine Zeit für irgendetwas anderes, als zu rennen. Kriminelle sind degeneriert. Die halten nicht inne, um zu reflektieren. Ihr Verhaltensmuster ist animalistisch.«

»Ich verstehe. Aber Sie haben sie gesehen. Sie haben sich *Gedanken gemacht*. Das war nicht nur ein flüchtiges Bild. Und das Licht war gut?«

Sie wedelte mit der Hand. »Mondschein und Schnee, also, ja. Ich kann sie deutlich sehen. Die hier …«, sie hob die Brille an die Augen, die freie Hand einen Fuß weit entfernt, »… ist zum Lesen und Beobachten.«

»Es wäre möglich, dass wir einen der Männer gefunden haben, Doktor. Ich benötige eine vollständige Beschreibung von allen dreien.«

Brooke zog sein Notizbuch hervor, und sie fingen damit an, ein sorgfältiges Bild der drei Männer auszuarbeiten. Bodart, eine geschulte Beobachterin, hatte ein Auge für Details. Einer war »ungeschlacht«, ein »typischer Arbeiter« mit schweren Knochen und einer schwarzen Lederjacke, die sich über den breiten Rücken spannte. Sie glaubte, er hätte seine Hosenbeine in die Socken gestopft, wodurch erkennbar wurde, was sie als Arbeiterstiefel bezeichnete. Sie glaubte auch, er hätte einen dicken Pullover getragen, dessen Kragen dicht an einem massigen Hals gelegen hatte – dem »fast nicht vorhandenen Hals«, der eigentlich kaum mehr war als eine Art Schulterfortsatz. Das Gesicht war wuchtig, dunkle Brauen, »fett« und rundlich. Sauber rasiert, aber mit einem mächtigen »vorspringenden« Kinn.

Seine Komplizen waren weniger auffällig; schlank, einer mit hellem Haar und groß, der andere mit dunklem Haar, das er teilweise unter einer tief herabgezogenen Mütze – einer »Kappe« – versteckt hatte. Er war der Kleinste der drei, vielleicht fünfeinhalb Fuß groß, und er hatte dürre Glieder. Die nächtlichen Sichtverhältnisse hatten der Szenerie jegliche Farbe genommen.

»Haben Sie miteinander gesprochen?«, fragte Brooke und versuchte, sich an die ursprüngliche Beschreibung zu erinnern, die sie vor Ort in der Nacht des Anschlags geliefert hatte. Hatte sie nicht alle als Angehörige der »Arbeiterklasse« beschrieben?

Einen Moment lang zögerte sie. »Ich glaube, der Große, der das Loch im Zaun aufgehalten hat, hat ›Los!‹ gesagt. Aber das ist alles.«

»Und sie sind nach Süden gerannt? Richtung Stadt?«

»Das habe ich nicht gesehen. Ich hab schnell kehrtgemacht. Aber gerannt sind sie auf jeden Fall, denn Ihr Constable hat sie nicht mehr gesehen.«

Brooke fragte, ob Bodart, falls – wenn – sie einen Verdächtigen in Gewahrsam hätten, zur Verfügung stünde, um den Mann zu identifizieren.

Der Gedanke schien sie zu befremden. Ganze zehn Sekunden lang rührte sie sich nicht.

»Ja. Gewiss. Verzeihen Sie, ich bin nervös, wenn es um die Obrigkeit geht. Aber das ist meine Pflicht. Ich bin zu Gast in Ihrem Land.«

Brooke stand auf und ergriff seinen Mantel.

»Wie ist das Leben auf dem Fluss?«, fragte er. Dr. Bodart war ihm ein Rätsel, eine Frau, die ein einsames, unabhängiges Leben führte. »Ruhig?«

Ihre Miene hellte sich auf, ihr Gesicht war wieder in Bewegung und produzierte ein Lächeln. »Ganz und gar nicht.

Abgeschieden, ja. Aber ich habe Nachbarn, Freunde. Die Hausboote bilden ein Dorf, ja? Die Engländer machen das gut – sie verbinden die Achtung vor den einzelnen Personen mit dem, was sie in die Gemeinschaft einbringen. Ich schätze das«, fügte sie nickend hinzu. »Es ist … idyllisch«, erklärte sie dann, sichtlich erfreut, dass sie das richtige Wort gefunden hatte. Dann verfinsterte sich ihre Miene wieder. »Aber dieses Kind …«

»Wir haben den Fluss ausgebaggert, aber es gibt keine Hoffnung. Der Junge wurde ermordet. Heute Nacht werden wir den Fluss trockenlegen, dann finden wir vielleicht den Leichnam.«

»Dann ist es also wahr?« Sie schüttelte den Kopf. »Im Krieg stoßen Länder zusammen, Reiche, Soldaten. Das ist manchmal nötig. Darwin hat das erkannt.« Für einen Moment bedeckte sie ihre Augen mit der Hand. »Aber das, ein Unschuldiger? Das ist unverzeihlich. Ein Verbrechen wider die Natur.«

Brooke wandte sich zum Gehen, als ihm etwas in ihren Augen auffiel: Traurigkeit auf jeden Fall, Weltschmerz sogar, aber auch eine Spur von Furcht. Als er an der Tür noch einmal zurückblickte, sah er, dass sie ihre Brille aufgesetzt und eine Pflanze ergriffen hatte, deren Blätter sie nun untersuchte.

Während er in der Abenddämmerung durch den Schnee zurückging, staunte er darüber, wie lebhaft und klar Bodart die drei Bombenleger beschrieben hatte: den Ungeschlachten, den Hellen, den Dunklen. Es war, als hätte die klinische Sicherheit ihrer Experimente ihr einen klaren, einfachen Blick auf die reale Welt außerhalb ihres abgelegenen Labors beschert.

In Sichtweite des Spinning House überquerte er erneut die Little Bridges von Coe Fen und überlegte, ob sich die Pflanzen, deren Wachstum unter dem Licht forciert wurde, so schnell entwickelten, dass ihre Fortschritte wirklich sichtbar waren – eine winzige grüne Knospe, die sich öffnete, um das schlichte Geheimnis ihrer Farbe zu offenbaren, Rot, Blau oder Weiß. Nicht zum ersten Mal hatte er das Gefühl, dass seine lädierten Augen ihn vor solch einem Leben gerettet hatten: lauter Einzelheiten beobachten, Ergebnisse notieren, eine Karriere auf Geduld aufbauen.

Am Ende hätte er die Erfahrung womöglich als erdrückend und abstumpfend eingestuft. Zum zweiten Mal in ebenso vielen Tagen sah er sich gezwungen, die Möglichkeit zu erwägen, dass seine Behinderung tatsächlich eine Gabe war.

KAPITEL EINUNDZWANZIG

Als die Abenddämmerung hereinbrach, schien es, als würde der Schnee, der immer noch auf Dächern und in Parks lag, sich mit einer inneren Lichtquelle verbinden und heller werden, während der Himmel dunkler wurde. Eine kurze Schmelze am Nachmittag war gnadenlos in ihr Gegenteil verkehrt worden und hatte eine lebensgefährliche Patina aus Eis auf dem Pflaster und sägezahnförmige Eiszapfen an den Traufen hinterlassen. Brooke holte sich eine Taschenlampe aus dem Spinning House, ehe er sich, eingewickelt in den Mantel aus dem Großen Krieg, forschen Schritts zum Fluss aufmachte: nicht zu dem mittleren Abschnitt zwischen den steinernen Collegemauern, sondern zum Oberlauf in der Höhe von Mill Pond, wo die kreidelastigen Bäche aus den Bergen im Süden hereinströmten und durch die Auen in Richtung Stadt wanderten.

Der Mill Pond selbst hatte über die Jahrhunderte des Herumwirbelns, ehe das Wasser unter die Silver Street Bridge verschwand, eine tiefe Grube geformt. Sogar jetzt, da vom Fluss kaum mehr als ein Rinnsal übrig war, blieben seine finster-grünen Tiefen unberührt, verborgen unter einer trüben Eisschicht. Von dem trägen Bach, der ihn speiste, war nur noch ein trockenes Bett übrig, inmitten dessen ein glitzernder Wasserfaden sich durch Kies und Sand einen Weg durch Coe Fen bahnte, die Wiesenlandschaft, die auch Brooke früher an diesem Tag durchquert hatte.

Kalte Luft setzt sich gern in Senken und Untiefen fest, und so spürte Brooke, als er die Stufen zum Stocherkahnanleger hinabschritt, dass die Temperatur noch weiter abfiel. Ein Bootswart kontrollierte die Ketten, mit denen die Wasserfahrzeuge gesichert worden waren – zwanzig oder mehr, die nun eines neben dem anderen auf dem Flussbett lagen. Ein Police Constable stand neben einer mit flackernder Flamme brennenden Kohlenpfanne, die auf dem Kies aufgestellt worden war.

»Alles in Ordnung?«, fragte Brooke.

»Sir. Ich soll diese Treppe und den Anleger bewachen. Alle anderen Treppen stromabwärts werden auch bewacht, bis runter zur Great Bridge.«

Der PC deutete mit einem Nicken über Brookes Schulter. »Da sind die Truppen.«

Das Zivilschutzdepot hatte zugestimmt, dem Borough für diese Nacht zwanzig Mann auszuleihen. Die Männer, überwiegend zu alt oder zu jung für den Militärdienst oder Kriegsdienstverweigerer, bildeten ein recht merkwürdiges Bataillon, wie sie da mit ihren Taschenlampen und einer Auswahl an Gartengeräten herannahten: Harken, Besen, Hacken, und einer hatte sogar eine Schubkarre dabei.

Brooke bat sie, die Stufen zum Flussbett hinunterzusteigen, während er auf dem Anleger blieb, als stünde er auf einer Bühne über seinem Publikum.

»Mein Name ist Inspector Eden Brooke«, sagte er. »Wir sind Ihnen dankbar, dass Sie uns heute Abend helfen. Der Fluss ist beinahe trocken. Ein Kind wurde vor zwei Nächten hineingeworfen, in einem Sack. Wir müssen den Fluss von hier bis Baits Bite absuchen. Das Kind wurde zuletzt gesehen, als es unter der Mathematiker-Brücke vorbeitrieb.«

Brooke deutete stromabwärts. Jenseits des modernen Bogens der Silver Street Bridge konnte man soeben noch vage die Silhouette des hölzernen Wunders selbst erkennen, eine geisterhafte Wölbung, geschaffen aus geraden Balken.

»Ich bedauere, dass Sie so eine grausige Arbeit vor sich haben. An der Great Bridge und der Schleuse auf der anderen Seite gibt es heiße Suppe und Tee. Halten Sie die Augen offen. Wann immer Ihnen etwas verdächtig erscheint oder ungewöhnlich, wann immer etwas Ihre Aufmerksamkeit erregt, melden Sie es einem der Constables.«

Im flackernden Lichtschein der orangefarbenen Flammen der Kohlenpfanne konnte Brooke den Schrecken in ihren Augen sehen. In diesem merkwürdigen Licht wirkten sie seltsam bedrohlich, beinahe wie ein Lynchmob, der nur darauf wartete, seine Fackeln zu entzünden und sich auf den Weg in die Barackensiedlung jenseits der Gleise zu machen.

Ein Polizeiwagen traf ein und spuckte ein halbes Dutzend uniformierter Officer aus, die von der Grafschaftspolizei zur Unterstützung abgestellt worden waren. Sie hatten eine Metallkiste dabei, in der sich Dutzende von Wachsfackeln befanden.

Brooke nahm sich eine davon und schwenkte sie. »Früher waren die mal sehr nützlich«, sagte er und fing an, sie zu verteilen. »Die Busgesellschaft hat sie den Schaffnern an nebligen Abenden mitgegeben, damit sie mit ihnen vor dem Bus gehen und den Weg freimachen konnten. Eine langsame, aber sichere Reise.«

Er zündete das Ende der ersten Fackel an und hielt sie

hoch. Die Flamme leuchtete in einem intensiven Rotblau und flackerte unstet.

»Sie brennen eine Stunde lang. Wir halten an der Great Bridge Ersatz bereit.«

Die Gruppe machte sich unterhalb der Silver Street auf den Weg, erst eine Reihe von Männern, dann eine zweite, um alles doppelt zu überprüfen. Die Fackeln sprenkelten mit ihrem Licht das Mauerwerk, als sie unter der Brücke hindurchgingen. Am Queens' College standen zwei Studenten still rauchend an einem Fenster und sahen zu.

Während sie flussabwärts zogen, folgten die Backs einem vertrauten Muster. Das linke Ufer bestand überwiegend aus offenen Auen, die aus der Tiefe des Flussbetts nicht zu sehen waren. Auf der rechten Seite drängten sich hohe Collegewände an das Ufer und ragten über den Fluss hinaus.

Sie marschierten weiter, behielten ihren dilettantisch wirkenden Rhythmus bei, durchbrochen von dem einen oder anderen Ausruf, der Treibgut im Flussbett signalisierte: ein Fahrrad, ein löchriger Stocherkahn, ein Messingschlüssel mit einem hölzernen Anhänger. Die vorausschreitende Reihe zog weiter, während die Constables dahinter die Funde untersuchten. Weiter vorn konnte Brooke die King's College Bridge sehen, aus deren Schatten sie schließlich heraustraten und die Spitztürme der großen Kapelle vor sich hatten, die sich, vom Mond beschienen, vor dem Sternenhimmel abhoben. Die marschierenden Männer brachten ihre eigene Kondenswolke hervor, gleichsam ein Gegenstück zu den dampfenden Kühen, die Brooke eine Weile früher in den Auen gesehen hatte.

Zumeist unter Brücken aufgefunden trat immer mehr Treibgut zutage, während sie nach Norden zogen. Pintgläser, Weingläser, ein paar Flaschen, ein Silberteller mit dem eingeprägten Wappen des Clare Colleges; ein zerbrochener Kristalldekanter lag unter den Fenstern von Studentenzimmern, eine tote Katze war gegenüber der Wren Library an einen Stein gebunden worden.

An der Seufzerbrücke hielt Brooke inne und zündete sich eine Zigarette an.

Das vertraute, elektrische Summen der Erschöpfung brachte sein Herz zum Rasen. Im Sommer hatte er es geliebt, hier zu schwimmen, in dem Bereich, in dem die Collegegebäude beide Ufer besetzten. Fackelschein tanzte über die gedeckte Brücke, die von den mittelalterlichen Höfen des St. John's auf der rechten Seite zu der viktorianischen Neo-Gotik auf dem linken Ufer führte. Der steinerne Tunnel, der sich dazwischen wölbte, war feucht und schaurig und stand in perfekter Harmonie zu der Reputation des venezianischen Originals, durch das Gefangene vom Dogenpalast zum Gefängnis der Republik geführt worden waren. Brooke konnte gerade noch die schattenhaften Gestalten der Studenten ausmachen, die über die gedeckte Brücke gingen, dazu verurteilt, dem kraftlosen Läuten der Essensglocke zu gehorchen.

Sie gingen weiter. Bald hatten sie die Great Bridge erreicht, wo eine mobile Teeküche aufgebaut worden war, die in fettdichtes Papier gewickelte Sandwiches mit heißen Würstchen verteilte. Inzwischen war Rationierung angeordnet, und alle hatten gelernt, solche Gaben rasch zu verspeisen und dabei jeder ernsthaften Begutachtung des verwendeten Fleischs zu entsagen. Würstchen waren allgemein als »Wundertüten« bekannt. Der Arbeitstrupp haute an der Brüstung kräftig rein, froh, für kurze Zeit der übermäßig kalten Luft unter der Brücke entkommen zu sein.

Brooke blickte stromabwärts. Dort änderte sich das Muster zum ersten und einzigen Mal: links das Madgalene College, rechts der ausgedehnte Anleger, dahinter eine offene Parklandschaft. Ein paar Kanalboote hier, dann kamen Hausboote, alle auf dem Trockenen oder in dunkeln Pfützen gestrandet. Ihre Heizungen und Pumpen arbeiteten, um das Vordringen des Eises zu verhindern.

Zwanzig Minuten Pause, dann ging es wieder die Stufen hinab in das trockene Flussbett. Die Stadt blieb hinter ihnen zurück. Vor ihnen hob sich die dunkle Silhouette der Jesus Lock vor den Bäumen ab, die im hellen Lichtschein zweier vom Militär in Madingley Hall angeforderten Flakscheinwerfer lagen.

Aber zuerst die Schleuse: Die beiden Reihen Freiwilliger kamen zusammen, um, angeführt von Brooke, im Gänsemarsch durch die Lücke zwischen den Schleusentoren zu marschieren. Anschließend teilten sie sich wieder auf und bemühten sich, das ganze breite Bett abzudecken, das dort seine lange Reise gen Norden zur fernen See begann. Zu beiden Seiten lagen Hausboote kreuz und quer auf Grund, mehrere davon beleuchtet. Menschen standen an Deck und beobachteten schweigend, wie die Suche unerbittlich voranschritt. Auf einem Boot, einem baufälligen Wrack, behangen mit Takelwerk, erklang für wenige Sekunden Jazzmusik und verstummte dann wieder.

Die gleißenden Scheinwerfer transformierten jeden Kieselstein, jede weggeworfene Flasche und ließen sie so plastisch hervortreten wie Artefakte in einer Galerie, ein jedes angetan mit einem eigenen schwarzen Schatten.

Brooke sah den Sack zuerst, dreißig Yards voraus, keine hundert Yard von der Stelle im Zulauf zur Schleuse entfernt, an der er die fahle Hand hatte untergehen sehen. Erst schöpfte er Hoffnung: Der Sack sah erschlafft aus, leer geradezu, wie er da flach auf dem Kiesbett lag. Doch das erwies sich als grausame Illusion, denn als er näher kam, sah er, dass er in einer Mulde im Flussgeröll lag, umgeben von einer dünnen Schicht Eis. Der Leichnam hatte sein eigenes flaches Grab gefunden.

Neben dem Sack blieb er stehen, die Taschenlampe auf die Füße gerichtet. Die Hand des Kindes lag immer noch außerhalb des Leinensacks. Die rhythmischen Schritte der Suchmannschaft stockten und verklangen hinter ihm, Gespräche verstummten. Für die Dauer eines Gebets herrschte vollkommene Stille. Brooke trat vor und schnitt das Zugband des Sacks auf. Das Leinen sackte herab und gab den Blick frei auf beide Arme und einen Hinterkopf mit einem Schopf schwarzer Haare, verkrustet mit Eis, blutig um eine tiefe Wunde herum. Er schnitt den Sack der Länge nach auf. Der Leichnam, gefroren und steif, verharrte in seiner fötalen Haltung.

Er stellte die Laterne ab. In ihrem Licht stachen deutlich die ausgestreckte Hand und der nackte linke Arm hervor. Am Unterarm waren die tintigen Reste eines Kinderspiels zu sehen. Brooke erkannte es als Galgenmännchen, ein Spiel, bei dem ein Spieler ein geheimes Wort wählt, von dem nur die Anzahl der Buchstaben verraten wird, die der andere Spieler dann einen nach dem anderen erraten muss. Jedes Mal, wenn er falsch rät, darf sein Gegner einen Strich des Galgenmännchens zeichnen. Das noch unvollständige Wort bestand aus *A_CH_A_*. An dem Galgen baumelte ein Männchen, ein einzelner Strich über den Hals kündete von seinem Tod und für den Knaben von einem letzten kindlichen Sieg.

Brooke stand still da, die Menge im Rücken. Er wurde doch von einem Gefühl der Einsamkeit überwältigt, eine seltene Emotion. Plötzlich fragte er sich – eigennützig –, ob er wohl später, wenn die Leiche abtransportiert und seine Pflicht getan war, Zeit finden würde, zum Krankenhaus zu gehen und Claire zu besuchen, um sie zu berühren und die Wärme ihrer Haut zu spüren.

KAPITEL ZWEIUNDZWANZIG

Schweigend standen die Männer in einer Reihe da, die brennenden Fackeln hoch über ihre Köpfe erhoben.

»Wir werden weitersuchen bis Baits Bite, sobald der Leichnam abtransportiert wurde«, wandte sich Brooke wieder an die Männer, wie er es eine Stunde zuvor schon einmal getan hatte. »Es könnte noch weitere Beweismittel geben. Aber bis dahin gehen Sie zurück zur Great Bridge; holen Sie sich etwas Heißes zu trinken. Hier ist einiges zu erledigen, das wird eine Weile dauern.«

Widerstrebend zogen die Helfer ab, bis nur ein alter Mann zurückblieb, der immer noch den Kopf zum Gebet gesenkt hielt.

Zwei Constables wurden angewiesen, die Stelle zu bewachen und Sturmlaternen auf dem glitzernden Kies neben der Leiche aufzustellen. Als Brooke sich bückte, um einen Docht einzustellen, sah er zum ersten Mal das Gesicht des Kindes: ein Auge glasig, als wäre es mit Eis überzogen, blutleere Lippen, die kleine Milchzähne offenbarten. Und etwas glitzerte an seinem Mantel; eine kleine Emailplakette, auf der eine goldene Kanone vor rotem Hintergrund abgebildet war.

Abrupt erloschen die Suchscheinwerfer in Ermangelung von Energie, sodass die Laternen wie eine Oase des Lichts mitten im Flussbett leuchteten. Überall in der Stadt begannen Glocken, die Stunde zu läuten.

Brooke schickte einen der Constables zu dem nahen Heim des Polizeipathologen Dr. Henry Comfort, ein Akademiker, der im Galen Anatomy Building lehrte, gerade ein paar hundert Yards vom Spinning House entfernt. Diese doppelte Berufung folgte einer Tradition, die bis zur Jahrhundertwende zurückreichte und in goldenen Buchstaben auf einer Tafel im Spinning House festgehalten wurde. Dr. Comfort hatte strikte Regeln: Er würde das Opfer vor Ort untersuchen, ehe er die Erlaubnis zum Abtransport in seine Leichenhalle erteilte. Sean Flynn würde noch ein wenig länger in seinem flachen Grab liegen müssen.

Ein Constable kam von stromaufwärts herbei und wedelte mit einer glühenden Fackel. Sie hatten oben bei Mill Pond etwas gefunden, verheddert in einem rostigen Fahrrad. Brooke brauchte zwanzig Minuten, um das Flussbett wieder hinaufzugehen. An der Great Bridge hatte sich inzwischen eine große Menschenmenge angesammelt, die schweigend beobachtete. Als er unter dem eleganten Bogen der Mathematiker-Brücke hindurchging, sah Brooke, dass weiter vorn brennende Fackeln kreisförmig in das Kiesbett gerammt worden waren, rund um das Gerippe eines alten Fahrrads unter der Silver Street Bridge. An der Stelle führten einige Stufen von der Brücke hinab zu einem kleinen hölzernen Steg, an dem ein Stocherkahn und zwei Dingis festgemacht waren, die nun mit Schlagseite auf den Steinen lagen.

»Beim ersten Mal haben wir es übersehen«, berichtete der Constable, der dort postiert worden war, um die Treppe von Mill Pond zu bewachen. »Aber ich habe mich noch einmal umgesehen.«

Unter einem Rad konnte Brooke einen Leinensack sehen, der dem glich, in dem das Kind gelegen hatte, doch dieser war über und über mit einer Substanz befleckt, bei der es sich um Blut handeln mochte. Eine Taschenlampe, dicht an das Gewebe gehalten, förderte die tatsächliche Farbe zutage, ein kräftiges Rostrot. Vorsichtig zupfte Brooke an einer Stoffkante und hob sie sacht an, bis ein schweres Objekt herausfiel. Er wich zurück und erkannte einen beidseitigen Schraubenschlüssel von einem Fuß Länge. Das Firmenzeichen des Herstellers war tief in das Metall geprägt – STANLEY TOOLS –, die Oberfläche mit einer eleganten Kreuzschraffur verziert. Etwas Dunkles, möglicherweise mehr Blut, hatte sich in der Aufschrift festgesetzt.

An einem Ende des Schraubenschlüssels war ein Stück starker Schnur befestigt, an der ein scheinbar unbeschriftetes Etikett hing. Brooke zog seinen Füller hervor und benutzte ein Ende dazu, das Etikett umzudrehen: Feucht, entfärbt, aber immer noch lesbar stand dort in einer verschnörkelten weiblichen Schrift der Name *Sean Flynn*, gefolgt von der Adresse der St. Alban's Church.

Darunter, mit Bleistift gekritzelt, eine kurze Botschaft: *Bis bald, Mum.*

KAPITEL DREIUNDZWANZIG

Auf dem Rückweg zum Spinning House hatte Brooke zum ersten Mal das Gefühl, er könnte das Verbrechen *sehen*: Ein Auto oder ein Laster parkte auf der Silver Street Bridge, der Schneefall war stark, die Straßen verlassen, als der erste Sack über die Brüstung gehievt und in die Fluten geworfen wurde, gleich darauf gefolgt von einem zweiten.

Hatte der Mörder gedacht, das Kind war tot? Eine Minute später musste der Laster verschwunden sein, während das Kind – vom eiskalten Wasser aus der Bewusstlosigkeit gerissen – zur nächsten Brücke trieb, wo der Hilferuf, den es unter der Mathematiker-Brücke ausgestoßen hatte, gehört worden war. Der zweite Sack, vermutlich dazu gedacht, den »Tatort« von allen Spuren zu säubern, war sofort gesunken, beladen mit dem Schraubenschlüssel, der nach einem guten Kandidaten für eine Mordwaffe aussah.

In dieser Nacht hatte Brooke PC Collins losgeschickt, damit er sich an der Silver Street Bridge umschaute. Was hatte er gefunden? Warum hatte er keinen Bericht erstattet? Hatte Edison nachgehakt?

Es hatte stark geschneit, dennoch hätten Reifenspuren erkennbar sein müssen, und es mochte Schnee von der Brüstung gefegt worden sein. Der Mörder hätte sogar noch an der Brücke verweilen können, wenn er besonnen agierte. Hatte er entsetzt zugesehen, wie der Sack davontrieb? Gehört, wie die Stimme des Kindes durch die steinerne Schlucht zwischen den Collegegebäuden hallte: *Hilfe!* Selbst, wenn er geflohen war, musste er eine Spur hinterlassen haben, eine Spur, die eine Stunde oder länger gut sichtbar gewesen sein musste, bis der Schneefall sie schließlich verwischt hatte.

Der diensthabende Sergeant der Wache im Spinning House sah im Dienstplan nach: PC Collins war wegen Krankheit fehlend eingetragen.

»Ich weiß, dass Sergeant Edison uns eine Nachricht hinterlassen hat«, sagte er. »Ja, da ist sie. Wir sollten wegen eines Familiendramas nach Romsey Town – haben wir gemacht, aber es gab nichts zu berichten. Und wir sollten einen Constable zu Collins' Haus schicken, aber der Inspector hat gesagt, wir sollten warten. Ist anscheinend ein bisschen heikel. Die Akte ist oben.«

Er blickte auf.

»Chefetage. Sie ist da, Sir, auf ihrem Schreibtisch.«

Brooke fand die Tür angelehnt vor. Das Licht einer Schreibtischlampe fiel auf ein Durcheinander aus Papieren.

»Ma'am?«

»Brooke. Wie lief die Suche?«

Brooke lieferte ihr eine knappe Zusammenfassung der Ereignisse des Abends.

»Ein Schlag auf den Kopf?«, fragte sie. »Wäre der allein schon tödlich gewesen?«

»Möglich. Aber das Wasser ist dazwischengekommen. Das ist die Realität«, entgegnete Brooke. »Doktor Comfort ist gerade vor Ort. Durch die Entdeckung des zweiten Sacks können wir den Ort, an dem das Kind ins Wasser geworfen wurde, genau bestimmen. Ich hatte PC Collins in jener Nacht hingeschickt, damit er sich dort umschaut. Jetzt ist er krankgemeldet, und ich habe keinen Bericht von ihm erhalten. Wie mir zu Ohren kam, gibt es da ein Problem?«

Carnegie-Brown nahm ihre Brille ab und legte sie beiseite, für Brooke das Signal, Platz zu nehmen.

»Ich verstehe. Dann haben wir also tatsächlich ein Problem.«

Sie legte die Fingerspitzen aneinander. »Collins wird vermisst. Nach dem, was Sie mir gerade erzählt haben, nehme ich sogar an, Sie könnten die letzte Person in verantwortlicher Position sein, die ihn gesehen hat. Er wollte nach seiner Schicht nach Hause gehen, als er auf den Vorfall am Queens' reagierte.

Er lebt im Haus seiner Familie in Chesterton. Ein leeres Haus, wie es scheint, denn seine Mutter ist tot und sein Vater bei der Handelsmarine. Ein älterer Bruder dient in der Armee. Er hat seinen eigenen Einberufungsbescheid letzte Woche erhalten.

Dem Sergeant zufolge ist Collins ein ziemlicher Eigenbrötler, aber er hat ein oder zwei Leuten anvertraut, dass er nicht zum Militär wollte. Er hatte überlegt, ob er sich als Kriegsdienstverweigerer registrieren lassen soll. Seine Familie hat offenbar eine militärische Vorgeschichte – sein Vater war im Großen Krieg. Hat sich bei Jutland einen Orden verdient. Sie verstehen also, wo sein Problem liegt. Er hat mit einem der uniformierten Inspectors darüber gesprochen, dass er versuchen wolle, bei uns zu bleiben, was in seinem Alter natürlich unmöglich war.

Meine Einschätzung lautet, dass er sich aus dem Staub gemacht hat, Brooke. Das war sogar unsere Arbeitshypothese. Ich habe einen weiblichen Constable zu seinem Haus geschickt, das, wie ich schon sagte, leer war. Verschlossen.«

In dem Moment sah Brooke Collins' Gesicht vor sich: die Panik, die geröteten Wangen. Er hatte sich bemüht, ihn zu beruhigen, und dann hatte er ihn zur Silver Street Bridge geschickt. Was hatte er dort vorgefunden. War er dem Mörder begegnet? Hatte er die Spur verfolgt?«

»Sollte er den Mörder auf der Brücke angetroffen haben, könnte ihm etwas zugestoßen sein«, sagte Brooke. »Wir werden für alle Fälle das andere Ufer absuchen. Er war nicht der einzige Constable, der in dieser Nacht draußen war; wir werden herumfragen, ob jemand ihn gesehen hat. Und ich werde jemanden beauftragen, seine Akte durchzugehen, schauen, ob wir andere Verwandte finden können. Vielleicht hat er sich irgendwo verkrochen und hofft, dass das alles bald vorbei ist. Furcht ist ein vernichtendes Gefühl. Das kann einen Mann mürbe machen.«

Carnegie-Brown nickte. »Wir werden ihn früh genug finden, Brooke. Bestimmt wartet er irgendwo bibbernd darauf, dass es vorbei ist, und bedauert, dass seine Nerven ihn im Stich gelassen haben; ganz wie Sie sagten.«

Brooke erhob sich und klopfte sacht seinen Hut auf, bis er wieder halbwegs in der Nähe seiner korrekten Form war.

»Fortschritte bei den Feniern?«, fragte Carnegie-Brown.

»Edison ist einem möglichen Zusammenhang zwischen der Bombe in Coventry und einem Verdächtigen hier in Cambridge nachgegangen. Wir beobachten dessen Wohnung in der Upper Town. Wenn wir eine ordentliche Beschreibung haben, können wir feststellen, ob sie auf einen der drei Männer passt, die unsere Zeugin bei Newton gesehen hat. Für die Akten: Coventry ist der Ansicht, dass der Modus Operandi der IRA bei ihrem derzeitigen Feldzug *zwei* Bomben pro Zelle umfasst. Anschließend lösen sie sich auf und tauchen unter. Ich hoffe, unser Verdächtiger wird uns zu der Bombenwerkstatt oder seinen Komplizen führen. Wir brauchen einen Durchbruch, Ma'am. Und wir brauchen ihn schnell.«

KAPITEL VIERUNDZWANZIG

Todeskampf und eisiges Wasser hatten den Leichnam von Sean Flynn in seiner aufgerollten Selbstumarmung fixiert, doch im Licht von Dr. Comforts forensischem Labor hatten sich die Arme langsam gelöst wie fahles, fleischiges Frühlingslaub. Der Hinterkopf war rasiert worden, wodurch die grausige Wunde zum Vorschein gekommen war, die einen Schädelbruch verursacht hatte. Brooke musste unwillkürlich an eine Eierschale denken, aufgebrochen mit einem einzigen Schlag des silbernen Löffels.

Comfort, gereizt und ungewöhnlich forsch, war zu einem klaren Ergebnis gekommen. »Tödliche Gewalt, Brooke. Unbehandelt wäre er sowieso gestorben. Das Ertrinken kam dem zuvor, aber nur ein paar Minuten.« Er wischte sich Blut und Haare von den Händen. »Die Lunge ist gefüllt. Es gibt keinen Zweifel an der tatsächlichen Todesursache, aber wie ich schon sagte, es war nur eine Frage der Zeit. Der Schlag auf den Kopf wäre schlussendlich tödlich gewesen. Die Person, die ihn ausgeführt hat, trägt die ganze Verantwortung. Die eigentliche Tragödie ist, dass solche Menschen wahrscheinlich kaum eine Bürde darin sehen.«

Dr. Comfort hatte noch eine weitere Beobachtung zu bieten, auch wenn die theoretisch außerhalb seines Aufgabengebiets lag. Aber vielleicht war er auch nur erpicht darauf, sich von dem Leichnam abzuwenden.

»Die goldene Kanone, Brooke«, sagte er und zeigte auf die Plakette an der Jacke des Jungen, die zusammen mit seinen anderen Kleidungsstücken auf einem Seziertisch lag. »Er war zweifellos ein glühender Anhänger des Arsenal Football Clubs, aber das engt den Kreis der Verdächtigen kaum ein. Letztes Jahr haben sie Whyte zufolge den Titel in der First Division geholt.« Whyte war einer der »Autopsie-Diener«, die am hinteren Ende des Labors Position bezogen hatten, um das schwere Handwerkszeug zu schwingen. »Die Mannschaft ist international berühmt, sagte man mir. Tausende von Kindern müssen von ihrem Glanz geblendet worden sein. Vielleicht hat er davon geträumt, eines Tages selbst zu spielen.«

Er kehrte zu der Leiche zurück und benutzte einen langen Zeigestock aus Metall, um auf die Tintenzeichnung am Unterarm zu deuten.

»Und ein Galgenmännchen-Spiel haben wir auch noch. Ich frage mich, wann englische Kinder angefangen haben, das zu spielen. Vor einem Jahrhundert? Zwei, drei, fünf? Ist jedenfalls kein Wunder, dass er gewonnen hat. Das Schlüsselwort ist knifflig: *A*, Strich, *C, H,* Strich, *A*, Strich. Irgendeine Idee?«

Brooke schüttelte den Kopf. Er hatte wie all die anderen Kinder in der Schule Galgenmännchen gespielt, aber für ihn hatten die Bilder immer etwas Maliziöses gehabt. Auch hatte er die Spannung, die die Regeln auslösten – dass er ein Wort raten musste, indem er die diversen Buchstaben ausprobierte – als seltsam unangenehm empfunden. Wie sie alle hatte er getan, was auf der Hand lag, und es zuerst mit den Vokalen versucht. Jeder falsche Buchstabe fügte einen Strich zum Bild des Galgenmännchens hinzu, bis ihm zum Schluss mit einem einzigen Streich der Hals gebrochen wurde. Es war nur ein Spiel, ein symbolischer Tod, aber die Beklemmung hatte das für ihn nicht gelindert.

»Ich bezweifle, dass das relevant ist«, sagte er schließlich und wandte den Blick ab.

»Wie Sie wissen, Brooke, bin ich kein Verfechter der Todesstrafe«, sagte Comfort, während er in Vorbereitung auf die Sektion der Leiche ein Skalpell unter einem Wasserhahn reinigte. »Aber wenn Sie herausfinden, wer das getan hat, dann hätte ich gern ein Ticket für die erste Reihe vor dem Galgen. Andererseits ist das ein schneller Tod. Genickbruch …« Er schnalzte mit den Fingern. »Dieser Junge hat furchtbar gelitten, und ich denke, jemand sollte dafür bezahlen, meinen Sie nicht?«

Ein weiteres Fingerschnippen, und Comforts Diener rollten einen Werkzeugwagen herbei, auf dem Sägen, Messer und Waagen angeordnet waren.

Der Augenblick existenzieller Auslöschung war gekommen, und dafür hatte Brooke an diesem Abend nicht die Nerven.

Er wedelte mit einer Notiz. »Das hier hat unten beim Pförtner auf mich gewartet. Ich muss los. Wir haben oben auf Honey Hill einen der Fenier-Bombenleger gefunden – oder zumindest einen ihrer Sympathisanten. Edison ist vor Ort. Ich wurde gerufen, um die getroffenen Vorkehrungen zu inspizieren. Es wäre ein Verbrechen für sich, sollten wir den Mann entkommen lassen. Er könnte immerhin unser Mörder sein.« Er rückte seinen Hut zurecht. »Ich überlasse Sie Ihrer Arbeit, Doktor.«

Brooke flüchtete, ehe die Sägen ihr Werk begannen.

Auf der Schwelle blieb er stehen und zündete sich eine

Zigarette an. Sie hatten von Anfang an gewusst, dass der Junge tot sein musste. Aber ohne einen Leichnam hatte das Opfer sich in einer Art irdischem Fegefeuer befunden. Nun war es zumindest daraus freigekommen, auch wenn die grausame Prüfung noch nicht beendet war. Die Autopsie war im Gang, anschließend würde der Körper zum Zweck der Identifikation wieder zusammengeflickt werden, und schließlich würde man ihn einlagern in einer von Comforts Stahlschubladen. Und dort würde er liegen, bis der Gerichtsmediziner die Leiche zum Begräbnis freigäbe; eine Verfügung, die ganz davon abhing, wann Brooke den Mörder des Jungen fand.

KAPITEL FÜNFUNDZWANZIG

Als Brooke die King's Parade hinaufging, löste sich auf ein für ihn nicht hörbares Kommando hin eine saubere Reihe Chorknaben, die gerade die große Kapelle verließen, auf, und eine wilde Schneeballschlacht begann. Davon abgesehen war es still im Stadtzentrum, auch wenn leise Pianoklänge aus den Türen des *Mitre* an der Bridgeland schwebten. Die Uhr schlug zehn, als er auf der Great Bridge den Fluss überquerte. Er stieg zum Castle Hill hinauf und bog am Fuß des Hangs nach links in eine Gasse beim *Old Ferry* ab, einem für samstagabendliche Raufereien berüchtigten Wirtshaus.

Edisons Mitteilung war deutlich gewesen: Wenn er Zeit hätte, sollte Brooke bei erster Gelegenheit zum Castle End Working Men's Institute in der Upper Town gehen. *Unter keinen Umständen* sollte er es durch die Vordertür betreten. Stattdessen wollte er vom *Old Ferry* aus den Pound Hill hinaufsteigen und sich in den Lieferhof auf der Rückseite des Clubs schleichen. Dort sollte er anklopfen, um Einlass zu erhalten. Nicht zum ersten Mal war Brooke beeindruckt von Edisons natürlicher Autorität und Zuversicht, die sich in der Tatsache spiegelte, dass er ganz offensichtlich die Verantwortung für den Einsatz vor Ort übernommen hatte.

Brooke folgte dem Weg, den sein Detective Sergeant ihm beschrieben hatte. Seine Schuhe glitten gefährlich über Eis und Schnee des Hügels, als er sich bergan vom Fluss entfernte. Das *Stuke* – wie die Einrichtung liebevoll genannt wurde – war eine Mischung aus roten Ziegeln und cremefarbenem Zierrat, ein nutzloser gotischer Prunkbau, bezahlt, wie es auf einer Plakette hieß, von den Spenden diverser Colleges. Die Verdunkelungsrollos vor den Lanzettfenstern waren beeindruckend wirkungsvoll. Der Club hätte wie ausgestorben aus gesehen, wenn nicht eine verräterische Rauchsäule über dem Schornstein gestanden hätte. Edisons Anweisungen folgend, ging Brooke auf die Rückseite und klopfte kraftvoll an die breite Tür mit der Aufschrift KELLER.

Ein Bediensteter in weißem Hemd und Krawatte ließ ihn wortlos ein. Am Ende eines Korridors erkannte Brooke die Bar und dahinter einen großen Raum voller Tische, an denen Männer paarweise Dominosteine herumschoben. Zigarettenrauch hing in der Luft, hier und da verdrängt von dichten Schwaden Pfeifenrauchs. Im Radio lief etwas Orchestrales, das die Atmosphäre verfeinerte: Vaughan Williams, vielleicht, oder Britten.

»Alte Herrschaften, heute Abend«, sagte der Bedienstete. »Hab ihnen erzählt, wir hätten Familienbesuch. Die sind nicht dumm, aber sie wissen, wann sie den Mund halten müssen.«

Im Obergeschoss saß Edison im Kerzenschein an einem Gaubenfenster und hielt liebevoll ein Pint Bier in Händen.

»Sir. Irgendwas Neues vom Fluss?«

Brooke informierte ihn über die jüngste Entwicklung: »Ich habe Doktor Comfort seiner Autopsie überlassen.«

Die Neuigkeiten gaben Edison erkennbar zu denken, denn er nickte und nippte mehrfach an seinem Bier. Brooke wartete darauf, dass der Bedienstete ihm den bestellten Whisky brachte, ehe er sich einen Stuhl heranzog und neben seinem Detective Sergeant Platz nahm.

»Welches Haus?«, fragte er.

»Tja, Sir, das ist weniger ein Haus als ein Kaninchengehege. Tut mir leid, dass ich Sie hergerufen habe, aber der nächste Schritt ist knifflig. Ich dachte, das würden Sie sich persönlich ansehen wollen.«

Gegenüber führte eine schmale Straße vom Pound Hill herab, kaum mehr als ein breiter Pfad und ungefähr hundert Yard lang. Das war Honey Hill, mit verfallenen Gebäuden, größtenteils Holzständerwerk, das zu beiden Seiten gefährlich in die Gasse hineinragte. Ein Flickwerk aus Dächern, getüpfelt mit Schornsteinen und Fenstern, vervollständigte das Bild einer mittelalterlichen Armensiedlung, die unverändert in das zwanzigste Jahrhundert getragen worden war.

»Ein echtes Elendsviertel«, kommentierte Edison. »Wir wollten niemanden auf unsere Anwesenheit aufmerksam machen, daher war das nicht ganz einfach. Die Gebäude bilden einen verzahnten Block. Es gibt mindestens sechs Vermieter, die Wohnungen, Zimmer oder Betten anbieten. Ich habe beim Rat nachgefragt: Es gibt drei Toiletten und ein einziges Bad. Alles abbruchreif. Die Wasserversorgung besteht aus einem Trinkbrunnen am hinteren Ende.«

Edison schüttelte den Kopf, nippte erneut an seinem Pint und stellte es ab.

»Aber er ist da drin, ja?«

»Ja, Sir. Der örtliche Constable kennt den Namen. Patrick O'Leary – also *P. O.* An Samstagabenden ist er ein regelmäßiger Gast in den Zellen des Spinning House. Trunkenheit und Ruhestörung, ein Raufhandel im letzten

Oktober. Trinkt im *Commercial* am Mitcham's Corner. Ich habe einen Detective Constable beauftragt, ihm von der Arbeit nach Hause zu folgen. Er ist Bauarbeiter.« Edison sah zur Uhr. »Vor zwei Stunden heimgekommen. Er ist zur dritten Tür rechts rein. Wie gesagt, das ist ein Kaninchenstall, aber es gibt keinen Weg hinaus, außer über die Straße. Es sei denn, er ist schwindelfrei und verzweifelt, dann könnte er auch über die Dächer zu verschwinden versuchen. Aber wenn wir reingehen, können wir die Straßen überwachen. Irgendwann muss er ja wieder runterkommen.«

Am Honey Hill wurde eine Tür geöffnet, und ein Hund kanterte heraus, hockte sich in den Schnee und trottete wieder hinein. Von seinem Eigentümer war nur eine Hand zu sehen.

»Etwas anderes«, sagte Edison. »Nach dem, was man mir in Coventry erzählt hat, ist es sehr unwahrscheinlich, dass die Bombenwerkstatt hier ist. Dünne Wände, haufenweise Leute – das funktioniert einfach nicht. Es muss sich um eine Garage handeln, einen Lagerraum, einen Keller.«

»Und wenn wir ihn beobachten, könnte er uns dorthin führen?«

»Darum geht's, Sir.«

Unten gesellte sich zu der Kakophonie herumgeschubster Dominosteine abrupt geselliges Raunen.

Die Schneedecke auf Honey Hill war makellos, abgesehen von dem Fleck, den der Hund hinterlassen hatte.

Brooke zündete sich eine Zigarette an.

»Wie Sie gesagt haben, Edison. Eine knifflige Entscheidung. Wir könnten ihn heute Nacht in der Zelle haben. Sollten wir ihn verlieren, kommt uns das teuer zu stehen. Irgendwelche Telefonleitungen in dem Block?«

»Keine einzige, Sir. Die nächste Zelle ist dort.«

Weit unten am Pound Hill konnten sie eine Telefonzelle unter einem Tannenbaum sehen. Schnee hatte ihr eine adrette Pyramide aufs Dach gehäuft.

Das Dilemma lag auf der Hand. Sollte die IRA-Zelle einen zweiten Anschlag planen und O'Leary merken, dass er beobachtet wurde, könnte er die anderen alarmieren. Dann würden sie alle untertauchen, könnten aber beschließen, zuvor noch die zweite Bombe zu zünden. Oder hatte der Mord an Sean Flynn sie in Panik versetzt? Vielleicht würde der Rest der Bande hierher zum Honey Hill kommen. Oder O'Leary führte sie zu seinen Kameraden.

Es war eine Falle, aber sie brauchten Zeit, um sie zuschnappen zu lassen.

»Ich wäre erheblich glücklicher, wäre diese Telefonzelle nicht dort«, sagte Brooke. »Was, wenn er weiß, dass wir ihn beobachten? Was, wenn er Alarm schlägt?« Er wog die Möglichkeiten ab und traf eine Entscheidung. »Beobachten wir ihn heute Nacht und morgen. Mal sehen, was er tut und mit wem er redet. Vielleicht haben wir Glück. Ich richte einen Dienstplan ein, damit Sie eine Pause bekommen. Aber überwachen wir ihn eine Weile.

Ich muss morgen früh nach London, um Sean Flynns Eltern aufzusuchen, nachdem ich Pater Ward die schlimme Neuigkeit überbracht habe. Ich kann nicht einfach im örtlichen Revier anrufen und dort für die Eltern die Nachricht hinterlassen, dass ihr Junge tot ist. Ich werde es ihnen von Angesicht zu Angesicht sagen. Außerdem ist das eine Chance, mehr über Sean und seine Familie zu erfahren. Gegen Abend bin ich zurück. Wenn sich hier weiter nichts ändert, werden wir O'Leary morgen Nacht einsammeln, um Mitternacht.«

Brooke stieg die Treppe hinunter, bestellte ein frisches Pint für Edison und trat hinaus in den Schnee. Während er dort in der Stille stand, wühlte er in seiner Manteltasche. Das Klappmesser hatte seiner Mutter gehört, daher der Perlmuttgriff, und die Klinge war abgenutzt, weil sie damit Rosen geschnitten hatte. Er marschierte den Pound Hill hinab, betrat die Telefonzelle und trennte das Kabel durch.

KAPITEL SECHSUNDZWANZIG

Auf dem Heimweg hielt Brooke auf der Trinity Street unter Jo Ashmores luftigem Dachhorst inne. Der komprimierte Schnee dämpfte das gewohnte *Ratatatat* seiner Metall-Blakeys auf dem Pflaster, und die Abwasserrohre waren in der Kälte eingefroren, was die Stille vollendete. Deshalb wiederum war es ihm möglich, das Lachen zu hören: Jos perlende Stimme, eindeutig, aber sie war nicht allein auf ihrem Beobachtungsposten.

Die Männerstimme klang unauffällig, hatte aber einen neckischen Unterton. Brooke stand rauchend im Schatten und dachte über seine Reaktion nach. Er fühlte sich fehl am Platz und enttäuscht, dass er auf Jos jugendliche Gesellschaft, den heißen Grog und den Panoramablick über die Stadt verzichten musste. Aber da war auch ein Gefühl väterlicher Zufriedenheit darüber, dass ihr langes Exil auf dem Dach, von dem aus sie das Leben nur beobachten konnte, sich offenbar dem Ende näherte. Als er aufblickte, konnte er Zigarettenrauch über die Straße treiben sehen. Ihre Worte wurden leiser, und Brooke stellte sich vor, wie sich die beiden dort oben einander näherten, was ihm das Gefühl gab, ein Voyeur zu sein. Also ergriff er die Flucht.

Wieder machte er sich auf den Weg nach Hause zu einem heißen Bad und sogar ein bisschen Essen, ganz im Sinne von Aldiss' strengen Regeln, doch gegenüber den geisterhaft weißen Wänden des Senate House blieb er abrupt stehen, als ihm in der stillen Luft der appetitliche Duft von frisch gebratenem Speck in die Nase stieg. Er folgte seiner Nase zum Market Hill. Der viereckige Platz war verlassen, abgesehen von ein paar mit Planen abgedeckten Ständen und einem einzelnen Lichtspritzer, dort, wo der Teestand trotz der Eiseskälte wieder aufgemacht hatte.

Ein Platoon Soldaten drängte sich um den Verkaufstresen, während sich eine Gruppe Straßenbahnfahrer, immer noch in Uniform, mit dampfenden Bechern in Händen um eine kleine Kohlenpfanne versammelt hatte, über der Rauch unberührt von Wind in einer vertikalen Säule emporstieg. Rose King, die Eigentümerin, war Brookes älteste und verlässlichste Nachteule. Ihr Stand war gewöhnlich vierundzwanzig Stunden am Tag geöffnet. Das bittere Winterwetter hatte sie zunächst zu einer vorübergehenden Schließung gezwungen, aber nun war sie wieder im Geschäft. Die Nachtschicht behielt Rose sich persönlich vor, die Arbeit bei Tageslicht überließ sie ihren drei Töchtern.

Nach dem Großen Krieg hatte Brookes erste Runde als uniformierter Constable, eine Nord-Süd-Linie durch die Altstadt, ihn viermal in der Nacht über den Market Hill geführt, eine Wanderung, die nie so recht offenbaren wollte, wo genau der »Hill« lag, bedachte man, dass Platz und Straßen hier allesamt so flach und eben wie das umgebende Marschland waren. In einem alten Buch über die Geschichte der Stadt, das Claire ihm einmal zu Weihnachten geschenkt hatte, hatte er die Lösung des Rätsels gefunden: Es gab keinen Hügel, denn das alte sächsische Wort leitete sich von einem Begriff für einen Treffpunkt ab. Höhe war, wie es schien, eine sekundäre Qualität.

Es war definitiv ein guter Treffpunkt für Nachteulen.

Die Soldaten bildeten eine Lücke, um Brooke zum Tresen durchzulassen.

»Schau her, schau her, der Nachtdetective«, sagte Rose und schüttete eine dunkle, tanninhaltige Brühe in einen großen Becher. Sorgfältig steckte sie eine graue Haarlocke unter ihr kunterbuntes Kopftuch. »Das Übliche?«, fragte sie und legte zwei Speckstreifen auf den Grill.

Roses Tresen war ihre Bühne und jede Bewegung eine dramatische Geste. Sie schnitt zwei Scheiben Brot und bestrich sie mit einem einzigen Streich ihres breiten Messers mit Margarine.

Bewaffnet mit zwei Bechern Tee kam sie heraus und stellte sich mit Brooke nahe an die Flammen, die inmitten des Rauchs zu flackern angefangen hatten. Ihre Fingerspitzen ragten aus fingerlosen Wollhandschuhen hervor.

»Kalte Nacht«, bemerkte Brooke.

»Wird noch kälter. Aber die Leute gewöhnen sich daran, also dachte ich, wir zeigen unseren guten Willen. Die ganze Nacht geöffnet seit fast zwanzig Jahren, Brooke, da darf England schon etwas erwarten. Kann die Kunden nicht im Stich lassen. Das hier ist die Heimatfront, und wärmer wird's auch nicht, nicht wahr? Das Eis hält schon seit einer Woche, womöglich länger. Hören Sie mal.«

Rose war eine Anhängerin volkskundlicher Mystik, vor allem, wenn es um das Wetter ging.

Brooke lauschte angestrengt, konnte aber nichts außer der Unterhaltung der Soldaten hören, also zuckte er mit den Schultern.

»Genau«, verkündete Rose triumphierend. »In den meisten Nächten kann man um diese Zeit die Züge im Güterbahnhof hören, die Räder, das Koppeln. Stille bedeutet Nordwind. Nicht hier unten, da oben …« Sie deutete zum Himmel hinauf.

»Wie geht es den Mädchen?«, fragte Brooke, erpicht darauf, das Gespräch auf rationalem Terrain zu halten.

»Die große Neuigkeit lautet, dass Dawn schwanger ist. Es ist ihr Erstes, und sie hat es nicht mal gewusst. Ich habe es ihr gesagt – es war sonnenklar. Das Haar glänzend, die Augen strahlend, Wangen rosig wie Äpfel. Sie hat richtig geglüht. Ist jetzt im dritten Monat.«

Ein flüchtiges Bild entstand in Brookes Kopf, das Bild der strahlenden Mrs Walsh, der jungen Gattin des Schulleiters von St. Alban's. Erwartete den Schulleiter auch eine glückliche Nachricht? Wusste er es vielleicht schon?

Brooke erzählte Rose von Joys Baby und der Vorstellung, Großvater zu werden und dass Claire schon jetzt das alte Kinderzimmer unter dem Dach strich. Ein Kinderbettchen war bereits erstanden worden, doch das lagerte im Gartenschuppen, um kein Unglück anzulocken.

Rose strahlte, erfreut darüber, Hinweise auf das Beharrungsvermögen alten Aberglaubens zu erhalten. »Die anderen Mädchen haben alle Hände voll zu tun. Wir haben drei Evakuierte aufgenommen.«

»Londoner?«

Sie nickte. »East Ender. Das öffnet einem die Augen, das kann ich Ihnen sagen. Badezeit ist was ganz Neues. Und diese Sprache … Trotzdem, das Geld hilft, und wenn man die Lebensmittelmarken zusammenlegt, kann man eine ordentliche Mahlzeit zubereiten.«

Der Gedanke, dass die Regierung für den Unterhalt der Kinder bezahlte, war Brooke noch gar nicht gekommen. Angeblich sollten zehntausend Kinder bei Familien in der Stadt untergebracht werden. Die Stadt hatte sich in einen riesigen Spielplatz verwandelt.

»Irgendeine Spur von den Eltern?«

»Sie haben die Kinder Weihnachten nach Hause geholt, aber jetzt sind alle wieder zurück bei uns. Die Regierung sagt ständig, die Kinder müssten bleiben, man müsse sie von der Gefahr fernhalten. Aber viele gehen trotzdem heim. Unsere werden ihnen folgen, warten Sie's nur ab. Es sei denn, die Bombardierung fängt an. Dann heißt es Volldampf voraus, nur umgekehrt. Wie bei allem anderen auch. Je mehr sie darüber reden, dass man nicht in Panik verfallen soll, desto wahrscheinlicher wird es, dass sich Panik ausbreitet.« Rose trank ihren Tee. »Wie geht es Ihrem Jungen?«

»Luke? Wir warten ständig auf Briefe. Er sitzt an der belgischen Grenze fest und wartet darauf, dass es losgeht. Joys Mann ist auf einem U-Boot. Sie versucht, nicht darüber nachzudenken, aber es funktioniert nicht. Sie wissen doch, dass man sich für die U-Boote freiwillig melden muss? Die schicken niemanden runter, der nicht will. Mich erstaunt, dass sie überhaupt eine Mannschaft zusammenbekommen, ganz zu schweigen von Hunderten.«

Sie verfielen in Schweigen und sahen den Flammen zu.

»Vor einer Stunde hatte ich hier die Leute vom Zivilschutz. Die haben alle über das Kind geredet, das Sie im Fluss gefunden haben.« Rose warf einen verstohlenen Seitenblick auf Brookes von den Flammen angeleuchtetes Gesicht. »Sie finden den Mörder. Ich weiß, das werden Sie.

Aber wenn nicht oder wenn es lange dauert, dann nehmen Sie es nicht persönlich. Gehen Sie heim, Eden. Schlafen Sie.«

Brooke setzte seinen Hut wieder an den angestammten Platz, salutierte mit mildem Spott und ging von dannen.

KAPITEL SIEBENUNDZWANZIG

Auf dem Spielplatz von St. Alban's traf Brooke auf die Kinder, die in dieser besonderen Art herumschwärmten, die nur Unterzehnjährigen zu eigen war: eine Version der brownschen Bewegung, der willkürliche Oszillation von Molekülen in Gasen. Brooke stellte sich immer vor, er könnte das verräterische Geräusch summender Bienen hören.

Die Geschwindigkeit der Zirkulation war in diesem Fall durch neuerlichen Schneefall in der Nacht erheblich beschleunigt worden. Auf dem beengten Hof gab es nur einen Abfluss, der übergelaufen war. Das Wasser war gefroren, sodass in der schwirrenden Menge gelegentlich ein Kind mit hohem Tempo vorüberschoss. Schneebälle flogen in alle Richtungen. Die Zwanglosigkeit von St. Alban's stand in einem scharfen Kontrast zu dem Klischee jesuitischer Grausamkeit. Mrs Walsh, die Frau des Schulleiters, stand mittendrin in dem Gewühl und schwang ein Kind durch die Luft, als nähme sie an Highland Games teil, im Begriff, die Axt zu werfen.

Das Schulgebäude hatte zwei Stockwerke und große, mit Metallgittern versehene Fenster. In einer Nische in der Mitte der Fassade stand eine Statue von St. Alban. Übriggebliebener Weihnachtsschmuck verstellte den Blick auf die Innenausstattung. Zum ersten Mal schien Brooke die Identität des Schutzheiligen der Schule und der Kirche wichtig zu sein:

St. Alban, der erste christliche Märtyrer Englands. War er erwählt worden, um die kulturellen Wogen zu glätten? Um die viktorianischen Ängste vor einer irischen Übernahme der Kirche im Allgemeinen zu mildern?

Als Brooke eintrat, klingelte draußen auf dem Spielplatz eine Glocke. Liam Walsh, der Leiter, nahm ihn im Hauptkorridor der Schule in Empfang, dem Rückgrat des verkümmerten Erdgeschosses. Heute trug er einen abgenutzten Kordanzug und strich sich mit der Hand durch das schüttere rote Haar. Kinder jagten selbstvergessen um ihn herum. Am hinteren Ende des Korridors stand eine Jungfrau Maria in einer Grotte, die Haut in realistischen Farben bemalt. Ein Licht brannte in einer silbernen Schale, und Bernadette kniete zwischen den steinernen Blumen.

Walshs Augen, die den Parkettboden studiert hatten, hoben sich langsam, um Brookes Blick zu begegnen, aber er musste dort unten eine Andeutung dessen gefunden haben, was nun kommen musste. »Schlechte Neuigkeiten, Inspector? Wir haben gebetet, und zumindest die Kinder waren voller Hoffnung.«

Brooke sagte ihm, dass der Junge gefunden worden war und es keinen Zweifel daran gab, dass es sich um Sean Flynn handelte.

»Ich werde noch heute Morgen nach London fahren, um die Eltern zu informieren. Wir werden natürlich eine formelle Identifikation abwarten müssen, vielleicht am Wochenende«, erklärte Brooke. »Aber wie ich schon sagte, das Kind passt auf die Beschreibung des vermissten Jungen. Wir haben den Leichnam unterhalb von Jesus Lock gefunden, seine Kennkarte weiter stromaufwärts. Er hat einen Schlag auf den Schädel davongetragen, der allein ausgereicht hätte, um ihn umzubringen. Wir müssen den Mann finden, der das getan hat, Mister Walsh. Ich möchte noch einmal mit den Kindern sprechen.«

Walsh schwieg und hielt den Kopf gesenkt, und Brooke erkannte mit Schrecken, dass er betete. Ein kurzes, flüchtiges Kreuzzeichen erlöste ihn, und er ging voran zu der Jungfrau am Ende des Korridors. Um sie herum strömten die Kinder zurück in ihre Klassenzimmer, und das Gebäude füllte sich mit den Ausdünstungen von feuchter Wolle und nassem Leder.

»Wir haben vorerst alle Evakuierten in eine Klasse gesteckt«, sagte Walsh, und seine Flüsterstimme war noch schlechter zu hören als sonst. »Sie sind alle im gleichen Alter, und wir haben den Platz. Sie sind grundverschieden voneinander. Viele von ihnen sind allein gereist, ohne Freunde, aber inzwischen sind sie einander nähergekommen. Das alles muss furchteinflößend für sie sein.«

Sie betraten das Klassenzimmer. Die Kinder saßen paarweise an Tischen und lauschten Mrs Walsh, die die Namen in alphabetischer Reihenfolge aufrief. Vor der Klasse wirkte sie älter, aber trotzdem immer noch bemerkenswert jung, verglichen mit ihrem Ehemann. Und sogar hier in dem feuchten Klassenraum und dem grellweißen Licht, das vom Spielplatz hereindrang, strahlte sie förmlich vor Gesundheit.

Sie rief die Nachnamen der Kinder auf und nickte knapp, als eines nach dem anderen sich erhob und dann wieder Platz nahm.

»Danke, Mrs Walsh«, sagte der Schulleiter. »Wenn ich darf. Wir müssen für die Seele von Sean Flynn beten, Kinder. Wie es scheint, hat Gott entschieden, ihn nicht zu uns zurückzuschicken. Wir müssen für seine Eltern und seine

Brüder beten. Sean wird schon bald im Himmel sein, dennoch müssen wir auch für ihn beten.«

Verunsichert standen die Kinder auf und stimmten in das Vaterunser ein.

Brooke dachte an das vermisste Kind. Frank Edwardes hatte recht. Die Entführung, der Mord, das alles war ganz offensichtlich geplant gewesen. Aber das Kind war ein Gast, das niemanden hier kannte. Wie konnte dieser kleine Junge eine Gefahr für irgendjemanden dargestellt haben? Unterhielt seine Familie Verbindungen zur IRA? War er seinem Mörder irgendwann zwischen dem Verlassen seines Zuhauses und dem »Licht aus« in der Kirche begegnet? Aber wem war er begegnet und wo?

»Kinder«, sagte Walsh und signalisierte ihnen, sie sollten sich setzen. »Das ist Detective Inspector Brooke von der Polizei. Er versucht, die Person zu finden, die Sean geholt hat, die ihm wehtun wollte. Ihr habt nichts zu befürchten. Er hat nur ein paar Fragen. Meldet euch, wenn ihr Antworten für ihn habt.«

Brooke fiel auf, dass die Kinder dem Schulleiter trotz seines sanften Auftretens und des freundlichen Tons in absoluter Stille zugehört hatten. Eines der Mädchen auf der Vorderseite des Klassenraums hatte ein Taschentuch hervorgeholt und hielt es sich vor den Mund. Die gute Laune der Jungs war vollends verflogen. Als Brooke sich vor die Tafel stellte, verfolgten alle Kinder wie versteinert seine Bewegungen.

Die Geschichte von der Reise der Evakuierten nach Cambridge und St. Alban's war schnell ergründet. Sie hatten sich an King's Cross von ihren Eltern verabschiedet und einen Sonderzug mit abgetrennten Abteilen und einem einzelnen Korridor bestiegen. Sean hatte sich mit fünf anderen

Kindern zusammengetan, sich aber vor allem mit John McQuillan angefreundet.

McQuillan stand auf, als er darum gebeten wurde. Früher hatte Brooke als Polizist in Uniform die Wirkung, die Autoritätspersonen bei Kindern erzielten, öfter beobachten können. Das hier jedoch war ganz anders. Der Junge sah verängstigt aus.

»Hat Sean dir erzählt, ob er glücklich oder unglücklich war? Wie war er, John?«

Die Schultern des Jungen waren in einer konstanten Drehbewegung gefangen. »Weiß nich'«, sagte er.

»John«, mahnte Mrs Walsh, »sprich ordentlich.«

»Ich weiß es nicht, Sir.«

»Hat er geweint, als ihr alle London verlassen habt?«

»Nur die Mädchen haben geweint.« Der Junge war zappelig und schob einen Ärmel seines Pullovers hoch, unter dem ein tintenfleckiger, blasser Arm zum Vorschein kam. Brooke erhaschte einen Blick auf die Zeichnung einer Fußball-Eckfahne mit den Buchstaben *QPR*.

»Habt ihr im Zug mit Erwachsenen gesprochen?«

Er schüttelte den Kopf. »Sean und ich haben über Fußball geredet. Und dann haben wir Ich-sehe-was-was-du-nicht-siehst gespielt. Wir mussten Kirchtürme und Kühe finden. Eine Frau hat uns Saft und ein Brötchen gegeben.«

»Und Galgenmännchen habt ihr auch gespielt, nicht wahr?«

McQuillan setzte eine misstrauische Miene auf. »Ja, Sir.«

»Und Sean hat gewonnen?«

McQuillan nickte.

»Und was war dann? Was ist passiert, als ihr Cambridge erreicht habt?«

Der Junge brachte keinen Ton heraus, also winkte Brooke ihm zu, er dürfe sich setzen.

Ein selbstbewusstes Mädchen namens Alice nahm den Faden auf. »Am Bahnhof haben sie uns wieder Saft gegeben. Da war ein Laster mit einem Ladentisch … Und ein Süßigkeitenladen war da auch, und wenn jemand Taschengeld hatte, dann konnte er was kaufen. Danach mussten wir alle zur Toilette gehen. Eine Frau hat uns gezeigt, wo, weil sie gesagt haben, dass der Weg zur Schule weit wäre. Und dann ist Mister Smith gekommen und hat gesagt, dass wir ihm folgen müssen. Also haben wir es getan.«

Mr Smith, so erklärte Mr Walsh, war der Hauswart der Schule.

»Ein Mann hat uns Fahnen gegeben«, meldete sich nun McQuillan erneut zu Wort, begierig, die Geschichte wieder für sich zu reklamieren. »Mister Smith hat es nicht sehen können, weil er ganz weit vorne war. Aber wir haben die Fahnen genommen.«

Die anderen Kinder schwatzten dazwischen, um den Mann mit den Fahnen zu beschreiben. Groß, Donkeyjacke, schmutzige Fingernägel. Alle hatten sich in ihren Zweierreihen an den Händen gehalten und mit den Fahnen gewedelt.

»Sie bemühen sich, die Evakuierten willkommen zu heißen«, erklärte Walsh. »Sie geben ihnen Flaggen oder Ballons oder Süßigkeiten. Sogar Kuchen.«

»Ich mochte den Mann nicht«, sagte eines der Mädchen bestimmt. »Er hat nach Whisky gerochen«, fügte es hinzu und lief rot an, vielleicht, weil ihm in den Sinn gekommen war, dass es zu viel über das Leben daheim offenbart hatte.

»Wo war das?«, fragte Brooke.

Einer der anderen Jungs, der etwas älter war als der Rest

der Bande, konnte sich gut erinnern. »Da war so ein Denkmal für den Großen Krieg. Ein marschierender Soldat. Der hat mir gefallen.«

Brooke nickte. Die Statue mit Namen »The Homecoming« stand am unteren Ende der Station Road. Ein kahlköpfiger junger Soldat, der in die Stadt marschierte, den Blick auf den Bahnhof gerichtet, als warte er darauf, dass seine Kameraden sich zu ihm gesellten. Die Figur wirkte froh und siegreich; der Krieger trug einen Lorbeerkranz. Der Soldat war nach einem Freund Brookes aus seiner Studentenzeit modelliert worden, ein Trinity-Mann, der tatsächlich siegreich zurückmarschiert war – oder zumindest lebendig.

»Hat er irgendetwas gesagt?«, fragte Brooke. »Der Mann mit den Fahnen?«

»Er hat gesagt, die Fahne wäre für mich – Mary«, sagte ein Mädchen. »Wir hatten alle unsere Etiketten, darum wusste er, wie wir heißen. Patrick hat er gesagt, das wäre ein guter Name. Hat er doch, oder?«

Patrick nickte.

»Hat er all eure Etiketten gelesen?«

Mehrere Kinder nickten.

»Wie hat er sich angehört – hatte er einen irischen Akzent?«

Keines der Kinder sagte einen Ton, aber erneut nickten mehrere von ihnen.

Der Rest ihres ersten Tages war einem strikten Zeitplan gefolgt. Die Kinder hatten in der Kirche eine Mahlzeit erhalten und waren gebeten worden, sich auf den Kirchenbänken ein »Bett« für die Nacht zu machen, ehe man sie zum Schulspielplatz gebracht hatte, wo Mr Smith Spiele für sie veranstaltet hatte. Um sechs waren sie wieder drin und bekamen Tee, während Pater Ward ihnen Geschichten vorlas. Anschließend sangen sie Lieder, die Mrs Aitken am Piano begleitete. Die Türen wurden abgeschlossen, Namen aufgerufen und die Lichter gelöscht.

Brooke bat darum, den Hauswart zu sprechen, ehe er wieder ginge. Joe Smith, den sie beim Schneeschaufeln auf dem Spielplatz antrafen, erwies sich als Überraschung: in den Zwanzigern, jugendlich frische Züge, hatte er den Posten übernommen, während er auf seine Einberufung wartete. Sein Vater war bereits mit dem Expeditionskorps draußen in Frankreich. Sein Akzent war reinstes Londoner East End, und selbst, als er sich auf seine Schaufel stützte, vermittelte er das Gefühl potenzieller Bewegung: von rhythmisch stampfenden Knien, pumpenden Armen; ein Mann, der in die Ferne rannte.

Walsh sagte ihm, dass sie Seans Leichnam im Fluss gefunden hatten.

Danach standen sie schweigend da, bis der Schulleiter dem jungen Mann die Hand auf die breiten Schultern legte.

»Ein Athlet, unser Joe«, bekundete er. »Er läuft wie der Wind, steht um sechs auf, und dann geht's wie ein Windhund am Fluss entlang. Und mit dem Fußball wirkt er auf dem Spielplatz wahre Wunder.«

Nachdem er den jungen Mann solchermaßen empfohlen hatte, wirkte Walsh plötzlich niedergeschlagen, ganz so, als hätte er Verrat an der allgemeinen Atmosphäre der Trauer begangen. »Ich muss los und Pater Ward die Neuigkeit überbringen«, erklärte er und eilte davon, zurück in die Wärme der Schule.

Brooke fragte den Hauswart nach dem Mann, der die

Fahnen verteilt hatte, aber die Kinder hatten recht. Er hatte ihn nicht gesehen und hatte, als er sich am Speaker's Corner am Rand von Parker's Piece umgedreht hatte, gestaunt, als er all die Kinder mit Fähnchen hatte wedeln sehen.

»Keine Spur von ihm, aber sie hatten alle Fahnen und haben damit wie verrückt herumgewedelt. Das war ein Anblick. Es hat sie eindeutig aufgemuntert. Ein paar Leute haben sogar dazu geklatscht und so. Leute auf der Straße und auch ein paar auf Parkbänken. Schön zu sehen. Ein echtes Willkommen.«

»Haben Sie Sean später auf dem Spielplatz gesehen?«

»Oh, ja. John habe ich seither auch kennengelernt – John McQuillan –, die zwei haben am ersten Tag regelrecht aneinandergeklebt. Waren beide fußballverrückt. Und ziemlich gut. Ich hab sie Hinterherlaufen, Nachsetzen und Ballhochhalten üben lassen. Sie hatten Talent, so viel steht fest.«

Brooke trat näher. »Es tut mir leid, das fragen zu müssen. Wir sind ziemlich überzeugt, dass wir Sean gefunden haben, aber es wäre hilfreich, es genauer zu wissen.«

Smith nickte und ordnete die Füße neu an, als wäre er zum Paradieren aufgefordert worden.

»Ich werde gleich seine Eltern in London aufsuchen. Sie haben das Recht, umgehend informiert zu werden. Wir werden natürlich eine formelle Identifikation benötigen. Das zu arrangieren könnte jedoch noch einige Tage in Anspruch nehmen. Deshalb wäre es eine große Hilfe für mich, wenn ich schon jetzt sicher sein könnte hinsichtlich seiner Identität. Würden Sie, könnten Sie die Leiche für uns inoffiziell identifizieren? Es würde nur einen Moment dauern.«

Jegliche Farbe sickerte aus Smiths vormals so energiegeladenen Zügen. »Ja, natürlich. Wenn das hilft. Ich kann sein

Gesicht noch vor mir sehen. Also, ja, ich könnte. Aber es gibt doch immer noch Hoffnung – dass es ein Irrtum war und dass das irgendein anderes Kind ist?«

Brooke setzte seinen Hut wieder auf. »Ich weise meinen Sergeant an, einen Wagen zu schicken. Dauert vielleicht eine Stunde, länger nicht.«

Er berührte kurz seine Hutkrempe und wandte sich zum Gehen.

KAPITEL ACHTUNDZWANZIG

Im Zug schlief Brooke so sporadisch wie unruhig und schlug zwischen quälenden Anfällen der Bewusstlosigkeit die Augen auf, um die Winterlandschaft vorbeirattern zu sehen. Durch das trichterförmige Lee Valley, das einen eingefrorenen Fluss überschattete, ging es hinab zu den nördlichen Außenbezirken von London. Rauch aus den Fabriken vernebelte die trostlosen Straßen, in denen sich der Schnee, anders als in den Fens, auf dem Rückzug zu befinden schien. Sperrballons drängten sich über einer Ansammlung von Gasometern in Hackney, und die Stromabnehmer einer Straßenbahn, die neben den Zugschienen fuhr, versprühten grelle Funken, die über die Leitungen zu gleiten schienen. Dann waren sie in der Liverpool Street. Der Bahnsteig war vollgestopft mit Soldaten, die rauchend auf ihren Seesäcken lagerten. Der strenge Geruch feuchter Kleidung war überwältigend.

Die Luft draußen war befrachtet mit den Ausdünstungen von Kohle und Benzin. Brooke suchte eine Telefonzelle auf und rief im Spinning House an. Der Sergeant hatte eine Mitteilung für ihn: Joe Smith hatte keinerlei Zweifel, dass es sich bei dem Jungen in Dr. Comforts Leichenhalle um Sean Flynn handelte. Brooke legte den Hörer auf, ließ das Wechselgeld aus dem Metallkasten klimpern und trat hinaus in die geschäftige Stadt. In der Tube, gezwungen, Sardine zu spielen, fiel ihm auf, dass die allgemeine Stimmung düster wirkte, sogar gezwungen, was eigenartig war, bedachte man, dass der Krieg noch gar nicht richtig angefangen hatte. Vielleicht lag es am Gedanken an die bevorstehenden Prüfungen: Hunger, Kälte und Einsamkeit.

Dagegen war seine derzeitige Aufgabe recht einfach. Er musste Mrs Flynn sagen, dass der Leichnam gefunden worden war und dass es ihr Sohn war, wenngleich ein Familienangehöriger ihn noch offiziell würde identifizieren müssen. Seinen Mörder zu finden hatte im Borough die höchste Priorität. Alle verfügbaren Officers waren derzeit auf der Suche nach dem geheimnisvollen Mann, der den Kindern die Fähnchen gegeben und dabei die Etiketten an ihren Koffern und Manschetten gelesen hatte. War es ein Einheimischer? Die Uniformierten würden sich in sämtlichen Geschäften und Pubs umhören. Der Ire mit der Donkeyjacke war ihr Hauptverdächtiger und oberflächlich betrachtet ein guter Kandidat sowohl für Dr. Bodarts plumpen Kelten, der Augenblicke vor der Bombenexplosion an der Newton-Fabrik gesehen wurde, als auch für Patrick O'Leary, Arbeiter, wohnhaft auf Honey Hill. Er würde Mrs Flynn sagen, eine Verhaftung stünde unmittelbar bevor. Das könnte ein bisschen helfen.

Von der U-Bahn-Station East Acton aus machte er sich auf den Weg die Uxbridge Road hinunter, ehe er in ein Viertel mit dreistöckigen Reihenhäusern einbog. Die Askew Road war wieder ganz anders. Hier waren die Häuser kleiner, zwei Geschosse, zwei Zimmer pro Etage, aber von besserer Qualität. Es gab hübsche kleine Vorgärten und frische Farben in diversen viktorianischen Abstufungen, ein verräterisches Detail: Einfarbigkeit hätte gewöhnliche Mietobjekte nahegelegt, die Variation hingegen deutete auf Eigentum hin.

Nummer 36 sah aus wie alle anderen, abgesehen von einem Plakat im Erdgeschossfenster: LUFTSCHUTZWART.

Brooke klopfte, nahm den Hut ab, hielt ihn sich vor die Brust, steckte seine dunkle Brille in die obere Jackentasche und setzte eine hellere auf.

Die Frau, die zur Tür kam, trug eine Schürze, und die leichte Röte ihrer Züge legte nahe, dass sie gerade irgendeine häusliche Arbeit verrichtet hatte. Brooke schätzte, sie war zwischen dreißig und vierzig Jahre alt, und während er blinzelnd in die Dunkelheit des Hausflurs starrte, glaubte er, die weit auseinanderstehenden Augen in ihrem rundlichen Gesicht seien grün und eindrucksvoll.

»Mrs Mary Flynn?«

»Ja. Stimmt etwas nicht?« Auf irgendeiner Ebene kannte sie die Antwort bereits, denn sie trat rasch zurück und hinterließ einen mehligen weißen Handabdruck an der Wand, als sie beinahe gestürzt wäre.

»Detective Inspector Brooke, Mrs Flynn. Aus Cambridge. Ich glaube, Shepherd's Bush hat bereits einen Constable wegen Sean hergeschickt.«

Sie nickte, ließ ihre Hände auf die Schürze sinken und erkannte die Wahrheit auf einer bewussteren Basis. Wäre Sean lebendig gefunden worden, dann hätten sie eine weitere Nachricht durch einen hiesigen Constable überbringen lassen, doch dieser fremde, blasse Mann mit der bernsteinfarbenen Brille stand vor ihr wie ein Bestatter am Grab.

Sie erholte sich. »Ich verstehe. Sicher. Kommen Sie herein.«

Sie bat ihn, Platz zu nehmen, während sie ihren Sohn

Bobbie herbeiholte, da ihr Gatte auf der Arbeit war. Brooke sagte, er könne auch später wiederkommen, aber sie schüttelte den Kopf. Irgendwo aus dem Haus hörte er eine gedämpfte Unterhaltung und dann ein recht deutliches Schluchzen.

Brooke wartete. Das Zimmer war winzig, aber die Einrichtung spiegelte das Vorstadtleben der Mittelklasse wider: vom Kaminsims über drei Lehnsessel und viktorianische Kaminfliesen bis hin zu einem Tisch mit einer Einlegearbeit, die einen Potentaten auf einem Elefanten abbildete.

Als Mrs Flynn zurückkehrte, waren ihre Augen gerötet, die Wangen feucht. Bobbie, ein Teenager in Arbeitsstiefeln und einem kragenlosen Hemd, stellte sich hinter seine Mutter, als die sich setzte, und starrte Brooke streitlustig entgegen.

»Ich fürchte, ich habe schlimme Neuigkeiten«, sagte Brooke.

Ihr Kopf sank herab. Bobbie tat einen Schritt auf seine Mutter zu, wich aber gleich darauf wieder zurück.

»Wir haben den Leichnam eines Jungen aus dem Fluss geborgen. Der Schulhauswart hat ihn als Sean identifiziert. Natürlich müssen wir noch eine formelle Identifikation durch ein Familienmitglied veranlassen, aber ich fürchte, es gibt kaum Zweifel …«

Brooke hatte sich selbst versprochen, er würde das Wort »tot« benutzen, denn auf lange Sicht war es heilsam, die Wahrheit zu hören, aber seine Courage hatte ihn doch im Stich gelassen. So viel zu dem Wüstenhelden.

Mrs Flynn schien Brookes Lippen zu studieren.

Bobbie überwand seine Trägheit und ergriff die Schultern seiner Mutter. »Tut mir leid, Mum.«

»Gerald, mein Mann, hat gesagt, wir sollten uns auf das

Schlimmste gefasst machen«, gestand sie. »Darum waren wir vorbereitet.« Ihre Augen konzentrierten sich auf einen Punkt in mittlerer Entfernung, und das Blut war so umfassend aus ihrem Gesicht gesackt, dass ihre schmalen Lippen leicht blau anliefen.

Sie tätschelte die Hand ihres Sohns, woraufhin der flüchtete, mutmaßlich in die Küche, denn sie hörten Tassen klimpern und Wasser aus einem Hahn rauschen.

»Bobbie arbeitet als Heizer im Schichtdienst bei der Eisenbahn. Heute hat er wieder eine Doppelschicht. Er ist müde, richtig erschöpft ist er. Das sind wir alle. Im Frühjahr wird er alt genug sein, und dann ist er auch fort.«

Das vermittelte Brooke einen Eindruck von dem Albtraum, in dem sie lebte.

»Royal Engineers, genau wie sein großer Bruder«, fügte sie hinzu.

Als Bobby mit dem Tee-Tablett zurückkehrte, weinte sie wieder. Aber die Tatsache, dass es ihr nicht länger gelang, den Schein zu wahren, schien hilfreich zu sein. Unaufgefordert erzählte sie Brooke, was Sean für ein Junge war: etwas eigenbrötlerisch, das Nesthäckchen. Bobbie setzte sich mit seinem Tee auf den Boden, den Rücken an die Wand gelehnt. Die Füße vor dem nicht entzündeten Kamin abgelegt nickte er zustimmend. Während seine Mutter erzählte, trat ihr Akzent immer mehr zutage; irischer Tonfall, der der spröden Fassade aus Mittelklasse-Englisch entschlüpfte.

»Fällt Ihnen irgendein Grund ein, warum jemand Sean so etwas antun sollte?«, fragte Brooke. »Wir vermuten – eigentlich sind wir sogar überzeugt – dass jemand Ihren Sohn gezielt ermordet hat. Er war kein Zufallsopfer, dieser Mord wurde erst geplant und dann ausgeführt. Verstehen Sie?«

Irgendwo in der Nähe mussten Gleise verlaufen, denn in der nun eingetretenen Stille hörten sie das Kuppeln von Zügen.

»Es war kein Perverser?«, fragte Bobbie, die Hände zu Fäusten geballt.

»Nein, nichts dergleichen. Wir müssen annehmen, dass wer immer das getan hat, sein Opfer kannte – oder zumindest über ihn informiert war. Hat die Familie irgendwelche Feinde? Gibt es jemanden, der Ihnen etwas Böses will?«

»Wir werden Dad fragen«, sagte Bobbie. »Aber wir sind nur eine ganz normale Familie.« Er zuckte mit den Schultern. »Wir sind nicht wichtig.«

Das war in Brookes Augen eine sonderbare Feststellung. Bobbies Platz in dieser Familie, seine emotionale Position, schien aus dem Lot geraten zu sein. Während seine Mutter trauerte, wirkte er schockiert – sogar verstört –, aber auch irgendwie, als ginge ihn das nichts an; mal wütend und mal desinteressiert.

»Er hätte letztes Jahr mit den anderen fahren können«, sagte seine Mutter und war schon dabei, sich selbst die Schuld zuzuweisen. »Aber ich konnte das einfach nicht ertragen. Den Abschied. Also haben wir ihn hierbehalten. Die meisten aus seiner Klasse sind im August nach Essex gefahren. Fast die ganze Schule. Ein paar sind geblieben, aber für Sean war das kein Spaß. Und wenn es erst anfangen würde, das Bombardement, dann könnte es zu spät sein. Gerald sagte, wir sollten auf unseren Verstand hören, nicht auf unser Herz. St. Alban's war die letzte Chance, also haben wir sie ergriffen.«

Rasch presste sie die Hand an die Lippen, als hätte sie etwas Furchtbares gesagt. Brooke sah ihr an, dass ihr der

Tod ihres Sohnes erst jetzt richtig zu Bewusstsein kam. Was mochte sie vor sich sehen? Ein Grab, vielleicht. Einen Sarg.

»Sie sind in Irland geboren, Mrs Flynn?«, fragte Brooke. Es war eigenartig: das Haus überladen mit Bildern und Zierrat, und doch gab es keinen einzigen Gegenstand, der irgendeinen gälischen Einfluss widerspiegelte.

Sie reckte das Kinn vor. »Ja. Cork.«

»Und Ihr Mann?«

»Dublin. Aber er ist schon als Kind hergekommen. Grandma lebt in Kilburn, Grandpa ist tot. Wir sind jetzt Londoner.«

»Und Ihre Familie?«

»Ich war nicht mehr dort, schon seit ein paar Jahren.« Sie schaute sich flüchtig zu einigen Weihnachtskarten auf dem Kaminsims um. »Ich habe mich auf dem Revier angemeldet, genau wie Gerald. Wir haben nichts falsch gemacht.«

Brooke nickte, strich mit dem Finger über die Krempe seines Huts und musterte nachdenklich den Jungen, der seinem Blick anscheinend nicht begegnen mochte.

»Seans Tod – zumindest aber die Entführung – steht in einem zeitlichen Zusammenhang mit einem Bombenanschlag in der Stadt, für den die IRA verantwortlich ist. Einer von vielen im Land, natürlich, dennoch ist das ein auffälliges Zusammentreffen.«

Bobbie fing doch tatsächlich zu lachen an. »Für deren Sache werden Sie hier keine Zustimmung finden, Inspector. Das ist jetzt unser Land. Dad ist dafür, dass wir unser Leben hier einrichten. Wir arbeiten, wir träumen nicht. Das ist, was er immer sagt.«

»Keine Freunde, Arbeitskollegen, Nachbarn, die Sympathien für die IRA hegen? Gewalt ist das letzte Mittel, aber es gibt doch sicher andere Menschen, die die größere Zielsetzung unterstützen – ein vereintes Irland.«

»Dad sagt, wir haben keine Zeit für Politik.« Bobbie zeigte mit einem Finger auf Brooke. »Der Polyp, der angerufen hat, hat gesagt, Sean hätte sich heimlich verdrückt, er hätte in einer Kirche übernachtet und wäre am Morgen nicht mehr da gewesen. Wie kann sowas passieren? Wer ist dafür verantwortlich?«

Seine Mutter sah ihn erschrocken an. »Bobbie! Nicht.«

»Schon gut«, sagte Brooke und umriss die Fakten, die ihnen bisher bekannt waren. Seans Verschwinden konnte noch nicht aufgeklärt werden. Er mochte aus der Kirche entführt oder selbst davongeschlüpft und später auf der Straße geschnappt worden sein.

Brooke dachte daran, die Einzelheiten über die letzten Minuten im Leben des Kindes für sich zu behalten, kam aber zu dem Schluss, dass sie es verdient hatten, zumindest einen Teil der Geschichte zu erfahren – *seinen* Teil.

»Ein Collegepförtner hat ihn im Fluss gesehen. Er hat um Hilfe gerufen.«

Mrs Flynn wiegte sich kaum merklich auf ihrem Stuhl.

»Es tut mir leid. Das Wasser war eiskalt, also dürfte er nicht gelitten haben. Ich habe mir ein Boot geschnappt und ihn flussabwärts kurz zu sehen bekommen, aber ich bin sicher, da war es schon zu spät. Es war sehr schnell vorbei.«

Brooke fragte sich, ob je irgendeine Lüge, die er erzählt hatte, tröstlich gewesen war.

»Wir werden herausfinden, wer das getan hat, Mrs Flynn, das kann ich Ihnen versprechen«, sagte er, stand auf und knetete seinen Hut in Form. Das war ein unbedachtes Versprechen gewesen, und es erinnerte ihn prompt an Roses Warnung: *Nehmen Sie es nicht persönlich.*

Bobbie stand ebenfalls auf und musterte seine Mutter. »Ich kann eine Schicht ausfallen lassen und bleiben«, erbot er sich.

Sie schüttelte den Kopf. »Nein. Geh du zur Arbeit. Kannst du vom Betriebshof aus deinen Vater anrufen?«

Bobbie nickte.

»Ich werde jetzt in die Kirche gehen«, sagte sie.

Sie verließen gemeinsam das Haus und gingen durch die vollgestopften Straßen zur Heilig-Blut-Kirche an der Ecke. Bobbie nahm seine Mutter in die Arme und verschwand eine Betontreppe hinunter in der U-Bahn-Station. Seine Mutter wiederholte die Absprache über ihren Besuch in Cambridge: Sie würde mit dem Zug fahren, der kurz nach zehn eintraf. Brooke sagte, ein Wagen würde sie zum Spinning House bringen. Eine formelle Identifikation sollte im Galen Building erfolgen.

»Sie werden das doch nicht allein tun?«, fragte Brooke. »Vielleicht kommt Mister Flynn mit?«

Sie antwortete nicht.

Brooke nickte trotzdem und fügte hinzu, sie könnten, wenn sie wollte, auch die Schule und die Kirche besuchen. Schließlich erinnerte er sie noch daran, dass alle Bestattungsvorkehrungen warten mussten, bis der Gerichtsmediziner seine Untersuchungen für abgeschlossen erklärte, und dass das eine Weile dauern könnte.

Sie schüttelten einander die Hand, und Brooke versicherte ihr noch einmal, wie leid es ihm täte, dass er ihr so schlimme Neuigkeiten hatte überbringen müssen. Dann sah er zu, wie sie die Stufen zur Kirche erklomm und hineinging, vorbei an einem lebensgroßen Holz-Jesus, der an seinem Kreuz blutete.

Als er sich umwandte und eine Zigarette anzündete, fühlte er sich tief berührt von dem Umstand, dass der Verlust des Jungen allein der seiner Mutter zu sein schien. Der abwesende Vater, der vage berechnende Bobbie, sie schienen für sie in ihrer Trauer nur eine Nebenrolle zu spielen. Der Altersunterschied zwischen Sean und seinen älteren Brüdern warf ebenfalls Fragen auf. Am Samstag würde er weitere Nachforschungen anstellen, doch für den Moment war seine Pflicht getan.

KAPITEL NEUNUNDZWANZIG

Die Sonne über Cambridge ging bereits unter, als Brooke aus dem Zug stieg und über die Station Road zu »The Homecoming« marschierte. An diesem Abend schien es ihm, als würde der siegreich ausschreitende, gelehrte Soldat spotten über Brookes Unfähigkeit, den Tod eines fünfjährigen Kindes zu enträtseln. Im Krieg gab es auf dem Schlachtfeld stets eine Gewissheit: Man kannte seinen Feind und wusste, wann er geschlagen war. Die Kunst der Ermittlungsarbeit erforderte mehr Feinsinn. Die Familie des toten Kindes mochte dysfunktional sein und sonderbar distanziert, aber er hatte kein Motiv für einen Mord feststellen können. Blieben noch die IRA-Attentäter. Heute Nacht würde die Zeit für Patrick O'Leary ablaufen. Das Borough würde in die Räumlichkeiten des Iren auf Honey Hill eindringen, und die Fragen, denen er sich würde stellen müssen, reichten von seiner Rolle beim S-Plan bis zum Tod eines unschuldigen Kindes.

Nachdenklich betrachtete er den Schnee, der sich auf »The Homecoming« gesammelt hatte, besonders auf dem umgedrehten deutschen Helm, der zur Beute des Siegers gehörte. Er erinnerte ihn daran, dass die Kinder an diesem Ort dem mysteriösen, patriotischen Iren begegnet waren, der ihnen Willkommensfähnchen überreicht und ihre Namensplaketten gelesen hatte. Der kleine John McQuillan,

Seans neuer Freund, war derjenige gewesen, der sich an die Begegnung erinnert hatte. McQuillan schien ihm ein nervöses Kind zu sein, wechselweise geschwätzig und schweigsam. Hatte er die ganze Wahrheit gesagt?

Brooke warf einen Blick in sein Notizbuch: Er hatte die tüchtige Mrs Aitken gebeten, das Spinning House anzurufen und die Adresse der Familie zu hinterlassen, die sich um den Jungen kümmern sollte. Das Haus befand sich in New Town, einem Verbund aus Arbeiterklassestraßen hinter dem hoch aufragenden Turm der Church of Our Lady and the English Martyrs; die Mutterkirche der bescheidenen St. Alban's Church. Die Saxon Street lag dicht genug an der Kirche, dass der Schatten des Turms sie wie ein Messer in zwei Teile zerschnitt. Dort traf Brooke auf einen Haufen Kinder und Jugendliche, die mit selbst gebastelten Schlitten spielten. In der schmalen, feuchten Straße herrschte ein höllischer Lärm.

Die Tür von Nummer 57 war nur angelehnt. Hinter ihr lag ein Hausflur mit blankem Boden. Drei Kinder, zwei davon Jungs, die ein Kleinkind festhielten, drängelten sich auf der Schwelle an ihm vorbei und schrien, sie seien weg, um an dem Spaß teilzuhaben. Im Hauswirtschaftsraum saß eine Frau an einem Tisch und sah einem Mann zu, der einen Teller mit Gehacktem und Kartoffelpüree verspeiste.

Mrs Harper schüttelte Brooke die Hand und sagte, ihr Mann Sidney sei gerade erst von einer langen Schicht in der Zuckerrübenfabrik zurückgekommen, darum habe sie die Kinder raus an die frische Luft gelassen.

»Tut ihnen gut«, erklärte sie und setzte einen Kessel auf. Mr Harper arbeitete sich derweil gemächlich durch das Gehackte und nahm sich eine Flasche Bier, das er Zoll um Zoll in einen Zinnbecher umfüllte.

»Wie geht es John?«, fragte Brooke.

Mrs Harper stellte ihm einen Stuhl nahe an das Kohlenfeuer.

»Er ist oben, zusammen mit meinem Jüngsten«, sagte sie erkennbar erfreut. »Dieses Kind verdient ein gutes Zuhause.«

Mr Harper grunzte und schenkte sich mehr Bier ein. Kurz blickte er Brooke an. »Was zu trinken?«, fragte er.

Sie gaben ihm ein Glas und eine Flasche, und er setzte sich, genoss die Wärme und lauschte dem fernen Getöse der Kinder auf der Straße. Inzwischen war es beinahe dunkel, wodurch die Helligkeit des Feuers mit jeder Sekunde intensiver wirkte.

»Hatte er denn in London ein gutes Zuhause?«, fragte er.

»Er ist nicht glücklich. Ich glaube, er vermisst seinen Freund – den Jungen, der verschwunden ist. Grausam, so etwas. Sie haben sich im Zug kennengelernt und auf Anhieb verstanden. So ist das in diesem Alter. Ron, mein Jüngster, tut, was er kann, aber man sieht, dass Johnny einsam ist.« Sie dachte darüber nach. »Na ja, eigentlich wirkt er eher verloren.«

Sie holte Luft, als wollte sie sich zu einer Entscheidung durchringen. »Zuhause ist nur seine Mum, so wie es klingt. Irgendetwas stimmt da nicht, aber wir wissen nicht, was genau dahintersteckt. Er fragt nur immer wieder, wie lange er bei uns bleiben kann. Ich habe fünf kleine Kinder. Hier geht es zu wie in einem Wanderzirkus. Es bricht mir das Herz, dass er nicht nach Hause will.«

Mr Harper nickte.

»Ich würde gern erfahren, ob der kleine Sean etwas zu ihm gesagt hat, das er uns bisher nicht erzählt hat«, sagte

Brooke. »Sehen Sie, wir haben den Leichnam gefunden, also geht es jetzt um Mord.«

»Nur zu«, sagte Mr Harper. »Ich gehe mal einen Schneeball werfen«, fügte er hinzu und trampelte zur Haustür.

»Werde erwachsen, Sidney Harper«, sagte seine Frau mit einem amüsierten Kopfschütteln.

Dann hörten sie Schritte auf der Treppe, und zwei Jungs stürzten herein. Der Größere, vermutlich der junge Ron, flüchtete seinem Vater hinterher, als Mrs Harper John anwies, sich zu setzen. Sie gab ihm einen Becher Tee und erklärte, sie wolle die Gelegenheit wahrnehmen, um oben die Betten zu machen, ehe sie sie allein ließ.

»Da oben ist es ziemlich kuschelig«, bekannte sie. »Zumindest halten sie sich da gegenseitig warm.«

Brooke sah dem Jungen an, dass er immer noch Angst hatte. Inzwischen war er sicher, dass der gehetzte Blick auf mehr hindeutete, als nur ein unglückliches Leben daheim.

»Ich war gerade in London, um Seans Mum zu besuchen«, sagte er. »Sie kann sich nicht vorstellen, wer ihm hätte wehtun wollen. Hat er dir irgendetwas verraten, John? Ich weiß, das habe ich schon einmal gefragt. Aber es ist schwer, vor all den anderen offen zu sprechen. Mrs Harper sagt, du bist nicht glücklich. Sie glaubt, es liegt an Zuhause. Oder ist es vielleicht wegen Sean? Ist da etwas, das du mir sagen möchtest? Du kannst mir alles erzählen.«

»Was passiert dann?«, fragte er.

»Dir wird nichts passieren. Warum sollte es?«

Er starrte seinen Becher an. »Wir haben im Zug Spiele gespielt. Er mochte Spiele. Ich liebe sie. Wir hatten einen Ball, also sind wir auf dem Gang auf- und abgedribbelt. Wir haben die Mädchen zum Kreischen gebracht und ein

Fenster in einer Tür zerbrochen. Das habe ich nicht erzählt. Der Schaffner hat es gesehen und hat gesagt, wir würden jetzt Ärger bekommen. Sie würden uns einsperren und den Schlüssel wegwerfen. Und als er weg war, hat Sean ein Feuer gemacht.«

»Ein *Feuer*?«, hakte Brooke nach.

»Ja. Da war ein Abfalleimer mit Müll, und Sean hatte eine Schachtel Streichhölzer.«

»Wo hatte er die her?«

»Aus der Küchenschublade bei sich zu Hause.«

»Aber ihr habt nicht den Zug in Brand gesteckt, richtig?«

»Es ist wieder ausgegangen.«

»So ein Pech.«

»Er hat auch Sachen geklaut.«

Zum ersten Mal schlich sich eine schlitzohrige Note in den Bericht.

»Schokolade an einer Ladentheke im Bahnhof. Ich musste im Regal auf etwas zeigen – Brauseriegel – und er hat zwei Fry's genommen. Die haben wir auf dem Weg nach unten gegessen.«

»Kleine Verbrechenstour, was? War das allein seine Idee?«

»Ja. Er hat gesagt, das macht er oft. Vielleicht hat er etwas gestohlen, und darum ist der Mann gekommen und hat ihn geholt? Vielleicht war es etwas Kleines. Haben Sie in seinen Koffer geguckt?«

»Nur Kleidung, John. Krimskrams. Eine Owzthatdose.«

»Wir haben im Zug Owzthat gespielt«, sagte John. »Ich war England, Sean die Aussies.«

»Der Mann mit den Fähnchen, hat der mit dir gesprochen? Oder mit Sean?«

Endlich blickte der Junge auf. »Er hat gesagt, wir sollen die Fahnen schwenken. Er hat sich unsere Plaketten angesehen und gesagt, er hätte auch Familie in London. An einem Ort, der County Kilburn heißt. Oder sowas.«

Brooke lächelte. »Genau. Viele Iren denken, das wäre eine irische Grafschaft. Aber das ist ein Erwachsenenwitz.«

Nun, da er den Vandalismus und den kleinen Diebstahl gestanden hatte, wirkte der Junge nicht mehr ganz so angespannt. War das schon die Wurzel seiner unverkennbaren Angst gewesen? Vielleicht fürchtete er, er würde für vergangene Missetaten bestraft, wenn er nach Hause ging. Und Brooke bezweifelte, dass Sean wirklich der alleinige Anstifter bei dem ganzen Spaß gewesen war.

Brooke stellte seinen Teebecher auf den Herd. »Die IRA hat Sean nicht erwähnt, oder? Du weißt doch, was das ist?«

»Klar. Ich bin ja nicht blöd. Wir haben über Fußball geredet. Über die IRA reden gehört sich nicht. Meine Mum sagt, wenn man etwas über die hört, soll man es am besten gleich wieder vergessen.«

Einen Moment saßen sie schweigend beisammen, dann stand Brooke auf. »Es tut mir leid, dass du deinen Freund verloren hast, John.«

»Ich möchte nicht wieder nach Hause«, sagte er. »Ich will hierbleiben. Hier ist es viel lustiger.«

»Ich würde einen Tag nach dem anderen nehmen«, riet ihm Brooke. »Ich bin sicher, deine Mum hat dich sehr lieb. Also hat sie gewollt, dass du in Sicherheit bist, und darum bist du hier. Wenn die Deutschen Flugzeuge nach London schicken, dann will sie dich bestimmt nicht so schnell wieder dort haben. Wer weiß … der Krieg könnte lang werden.«

KAPITEL DREISSIG

Der Schneematsch auf Honey Hill war gefroren und hatte eine Landschaft aus Miniaturschluchten und -graten geschaffen. Es sah aus, als würde die kurze Pflasterstraße hinaus in Pound Hill sickern wie ein winziger Gletscher, der von einem mikroskopischen Berg herabstürzte. Irgendwann im Lauf des Tages musste die Temperatur über den Gefrierpunkt gestiegen sein, weil dem zerstoßenen Schnee kleine Rinnsale entsprungen und dann wieder erstarrt waren; auf frischer Tat festgesetzt, als sie den Hang hinab zum Fluss gesickert waren. Brooke fiel auf, dass der Cam nun wieder voller Wasser dahinströmte, dabei aber sonderbar schwerfällig wirkte, die schimmernde Oberfläche von einer dünnen Eisschicht verschleiert. Bis zur Morgendämmerung würde sich eine vollkommen gefrorene Eisfläche wie ein silbernes Band durch die Stadt ziehen, schon bald ein Paradies für Schlittschuhläufer.

Im *Stuke* war es still, die Bar darunter geschlossen, der Bedienstete im Bett, auch wenn Brooke bezweifelte, dass er schlief, solange sein Snookerraum von einem halben Dutzend uniformierter Police Officers und einem Bluthund okkupiert wurde. Der Funkwagen war den Pound Hill hinaufgekrochen und stand nun im Hinterhof. Patrick O'Leary war ein Verdächtiger, den Brooke auf keinen Fall entwischen lassen wollte. Es war an der Zeit, ihn in trockene

Tücher zu packen. Ein anderer Detective Sergeant, von der Grafschaftspolizei neu hinzugestoßen, war ebenfalls anwesend und bewaffnet. Dessen Befehle waren unmissverständlich: Er hatte sich hinter dem Vorauskommando zu halten, das unter Brookes Führung stand, musste aber stets verfügbar sein, sollte O'Leary auftauchen und seinerseits bewaffnet sein oder mit Waffengebrauch drohen. Die Constables waren angewiesen worden, ihre Schlagstöcke einsatzbereit in der Hand zu halten.

Glocken kündigten Mitternacht an, als Brooke das *Stuke* durch die Vordertür verließ. Edison folgte ihm auf dem Fuße und führte die Uniformierten an. Die Anwesenheit bewaffneter Kräfte machte Brooke nervös. Er näherte sich der Tür von 49 Honey Hill zwar mit Vorsicht, sagte sich aber auch, dass der Verdächtige höchstwahrscheinlich tief und fest in Raum fünf im dritten Stock schlief. Viele der Bewohner von Honey Hill waren in den letzten vierundzwanzig Stunden gekommen und gegangen, O'Leary gehörte jedoch allem Anschein nach nicht dazu. Den Worten des örtlichen Constables zufolge war er mit gut sechs Fuß ein Riese von einem Mann, dessen Donkeyjacke sich über den Schultern spannte. Und dann der Kopf: Jeder erwähnte seinen Kopf, eine dickliche Kanonenkugel mit tief eingesunkenen Augen.

Brooke verlangte nach Licht, und die Taschenlampen schwangen wild herum, als die Schlagstöcke von einer Hand in die andere wanderten. Edison signalisierte einem Constable, er möge mit seiner eisernen Ramme vortreten, worauf dieser, ohne dass ein Wort gefallen wäre, mit dem ersten Schlag das Schloss und mit dem zweiten die Tür einschlug, dass die Splitter nur so flogen. Ein Hund fing an zu bellen, und Vogelschwingen flatterten vom Dach über ihnen und lösten eine kleine Lawine aus.

Angeführt von Brooke stürmten sie die Treppe hinauf; als sie den zweiten Absatz erreicht hatten, tauchten die ersten Lichtstreifen unter Türen auf, und eine wurde ein Zoll weit geöffnet und gab den Blick auf das verängstigte Gesicht einer Frau frei. Kahle Dielen führten sie die letzte Flucht zu O'Learys Tür hoch, die sie ebenfalls mit der Ramme aus dem Rahmen schlugen, bevor sie zur Seite wichen, um Brooke den Vortritt zu lassen. Der Bewaffnete klebte direkt an seiner Schulter. Eine Verdunkelungspappe lehnte an der Wand, sodass Sternenlicht den schäbigen Raum beleuchtete, bis jemand den Lichtschalter gefunden hatte.

»Polizei, Mister O'Leary. Wir haben einen Vollziehungsbefehl, und wir sind bewaffnet.«

Der Satz war ausgesprochen, noch ehe Brooke die Szenerie ganz erfasst hatte.

Es war unmöglich, irgendetwas anderes anzuschauen als O'Learys Leichnam: ein Bein immer noch auf dem Bett, der Torso auf den kahlen Dielen, der Kopf zurückgeworfen – oder, genauer, ein Klumpen aus Knochen und Fleisch, Blut und Gehirnmasse, der einmal sein Kopf gewesen war. Das erste Bild, das Brooke in den Sinn kam und das unauslöschlich bleiben würde, war das eines toten Tiers auf der Straße; ein Fuchs, vielleicht, oder ein Dachs, von dem kaum mehr als Innereien zurückgeblieben war. Der tote Mann trug eine lange Unterhose, die über und über mit Blut bespritzt war.

»Jesus«, keuchte einer der Constables und stolperte zurück in den Korridor, um sich zu übergeben.

Brooke riss das Schiebefenster auf und blickte erst nach unten, dann nach oben.

»Nichts«, sagte er.

Der Kamin im Raum war leer, und es war eiskalt, weshalb der Leichnam kaum Geruch verströmte, nur das Aroma dunklen Fleisches, wie man es in der Metzgerei finden konnte. Davon abgesehen war das Zimmer ziemlich unauffällig: ein Kleiderschrank, ein Bett, ein Spülbecken nebst Abtropfbrett, alles recht sauber und ordentlich. Die Wände, einst durchgängig tapeziert, waren nun ein Sammelsurium aus diversen Überbleibseln, geschmückt mit dem einsamen Bild eines Jungen mit Boxhandschuhen, der beide Hände zur Deckung vor das Kinn hielt. Auf dem Nachttisch lag ein zerfledderter dünner Gedichtband, dessen Rücken gebrochen war, sodass er in aufgeschlagenem Zustand völlig flach dalag.

Brooke tastete nach der Hand des toten Mannes. Sie war immer noch warm.

»Sir.« Ein Constable stand am Bett, die Stiefel sorgfältig hinter der Blutpfütze platziert, in der der zertrümmerte Schädel der Leiche lag. Er zeigte auf eine offene Dachbodenluke über dem Bett.

Einen Moment standen sie nur da und lauschten, aber der Lärm von unten, den die Bewohner veranstalteten, die sich auf den Treppenabsätzen versammelten, war allzu laut. Eine trunken lallende Stimme verlangte nach einem Dienstausweis, während im Hintergrund unregelmäßiges Hundegebell ertönte.

Sie traten ans Bett, legten vorsichtig das Bein des Toten auf den Boden und entdeckten einen kleinen Koffer, der alte Zeitungen, vor allem die Sportseiten, und einen kompletten Satz Kleidung zum Wechseln samt einem neuen Paar schwarzer Budapester enthielt. Ein Stuhl auf einem Tisch ermöglichte es Brooke, Kopf und Schultern in den Dachboden zu recken. Eine Taschenlampe offenbarte einen Raum, der sich über die ganze Länge der kurzen Straße zog – ungefähr sechzig Yards von einer Stirnwand zur anderen über sämtliche oberen Wohngeschosse hinweg. Einen Stiefel auf der Schulter eines Constables, stemmte sich Brooke hinauf, bis er schließlich breitbeinig über der Falltür stand. Seine Taschenlampe war beinahe zu schwach, um die Schatten zu durchdringen. Etliche Nischen unter den Dachbalken wurden als Lagerraum genutzt: aufgerollte Teppiche, ein Stapel Fliesen, Kartons mit Büchern, und an der Stirnwand türmte sich eine Pyramide aus Abwasserrohren.

Etwas glitzerte im Schein der Taschenlampe auf den Bodenbrettern. Brooke kniete nieder, um es sich genauer anzusehen, ohne etwas anzufassen. Es war ein Klumpen aus einem gelben, wachsartigen Material, eine leuchtende Träne von der Farbe von Onyxmarmor oder geklärter Butter, ungefähr zwei Zoll lang. Er faltete ein Taschentuch auseinander, hob das Objekt damit auf und ließ es in seine Tasche gleiten.

Er hörte, dass die Pension unter ihm immer noch in Aufruhr war. Bewohner wurden aus ihren Betten gezerrt, um ihre Aussage zu machen, eine Frau schrie mehr oder weniger der Form halber, als wollte sie eine aufdringliche Wespe abwehren, Stiefel trampelten Stufen hinauf und hinunter.

An der Falltür kniend sah er Edison unter sich.

»Ich will Ruhe haben«, befahl er.

Sein Sergeant verschwand und erteilte leise, aber klare Anordnungen.

Allmählich breitete sich die geforderte Stille im Haus aus. Bald bellte nur noch der Hund, bis schließlich auch der verstummte. Auf der Straße stotterte ein Automotor und erstarb gleich darauf. Am Ende lieferte das Haus selbst die vorherrschende Geräuschkulisse aus knisternden und knarrenden Balken.

Brooke hörte einen Schritt über seinem Kopf, fast exakt an der höchsten Stelle des Daches. Der nächste Schritt war so deutlich wie der erste und führte auf die Stirnwand zu. Und dann rannte er los. Die Schritte vervielfachten sich, liefen schnell, aber sicher den First entlang. Brooke verfolgte sie zurück bis zum hinteren Ende, wo er ein einzelnes, offenes Dachfenster vorfand, durch das er aufrecht stehend den Kopf hinausstecken konnte. Eine Metallleiter führte von der Fensterkante die Dachschräge hinauf, und er erklomm sie auf allen vieren.

Er erreichte den First, auf dem ein ebener Steg über die ganze Länge des Gebäudes führte. Nichts rührte sich. Als er einen Blick hinabwarf, sah er ungefähr zehn Fuß unter sich die Reste einer metallenen Feuerleiter ins Leere verlaufen. Ein baumelndes Seil ersetzte die fehlenden Stufen. Er litt nicht unter Höhenangst, dennoch schien es ihm, als würde die Szenerie unter ihm sich plötzlich verlieren, ehe sie wieder klar zu sehen war.

Der Blick über die Schornsteine erinnerte lebhaft an eine Szenerie aus den Schriften von Dickens; ein Durcheinander dunkler Dächer, verbunden durch Treppen und Leitern inmitten eines Waldes aus Schloten und Schornsteinaufsätzen, aus denen Rauch waberte. Brooke richtete sich auf und suchte mit geweiteten Augen nach irgendeiner Bewegung. Doch nichts regte sich, abgesehen von einer Katze, die über einen Holzsteg hoch über dem Hof zockelte. Ein Constable tauchte unter ihm auf. Seine Fackel bewegte sich wie der

Lichtstrahl in einem Leuchtturm von einer Seite zur anderen.

Einmal sah er die flüchtige Gestalt für eine kurze Sekunde – vielleicht auch zwei –, eine Silhouette, etwa fünfzig Yard entfernt, die zwischen zwei Schornsteinen hindurchhuschte und außer Sicht verschwand. Ein Mann, das war ziemlich sicher, ein Jackett, möglicherweise, gewiss kein dicker Wintermantel. Brooke wurde von dem Gefühl eines Körpers ereilt, der sich flüssig und rasant bewegte, von der Andeutung brutaler Gewalt, vielleicht, die Patrick O'Learys enormen Schädel zertrümmert hatte.

KAPITEL EINUNDDREISSIG

Zwei Morde in drei Tagen und ein Bombenanschlag verlangten nach einer schnellen öffentlichen Reaktion seitens des Borough. Trotz der Verwerfungen des Krieges erwartete die Stadt, dass die Straßen sicher blieben, auch nach Einbruch der Dunkelheit, zumindest solange die Sirenen nicht heulten. O'Learys brutale Ermordung ließ Alarmglocken läuten. Würde die Spirale der Gewalt außer Kontrolle geraten? War der zweite Bombenanschlag nun nicht mehr zu verhindern? Ein Constable war zum Spinning House geschickt worden, um Chief Inspector Carnegie-Brown zu informieren, die ihrerseits zweifelsfrei den Chief Constable anrufen würde. Der bürokratische Druck, Maßnahmen zu ergreifen, war schon jetzt eine Bürde, die bis zur Morgendämmerung unerträglich werden dürfte. Nicht zum ersten Mal erwies sich Brookes Insomnie als wahrer Segen.

Mit der Erlaubnis von Pater Ward richtete er ein Lagezimmer in der St. Alban's Church ein, so nahe wie möglich am Tatort. Das hatte den zusätzlichen Vorteil, dass es dort ein Telefon, ein Büro und eine Heizung gab, dank der Haushälterin, die man geweckt und aus dem Bett gezerrt hatte, damit sie den Kessel anheizte. Binnen weniger Minuten stieg heiße Luft aus den viktorianischen Lüftungsgittern empor und erfüllte das Kirchenschiff mit warmem

Mief, durchzogen vom anhaltenden Aroma des Weihrauchs.

Constables kamen und gingen, meldeten sich bei Edison und nahmen Tee von Mrs Aitken entgegen. Pflichtbewusst brachte sie auch Brooke einen Becher ins Büro und setzte sich auf den Stuhl auf der anderen Seite des priesterlichen Schreibtischs. Brooke hatte das Gefühl, die bescheidene Bezeichnung »Haushälterin« wurde Aitkens Stellung in St. Alban's nicht gerecht. Manchmal schien es sogar, als stünde sie im Rang über Pater Ward.

»Es heißt, es hätte einen Toten gegeben, oben auf Honey Hill. Einen Iren? Ist das richtig, Inspector?«, fragte sie und sah ihm dabei direkt in die Augen.

Sie hatte ihre eigene Tasse mitgebracht, die sie mit einer Hand auf ihrer Untertasse perfekt im Gleichgewicht hielt. Etwas an ihrem Akzent störte für Brookes ungeschultes Ohr jedoch den Gesamteindruck; die musikalische Note fehlte, und er hatte einen scharfen urbanen Unterton.

»Ja. Bekannt unter dem Namen O'Leary. Vorname Patrick, aber das dürfte ein Deckname sein. Ein großer Mann, Bauarbeiter, aber auch für deren Maßstäbe ein Arbeitspferd.«

»Klingt nach einem Music Hall Paddy. Dicke Muskeln, aber Stroh im Kopf. Gibt es sonst nichts, wodurch er sich von der Masse abhebt? Dies ist eine kleine Gemeinde. Wir könnten ihn kennen, wissen Sie?«

Sie zog eine Haarnadel aus der Tasche und fing geschickt eine Strähne ein, die sich aus dem roten Schopf gelöst hatte.

»Er mochte Poesie. Da lag ein Buch neben seinem Bett, in gälischer Sprache, glaube ich, aber ich bin kein Experte.«

Eine Sekunde lang sah sie Brooke nur an, und ihre linke

Hand schob die bunten Kupferreife herum, die sich zwischen Handgelenk und Ellbogen auf ihrem rechten Arm drängelten.

»Sie wären überrascht, wie viele diese alte Sprache immer noch sprechen, Inspector. Sogar hier, in der Upper Town.«

Brooke dachte über den sorgsam ausgeführten Schriftzug am Fuß des Newton-Masts nach. Was hatte Dr. Phipps gesagt? *Eine geschulte Hand.*

»Aber können die Leute sie auch schreiben?«, fragte Brooke.

Tassen klapperten im Hauptteil der Kirche, und Aitken sprang auf. »Das ist eine wirklich seltene Fertigkeit«, räumte sie ein. »Ich gehe besser. Am Teekessel ist Pater Ward eine Gefahr für seine Umwelt.«

Als er allein war, fühlte Brooke die Gegenwart von Kirche und Schule, die ihn niederdrückte, ihn bedrängte. Der Priester und die Haushälterin, der Schulleiter und seine Frau – sie alle verströmten eine unverkennbare Nervosität und kühle Skepsis. Das hatte er bereits an jenem ersten Morgen wahrgenommen, als er auf Wards Anruf hin hergekommen war. Doch da hatte er es als verständliche Reaktion auf den Verlust des Kindes in ihrer Obhut abgetan. Aber da war noch mehr, eine gewisse Wachsamkeit. Die Akte des Priesters, die sie vom Diözesanbüro in Norwich erhalten hatten, war makellos. Im Spinning House hatte Brooke sich über die Walshes und Aitken erkundigt – jeweils Iren und alle pflichtgemäß bei den Behörden registriert und mit den zugehörigen Ausweispapieren ausgestattet. Was entging ihm hier?

Das Telefon klingelte. Der diensthabende Sergeant meldete, dass das Haus auf Honey Hill vom Keller bis zum Dach durchsucht worden sei, ohne dass sich weitere Hinweise auf die schattenhafte Identität des niedergemetzelten Patrick O'Leary ergeben hätten. Der Pathologe Dr. Comfort war vor Ort.

Steter Schneefall hatte eingesetzt, gleich nachdem Brooke einen kurzen Blick auf den fliehenden Mörder erhascht hatte – denn dies musste ihre Arbeitshypothese sein, berücksichtigte man Comforts Feststellung, derzufolge der Tod keine Stunde vor dem Zeitpunkt der Entdeckung der Leiche eingetreten war. Brooke hatte eine Polizeikette um die Upper Town herum aufgestellt, unterstützt zu einem gewissen Punkt durch die verräterische Schneedecke. Die Funkwagen, strategisch platziert, hatten bisher nichts gemeldet – buchstäblich gar nichts. Kein einziges menschliches Wesen, ganz zu schweigen von einem Fahrzeug, hatte sie passiert, aber sie würden bis zur Morgendämmerung weiter Wache halten.

Die Inhalte von O'Learys Koffer wurden von Edison an einem auf Böcken stehenden Tisch, der im Kirchenschiff aufgebaut worden war, nochmals überprüft. Die Taschen des toten Mannes hatten nur wenig mehr ergeben: eine Brieftasche mit einer einsamen Fünf-Pfund-Note, ungefähr zehn Shilling in Münzen, ein Taschentuch und ein sehr kleines Stück des mysteriösen, wachsartigen Materials, das Brooke auf dem Dachboden gefunden hatte. O'Learys zertrümmerter Schädel hatte die Schranktür in seinem Zimmer blockiert. Was immer dort drin war, konnte erst herausgeholt werden, wenn der Leichnam fortgebracht wurde. Eine grausige Aufgabe, die dem Pathologen und seinen Männern zufiele, die den Iren in die Leichenhalle schaffen würden. O'Learys Nachbarn wurden allesamt befragt, doch der anfängliche Konsens besagte, dass er mit niemandem geredet hatte und in der vorangegangenen Woche aus dem Dachboden nichts zu hören gewesen war. Die wenigen Details, die sie in Erfahrung bringen konnten, charakterisierten O'Leary als wandelndes Klischee: ein fleißiger, trinkfreudiger Bauarbeiter, wenngleich eine Frau berichtete, er habe einmal eine Familie oben in Irland erwähnt, der er Geld schicken würde.

Brooke erhob sich steif vom Schreibtisch, ging hinaus in die Kirche und sah den Priester still und einsam in einer Kirchenbank sitzen.

»Danke, dass Sie uns gestattet haben, die Kirche zu benutzen«, sagte Brooke. »Soweit ich es verstanden habe, kennt niemand diesen Mann namentlich – Patrick O'Leary?«

Ward schüttelte den Kopf. »Ich habe ein Gebet für ihn gesprochen, doch es fällt mir schwer, das Herz aufzubringen, um auch nur ein Wort davon wirklich zu meinen. Ein Bombenleger, sagen Sie? Und daran gibt es keinen Zweifel?«

»Keinen nennenswerten. Ich glaube, einer seiner Kameraden hat befürchtet, dass er drauf und dran ist, uns in die Hände zu fallen. Also hat er ihn zum Schweigen gebracht. Und ich glaube, er hat etwas mitgenommen.«

Brooke zog die gelbe Wachsträne hervor.

Der Priester nahm sie, roch an ihr, schüttelte aber den Kopf. »Eine Chemikalie, für die Sprengstoffe?«

»Möglich.«

»Ein Böser unter Bösen. Sie wollen Irland vereinigen, Inspector, dabei ist die halbe Bevölkerung verarmt.«

Brooke fragte sich, wie es wohl um Wards Hintergrund

stand. Er hatte Ampleforth erwähnt – die vornehme katholische Internatsschule oben in den Hochmooren von Yorkshire. Und Oxford. Sein Akzent troff geradezu vor Geld und Klasse, aber er mochte durchaus genug von der Welt gesehen haben, um ehrliches Mitgefühl für die Notlage Irlands zu empfinden.

»Ich glaube, man sollte mit den Armen anfangen, denken Sie nicht?«, sagte er. »Deren Probleme lösen. Dann kann man sich den großen Plänen zuwenden. Das ist wirklich eine schlimme Torheit, auch wenn ich das Bestreben dieser Leute verstehe. Selbst arme Menschen lieben ihr Land; es ist alles, was sie haben. Das darf man ihnen nicht nehmen.« Der Priester leckte sich die Lippen, als hätte er schon zu viel gesagt. »Hat dieser Mann Sean getötet?«, fragte er.

»Das ist eine Arbeitshypothese, mehr nicht. Wir haben keine Beweise dafür, dass der Mord und die Bombe zusammenhängen. Wie dem auch sei, die *Indizien* sind überzeugend. Und die Beschreibung passt auf den Mann, der den Kindern die Flaggen gegeben und ihre Etiketten gelesen hat. *Und auch* zu dem Augenzeugenbericht von der Newton-Fabrik.«

Aitken gesellte sich zu ihnen und nahm eine leere Tasse an sich, die neben dem Priester gestanden hatte.

»Seans Mutter – haben Sie ihr vom Tod des Jungen erzählt?«, fragte sie. »Joe sagte, Sie hätten ihn gebeten, sich die Leiche anzusehen und das Kind zu identifizieren. Es hätte keinerlei Zweifel gegeben. Er hat geweint, als er es mir erzählte.« Sie schüttelte den Kopf. »Den Anblick wird er nie vergessen, da bin ich sicher.«

»Es gibt kein Bild von dem Mann vom Honey Hill?«, erkundigte sich Ward.

Brooke bat Edison, das gerahmte Bild, das sie in O'Learys Zimmer gefunden hatten, aus dem Beweismittelbeutel zu holen. Der Priester und die Haushälterin, anrührend Seite an Seite, studierten das junge Gesicht zwischen den Boxhandschuhen, schüttelten aber bald die Köpfe.

Brooke kramte eine Zigarette hervor, doch dann fiel ihm wieder ein, wo er sich befand, und er steckte sie hinters Ohr. »Mrs Flynn wird am Wochenende für eine formelle Identifizierung herkommen«, sagte er. »Möglicherweise wird sie die Kirche sehen und Sie alle kennenlernen wollen. Ich fürchte allerdings, das wird ein schwieriges Zusammentreffen werden.«

»Die arme Frau«, sagte Aitken und umfasste ihre Ellbogen. Trost suchend sah sie den Priester an, und der legte ihr steif den Arm um die Schultern.

Brooke legte den Kopf in den Nacken, bis die Knochen krachten, und studierte das schlichte Holzdach. »An einem Sonntag, Pater, wie groß ist da die Gemeinde?«

Ward musterte seine Hände, als müsste er die Zahl mit Hilfe seiner Finger ausrechnen. »An Ostern, Weihnachten und dem St.-Alban's-Tag selbst – dreihundert, vielleicht auch mehr. An einem gewöhnlichen Sonntag etwa die Hälfte. Es gibt natürlich viele vertraute Gesichter, aber es sind auch immer wieder Durchreisende dabei, die ihrer Arbeit folgen oder ihrer Familie.«

»Und Soldaten«, fügte Aitken hinzu. »Die sehen wir ein-, zweimal, dann sind sie wieder fort.«

Brooke nickte. »Zum Dreikönigsfest am Sonntag würde ich gern Namen notieren, schauen, ob wir eine Verbindung zu O'Leary oder zu seinen Bundesgenossen finden können. Wir müssen auch die Registrierungen überprüfen – derer, die Bürger Irlands sind. Wir müssen herausfinden, ob jemand in der Gemeinde diesen Mann gekannt hat. Vielleicht hat er Freundschaften geschlossen oder Leute außerhalb der Kirche getroffen. Im Pub, im Laden. Bitte – Sie beide – behalten Sie das bis dahin für sich.«

Ward nickte. »Wenn Sie wirklich alle auf einmal an einem Ort erwischen wollen, dann würde ich es morgen Abend in der Schule versuchen. Dann wird ein Dreikönigsspiel aufgeführt. Das ist der Höhepunkt dieser Jahreszeit, wenn ich das so sagen darf. Es fängt um sechs an. Tee gibt es auch. Alle werden herkommen. Und es endet Punkt sieben, sodass Ihre Männer dann dazustoßen könnten.«

Brooke nickte und machte sich eine Notiz.

Dr. Comfort traf zusammen mit zwei Constables ein, die mit den Inhalten von O'Learys Schrank beladen waren, die sie sogleich auf den Tischen ausbreiteten.

Comfort legte seinen Mantel nicht ab. »Brooke«, sagte er mit einem kurzen Nicken zur Begrüßung. »Autopsie morgen, denke ich. Ich setze Sie noch über den Zeitpunkt in Kenntnis. Für den Augenblick, was soll ich sagen? Sie haben den Kopf des Mannes gesehen. Er ist zu Brei geschlagen worden. Andere Wunden gibt es nicht, auch keine Hinweise auf irgendwelche medizinischen Probleme, abgesehen von den üblichen Verschleißerscheinungen infolge harter Arbeit. Augen und Haut – und die Oberflächenarterien – deuten auf schweren Alkoholmissbrauch hin.«

Brooke nickte. »Auf eine Zigarette, draußen?«

Gemeinsam standen sie auf der Veranda, sahen dem Schneefall zu und rauchten eine Minute schweigend. Der Wagen des Pathologen, ein polierter grauer Rover, stand auf dem Spielplatz.

»Vorsätzlich, zweifellos«, sagte Comfort nach einer Weile, als wollte er eine ungestellte Frage beantworten. »Das Gesicht, meine ich. Es wurde getilgt, anders kann ich es nicht ausdrücken, Brooke.«

»Ja – ein eindeutiger Versuch, seine Identität zu verschleiern«, stimmte der zu. »Wir haben einen Namen, aber der wird nicht echt sein. Wenn ich raten sollte, wusste der Mörder, dass wir sein Bild irgendwo in den Akten haben. Möglicherweise beim Yard. Oder auf einem Fahndungsplakat. Die Verbrecherkartei der IRA-Leute ist beeindruckend. Er dürfte dabei sein. So aber tappen wir im Dunkeln – zumindest für einige Stunden. Mit der Verwirrung schindet er Zeit. Hoffen wir, dass er die nicht dazu nutzt, eine weitere Bombe zu legen.«

Brüsk rückte Comfort den Schal um seinen Hals zurecht. »Offen gesagt, die Verletzungen erzählen uns eine ganze Menge über den Mörder, finden Sie nicht? Um so etwas zu tun, Brooke – um den Kopf eines Mannes mit einer Waffe so auseinanderzunehmen –, braucht man Kraft und einen umfassenden Mangel an Menschlichkeit. Und das ist der Mann, der, möglicherweise, ein Kind in einem Sack in den Fluss geworfen hat. Was für ein Monster, Brooke.«

Wieder drin, gingen sie die Gegenstände aus O'Learys Bude durch: zwei weitere abgetragene Anzüge, Leinenhemden, Socken, Hosen, zwei Paar Stiefel und ein warmer Mantel aus feiner Wolle, beinahe neu. In der Brusttasche fand sich ein katholisches Messbuch – eine Sammlung liturgischer Handlungsanweisungen mit Gebeten und Texten.

Von einer Brieftasche war keine Spur zu sehen. Aber in dem Messbuch steckte ein einzelnes Lesezeichen, auf dem, ganz wie es die Sitte befahl, das Bild eines Heiligen zu sehen war, in diesem Fall St. Alban. Das farbenfrohe Bild mit der Schrift aus goldenen Lettern zeigte den reichen Alban, der einen Priester in seinem Haus vor den heidnischen römischen Soldaten verbarg. Auf der Rückseite stand der Name Pater John Ward sowie Adresse und Telefonnummer des Presbyteriums.

Die Botschaft lautete:

Gehet hin im Namen des Herrn

Und mit sicherer Hand war eine Inschrift hinzugefügt worden.

Colm – Gott wird sich deiner guten Taten erinnern

Darunter prangte die Unterschrift des Priesters.

Ward musste erst seine Lesebrille aus dem Büro holen, um die Beschriftung zu lesen.

»Gütiger Himmel«, entfuhr es ihm. »Es ist Colm. Colm Hendrie. Dieser schreckliche Mann, O'Leary, war das wahrlich der sanftmütige Colm?« Er sah sich in der Kirche um, entdeckte Aitken und winkte sie herbei. »Marie. Sehen Sie sich das an.«

Erneut Schulter an Schulter studierten sie gemeinsam Worte und Lettern, als wollten sie sich die Inschrift des Steins von Rosette einprägen.

»Ich kann das nicht glauben, Pater. Der Mann war ein Heiliger, und so bescheiden. Hat kaum einen Ton gesagt, wenn er nicht angesprochen wurde.«

Gemeinsam stellten sie eine knappe Biographie zusammen. Hendrie war vor einem Jahr Mitglied der Gemeinde geworden, hatte jeden Sonntag an der Elf-Uhr-Messe teilgenommen und die Kirche auch zu besonderen Festtagen aufgesucht. Seine unverkennbare Kraft und seine technischen Fähigkeiten waren in all den Monaten, in denen es bis zur Ankunft des jungen Joe Smith keinen Hausmeister gegeben hatte, nützlich gewesen. Er hatte den Kessel repariert, das Schulsekretariat neu verkabelt und die leckenden Abflussrohre geflickt.

Ward hielt das Bild des Jungen mit den Boxhandschuhen hoch. »Jetzt erkennt man natürlich die Ähnlichkeit. Aber das muss vor vierzig Jahren aufgenommen worden sein.«

»Die Kinder haben ihn geliebt«, berichtete Aitken. »Er hat das Hüpfspiel draußen für sie gemalt und einen Korbballpfosten aufgestellt.«

»Familie?«, fragte Brooke.

»Ich glaube, er war Witwer. Aber er hat Geld nach Hause geschickt, das weiß ich. Für seine Kinder.«

Ward schien den Tränen nahe zu sein. »Colm – ein wunderbarer Name. Ich habe ihn gefragt, was er bedeutet. Er steht für die Taube, ein Zeichen des Friedens. Und nun sehen Sie sich seine Sünden an.« Er schüttelte den Kopf. »Wo soll das nur enden?«

Brooke hielt das Messbuch in der Hand, als das Foto herausfiel.

Ein Schnappschuss von einer Frau im Passbildformat: verblasst, stockfleckig, mit einem sonderbaren rosafarbenen Farbstich auf den Wangen. Sie hatte auf einem Stuhl mit hoher Lehne vor dem schaurigen Hintergrund einer verfallenen Abtei posiert.

Brooke hielt Priester und Haushälterin das Foto hin, aber beide schüttelten den Kopf. Doch das überraschte ihn nicht, denn er wusste, wer die Frau war, und er bezweifelte, dass sie je bis nach Cambridge gereist war. Am Samstag würde sich das ändern, denn dies war Mary Flynn, die Mutter des ermordeten Kindes.

KAPITEL ZWEIUNDDREISSIG

An der Silver Street Bridge hielt Brooke inne und blickte hinab auf den Fluss. Das Eis bildete mittlerweile eine durchgängige Fläche, die an dumpfen Stahl gemahnte. Enten hielten sich schön aufgereiht in der Flussmitte, von den Gefahren an beiden Ufern – Füchse, Otter und Ratten – gleich weit entfernt. Jenseits der offenen Wiese, die zur Upper Town führte, erhob sich der Mittelturm der Universitätsbibliothek und zeichnete sich als Silhouette vor den Sternen ab. Ein rohes Wahrzeichen, erst ein paar Jahre alt, das Brooke stets an das Podium auf dem Maifeld erinnerte, auf dem Hitler Phrasen gedroschen hatte vor einem Publikum von einer Million Berlinern, deren nach oben gewandte Gesichter im Feuerschein der Fackeln gelegen hatten. Die belastende Kombination aus diesem Bild, das abrupt in seinem Geist auftauchte, dem Gedanken an Luke, der draußen an der Grenze lagerte, und der Erinnerung an Hendries zerschmetterten Kopf vermittelte Brooke ein schmerzhaftes Gefühl der Hoffnungslosigkeit.

Er zündete sich eine Black Russian an und studierte das geometrische Wunderwerk der Mathematiker-Brücke, die sich stromabwärts von ihm befand. Die Jagd nach dem Mörder von Colm Hendrie musste im Spinning House bereits voll im Gang sein, aber er fand, er hatte ein paar Augenblicke stiller Einkehr verdient. Nun war er überzeugt, dass er versuchen musste, ein Verbrechen mit – bisher – zwei Opfern aufzuklären. Hendrie war mit einem Bild von Mary Flynn in seinem liebevoll gehüteten Messbuch gestorben. Dies war das erste Bindeglied, das über ein zufälliges Zusammentreffen hinausging, auch wenn es mehr Fragen aufwarf als beantwortete. Wenn der Junge das Ziel gewesen war, warum hatte er dann ein Bild von dessen Mutter und nicht von dem Fünfjährigen selbst besessen? Der Mann, der bei »The Homecoming« die Fähnchen verteilt hatte – zweifellos der große Hendrie – hatte mit dem Problem gekämpft, dass er *nicht* wusste, welches der vielen Kinder der junge Sean Flynn war.

Im Kern des Rätsels stand die Familie Flynn selbst, und Brooke war fest entschlossen, es zu lösen. Bei der nächsten Gelegenheit würde er mit Edison nach London zurückkehren, das Haus beobachten und beide Eltern und den streitlustigen Bruder einzeln befragen. Hinter der affektierten Mittelklassesehnsucht, die dieses kalte Wohnzimmer ausstrahlte, verbarg sich eine düsterere Geschichte. Heute würden sie sich auf den brutalen Mord an Hendrie konzentrieren. Morgen würden sie nach Shepherd's Bush zurückkehren.

Brooke rauchte und sah zu, wie sich am östlichen Himmel die Morgendämmerung anschlich und den Raureif enthüllte, der die Bäume am Flussufer hatte weiß werden lassen und das Auengras brüchig. Wenn erst die Sonne aufging, würde ihr Licht die Mistelballen in den kahlen Bäumen einfangen wie Lüster aus Eis, und der Fluss würde rauchen vor Kondensationswolken, die in den Sonnenstrahlen aufstiegen. Neu belebt von dem Gedanken an die bevorstehende Stunde marschierte Brooke hurtig zum Spinning

House, bog jedoch in letzter Minute zum Market Hill ab, angelockt von der Aussicht auf knusprig frittierten Speck.

»Sieh mal einer an. Sie haben Ihre Freunde knapp verpasst«, sagte Rose und rüttelte automatisch die Speckstreifen durch. »Die junge Jo war hier, zusammen mit einem mysteriösen jungen Mann. Sie hat ihn da drüben in den Schatten versteckt«, fügte sie hinzu und deutete mit einem Nicken auf die ferne Reihe der Marktstände. »Was gibt es da für ein großes Geheimnis?«

Brooke zuckte mit den Schultern und rückte seinen Hut zurecht. Zum ersten Mal fragte er sich, ob Jos Hang zum Risiko zurückgekehrt war. War der neue Mann verheiratet? Warum verbarg sie sein Gesicht vor der freundlich gesinnten Rose?

Ein Bus rollte auf den Platz und spuckte einen Haufen grauer Arbeitnehmer auf ihrem Weg ins Geschäft aus. Brooke wusste nicht recht, ob es nur am Krieg lag oder am Winter, aber plötzlich schien jegliche Farbe aus der Welt zu sickern.

Rose servierte ihm sein Sandwich. Der Speck lugte zwischen zwei kräftigen Scheiben gebutterten Brots hervor. Anschließend kam sie mit einer Tasse Tee für sich aus ihrem Stand heraus und gesellte sich zu ihm an die Kohlenpfanne. »Meine letzte Pause vor dem Ansturm«, sagte sie.

Als sie ausgetrunken hatte, schüttete sie die Teeblätter aus ihrer Tasse und fing an, sie genau zu untersuchen. Das war eine gewohnte Darbietung, und Brooke setzte tapfer eine beeindruckte Miene auf, obwohl er die Wahrsagerei im Grunde verabscheute. Doch Rose nahm ihre eigenen vermeintlichen Gaben ebenso ernst wie den örtlichen Aberglauben.

»Und?«, fragte Brooke gegen seine Überzeugung und stellte seine leere Tasse auf der Theke ab. »Ich muss weiter, Rose. Wenn Sie okkulte Nachrichten weiterzugeben haben, dann machen Sie schnell.«

Es war mehr oder weniger der übliche Hokuspokus. Sie sah flüsternde Lippen und ein Haus der Lügen, ein Jahr der Ankunft. Außerdem war da ein großer Kreis, geschaffen aus Eisen, der in den letzten Zügen lag.

Und schließlich ein eintreffender Brief oder vielleicht auch ein Telegramm.

Sie sah Brooke an, der seine Brille abgesetzt hatte, um sich den Nasenrücken zu massieren. »Aber keine Sorge, Brooke. Es sind gute Neuigkeiten. Rechnen Sie mit etwas Segensreichem, sobald Sie ihn erhalten.«

KAPITEL DREIUNDDREISSIG

Als Brooke im Spinning House ankam, war für die Umsetzung seiner Anweisungen bereits gesorgt, oder, um den Sergeant der Wache zu zitieren: »Das Barometer steht auf Sturm«. Die sechs Funkwagen der Truppe parkten im Hinterhof, die Werkstatt war voller Special Constables, die angefordert worden waren, um die Upper Town auf den Kopf zu stellen, und Sergeant Edison war gerade dabei, Beamte aller Dienstränge in der Kantine zu unterrichten. Der Mord auf Honey Hill hatte für jeden Officer die höchste Priorität. Tür-zu-Tür-Befragungen waren im Elendsviertel und den benachbarten Straßen geplant. Die Arbeitskollegen des toten Mannes sollten an ihrem derzeitigen Aufenthaltsort einzeln befragt werden – bei Straßenbauarbeiten an der alten A10, gleich nördlich der Stadtgrenze.

Und dann war da noch eine Notiz, die Brookes augenblickliche Präsenz im Chefbüro verlangte, wo er Chief Inspector Carnegie-Brown bei einem Telefongespräch mit Scotland Yard antraf. Als sie fertig war, zeigte sie Brooke ein Telegramm des Home Office, mit dem Einzelheiten zu dem Fenier-Mord angefordert wurden. Sie bat Brooke, sich zu setzen, während sie die Prioritäten des Boroughs umriss: einen zweiten Bombenanschlag verhindern, die Angehörigen der IRA-Zelle festnehmen, die Mörder von Sean Flynn ihrer gerechten Strafe zuführen. Sollte er Unterstützung brauchen, so war die Grafschaftspolizei bereits direkt vom Home Office angewiesen worden, zusätzliche Arbeitskräfte verfügbar zu machen. Falls er auf bürokratischer Ebene Hilfe brauchte, dann sollte er, wie sie ihm unmissverständlich erklärte, auf ihren persönlichen Sekretär zurückgreifen.

»Wobei mir einfällt«, fügte sie hinzu, »gibt es irgendetwas Neues über PC Collins?«

»Nichts. Das Haus ist definitiv verlassen, und die Angehörigen können nicht helfen. Wir suchen, aber er könnte sich durchaus unerlaubt von der Truppe entfernt haben. Sollte er jedoch dem Mörder begegnet sein, müssen wir mit dem Schlimmsten rechnen. Aber bisher gibt es keine Beweise, die diese Annahme stützen würden. Und keinen Leichnam. Wir müssen also davon ausgehen, dass er untergetaucht ist.«

Sie entließ ihn mit einem Nicken. Brooke versprach schnelle Ergebnisse und ergriff die Flucht. Das ganze Gebäude hallte wider vor rasender Betriebsamkeit. Edison meldete sich in Brookes Büro und machte deutlich, dass alle notwendigen Befehle erteilt und die Einsätze eingeleitet worden waren. Madingley Hall wollte einen Verbindungsoffizier schicken, um zu diskutieren, was sie das »größere Bild« nannten – vermutlich ein Verweis auf die mögliche Existenz einer zweiten Bombe. Eine halbe Stunde lang besprachen sie den Plan für die Befragung und die Registerüberprüfung der regulären Gemeindemitglieder von St. Alban's im Zuge des Dreikönigsspiels. Eine Einheit uniformierter Officer sollte sich an diesem Abend an der Great Bridge bereithalten.

»Dann ist da noch das«, sagte Edison und reichte ihm eine Notiz. »Der Fabrikleiter von Newton hat angerufen und möchte Sie sehen. Eine Aufforderung, offensichtlich, und streng geheim dazu. Man musste ihn schon dazu überreden, dem Sergeant der Wache wenigstens so viel zu verraten.«

Froh, aus dem Büro zu entkommen, nahm Brooke ihm die Notiz ab und floh, aber erst, nachdem er Edison eine Reise nach London in seinem Wasp am folgenden Morgen in Aussicht gestellt hatte.

»Wir werden die Familie Flynn ausspionieren«, erklärte Brooke, und sein Detective Sergeant strahlte förmlich.

Der Treidelpfad führte Brooke am Fluss entlang durch die Stadt. Auf dem langen Abschnitt unterhalb der Great Bridge rasten Schlittschuhläufer über eine durch Fässer auf dem Eis abgeteilte Strecke. Schon jetzt war die silbrige Oberfläche mit tausend sich überschneidenden Spuren überzogen. Was Brooke daran erinnerte, dass er Joy versprochen hatte, sie würden hinter dem Haus Schlittschuh laufen, um ein Kindheitsabenteuer wieder zum Leben zu erwecken.

Gegenüber von Jesus Green war in einem Eisenkorb ein Feuer auf dem Eis selbst entzündet worden, und ein Mann verkaufte heiße Maronen.

Brooke überquerte Newton's Bridge und trottete über das stille, schneebedeckte Spielfeld, auf dem Ralph Milton-Forbes das RADAR-Verfahren erläutert hatte, während sein Rassehund kreuz und quer hinter einem Ball hergerannt war. Wie hatte er gleich geheißen? Der Name erinnerte irgendwie an die Arthussage. Galahad, vielleicht.

Rafe Forbes befand sich in seinem Eckbüro, und der Hund lag ausgestreckt auf einer Matte. Die Metallrahmenfenster gaben den Blick frei auf die Biegung des gefrorenen

Flusses. Hausboote unterschiedlicher Bauart waren in der Eisschicht eingeschlossen.

»Inspektor. Vielen Dank. Es tut mir leid, dass wir Sie herbitten mussten, aber wir haben eine unerfreuliche Entdeckung gemacht.«

Forbes trug wieder den Tweedanzug, aber Brooke fiel auf, dass das Abzeichen – der Buchstabe G mit dem Mond im Hintergrund – fehlte. Sein silbernes Haar hatte er besonders streng zurückgekämmt, was das kantige, ausgehungerte Gesicht betonte, das aussah, als wäre es in großer Eile ausgeformt worden. Trotz seines Rassehunds hatte Forbes selbst etwas von einer Promenadenmischung an sich.

»Ich werde es Ihnen zeigen«, sagte er.

Sie gingen durch zwei der großen Fertigungshallen, in denen das leise Gemurmel der Gespräche sogleich verstummte, als Forbes den Mittelgang hinunterschritt. Am Nordende des Blocks befanden sich mehrere breite Tore mit der Aufschrift: WARENEINGANG – WARENAUSGANG.

Packkisten wurden von einem Lastwagen abgeladen.

Forbes zog ein Taschenmesser hervor und öffnete eine davon. Zum Vorschein kam ein Stapel Metallkästen, nicht aus solidem Stahl oder Aluminium, sondern durchlöchert wie die Bauteile in einem Metallbaukasten für Kinder.

»Die hier haben wir in einer Fabrik in Birmingham fertigen lassen. Wir installieren die Elektronik, die Dioden, die Röhren, die Schaltungen, die Verdrahtung. Die Kästen liefern den Rahmen dazu. Wir registrieren jeden davon, wenn sie hier eintreffen. In das Metall wird eine Nummer eingestanzt – hier – sehen Sie?«

Er ging zu einer Werkbank, auf der eine ganze Reihe der Kästen aufgestapelt war, und zeigte Brooke den, den er zur

Hand genommen hatte: 6758b. »Die Seriennummern sind aufeinanderfolgend und werden bei jedem Produktionsschritt innerhalb der Fabrik erfasst. Auf diese Weise können wir, sollte es nötig werden, den Weg jedes Kastens durch die Fabrik zurückverfolgen. Wirklich narrensicher. Dann – hier drüben, beim Warenausgang – übergeben wir die fertigen Kästen den Fahrern von RAF Bawdsey. Sehen Sie?«

War das elektronische Innenleben fertig, wurde es in die nummerierten Gehäuse eingebaut. Ein Lastwagen mit herabgelassener Ladeklappe stand bereit, um die Ladung aufzunehmen.

Forbes entzündete einen Stumpen. »Einer fehlt. Das ist nur ans Licht gekommen, weil ausschließlich hier, am Warenausgang, alle Kästen wieder in ihrer numerischen Reihenfolge geordnet werden. Eine Absicherung, die jedoch erst zum Schluss vorgenommen wird. Bis dahin nimmt, wie ich bereits sagte, jeder Kasten seinen eigenen Weg, der davon abhängt, ob er als Empfänger, Transmitter oder was auch immer gekennzeichnet wurde. Die technischen Einzelheiten sind ermüdend. Tatsache ist, dass wir einen Transmitter verloren haben. Kurz vor dem letzten Produktionsstadium war das einer aus der neuen Baureihe mit einer eingebauten Antiblockierfunktion. Streng geheim – ein jämmerliches Klischee, ich weiß, aber so ist es nun einmal. Streng geheim und vorgesehen für die Front an der Ostküste und zur Erprobung.«

»Wann ist er verschwunden?«

Forbes sah sich um. »Warten Sie hier. Ich hole den Hund.«

Er kam mit seinem Hund zurück, die Zigarre immer noch zwischen die Lippen geklemmt, und sie gingen durch das Warenausgangstor hinaus und über das Schneefeld. Hinter ihnen stieg Dampf von den Abzugsöffnungen und -rohren der Fabrik auf.

»Die Einheit wurde das letzte Mal am Tag vor dem Bombenanschlag in situ registriert. Erster Stock, Diodenlabor.«

»Wird das Labor abgeschlossen?«

»Ja«, sagte er und schüttelte seinen Schlüsselbund. »Wie die Haupttore. Wiederum drei Sätze: Ridley, der Geschäftsführer und ich. Und es gibt keinen Hinweis darauf, dass irgendein Schloss gewaltsam geöffnet wurde.«

Er saugte das Leben aus seinem Stumpen und warf ihn in den Schnee.

»Denken Sie, der Bombenanschlag war nur ein Ablenkungsmanöver?«, fragte Brooke.

»Möglich. Aber ist ein Haufen bäuerlicher Sumpfbewohner zu so etwas imstande? Der Unterschied zwischen dem verschwundenen Gerät und der Standardausführung ist in diesem Stadium der Produktion nicht offensichtlich. Selbst ich würde mehr als zehn Minuten brauchen, um sicher zu sein. Und das Luftfahrtministerium stimmt zu. Wir müssen ›in Erwägung ziehen‹ – deren Worte –, dass die Bombenleger der IRA Hilfe gehabt haben könnten, möglicherweise durch den deutschen Geheimdienst. Whitehall hat eine Inventur angeordnet. Jede Mutter, jeder Bolzen ist zu erfassen. Das bedeutet zwei Tage Produktionsausfall. Und danach werden wir einen Wachmann der Royal Air Force auf dem Gelände haben.«

Er rief seinen Hund von der fernen Veranda des alten Sportpavillons zurück, wo er dem Geist einstiger Fußballspieler nachgespürt hatte. Mit einem Stock zwischen den Zähnen trottete er herbei.

»Tut mir leid, alter Junge«, sagte er und streichelte den Hund, während er zu Brooke aufblickte. »Wir leben draußen im Hügelland in der Nähe von Newmarket. Sie hat zu Hause genug Platz zum Herumlaufen, so weit das Auge reicht. Aber jetzt müssen wir zurück ins Büro.« Er zog eine Leine durch das Halsband.

»Also, es sieht folgendermaßen aus, Brooke«, sagte er und ging voran. »Das Air Ministry wird unsere Fabrik absichern, damit so etwas nicht noch einmal passieren kann. Ihre Aufgabe ist es, wie mir der Chief Constable und das Home Office mitgeteilt haben, den Transmitter zu finden, ehe er aus dem Land verschwindet oder jemand mit den dafür erforderlichen Kenntnissen ihn auseinandernimmt.«

KAPITEL VIERUNDDREISSIG

Brooke telefonierte mit Scotland Yard und versuchte gerade, seine Pläne für die Sicherstellung der gestohlenen RADAR-Einheit darzulegen – die bestenfalls als lückenhaft gelten mussten –, als Edison mit einem einzelnen Bogen Papier eintrat, den er auf die Schreibunterlage legte: IHRE FRAU – WACHE.

Wie lange kannte er seinen Detective Sergeant? Drei Monate, vielleicht eine Woche länger, aber schon jetzt hatte sich ein eigenartiges Band zwischen ihnen entwickelt. Edisons Persönlichkeit war geprägt von Erfahrung und einer rationalen Art, die Welt zu erfassen. Der Ausdruck, der in diesem Moment in seinen Augen stand, die Intensität, mit der er Brooke ansah, sagte ihm, dass er das Telefongespräch abkürzen und im Laufschritt die Treppe hinunterjagen sollte. Eine Ahnung veranlasste ihn, seinen Mantel, seine Zigaretten und seinen Hut mitzunehmen.

Claire stand ein Stück vom Tisch des Wachhabenden entfernt, um einer Frau Platz zu lassen, die versuchte, die Einzelheiten eines Einbruchs zu Protokoll zu geben, und ihre Lippen hinter einem Taschenbuch verbarg. Claire hielt einen Brief in der Hand, den sie flach gegen ihre Handtasche drückte. Brookes Augen waren geschädigt, er litt an akuter Photophobie – einer schmerzhaften Lichtempfindlichkeit –, aber seine Sehschärfe war hervorragend,

20/20, um genau zu sein, und so erkannte er auch gleich die großgeschriebenen Druckbuchstaben eines offiziellen Telegramms. Es war ihm unmöglich, nicht an Rose King und ihre albernen Teeblätter zu denken und an die wenig verlässliche Klassifizierung ihrer Vorhersage: *Es sind gute Neuigkeiten.*

Brooke ergriff Claires Arm und führte sie hinaus auf die Straße. Es gab in diesem Moment noch wenig Grund zu reden, denn die Situation war, wenngleich er schon lange damit gerechnet hatte, einzigartig. Claire hatte noch nie sein Büro im Spinning House gesehen, obwohl er selbst viele Male im Krankenhaus aufgetaucht war. Bis zu den jüngsten Umbauten hatten sie ihr geheimes Plätzchen im Keller gehabt. Seit dem Kriegsausbruch und der Abreise der Kinder waren sie häufig dort gewesen. Er hatte ein Bild von einer Schwesternuniform, sorgsam über einem Heizungsrohr drapiert, im Kopf. Das Spinning House bot weder eine vergleichbare Privatsphäre noch den zugehörigen Reiz. Er konnte sich an keine einzige Gelegenheit erinnern, zu der sie weiter als bis zur Wache in das Revier vorgedrungen war.

Claire würde ihn hier nur in einem Notfall aufsuchen.

Gemeinsam gingen sie hinaus zu Parker's Piece. Im Tageslicht verlor der große Park, auf dem das Militär lagerte, die magische nächtliche Aura des ritterlichen Heerlagers. Nach der Abenddämmerung waren Feuer gestattet, solange keine Sirene heulte, und Rauch und Fetzen von Musik trieben durch die Luft. Nun war die Szenerie trostloser. Eine Reihe Soldaten wartete trübsinnig in einer Schlange vor einer Feldküche. Ein Bofors-Geschütz auf einem Miniaturhügel aus Sandsäcken in einer Ecke des Parks stand im Mittelpunkt einer Trainingsübung, und ein Platoon aufmerksamer

Rekruten sah zu, wie eine Mannschaft ihre genau abgestimmten Arbeitsschritte vollzog.

Unter einem Baum voller Misteln fanden sie eine freie Bank.

»Es geht um Ben«, sagte sie, als sie ihm das Telegramm reichte.

Die Woge der Erleichterung machte ihn schwindelig. Die ganze Zeit hatte er den Gedanken in Schach halten müssen, dass es um Luke ginge. Ein Unfall, vielleicht, sein Körper zerquetscht unter dem Panzer, unter dem er bei Schnee und Regen zu schlafen pflegte. Claire sah die Verwirrung und das plötzliche Schuldgefühl in seinem Gesicht, und sie verstand ihn vollkommen.

»Tut mir leid«, sagte sie. »Das war dumm von mir.« Sie drückte seine Hand.

Er las die Nachricht:

ADMIRALITÄTSGEBÄUDE WHITEHALL
7. JANUAR 1940. 1400 UHR.
NORDSEE/ARKTIS
CONVOY 18c

WIR BEDAUERN, IHNEN MITTEILEN ZU MÜSSEN, DASS LEADING SUBMARINER BENJAMIN JONES AUF SEE VERSCHOLLEN IST. HMS SILVERFISH VERMISST BEI 180 NAUTISCHEN MEILEN NNW VON NARVIK.

Er las die Nachricht ganze drei Mal, und es war, als suchte er in dem spärlichen Text nach irgendeiner verborgenen Mitteilung.

»Wie geht es Joy?«, fragte er schließlich.

»Sie ist im Krankenhaus und arbeitet. Sie dachte, das wäre das Beste. Mir fällt auch nichts Besseres ein. Ich werde später zu ihr gehen.«

Er zwang sich, sich an den Buchstaben des Telegramms festzuhalten. »Wir werden warten müssen«, meinte er schließlich. »Vermisst heißt vermisst, Claire. Es gibt immer noch Hoffnung.«

»So war das nicht abgemacht, Eden«, entgegnete sie, und in ihrer Stimme lag eine Bitterkeit, die so unerwartet war, dass ihm das Blut in den Adern gefrieren wollte. »Ich habe meine zwei Leben, die mich im Gleichgewicht halten. In einem davon kümmere ich mich um Kranke. Ich geize nie. Ich nutze all meine Gaben, so gut ich nur kann. Das ist kein Kreuzzug oder so etwas, es ist einfach die Art, wie ich mein Leben führen möchte. Aber wenn ich nach Hause komme, ist da meine Familie. Du und Joy und Luke – und jetzt auch Ben. Und das Kind, das unterwegs ist. Diese Leben balancieren sich gegenseitig aus. Darum darf das einfach nicht sein. Oder etwa doch?«

Sie lächelte, aber in dem Lächeln zeigte sich ein uncharakteristischer Anflug von Zynismus. Anders als Brooke glaubte Claire unerschütterlich an Gott. Das schlug sich nicht in Kirchgängen oder Heiligenbildern oder irgendwelchen Zeremonien nieder. Aber es gab einen Gott, und er – oder sogar sie – war verantwortlich für den Ausgleich zwischen Güte und Lohn.

»Ich kann versuchen, über den Yard Kontakt zur Admiralität aufzunehmen, falls das hilft.«

Sie nickte. »Was immer möglich ist. Wenn Ben vermisst wird, dann werden sie alle vermisst. Da muss es eine Geschichte dazu geben, einen Bericht, eine Reihe von Ereignissen. Alles könnte helfen. Alles wäre besser als das. Es ist so … abgeschmackt.«

Sie nahm das Schreiben und verstaute es in ihrer Tasche.

Einige Minuten lang versuchten sie, sich auf häusliche Angelegenheiten zu konzentrieren: Lebensmittel und Rechnungen und Schichtpläne und den geplanten Ausflug ins Theater, wo eine Komödie aufgeführt wurde. Schließlich erstarb ihre Konversation.

»Erzähl mir einfach ein bisschen von deinem Tag«, bat Claire. »Nur irgendetwas Normales, Banales. Dann kann ich so tun, als wär das gar nicht passiert.«

Draußen auf Parker's Piece wurden einige der Zelte abgebaut, und eine Einheit Soldaten schleppte Eisenbahnschwellen an die Grenze eines Geländes, das aussah wie ein Fußballfeld. Drei Männer mit Besen fegten den Schnee vom Gras und zogen die Linien nach.

»Wembley für einen Tag«, merkte Brooke an und versuchte, seiner Stimme einen unbeschwerten Klang zu verleihen. »Wir bekommen am Samstag königlichen Besuch von Prinz Henry, dem Bruder des Königs. In der Schule hat er wohl nicht geglänzt, aber er ist anscheinend verrückt nach Fußball. Also bereiten sie ein Spiel zu seinen Ehren vor: Army gegen Universität. Für die Sicherheit sind wir verantwortlich.

Prinz Henry wünscht, dass das Spiel hier stattfindet. Genau an dieser Stelle. Den Geschichtsbüchern zufolge wurde das allererste Fußballspiel nach modernen Regeln achtzehn-dreiundsechzig hier ausgetragen. Diese Einzelheiten verdanke ich alle Edison. Fußball an sich wird natürlich schon seit Jahrhunderten gespielt: Hauen und Kämpfen und Raufen, aber hier hat das erste moderne Spiel stattgefunden.

Die Bahnschwellen sind für die Zuschauer, damit die sich draufstellen können. Sie rechnen mit einem vollen Haus. Das ist das Letzte, was wir brauchen, aber so ist es nun einmal. Sie wollen auch Kinder in Bussen herfahren, was eine ganz eigene Art von Chaos auslösen wird.« Brooke zündete sich eine Zigarette an.

»Was ist mit dem armen Kind im Fluss?«, fragte Claire.

Er erzählte ihr alles über den gewaltsamen Tod von Colm Hendrie und seine Verbindung zu St. Alban's und der Mutter des toten Jungen.

»Ich werde das Gefühl nicht los, dass da gelogen wird«, sagte er. »Da sind die Walshes – der Schulleiter und seine Frau. Er sieht aus wie ein gebrochener Mann und sie wie die Rose of Tralee. Ich weiß es nicht sicher, aber ich glaube, sie ist schwanger – der Begriff ›erblüht‹ wird ihr nicht annähernd gerecht. Und dann ist da der Priester: ein guter Mann, glaube ich, aber auch ihn umgibt ein Geheimnis. Der Priester und die Haushälterin haben etwas von einem Klischee. Sie stehen einander nahe, daran kann kein Zweifel bestehen, eingepfercht im Presbyterium. Eine gute Frau – das ist das Klischee, das auf sie zutrifft. Und dann ist da Smith, der Hausmeister. Adrett, ein Athlet und den Kindern ein guter Freund. Zu gut, um wahr zu sein?«

»Ich habe dich nie für einen Zyniker gehalten, Eden.«

»Ich bin ein Skeptiker.«

»Für mich klingt das nach einem Schlangennest«, sagte Claire.

Sie erhoben sich.

Mit der Hand fuhr sie über seinen Mantelaufschlag.

»Was diesen Priester betrifft, es gibt da eine alte Redewendung, die unter uns Mädchen vermutlich ein wenig geläufiger ist. Wenn du denkst, dass zwei Menschen eine Affäre haben, dann *haben* sie eine Affäre. Es zeigt sich in der Körpersprache. Du hast einen Blick dafür, Eden. Vertrau deinen Eindrücken.«

Brooke küsste sie. »Sag Joy Folgendes: Krieg ist Chaos. Die *Silverfish* könnte überall sein. Vermisst bedeutet eben das und nicht mehr. Sag ihr, ich werde versuchen, mehr herauszufinden, und sehe sie daheim. Wenn sie noch will, können wir auf dem Eis Schlittschuh laufen.«

Claire knotete ihren Schal an der Kehle zu. »Hast du Ben gemocht?«, fragte sie, und wieder lag eine befremdliche Schärfe in ihrem Ton.

»Er ist nicht tot, Claire.«

Sie legte ihm einen Finger an die Lippen. »So meine ich das nicht. Hast du ihn gemocht, als du ihm begegnet bist?«

»Ich habe ihn geschätzt. Es ist zu früh, um mehr zu sagen.«

Sie küssten einander erneut und gingen dann ihrer Wege.

KAPITEL FÜNFUNDDREISSIG

Brooke nahm hinten in der Aula der St. Alban's School Platz. Aufgeregtes Stimmengewirr erfüllte den Saal, in dem sich zum Dreikönigsspiel – *Die Ankunft der drei Sterndeuter* – etwa hundertfünfzig Personen eingefunden hatten. Es war, so hatte Pater Ward ihm versichert, eine barmherzig kurze Inszenierung. Allerdings hatte er vergessen, die Predigt zu erwähnen, mit der er Gemeindemitglieder, Evakuierte, ihre temporären Betreuer und eine Handvoll Gäste begrüßte, zu denen auch der hiesige Ratsherr zählte, der sich motiviert sah, aufzuspringen und dem Priester mit einer eigenen Rede zu antworten. Die Ansprache des Geistlichen war mustergültig. Die Botschaft besagte, dass die Epiphanie eine Offenbarung sei, in diesem Fall die des neu geborenen Christuskindes vor der weiten Welt, vertreten durch die mit Geschenken beladenen drei Könige Balthasar, Melchior und Caspar.

Der Saal war entstanden, indem man die hölzernen Trennwände zwischen den drei Klassenzimmern entfernt hatte. Fenster verliefen über eine Seite, säuberlich abgedeckt mit Verdunkelungstafeln. Die Bühne für die Kinder bestand aus Hartfaserplatten auf Milchflaschenkästen. Auf dem Boden saßen Kinder, direkt hinter ihnen auf den Stuhlreihen die Betreuer an Eltern statt. Brooke nickte Mr und Mrs Harper zu, die pflichtgemäß hinter dem jungen John Quillan Platz genommen hatten.

Mrs Aitken spielte Piano, und das Publikum erging sich in einer Interpretation von »A Boy Is Born in Bethlehem«. Brookes musikalische Gaben waren dürftig, aber er war kundig genug, um zu erkennen, dass die atonale Begleitmusik dem Piano geschuldet war, nicht der Pianistin. Sein Geist konzentrierte sich trotz der schiefen Klänge immer noch auf die Offenbarung, ein Konzept, das beinahe greifbar und doch knapp außer Reichweite schien. Ohne dass das Publikum davon wusste, sammelte sich gerade jetzt ein Dutzend uniformierter Officers an der Great Bridge und bereitete sich darauf vor, den Castle Hill hinaufzusteigen. War die Aufführung erst beendet, würden sie jeden befragen. Die Daten ihrer Ausweispapiere und ihre Adressen würden notiert werden. Die Fragen lagen auf der Hand: Viele dieser Leute, wenn nicht gar die große Mehrheit, hatten Colm Hendrie gekannt. Hatte er mit Freunden, Kameraden, Geliebten gesprochen? Was war mit seiner Familie drüben in Irland? Hatte er je Mary Flynn erwähnt? Edison hatte das Bild der Frau, das sie in dem Messbuch entdeckt hatten, in der Tasche. Erkannte jemand *diese Person*? Und wie stand es um Politik und die IRA? Beherbergte die Upper Town im Verborgenen ihre eigenen Revolutionäre?

Die Last der Untersuchung erschien plötzlich als niederschmetternd. Brooke atmete tief durch und schloss die Augen, bis eine Veränderung der Musik ihm verriet, dass das Schauspiel gleich beginnen musste. Es geschah in der Stille nach dem Choral, als die drei Könige ihre Gaben der Puppe in der Krippe präsentierten, dass die Sirene, die auf der Gildehalle am Market Hill montiert worden war, ihr langes, gutturales Geheul ausstieß, ein endloser Ruf in gleichbleibender Tonhöhe.

Ächzen erklang im Publikum. Mrs Aitken zögerte an den Tasten, und Pater Ward kehrte auf die Bühne zurück. »Die Kinder wissen, was zu tun ist, also folgen Sie ihnen bitte.« Er reckte eine Hand hoch, sprach einen Gebetsvers und gab den Kindern das Signal, die eingeübten Schritte auszuführen.

Der junge Hausmeister Smith ging voran, betrat den Mittelgang und marschierte zum hinteren Ende, wo eine Wendeltreppe in den Keller führte. Die Hitze hier war trocken und intensiv; ein Mittelgang – der genau dem über ihnen entsprach – führte vom Heizungsraum fort, in dem die Tür eines angefeuerten Kohleofens offenstand und den Blick auf die gelbrote Glut der Kohlen freigab. Auf einem Regal stand ein kleines, gerahmtes Bild einer dreiköpfigen Familie an einem ausgedehnten, verlassenen Strand. An einem Haken hing ein schwerer Mantel.

Von dem Mittelgang zweigten ein halbes Dutzend Räume ab, einer oder zwei dienten als Lager – Holz, ein Kohlenbunker, diverse Kanister mit Öl und andere Vorräte. Die Kinder wurden nach Geschlecht in zwei Gruppen aufgeteilt und auf zwei Räume verteilt, in denen Decken und Säcke als provisorische Betten bereitstanden für den Fall, dass der Alarm länger dauerte. Kerzen wurden entzündet, um die wenigen Glühbirnen zu ergänzen. Allgemeine Abenteuerstimmung breitete sich aus.

Pater Ward wartete am Fuß der Treppe und leitete die Operation. »Das haben wir natürlich geübt«, erzählte er Brooke. »Aber dies ist das erste Mal, dass wir unter realistischen Bedingungen hier herunterkommen. Bei Tag heulen die Sirenen nur selten, also hat sich die Gelegenheit bisher nie ergeben, und jetzt sind alle ein bisschen überreizt.«

Ein Kind, ein Mädchen von vielleicht fünf oder sechs Jahren, blieb bei dem Priester stehen und klammerte sich an seine Soutane.

»Können Sie den Erwachsenen sagen, dass wir die Gelegenheit wahrnehmen werden, um ihnen einige Fragen wegen des aktuellen Mordes zu stellen? Keine Einzelheiten, bitte. Sagen Sie ihnen nur das.«

Ward nickte und eilte davon. Brooke huschte die Stufen wieder hinauf, um die uniformierten Constables im Hof einzusammeln.

Die Erwachsenen waren gebeten worden, ihre Hocker aus dem Saal mitzunehmen, und nun saßen sie in Gruppen in den anderen Räumen, unterhielten sich und tranken Tee. Wenn Edison ihre Namen aufrief, verließen sie die Gruppe allein oder zu zweit, um an dem Tisch, der am Kohleofen aufgebaut worden war, Fragen zu beantworten. Wichtige Informationen wurden auf Klemmbrettern festgehalten.

Die Szenerie hatte etwas sonderbar Biblisches. Brooke stellte sich die frühen Christen in ihren Höhlen und Tunnels unter Rom vor. Wenn Cambridge Katakomben hätte, dann wären sie so wie dies hier: geometrisch perfekt und ordentlich, ausgestattet mit funktionierenden Glühbirnen und kleinen Schildern an den Türen, auf denen LAGER oder ELEKTRO oder ENTWÄSSERUNG stünde. Die Gefahren, vor denen diese Christen heute flohen, waren andere – lang befürchtete Luftangriffe anstelle der Schrecken des Kolosseums –, dennoch schien es ein schwaches Echo einer verfolgten Gemeinde zu geben, das die Feiertagsstimmung um eine Ahnung von Furcht ergänzte.

Brooke warf einen Blick auf Edisons Liste und erklärte, er werde den Schulleiter und seine Frau selbst befragen. Er fand sie allein in einem kleinen Raum vor, an dessen Tür ein Schild mit der Aufschrift SCHULBEDARF hing. Schachteln mit Kreide, Schreibtafeln und Übungsheften lagerten säuberlich gestapelt in hölzernen Regalen. Die beiden saßen rührend nah beieinander und hielten sich an den Händen.

Mrs Walsh war errötet, und Brookes Auftauchen schien eine Krise herbeizuführen, denn sie drehte sich mit einem flehentlichen Blick zu ihrem Gatten um.

Der sprang auf. »Einen Moment«, sagte er zu Brooke. »Ich muss Kathleen ein Glas Wasser holen. Sie bekommt ein Kind.«

»Nicht heute Nacht!«, warf Mrs Walsh lachend ein. »Ich fühle mich nur schwach. Ein Glas, Liam, mehr brauche ich nicht.«

Sie wechselten einen wissenden Blick, die Würdigung eines nervösen, übertrieben aufmerksamen Vaters.

»Wir können auch morgen miteinander reden«, schlug Brooke vor.

Sie schüttelte den Kopf. »Das ist in Ordnung. Ich bin in Ordnung. Ach …«

Walsh kehrte mit dem Wasser zurück.

Brooke hatte seinen eigenen Hocker mitgebracht und nahm sich einen Moment, um sich bequem zu setzen. Dann bot er erneut an, die Befragung zu verschieben, aber die Walshes hatten sich offenbar wieder erholt.

»Sie erinnern sich an Hendrie«, konstatierte Brooke. »Was für eine Art Mann war er?«

»Ich kannte ihn gut«, sagte Mrs Walsh nur.

Ihr Ehemann nickte zustimmend.

»Ein großer Mann, aber sehr sanftmütig. Eines Sonntags

stand er zur Mittagsmesse ganz hinten, und ich dachte – nun ja, wissen Sie – eine verlorene Seele.« Sie schüttelte den Kopf. »Ich habe dafür gesorgt, dass er nach der Messe eine Tasse Tee bekam. Da erzählte er, er habe auch Kinder, drüben in Irland.«

»Wo?«, fragte Brooke.

Sie sah ihren Gatten an, als läge die Antwort in seinen Zügen, ehe sie wieder Brooke anblickte. »Galway? Ich glaube, es war Galway. Einen Jungen und ein Mädchen, daran erinnere ich mich noch genau. Darum habe ich ihn gefragt, ob er uns vielleicht am Sporttag im Sommer aushelfen möchte, und er sagte, das täte er gern. Wir haben hier nicht genug Platz, der Spielplatz ist, wie Sie wissen, sehr klein, und dann all die Fenster … Darum gehen wir hinaus zu Parker's Piece.« Für einen Moment hatte sie sich in ihren Erinnerungen verloren, doch dann schien Hendries ganz reales Ableben sie zu überwältigen, und sie schlug beide Hände vor den Mund.

»Hatten Sie den Eindruck, dass er noch jemanden anderen aus der Gemeinde gekannt hat?«

»Nein. Aber er war immer an den Zeitungen interessiert, nicht wahr, Liam?«

Der Schulleiter nickte. »Die Diözese bezahlt für den *Catholic Herald* und die *Irish Times*. Ich bündele die Ausgaben für Pater Ward, und wenn ich das getan habe, war er immer da, Colm, nach der Messe, und hat sie gelesen.«

»Hat er über Politik gesprochen? Über die Republikaner? Sie lehren die Kinder etwas Gälisch, richtig? War er daran interessiert?«

»Nie.«

»Vielleicht kannte er die Sprache schon«, meinte Brooke.

Die persönlichen Interessen des Arbeiters schienen weit von der Welt des Straßenbaus entfernt gelegen zu haben. Hatte er die geschulte Hand bereitgestellt, die den Fenier-Slogan am Schauplatz der Bombenexplosion hinterlassen hatte?

Walsh schüttelte den Kopf. »Er schien mehr Interesse an Sport zu haben. Gälischer Fußball. Und Rugby. Ich glaube, er sagte, er habe selbst gespielt. Das war im Gedränge, natürlich. Er war selbst ein Ein-Mann-Gedränge.«

»Hatte er einen Lieblingsclub?«, fragte Brooke.

»Wir haben ihn nicht ausgefragt«, erwiderte Walsh zimperlich.

Mrs Walsh schien sich an etwas zu erinnern und wedelte mit der Hand. »Ja, jetzt hab ich's. Sie sollten mit Joe reden. Er ist auch verrückt nach Sport, und die beiden haben immer die Köpfe zusammengesteckt. Und …« Mrs Walsh reckte die Hand hoch, ganz entrückt vor Aufregung über die Befragung. »… er hatte einen Wagen – einen Kleinlaster, glaube ich.«

»Haben Sie ihn gesehen?«

»Nein, nein. Er meinte, falls wir jemals irgendetwas zu transportieren hätten, könne er helfen. Darum denke ich, es war ein Kleinlaster. Ich sagte ihm, wir würden die Kinder im Frühjahr an die Küste bringen, nach Suffolk, mit dem Zug. Da bot er an, uns zu fahren, wenn ich einen Kremser mieten würde, denn er habe eine Lizenz dafür.«

Die Vorstellung von Hendrie am Steuer war schwer wieder abzuschütteln. War er in der Nacht des Mordes hinunter zum Fluss gefahren und hatte das Kind ins Wasser geworfen?

»Sein Lastwagen. Hat er je erzählt, wo er ihn geparkt hat? In der Nähe seiner Behausung auf Honey Hill war nichts dergleichen zu sehen.«

»Nein, aber er hat ihn mehrfach erwähnt.«

»Wird die Mutter herkommen, um sich den Leichnam des armen Kindes anzusehen?«, fragte Walsh. »Und die Schule?«

»Die Schule? Das wissen wir nicht. Sie wird am Sonnabend hier sein. Und der Vater auch, hoffe ich. Ich informiere Sie, sobald wir mehr wissen.«

Walsh stemmte die Hände auf die Knie und nickte, als schätze er ab, welche Verantwortlichkeiten für ihn dadurch entstanden.

Aus der Ferne hörten sie das Entwarnungssignal. Die enttäuschten Kinder wurden aufgescheucht und die Treppe hinaufgebracht. Smith, der Hausmeister, tauchte in einer Tür am Ende des Korridors auf und schaltete die Lampen aus; doch für einen flüchtigen Moment hatte Brooke gesehen, dass sich der Gang hinter ihm weiter unter der Kirche hindurchzog, erhellt von einer Reihe von Glühbirnen. Smith schloss die Tür hinter sich.

Und da sah Brooke es vor seinem geistigen Auge: der Parkettboden der Kirche, die in einer Reihe angeordneten Messinggitter, die aufsteigende Hitze. Wie dumm von ihm, diesen Gedanken beiseitegeschoben zu haben. Wie konnte St. Alban's so warm sein, ohne einen Keller. Ward hatte beharrlich erklärt, es gäbe keine Krypta, dafür sei die Gemeinde zu arm. Oder hatte Brooke unterirdisch die Orientierung verloren? Verlief der Korridor unter dem Presbyterium, nicht unter der Kirche? Er hielt sich im Hintergrund und sah zu, wie ein Krokodil aus Kindern vorüberkroch, während er versuchte, sich im Kopf einen Plan des Kellers zurechtzulegen, der zu dem Gebäude darüber passte.

Smith hängte die Schlüssel neben dem Kessel auf und

half, die Kinder nach oben zu bringen, indem er die Führung übernahm. Etwas an der verborgenen Welt des Hausmeisters, an dem Feuer und der Pritsche und dem einzelnen Bild, trieb Brooke zu einer Entscheidung. Er lieh sich Edisons Taschenlampe, nahm die Schlüssel und ging den Mittelgang hinunter. Als er sich umblickte, sah er, dass der Hausmeister zurückgekommen war, um seinen Mantel zu holen, und gerade dabei war, ihn anzuziehen, ehe er ein kleines Kind auf die Arme nahm und die Treppe hinauf außer Sichtweite trug.

Ein schwerer Eisenschlüssel – der fünfte, den Brooke ausprobierte – öffnete die Tür.

Die Lichter dahinter waren aus, aber die Taschenlampe zeigte ihm den Korridor. Sofern Brookes geistiger Lageplan korrekt ausgerichtet war, stand er nun direkt unter dem Altar der Kirche. Rundheraus gesagt, der Priester hatte die Wahrheit gesprochen: Es gab keine Krypta, nicht einmal einen schlichten Keller. Da war nicht mehr als dieser schmale Gang, an dessen Wänden schwere Eisenrohre verliefen – zu heiß, um sie anzufassen –, die für die Wärme sorgten, die durch die Decke und die Eisengitter nach oben stieg.

Am Ende des Gangs führte eine Ziegelsteintreppe hoch, sodass er das letzte Gitter über seinem Kopf berühren konnte. In der Kirche gab es Licht, flackernden, warmen Kerzenschein. Er führte die Finger durch die Öffnungen im Gitter und drückte es empor. Es öffnete sich klaglos, und er schob es zur Seite. Er konnte nur seinen Kopf über den Boden recken, mehr nicht, doch er hatte freie Sicht auf den Altar, der sich in einen goldenen Schimmer hüllte, während das Buntglas im trüben Licht von draußen gerade eben noch erkennbar war. Drei Kerzen brannten flackernd in ihren Haltern an der Tür. Die auf Böcken stehenden Tische und der Teekessel, die für Brookes provisorisches Lagezimmer bereitgestellt worden waren, verloren sich im Schatten des Seitengangs.

War das die Lösung des Rätsels? War Sean *hier* heruntergebracht worden? War das halb offene Fenster der Toilette nur eine zeitlich gut abgestimmte Irreleitung gewesen? Die letzte Kirchenbank, die, auf der der Junge geschlafen hatte, war beinahe in Griffweite. Aber nun ergab sich ein weiteres Rätsel. Das Kind konnte sich durch die Lücke gequetscht haben, ein erwachsener Entführer jedoch nicht. War der Junge aus freien Stücken mitgegangen?

Brooke brauchte keine Minute, um zu Smiths Unterschlupf am Kessel zurückzukehren. Nicht nur der Mantel des Hausmeisters war verschwunden, sondern auch das kleine, gerahmte Foto. Oben wurden die Kinder in ihre Mäntel gewickelt, die Aufführung des Stücks war ausgesetzt worden. Mr Walsh sagte, der Hausmeister sei hinausgegangen, um den Weg zum Tor vom Schnee zu befreien. Brooke stieß die Tür auf und marschierte in den Hof. Frischer Schneefall hatte die meisten Spuren in der dicken Schneeschicht am Boden ausgefüllt, nicht jedoch die des Hausmeisters, die zum Tor führten, wo er seine Schaufel ordentlich abgestellt hatte, ehe er verschwunden war.

KAPITEL SECHSUNDDREISSIG

Brooke schaltete das Licht in seinem Büro aus. Für einen Moment verweilte er im Dunkeln und sah, wie das Mondlicht in Streifen durch die alten Fensterläden hereindrang und sich in der goldenen Farbe der Nillandschaft an der Wand und den Papieren auf seinem Schreibtisch fing. Die Vorstellung eines Bürojobs hatte ihn von jeher abgeschreckt. Als Student hatte er von einer Karriere in der beobachtenden Naturforschung geträumt; in Ägypten hatte er während des Großen Krieges einen Wagen gemietet, um hinaus in die Wüste zu fahren und nach dem legendenumwobenen nubischen Löwen Ausschau zu halten. Nach dem Krieg hätte ihn Laborarbeit erwartet, aber selbst die beinhaltete die Aufregung, die jede Entdeckung mit sich brachte, den Lohn für sorgfältiges Experimentieren. Notizen und Aufzeichnungen mussten angefertigt werden, nicht nur Papiere von hier nach dort geschoben.

Als er zur Polizei gestoßen war, hatte er damit gerechnet, seine Tage auf Streife oder später an Tatorten zu verbringen. Dem Büro konnte er mühelos aus dem Weg gehen. Nach seiner Beförderung hatte auch die Zeit am Schreibtisch zugenommen, doch zum Ausgleich hatte er die Macht der Telefone und den spezifischen Wert von Akten und Dokumenten für sich entdeckt. In kleinen Dosen konnte das durchaus anregend sein. Die Grundlagen des Verbrechens lagen nun offen da, zumindest teilweise. Wenn er sich nun nicht schnell und sicheren Schritts bewegte, dann, so dachte er, würden sie Joe Smith vermutlich nie wiedersehen.

Er schloss die Tür, ging, immer zwei Stufen auf einmal nehmend, die Treppe des Spinning House hinunter und marschierte zügig hinaus in die Nacht. Für weitere Telefonate war es zu spät, aber er hatte rasante Fortschritte gemacht. Joe Smith war nicht nur verschwunden, er hatte offenbar nie existiert. Aitken, bestürzt darüber, dass sie sechs Monate lang einen Verbrecher beherbergt hatte, bezeugte, dass der junge Hausmeister nicht in der Schulkantine gespeist hatte, weshalb nie ein Bezugsscheinheft benötigt worden war. Es war offensichtlich, dass sie ein mütterliches Interesse am Wohlergehen des jungen Mannes gehegt hatte. Nach seiner Flucht war sie in Tränen aufgelöst gewesen.

Pater Ward, nicht minder entsetzt über den Gedanken, dass der junge Mann, den er unter seine Fittiche genommen hatte, ein Komplize bei der Entführung und Ermordung eines Kindes war, übergab sogleich sämtliche Papiere, die mit Smiths Einstellung in Verbindung standen, darunter hervorragende Referenzen. Es gab auch eine Ausweisnummer und eine frühere Anschrift. Brooke rief bei den angegebenen Fernsprechnummern an. Die erste gehörte einem Spediteur am Hafen in Bermondsey, der noch spät an seinem Schreibtisch war. Er erinnerte sich an Smith und verbürgte sich für sein Arbeitsethos und seine Rechtschaffenheit. Die zweite Nummer führte zu einem Maurer in Tottenham, ein Mann, der über seinem eigenen Baustofflager wohnte. Die Bewertung fiel erneut begeistert aus, und Brooke wollte gerade auflegen, als der Maurer hinzufügte: »Joe war ein guter Junge. Das sind sie alle, diese irischen Burschen. Die können noch richtig zupacken.« Smith hatte, wie sich herausstellte, mit einem klaren, deutlichen Ulster-Akzent gesprochen. Sein ehemaliger Boss glaubte, er hätte Belfast erwähnt.

Smiths Verschwinden und die erfundene Identität führten unzweifelhaft zu dem Schluss, dass er ein Kamerad des niedergemetzelten Hendrie und der zweite der drei Bombenleger war, die Dr. Bodart gesehen hatte. (Schlank und dunkel?) Er hatte auch vage Ähnlichkeit mit dem Mörder, den Brooke auf dem Dach am Honey Hill hatte entkommen sehen. Die Entdeckung des schmalen Heizungsgitters und die Tatsache, dass es von dem kleinen Unterschlupf des Hausmeisters im Keller erreichbar war, lieferten einen weiteren Hinweis auf seine Verwicklung in die Entführung und Ermordung von Sean Flynn. Aber selbst der athletische Smith hätte sich nicht durch diese schmale Öffnung schlängeln können. Hatte er sich auf einen Komplizen *innerhalb* der Kirche verlassen? Dann blieben Brooke nur noch der offenbar untadelige Priester und seine tüchtige Haushälterin.

Smith zu fangen, könnte all ihre Probleme lösen. Brooke hatte bereits den Bahnhof alarmiert und einen Constable zur Beobachtung abgestellt. Bus- und Straßenbahnverkehr ruhten über Nacht, aber am Morgen würde er auch die Depots überwachen lassen müssen. Ein Schulfoto von dem Sporttag auf Parker's Piece hatte ihnen ein recht gutes Bild des Gesuchten geliefert, von dem vergrößerte Kopien angefertigt und an die Häfen geschickt werden mussten – vor allem nach Liverpool, Glasgow und Holyhead.

Brooke hegte zwei zusätzliche Befürchtungen: zunächst, dass Smith Zugriff auf Hendries mysteriöses Fahrzeug hatte, und dann, dass er sich in der bisher unentdeckt gebliebenen Bombenwerkstatt, wo immer die sein mochte, versteckt halten könnte. Und noch ein weiterer Punkt verschärfte Brookes Sorgen. Die Fähigkeit des Mannes aus Ulster, seinen Akzent zu verschleiern und sich als ehrbarer East Ender neu zu erfinden, begierig, sich den Briten in Frankreich anzuschließen, deutete darauf hin, dass er nicht nur ein einfacher raubeiniger Revolutionär war.

Es war zu früh, auch nur an Schlaf zu denken, und er hatte nicht die kleinste Chance, die wohlüberlegten Schritte des von Aldiss entworfenen Systems aufzugreifen. Statt also nach Newnham Croft und somit nach Hause zu gehen, huschte er eine Gasse hinunter, die sich auf Parker's Piece entleerte. Ein paar Feuer schwelten zwischen den dicht geschlossenen Reihen der Army-Zelte. Brooke zeigte einem Wachmann seinen Dienstausweis und ging im Zickzack durch das Lager bis zum hinteren Ende, wo eine Reihe von Zivilschutzräumen gegraben worden waren, um die Bevölkerung bei Luftangriffen in Sicherheit zu bringen. In allen Nächten, in denen die Sirenen heulten, suchten Hunderte Zuflucht in diesen feuchten Betonzellen. Bei jedem falschen Alarm nahm ihre Zahl ab, doch Brooke wusste, es würden Tausende nach Parker's Piece ziehen, war die erste Bombe einmal gefallen.

Grandcourt, Brookes ehemaliger Offiziersbursche aus dem Wüstenfeldzug, war auf seinem Posten vor Schutzraum 6, der wie alle anderen die Form eines halb vergrabenen Betonkastens hatte, in den hinein zwei in einem langen Graben versenkte Eisentüren führten. Hier hatte sich der zierliche Grandcourt eine Sitzstange, wie er das in Palästina genannt hätte, gebaut – einen Sitzplatz mit einem Regal für seine Pfeife und einem kleinen Feuer in einer hübschen

Kohlenpfanne. Er sprang hinab und schien, wie so viele von kleiner Statur, sogar noch mehr an Größe zu verlieren.

»Zeit für eine Pause, Grandcourt?«, fragte Brooke.

Der ehemalige Corporal packte seinen Tabak weg, verstaute sein Zeug im Schutzraum und verriegelte die Tür.

Als man Brooke aus dem Sanatorium in Scarborough entlassen hatte, hatte er festgestellt, dass Grandcourt, im Anschluss an die siegreiche Schlacht um Jerusalem nach Frankreich verlegt, sechs Monate an der Westfront überlebt hatte. Der Offiziersbursche war nach Hause zurückgekehrt und hatte erleben müssen, dass sein Job in der Werft zu Chatham an einen jüngeren Mann gefallen war. Da hatte Brooke ihm einen Posten als Lagerleiter in der Fakultät für Ingenieurswissenschaften besorgt. Grandcourts enorme praktische Veranlagung und sein manischer Ordnungssinn hatten dafür gesorgt, dass er regelrecht aufgeblüht war. Seine Familie war mit ihm in ein kleines Haus in Romsey Town gezogen, dem Arbeiterviertel, ungefähr eine halbe Meile nördlich von Parker's Piece.

Für die nächtliche Arbeit beim Zivilschutz und den Wachdienst an den Schutzräumen hatte Grandcourt sich freiwillig gemeldet, aber er war stets bereit zu einem Drink in einem der vielen Pubs, die sich im Kite drängelten, einem labyrinthartigen Reihenhausquartier, umrahmt von einem Parallelogramm aus Straßen. Brooke hatte sich Grandcourts Gesellschaft als regelmäßig verfügbare Nachteule rasch gesichert und sich oft auf seinen Pragmatismus verlassen, wenn es darum ging, einen vertrackten Fall zu knacken. Der Mann war ein wandelnder Prüfstein für gesunden Menschenverstand und weltgewandte Sachkenntnisse.

Sie nahmen eine Abkürzung durch einen Tunnel, der

zwischen Prachtbauten hindurch mitten ins Herz des Kite führte, passierten eine Reihe von Eckkneipen und schlüpften schließlich in die Schankstube des *Elm Tree*.

Grandcourt hatte gerade den ersten Zoll aus seinem Pint getrunken und wischte sich den Schaum aus dem Schnurrbart, als Brooke den Klumpen goldenen Wachses, den er auf dem Dachboden über Hendries Zimmer gefunden hatte, zwischen ihnen auf den Tisch legte. Die genaue Beschaffenheit des Materials hatte sich nicht einmal den gemeinsamen Bemühungen von Dr. Comfort und dem verlässlichen Edison offenbart, von den Mädchen in der Telefonzentrale des Spinning House ganz zu schweigen.

Grandcourt lächelte und schnüffelte an dem »Kleinod«, wie Brooke das Fundstück nannte. Der Pub war gut gefüllt, und das Stimmengewirr überdeckte wirkungsvoll ihr eigenes Gespräch.

»Es riecht nach Zeder – richtig?«, fragte Brooke.

Grandcourt nickte. »Ich habe schon viele Namen dafür gehört, Mister Brooke. Einer der Offiziere in Arras hat es ›Tränen von Chios‹ genannt – aber er hat nur angeben wollen. Er hat gesagt, es sei sein Gewicht in Gold wert. Wenn man es kaut, erfrische es den Atem, hat er gemeint. So gut, dass es im Harem des Sultans benutzt wurde. Das hat die Jungs zum Lachen gebracht.« Er schnüffelte noch einmal. »Wird für Räucherwerk und Parfüm und so ein Zeug verwendet. Es ist Baumharz. Draußen in Kairo haben sie es ›arabisches Gummi‹ genannt. Nicht Gummi arabicum, das ist etwas anderes.« Grandcourt legte den Klumpen zurück auf den Tisch. »Ich nenne es Mastix. Mischt man es mit dem richtigen Öl, wird daraus der beste Klebstoff auf der ganzen Welt. Haftet an allem. Ein Kind in Kairo hat etwas davon in die Finger bekommen und einen ganzen Yard seiner Haut verloren.«

Zur Illustration stellte Grandcourt sein Pint ab, faltete die Hände und tat dann, als könnte er sie nicht mehr voneinander lösen. »Perfekte Verbindung.«

Brooke erzählte ihm kurz, wo er die goldene Träne gefunden hatte und dass der Mörder von Hendrie durchaus der Hausmeister Smith sein könnte, der inzwischen auf der Flucht war.

Grandcourt stopfte seine Pfeife. »Die meisten Bomben, Mister Brooke, werden getarnt, aber zugleich in aller Öffentlichkeit platziert. Ein Paket, das auf einem belebten Platz liegengelassen wird. Oder unter eine Bank geschoben. Mit Mastix kann man der Schwerkraft ein Schnippchen schlagen, das ist der große Trick.«

Eine kurze Diskussion förderte drei mögliche und typische Ziele zutage: die Unterseite eines Wagens oder eines Lasters, eine Decke oder die Unterseite einer Brücke.

Beim zweiten Pint erging sich Grandcourt, ermuntert durch eine Frage, die zu stellen er Claire hatte versprechen müssen, in einem kurzen Überblick über den derzeitigen Status seiner Familie; eine Frau und drei Jungs. Brooke hörte nur mit halbem Ohr zu und musste feststellen, dass es ihm unmöglich war, die goldene Träne zu vergessen. Der Fluss war inzwischen gefroren und ermöglichte so den Zugang zur Unterseite einer jeden Brücke in der Stadt. Sollte eine Bombe, versteckt unter einem Brückenbogen, bei Nacht hochgehen, würde sie nur wenige, womöglich gar keine Opfer fordern, aber die strategische Wirkung mochte beträchtlich sein, die Propagandawirkung erschreckend. Eine Explosion bei Tag könnte Dutzende töten. Die Brücken mussten täglich in der Morgen- und Abenddämmerung kontrolliert werden. Was die mageren Ressourcen des Borough noch mehr erschöpfen würde.

Draußen war die eisige Stille einem neuerlichen Schneesturm gewichen, der die Sichtweite auf fünfzig Yards beschränkte. Grandcourts Schutzraum verlor sich in der Ferne, und die Luft war angefüllt mit fedrigen Flocken. Mit einem forschen Handschlag gingen sie auseinander.

Auf seinem Weg in die Innenstadt sah Brooke, wie sich das mächtige Gebäude des städtischen Grandhotels – das *University Arms* – aus dem Schneefall schälte. Die im maurischen Stil gehaltenen türkisgrünen Turmdächer sahen aus, als wären sie mit Puderzucker bestreut. Im Inneren befand sich, wie Brooke aus seiner Kindheit im Gedächtnis geblieben war, eine hohe achteckige Empfangshalle mit Stuckarbeiten, die sogar einen Sechsjährigen zu beeindrucken vermocht hatten. Seine Mutter hatte ihn dorthin mitgenommen, als sie sich mit einer Freundin getroffen hatte, der Frau eines anderen Akademikers. Das war die klarste Erinnerung, die er an sie hatte. Im Jahr darauf war sie an einer Krankheit gestorben, über die nur hinter vorgehaltener Hand gesprochen wurde. Er erinnerte sich an roten Lippenstift an einem Zigarettenfilter und ein Cocktailglas mit Eis.

Mit diesem Bild vor seinem inneren Auge dachte er unwillkürlich an das Kind, das er gewesen war, und an das Kind, das Sean Flynn gewesen war. Wie hatte das Leben des Jungen daheim wirklich ausgesehen? Sein neuer Freund hatte ihn als ausgelassenen, eigensinnigen Burschen beschrieben, der Fußball liebte und vor einem kleinen Diebstahl nicht zurückschreckte. Diese Darstellung passte so gar nicht zu dem adretten Wohnzimmer in 36 Askew Road,

Shepherd's Bush. Hinzu kam nun auch noch das Foto von der Mutter des Jungen, das sie in Hendries Tasche gefunden hatten. Hendries Tod und Smiths Flucht hatten eine Menge offenbart, aber Brooke hatte nach wie vor das Gefühl, der Schlüssel zur Lösung lag in dem Kind und dem Zuhause, das es in Shepherd's Bush zurückgelassen hatte.

KAPITEL SIEBENUNDDREISSIG

Sie stellten den Wagen in einer anonymen Nebenstraße eine Meile westlich von Shepherd's Bush ab, der Wasp das einzige Fahrzeug in Sichtweite. Der Arbeitsplatz von Gerald Flynn war das Kassenbüro von London Underground in Paddington, wo der Vater des ermordeten Jungen als Bürovorsteher tätig war – ausweislich des ordentlich ausgefüllten und unterzeichneten Formulars, das seinen Sohn nach Cambridge begleitet hatte.

Edison, der den Wasp nur widerstrebend zurückließ, fuhr mit dem Zug nach Paddington. Der Plan war einfach: Der Detective Sergeant würde Mr. Flynns Aussage einholen, während Brooke sich seine Gattin vornahm. Anschließend würden sie ihre Notizen vergleichen. Brooke entdeckte ein Café an der Ecke der Askew Road, durch dessen Frontfenster er das Tor von Nummer 36 sehen konnte. Er hatte vor zu klopfen, sobald der jugendliche Sohn zur Frühschicht aufgebrochen war. Den Zeitpunkt des Arbeitsbeginns hatte er am Abend zuvor telefonisch im Bahnbetriebshof erfragt. Ihm war daran gelegen, Mrs Flynn allein zu befragen, ohne den unheilvollen Beistand durch den jungen Bobbie.

In London war der Großteil des Schnees schon wieder geschmolzen und hatte Schneematsch in den Rinnsteinen und hier und da und ein tröpfelndes Scheibchen Eis hinterlassen. Er strich gerade mit einer Scheibe Brot über seinen Tellerrand, als er Mrs Flynn zur Tür herauskommen und hurtig den kurzen Weg zum Tor hinuntergehen sah. Das gehörte nicht zu seinem Plan, weshalb er sich nun beeilen musste. Er ließ zu viel Geld auf seinem Tisch, stürzte hinaus in den kalten Sonnenschein und folgte ihr in zwanzig Yards Abstand.

Der Einkaufskorb aus Weidengeflecht schaukelte an ihrer Hüfte, als sie sich nach Norden wandte, die Bassein Park Road hinunter zur Uxbridge Road ging, eine Hauptverkehrsstraße, die nach Westen ins Zentrum von Shepherd's Bush führte. Etwas an Mrs Flynns energischem, fokussiertem Voranschreiten veranlasste Brooke, nicht zu ihr aufzuschließen. Trotz des Chaos auf der Straße schien es ihm, als hätte sie eine Mission. Trams klapperten vorbei, ein pferdegezogener Rollwagen bahnte sich einen Weg um die Ecke, und das Pflaster war drängend voll. Die Gegend war das, was Claire »eine Stufe besser« genannt hätte: saubere Rinnsteine, florierende Geschäfte und sogar ein Teehaus, dessen Fenster in goldenen Lettern eine *Patisserie* bewarben.

Mrs Flynn verweilte nicht, sondern ging weiter nach Osten, vorbei an den Läden: eine Metzgerei, die sich mit gerupftem Geflügel schmückte, ein Gemüseladen mit großzügiger Auslage, ein Eisenwarenladen, der ein Eckhaus okkupierte und mit *Sechs Stockwerke voller lebensnotwendiger Güter* prahlte. Mrs Flynn rauschte gelassen daran vorbei und warf kaum einen Blick auf die Waren, die auf aufgebockten Tischen auf dem Pflaster zur Schau gestellt wurden.

Während Brooke ihr folgte, dachte er über die Fragen nach, die er ihr stellen wollte. In der Vergangenheit der Familie musste es etwas geben, das den Tod des Knaben erklären konnte. Waren sie in den geplanten Bombenanschlag der IRA verwickelt? Hatte das Kind im Zuge dessen zu Hause zu viel gesehen? Aber welche Familie – welche Mutter, welcher Vater – würde das eigene Kind töten, um es zum Schweigen zu bringen? Während der langen Fahrt Richtung Süden hatte Edison angedeutet, die Eltern könnten wissen, wer das Kind auf dem Gewissen hatte, aber zu verängstigt seien, um etwas zu sagen. Waren sie also auch Opfer?

Zwanzig Minuten später sah Brooke weiter vorn eine ausgedehnte Grünfläche. Hier lag noch Schnee auf dem Boden und bedeckte den Rasen. Ein Pferd mit dampfendem Fell trank aus einem Steintrog. Die Gegend wirkte ärmlich, die Läden waren mit Ruß beschmutzt, die Rinnsteine voller Unrat und Schneematsch. Mrs Flynn betrat den Park durch ein Tor, setzte sich sehr still auf eine Bank und sah den Tauben zu. Die Vögel kreisten über einer Handvoll Brotkrumen, die ein alter Mann, der sich auf einen Stock stützte, für sie hingeworfen hatte. Mrs Flynn hatte offenbar die Fähigkeit, zugleich stillzusitzen und sich in höchster Aufregung zu befinden. Ständig befingerte sie einen Geldbeutel in ihrer Tasche, ein Taschentuch in ihrem Mantel oder zupfte an den Fingerspitzen eines Paars abgetragener Lederhandschuhe. Brooke hätte sich zu ihr setzen und seine Fragen stellen können, aber etwas hielt ihn davon ab; eine Ahnung, die ihm sagte, dass dieser flotte Morgenspaziergang in irgendeiner Form ein Teil eines größeren Plans war.

Nach zehn Minuten sprang sie auf, strich ihren Mantel glatt, als wäre sie – endlich – zu einer Entscheidung gekommen, die den Bann brach, der sie dort im Park festgehalten hatte. Zunächst ging sie auf gleichem Wege zurück, doch dann bog sie von der Hauptstraße in eine schmale Gasse voller Marktstände ab. Am Ende wartete ein Defilee kleinerer Geschäfte, und sie tauchte rasch in einem Gemüseladen ab. Im Inneren herrschte kein Gedränge, also blieb Brooke draußen stehen und sah zu, wie sie einen Blumenkohl, Karotten und etwas, das aussah wie ein Bündel Pastinaken, auswählte. Der Gemüsehändler lächelte, er schien sie gut zu kennen.

Nebenan war eine Metzgerei, in der sie drei Koteletts und ein paar Würstchen erwarb und ihre Lebensmittelkarten vorlegte, die daraufhin abgestempelt wurden. Brooke, der hinten in einer kurzen Schlange stand, glaubte, er hätte drei Karten gesehen, war aber nicht ganz sicher. Der Gedanke, die Wurzel des Mysteriums mochte ein trivialer Schwindel sein, dämpfte seine Stimmung, und so blieb er nur wenige Yard hinter ihr, als sie den nächsten Laden, eine Lebensmittelhandlung, betrat. Das Angebot war nicht außergewöhnlich und umfasste keine große Auswahl. Mrs Flynn kaufte drei Eier, ein halbes Pfund Butter, etwas Schmalz, ein Pint Milch und eine Dose Pfirsiche. Auch hier legte sie säuberlich ausgebreitet ihre Lebensmittelkarten vor.

Mit rhythmischem Klang donnerte der offizielle Stempel auf die Karten, ehe der Händler sie mit einem fröhlichen »Einen schönen Tag, Mrs Walsh« zurückgab und sich an die Krempe seines kleinen Strohhuts tippte.

Mit eingezogenem Kopf flüchtete sie hinaus auf die Straße. Brooke wartete ein paar Sekunden, lauschte in sich hinein, um sicher zu sein, dass er den Mann richtig verstanden hatte. Doch da gab es keinen Zweifel: Er hatte Mrs *Walsh* gesagt – nicht Mrs *Flynn*.

Brooke drückte sich im Geschäft herum, bis es sich geleert hatte. Dann zeigte er dem Händler seinen Dienstausweis und bat ihn um einen Moment seiner Zeit. Der Händler rief ein Mädchen aus dem Hof herein und wies es an, die Ladentheke zu hüten, ehe er Brooke in ein Hinterzimmer führte, in dem eine ältere Frau vor einem schwelenden Kohlenfeuer saß.

»Sie kann uns nicht hören«, sagte der Händler und strich ihr beruhigend über die Schulter. »Was gibt es denn?«

»Sie haben vor einigen Augenblicken eine Frau bedient. Sie haben sie Mrs Walsh genannt.«

Er nickte und blickte Brooke über die Schulter, um nach seinem Laden zu sehen.

»Ist das der Name auf der Lebensmittelkarte?«

»Das ist er. Sie kauft regelmäßig hier ein. Schon seit Jahren. Ihr Mann ist gestorben, glaube ich. Jetzt steht sie irgendwo in Diensten. Die anderen Karten laufen auf einen anderen Namen. Floyd? So was in der Art.«

»Flynn«, sagte Brooke.

»Richtig. Zweimal die Woche, manchmal öfter. Geht es um die Karte? Es heißt, es seien Fälschungen im Umlauf, aber ich habe ihr immer vertraut. Nette Frau, eine bessere Klasse von Irin – nicht böse gemeint.«

Draußen auf der Straße fiel Brooke eine Schule auf der anderen Seite auf. Eine Handvoll Kinder stand in einer Reihe da und wartete darauf, hineinzugehen, um sich registrieren zu lassen. Zwei Stockwerke, erbaut aus roten Ziegelsteinen, mit einer Nische, in der eine Marmorheilige kniete, ein Mädchen, das zu einer bemalten Madonna aufblickte. Sie erinnerte ihn an die Grotte im Korridor von St. Alban's, die Jungfrau Maria, gefangen in Stein. Als er ein Stück am Zaun entlanggegangen war, entdeckte er eine Anschlagtafel mit der Aufschrift: Church of Our Lady of Lourdes. Wieder dachte er an St. Alban's und den von Sorgen gezeichneten Schulleiter Liam Walsh und seine junge Frau. Walsh war ein ebenso gebräuchlicher irischer Name wie Murphy oder O'Brien. Der Tod von Sean Flynn war noch immer ein Mysterium, aber Brooke hatte das absolut sichere Gefühl, dass er der Wahrheit im Kern immer näher kam.

KAPITEL ACHTUNDDREISSIG

Die Geschichte, die sich schließlich offenbarte, war ein Produkt ihrer Zeit: eine Familie zerrissen, die Opfer verborgen unter den Wirren des Krieges. Konfrontiert mit dem Namen im Bezugsscheinheft seiner »Ehefrau« gab Flynn widerwillig die Wahrheit preis: Er war Witwer, hatte zwei erwachsene Söhne und lebte mit einer verheirateten Frau, die nicht seine Frau war, und deren Sohn zusammen. Dann hatten sie das Kind nach Norden, nach Cambridge, geschickt, außer Reichweite der Gefahr drohender Bombenangriffe.

Sie waren nicht verheiratet, und sie war auch bestimmt nicht geschieden oder hatte eine Annullierung durch die Kirche erhalten. Um »in Sünde zu leben« hatte Mrs Walsh ganz einfach ihre alte Nachbarschaft in Shepherd's Bush verlassen und war – räumlich und gesellschaftlich – aufgestiegen, hinauf zur Uxbridge Road, um genau zu sein, in das Haus des Witwers. Eine Hochzeit in Irland war erfunden worden, um die Nachbarn und die wenigen Verwandten Flynns in London zufriedenzustellen.

Ihr echter Ehemann war ein Lehrer namens Liam Walsh. Eine knappe Beschreibung führte auf direktem Wege zu einer alarmierenden Schlussfolgerung: Besagter Liam Walsh war heute der Schulleiter von St. Alban's, Upper Town, Cambridge. Warum hatte er Frau und Sohn verlassen? Im Zuge einer ganzen Reihe tränenreicher Befragungen im

Polizeirevier berichtete sie von der Zuwendung des Witwers Flynn zu ihr, die eines Tages auch ihrem Gatten aufgefallen war, einem stillen, nachdenklichen Mann, der als Klassenlehrer in Our Lady of Lourdes arbeitete. Flüsternd offenbarte sie eine sie fraglos belastende Wahrheit: dass sie den Witwer liebte, nicht ihren Ehemann. Es war zu heftigen Auseinandersetzungen gekommen, zu Drohungen und schließlich zu Schlägen. Liam war gegangen, war erst in ein gemietetes Zimmer in Hammersmith gezogen und hatte dann eine neue Stelle angetreten. Er hatte versprochen zu schreiben und den Jungen zu besuchen, aber nichts war geschehen.

Drei Jahre des Schweigens waren dahingezogen, in denen Mr und Mrs Flynn sich »einfach hatten forttragen lassen« – so Gerald Flynn – von ihrem neuen Leben als Ehemann und Ehefrau, ohne dass es irgendeiner Art von Zeremonie bedurft hätte. Die Lebensmittelkarten jedoch hatten ein Problem dargestellt. Sie hätten versuchen können, die Behörden hinters Licht zu führen, aber der Beantragung folgte ein höchst bürokratisches Verfahren, weshalb sie beschlossen hatte, einen direkten Betrugsversuch zu unterlassen. Die Gemeinschaft der Menschen in dieser Gegend war eng, was der Grund für Mary Flynns langen Spaziergang zu den Läden ihrer alten Nachbarschaft war, wo man sie nach wie vor als Mrs Walsh kannte. Der Krieg und seine Wirrungen hatten dazu beigetragen, ihre Täuschung aufrechtzuerhalten.

Und da er nie an seinen Vater erinnert wurde, schien der junge Sean ihn im Lauf der Zeit zu vergessen. Nervös und unglücklich war er zum Kuckuck im Nest geworden. Gerald Flynn lehnte den Knaben ab und hatte darauf gedrängt, ihn fortzuschicken, um, wie er vorgegeben hatte, »einen Mann aus ihm zu machen«. Seine Mutter hatte sich geweigert, bis die Diözese geschrieben und deutlich gemacht hatte, dass dies seine letzte Chance wäre, unter ihre Fittiche zu kommen.

Selbst dann hatte sie noch gezögert. Sean ertrug es nicht gut, von seiner Mutter getrennt zu sein, und seien es nur ein paar Stunden. Alles, was sie wollten, hatte Mrs Flynn flehentlich erklärt, war als Familie zu leben, denn das war, was sie waren, eine liebevolle Familie. Sie hatte eine Sünde begangen, viele Sünden, aber sie hatte jeden Tag in Our Lady of Lourdes um Vergebung gebetet, an jedem einzelnen Tag ihres Lebens. Am Ende hatte sogar sie einräumen müssen, dass es das einzig Vernünftige war, den Jungen fortzuschicken, um ihn außer Gefahr zu bringen.

Die Flynns bestritten, irgendetwas über den S-Plan der IRA, Colm Hendrie oder Joe Smith zu wissen. Mrs Flynn hatte keine Ahnung, warum Hendrie ein Bild von ihr in seinem katholischen Messbuch gehabt haben könnte. Der jugendliche Bobbie erklärte erneut, er habe kein Interesse daran, Irland zu vereinigen, und tat den ganzen komplizierten Wirrwarr irischer Politik als Gerangel unter Bauern ab, die Religion höher gewichteten als die Realitäten des Erwerbslebens. Sein Vater hatte sie aus den Slums herausgeholt, und der junge Bobbie arbeitete hart daran, auf der gesellschaftlichen Leiter eine weitere Sprosse emporzuklettern. Er träumte von seinem eigenen Automobil.

Der Leichnam des Kindes musste immer noch offiziell identifiziert werden, und Samstag wurde als Tag der Reise gen Norden bestätigt. Mr Flynn würde versuchen, sich freizunehmen, aber für das Wochenende war eine umfassende Wirtschaftsprüfung für die ganze Firma vorgesehen. Edisons Urteil war entsprechend akkurat ausgefallen: »Ein leicht versnobter Buchhalter, unser Gerald. Den interessiert nur noch, wie er mit seiner hübschen Frau gesellschaftlich aufsteigen kann. In *seinem* Akzent schwingt nicht mal mehr ein vager Geist der Grünen Insel mit.«

Sie ließen die Flynns in ihrem Vorstadthaus zurück und fuhren nach Norden. Immerhin hatten sie keinerlei Verbrechen eingeräumt, die über das geringfügige Vergehen, Sean unter falschem Namen fortzuschicken, hinausgegangen wären.

Die Verbrechen im eigentlichen Sinne hatten sich im Norden an der Old Cambridge Road ereignet.

Den Rest der Geschichte, die Flucht des gehörnten Liam Walsh, seine bigamistische Ehe mit der viel jüngeren Kathleen und seine bevorstehende Vaterschaft, hatten sie für sich behalten. Solcherlei Offenbarungen sparten sie sich für den Besuch am Samstag auf.

Zunächst jedoch würden sie den Schulleiter daheim zur Rede stellen.

Brooke brach die Stille, als sie in die Provinz hinaus ratterten.

»Sie erkennen das Dilemma, Edison. Pater Ward sagte, sie hätten eine Liste der Evakuierten erhalten, eine Woche vor deren Ankunft. Namen und Adressen. Also wusste Walsh im Voraus, dass sein ganzes Leben zerstört werden könnte, dass er alles verlieren könnte, Frau, Kind und Arbeitsplatz – und sein Zuhause!«

Gemeinsam versuchten sie, die Tragödie zu rekonstruieren.

Gott, so schien es, hatte ihnen einen grausamen Streich

gespielt. So in den Norden entsandt, hätte der Junge seinen echten Vater durchaus wiedererkennen können. Die Mutter des Jungen hätte sicherlich ihren echten Ehemann wiedererkannt, falls sie je ihren Sohn besucht hätte. Walsh drohte damit eine Gefängnisstrafe für Bigamie. Wie konnte er die Welt, die er sich in St. Alban's aufgebaut hatte, schützen?

Reichte all dies als mögliches Mordmotiv? Konnte Liam Walsh seinen eigenen Sohn getötet haben? Oder war Walsh in irgendeiner Weise in die Taten der IRA-Zelle verstrickt, zusammen mit Hendrie und Smith? Hatten die Ankunft des Jungen und die mögliche Aufdeckung des Verbrechens, das der Lehrer begangen hatte, sie und ihre Pläne bedroht? Der sanftmütige Lehrer wirkte nicht wie ein Unruhestifter, andererseits war er auch nicht gerade der typische Bigamist. Nach Brookes Erfahrung waren solche Männer oft charmant, halbseiden, betrügerisch. Walsh hingegen war pflichtbewusst, stoisch und schien liebevoll.

»Ich glaube nicht, dass er etwas mit dem Mord an dem Kind zu tun hat, Sir«, stellte Edison fest, während er den Wasp vorsichtig auf der alten Römerstraße aus dem Hügelland über Royston hinuntersteuerte. Ein mit Schnee gesprenkelter Meilenstein versprach: CAMBRIDGE 15 MEILEN. Um sie herum schienen die fahlen Hügel in der Abenddämmerung zu leuchten. Vor sich sahen sie gerade noch die halbverdeckten Rücklichter eines Lastwagens, dem sie folgten, seit sie die Außenbezirke der Hauptstadt hinter sich gelassen hatten.

Brooke zündete sich eine Zigarette an und benutzte einen Handschuh, um den Beschlag von der Windschutzscheibe zu wischen.

»Was, wenn jemand anderes den Mord begangen hat,

Edison? Hendrie oder Smith, entweder auf Walshs Befehl hin oder um ihn vor der unausweichlichen Strafe und der Ankunft der Polizei in St. Alban's zu bewahren. Vielleicht haben sie befürchtet, sie könnten alle auffliegen?«

Edison schwieg zwanzig Minuten lang, als sie die Stadt erreichten und, immer noch auf derselben Römerstraße, am Spinning House vorüberfuhren. »Er hätte damit durchkommen können«, sagte er schließlich, als er um einen Militärlaster herummanövrierte, der vor der Round Church parkte. »Er hätte sich versteckt halten können, hätte sich krank stellen können, wenn die Mutter zu Besuch käme. Das wäre riskant gewesen, aber immer noch besser als …«

»Filizid«, sagte Brooke. »Das klingt irgendwie schlimmer, nicht wahr? Aber das Kind, Edison. Was, wenn *der Junge* seinen Vater erkannt hätte? Was, wenn Walsh diesen Moment mehr gefürchtet hat als alles andere? Er hätte den Jungen in seiner Klasse gehabt, hätte ihn unterrichten, ihn jeden Tag sehen müssen. Ihm ein Pflaster auf sein aufgeschlagenes Knie kleben. Seine Stirn betasten, um festzustellen, ob er Fieber hat.«

Die Streufahrzeuge hatten die Straßen der Stadt mit Hilfe von Salz freigemacht, waren aber kurz vor Castle Hill umgekehrt, weshalb Edison in den ersten Gang runterschaltete und den Hang hinauf und durch die Tore der St. Alban's School kroch. Der Spielplatz war verlassen, der Schnee immer noch nicht geräumt.

Brooke quälte sich aus dem Wagen und streckte die Beine.

»Der Augenblick der Wahrheit, Edison. Liam Walsh hat einiges zu erklären. Ich frage mich, wie viel er seiner jungen Frau offenbart hat.«

Das Heim des Schulleiters, ein Reihenhaus, befand sich in einer Straße ganz in der Nähe. Edison schloss den Wasp ab, und sie machten sich auf den Weg. Brooke jedoch sah sich noch einmal um und bemerkte Licht in der Kirche, das schwache Echo von Kerzenschein hinter einem Buntglasfenster, auf dem, in schattenhaften Farben, der Tod des namensgebenden St. Alban dargestellt war: Des Märtyrers abgeschlagener Kopf lag blutig im grünen Gras, der römische Scharfrichter in silbriger Rüstung stand im Hintergrund, und die Menschen in der Menge blickten entsetzt angesichts des Todes des Märtyrers. Brooke stellte sich Pater Ward in der Kirche vor, wie er gesenkten Hauptes vor dem Altar betete.

KAPITEL NEUNUNDDREISSIG

Kathleen Walsh öffnete die Tür und trat zurück, um sie in die Vorderstube des Hauses einzulassen. Die widerstreitenden Gefühle, die sich in ihren Zügen spiegelten, waren bemerkenswert und, wie Brooke dachte, Beleg für eine außergewöhnliche Ehrlichkeit. Die Flammen eines Kaminfeuers erfüllten ihre dunkle Schönheit mit Leben und verliehen ihrem Haar einen Glanz, der mit dem des Kessels auf dem Herd wetteiferte.

Edison, nach der langen Fahrt halb erfroren, erlag der Verlockung des Feuers und baute sich vierschrötig vor dem flackernden Flammenschein auf.

»Ist Mister Walsh zu Hause?«, erkundigte sich Brooke, dem das metallische Ticken der Kaminuhr sonderbar bewusst war. Erst später, rückblickend, würde er sich der Sekunden entsinnen, deren Vergehen das Geräusch kennzeichnete.

»Er ist in der Kirche, Inspector. Zum Gebet – eine Gewohnheit. Er wird noch ein Weilchen fortbleiben. Er schließt hinter Pater Ward ab.«

»Er hat Schlüssel zu St. Alban's?«

»Ja«, sagte sie so hastig und leichthin, dass Brooke beinahe sicher war, sie war arglos in all das hineingeraten, was sie in London herausgefunden hatten: bar jeder Kenntnis, dass ihr Gatte nicht ihr Gatte war und das Kind, das unterwegs war, einen Halbbruder gehabt hätte.

»Macht es Ihnen etwas aus, wenn wir warten?«, fragte Brooke.

»Gar nicht. Bitte, nehmen Sie Platz.«

Auf der Armlehne eines der tiefen, ramponierten Sessel lag ein Nest aus Strickzeug; ein Babyschal in Weiß und beinahe fertig. Brooke setzte sich und legte einen Wollfaden zur Seite, als er in die Kissen sank. Ihm war allzu bewusst, dass er die Macht besaß, die ganze Welt dieser Frau mit einem einzigen Satz zu zerstören, all ihre grundlegenden Gewissheiten auszulöschen und gegen Ungewissheiten auszutauschen. Ein gefallenes Mädchen mit einem Kind, das sein Zuhause würde verlassen müssen. Alles, was es dazu brauchte, war, ihr die Wahrheit zu erzählen.

»Wie geht es Ihrem Mann?«, erkundigte sich Brooke.

Die Frage schien sie zu verdutzen. »Liam trägt die Last anderer Menschen ebenso tapfer wie seine eigene. Er sorgt sich um das Kind, das wir erwarten. Und dann ist da dieser arme Junge, der von uns genommen worden ist. Das empfindet er als persönliches Versagen, obwohl es doch eine böse Tat war. Aber so fühlt er sich: schuldig. Und diese Männer, die Bombenleger? Er sympathisiert mit ihren Idealen, aber nicht mit der Gewalt.« Sie lachte. »Er sympathisiert, glaube ich, mit allen Idealen – was recht selbstlos ist, nicht wahr? Er ist ein selbstloser Mann. Und schließlich muss er die Schule leiten und die ganzen Evakuierten unterbringen. Das ist eine Last, aber eine, die er selbst gewählt hat, wie er nicht müde wird, mich zu erinnern. Er war Oberlehrer; niemand hat ihn gezwungen, sich um die Stellung des Schulleiters zu bemühen, auch wenn alle wussten, er wäre wunderbar auf diesem Posten. Und das ist er auch – auf eine stille Art. Darum hilft ihm das Abendgebet. Und ich bekomme so auch einen Moment für mich allein.« Sie lächelte wieder und räumte das Strickzeug in einen Korb.

Brooke sah zur Uhr; zehn nach acht.

Edison griff den Faden auf und erkundigte sich, in welchem Ausmaß die Diözese und vor allem der Bischof sich in die Leitung der Schule einmischten.

Brooke musterte das Ziffernblatt der Uhr: silberweiß mit römischen Ziffern, versehen mit dem Namen des Herstellers und dem schnörkeligen Signet *Riley & Sons, Galway City.*

Wenn er als Kind die Stunden zwischen Schulschluss und dem Abendessen zu Hause hatte ausfüllen müssen, war er oft durch die Stadt gestreift und hatte sich die Uhren angesehen. Er hatte sie wie in Trance fixiert und gehofft, er würde einmal wirklich sehen können, wie der Minutenzeiger sich bewegte. Die silbernen Zifferblätter an dem achteckigen Turm der Foster's Bank hatten es ihm besonders angetan. Sein Vater hatte ihn einmal draußen warten lassen, während er drinnen, unter den glasierten Fliesen der atemberaubenden Kuppel, Geschäftliches zu erledigen hatte. Brooke hatte sich die Zeit auf dem gegenüberliegenden Kirchhof vertrieben und versucht, das plötzliche Voranstottern der Zeiger zu erfassen. Daraus war eine lebenslange Gewohnheit entstanden. Foster's Uhr, eine perfekt eingestellte Maschine, hatte gewonnen. Die Zeiger waren unbemerkt zum Viertelstundenschlag vorangekrochen.

Im Gegensatz dazu ruckelte die Galway-Uhr, so sehr, dass die Minuten regelrecht vorbeizuhüpfen schienen.

Brooke stellte die üblichen biographischen Fragen. Sie hatte sich vor zwei Jahren auf eine Annonce im *Catholic Herald* hin als Nachwuchslehrerin in St. Alban's beworben und das Zuhause ihrer Familie in Connemara für eine dreitägige Reise verlassen. Die Fähre, mitten in der Irischen See von einem Sturm erwischt, musste zwölf Stunden im Windschatten der Isle of Man warten.

»Fegefeuer«, sagte sie und lächelte in Anbetracht der Erinnerung. »Wir werden diesen Sommer zu Besuch nach Hause reisen.« Brooke stellte sich stürmische Böen hoch oben auf einer Klippe vor, das sonderbar durchdringende Licht vom Atlantik und eine gewundene Straße.

Liam Walsh hatte bei ihrem Eintreffen bereits zum Personal gehört. Ein Jahr später übernahm er die Stelle des vorherigen Schulleiters, eines gealterten Priesters. Am selben Tag machte er ihr einen Heiratsantrag. Seine erste Frau war an einem Magentumor gestorben. Kinder gab es nicht. Er war ihr vorgekommen wie ein problembeladener Mann, aber freundlich und großherzig. An einem heißen Junitag hatten sie in St. Alban's geheiratet, die Kinder hatten begeisterten Chorgesang beigetragen, und Pater Ward – selbst ein Neuankömmling – war der Zelebrant gewesen.

»Wir haben auf dem Spielplatz ein Hochzeitsfrühstück ausgerichtet«, erzählte sie und reichte Brooke ein Foto, das eine einzelne Reihe von Tischen auf Böcken zeigte, vor denen etliche Erwachsene standen. Aitken war gleich hinter dem Pater zu sehen, Liam Walsh hatte den Arm um die schmale Taille seiner Braut gelegt. Sogar bei Sonnenschein schien der Spielplatz von Schatten eingehegt, die tintenschwarz am Fuß der Kirche kauerten.

Die alte Uhr schritt voran und zeigte fünf vor halb neun an. Mrs Walsh hatte ihrerseits angefangen, Fragen zu stellen: über den verschwundenen Hausmeister und die Jagd nach dem Mörder des kleinen Sean. Edison lieferte ihr eintönige Antworten. Brooke hatte den Eindruck, dass sie sehr schnell aufhörte, ihm zuzuhören.

Schließlich erhob sie sich, um Koks ins Feuer zu schütten.

Die Uhr tickte. Brookes Geduld war am Ende. »Bleiben Sie am Feuer«, wies er die beiden an. »Ich bin in einer Minute zurück.«

Es war wie ein Schock, in die eisige Luft draußen zu treten. Seine Schritte hallten durch die Straße, als er wieder zum Spielplatz mit seinen drei düsteren Ziegelwächtern hinaufstieg: Kirche, Schule und Presbyterium.

Als er die Kirchentür öffnete, hörte er Schritte hinter sich. Er drehte sich um und sah Mrs Walsh in einen Mantel gewickelt mit Edison im Schlepptau herbeieilen.

Brooke wartete in der Vorhalle, bis Edison außer Atem aufgeschlossen hatte. »Mrs Walsh sagt, sie sei besorgt wegen ihres Gatten, besorgter als sie uns gegenüber hat zugeben wollen.«

»Was ist los?«, fragte sie.

Brooke stieß die Tür auf und trat ein. Die Szenerie offenbarte sich augenblicklich. Eine Reihe Kerzen, die nun heftig in dem plötzlichen Luftzug flackerten, beleuchtete das Kirchenschiff. Ihr Licht fing sich in einer vergoldeten Statue auf dem Altar auf der anderen Seite. Aber gleich vor ihnen, nur eine Silhouette vor dem Kerzenschein, hing ein Mann, dem Anschein nach an einem um den Hals gewickelten Gürtel, der an einer Lampe an einem der gemauerten Pfeiler befestigt war. Ein Stuhl war zur Seite getreten worden und umgekippt.

»Mein Gott«, sagte Edison.

»Liam?«, hauchte Mrs Walsh mit einer Betonung, in der vage der Geist einer Frage anklang.

Kein Schrei.

Brooke lief zu dem Mann, und seine Metall-Blakeys schlugen hart auf dem Steinboden auf. Er stellte den Stuhl wieder hin und rief über die Schulter: »Bringen Sie mir ein Messer.«

In dem Moment rannte Mrs Walsh davon. Edison zerrte einen Tisch herbei, der zum Auslegen der Gesangsbücher diente, und stieg hinauf. Gemeinsam mühten sie sich redlich, den verknoteten Gürtel zu lösen und mit ihm einen schweren Schlüsselbund, der sich in der Schnalle verhakt hatte. Endlich befreit fiel ihnen der Mann in die Arme.

Mrs Walsh kehrte zu spät mit dem Messer zurück. Pater Ward folgte ihr, und in seinem Schatten kam Mrs Aitken in einem Nachthemd hinterher. Als sie die reglose Gestalt auf dem Steinboden sah, schrie sie auf und rief Gott an, klammerte sich an den Pater und barg ihr Gesicht an seiner Brust.

KAPITEL VIERZIG

Liam Walsh lebte noch, aber dieses ungewollte Leben hing am seidenen Faden. Brooke fuhr im Ambulanzwagen mit, zusammen mit einer jungen Krankenschwester, die Walshs Hand hielt und ihm sagte, er solle sich keine Sorgen machen und einfach schlafen, als fühlte sie, dass seine scheinbare Bewusstlosigkeit eine Maske war, ein Schutz vor Fragen. Auf der anderen Seite des Patienten saß seine Frau, die sich dann und wann vorbeugte, um schütteres rotes Haar von seiner Stirn zu streichen. Die Schwester hatte den Kragen seines Hemds aufgeschnitten, sodass der Hals bloßlag und man den lebhaften blau-roten Schatten der Schlinge sehen konnte.

Der alte Ambulanzwagen kroch die vereisten Straßen hinunter, alle vier Räder gerieten ins Rutschen, als sie um die Ecke zur Trinity Street bogen. Auf der King's Parade wich eine Gruppe Studenten zur Seite, um den Wagen vorbeirumpeln zu lassen. Walshs Lider zuckten. Brooke glaubte zu sehen, dass Farbe in sein Gesicht zurückkehrte, und dann, im letzten Moment, als der Fahrer gerade auf den Vorhof des Addenbrooke's fuhr, schlug der Schulleiter die Augen auf.

»Schlaf, Liam«, sagte seine Frau und beugte sich dicht zu ihm. Er sah sie an, doch er schien sie nicht zu erkennen.

Eine Stunde lang saßen sie am Bett, bis ein Constable

aus dem Spinning House eintraf, den Edison, der als verantwortlicher Polizist in St. Alban's geblieben war, geschickt hatte. Auf dem Korridor vor dem Zimmer ihres Gatten bat Brooke Kathleen Walsh, Platz zu nehmen. Dann erzählte er ihr, was sie in London erfahren hatten. Sie hatte ein Recht, das zu erfahren, war es doch die Wahrheit und eine mögliche Erklärung dafür, warum ihr Mann versucht hatte, sich das Leben zu nehmen. Die Tatsache, dass der Mann, den sie liebte, dem Tode so nahegekommen war, schien die Neuigkeiten in einen brutal kalten Blickwinkel zu rücken. Ihre Reaktion wirkte gleichmütig, doch sie dankte Brooke aufrichtig, ehe sie zurückging, um am Krankenbett ihres Mannes zu wachen. Hatte er gar einen Ausdruck der Erleichterung in ihren Augen gesehen? Was, überlegte Brooke, hatte sie sich wohl ausgemalt?

Im Sunshine Ward waren die Vorhänge um ein Bett zugezogen, gedämpfte Stimmen debattierten, und Brooke hörte Claires geduldigen, ruhigen Ton heraus. Also zog er sich zurück, stolperte die Stufen hinunter und rannte beinahe direkt in Joy hinein, deren Uniform mit Blut bespritzt war. Sie sah nervös aus und dann schuldbewusst. »Tut mir leid«, sagte sie. »Es ist die Verdunkelung. Wieder ein Unfall – den Fahrer hat es übel erwischt. Ich werde eine Doppelschicht machen und meinen Teil dazu beitragen, die ganze Arbeit zu schaffen. Wir bringen mehr Leute auf unseren Straßen um, als wir vor den Bomben retten. Du siehst furchtbar aus, Dad. Geh nach Hause.«

Er legte ihr eine Hand in den Nacken und drückte ihre Wange an seine. Und dann war sie auch schon wieder fort.

Wieder draußen im Schnee angelangt, der in chaotischen Böen umherwirbelte, war sein Zuhause der letzte Ort, an den Brooke sich gewünscht hätte. Das große Haus mit den zugigen Räumen wurde heimgesucht von den Leuten, die nicht dort waren. Er dachte, er könnte schlafen, wenn er ein warmes Plätzchen fände, also machte er sich auf zu Frank Edwardes Haus. Auf dem Weg in Richtung Norden hielt er vor dem Scott Polar Research Institute inne, um die Statue des großen Forschers zu betrachten. Selten hatte sie so überzeugend gewirkt: Schneewehen kletterten an der eleganten Fassade des Gebäudes empor, Eiszapfen hingen an der Harpune auf ihrem Sockel aus Beton. Haar und Mütze auf Scotts Kopf waren vereist, und er blickte mit einem Ausdruck aggressiver Zielstrebigkeit in die Ferne, die sein reales Gesicht nie hervorgebracht hatte. Brooke hatte den Eindruck, dass er einer dieser Menschen gewesen war, deren Persönlichkeit veränderlich, ja sogar instabil zu sein schien. Was ihn an Walsh erinnerte: Was war *dessen* wahre Natur?

Fenner's, der Cricketplatz, sah aus wie ein Blatt Papier. Das Nachtlicht im oberen Fenster des Hauses am Ende der Straße brannte. Die Tür war unverschlossen, und Brooke trat ein und trottete die Treppe hinauf in die dritte Etage, wo er Edwardes wach antraf. Der Mann las ein Buch mit Hilfe einer Lupe, und seine Sammlung an Funkgeräten brummte leise vor sich hin.

Brooke nahm sich einen Stuhl und berichtete seinem ehemaligen Chief Inspector, was er Kathleen Walsh erzählt hatte; eine Geschichte, die ein überzeugendes Mordmotiv lieferte, auch wenn der sanftmütige Schulleiter sich wenig für die Rolle des Monsters zu eignen schien. Walshs Motiv, Selbstmord zu begehen, war noch klarer. Am Vorabend, während des Dreikönigsspiels, hatte Brooke Walsh erzählt, dass die Mutter des Jungen herkäme, um seinen Leichnam zu identifizieren und die Schule zu besuchen. Walsh musste die sichere Enttarnung gefürchtet haben.

»Und dann ist da noch der Geistliche, Pater Ward. Irgendetwas stimmt da nicht. Aitken, die Haushälterin, ist ihm emotional sehr nahe, sofern nicht mehr dahintersteckt. Sie ist immer greifbar. Ich urteile nicht, Frank, aber ich bin ziemlich sicher, die haben etwas zu verbergen.« Brooke sank tiefer in den Lehnsessel.

»Irgendeine Spur von dem Hausmeister?«, fragte Edwardes.

»Nein. Und das ist nicht das Einzige, was fehlt. Hendries Laster ist immer noch verschwunden. Es muss irgendwo ganz in der Nähe eine Garage geben, und möglicherweise ist Smith dort untergetaucht. Sie könnte nebenbei außerdem als Bombenwerkstatt dienen. Keine sehr verlockende Aussicht: Sprengstoff, Transportmöglichkeiten, Motiv, Gelegenheit. Alles, was Smith braucht, ist ein geeignetes Ziel. Immer vorausgesetzt, er ist noch im Lande.«

Eines der Funkgeräte brachte ein Stakkato an Morsecode hervor, den Edwardes fachmännisch in das Notizbuch in seinem Schoß übertrug. Als er fertig war, las er die Botschaft noch einmal, schüttelte den Kopf und warf den Zettel weg. Es gab stets viel Funkverkehr, wie Edwardes das nannte – Signale, die zwischen den Amateurfunkern herumflogen sowie Fragmente militärischer Signale aus Frankreich und den Benelux-Ländern, aber bisher hatte er nicht den kleinsten Hinweis auf eine verräterische ausgehende Nachricht von einem der vielfach angekündigten Nazispione der gefürchteten fünften Kolonne auffangen können.

Edwardes nippte an einem Glas Milch. »An Erpressung haben Sie natürlich gedacht. Ein aalglattes Verbrechen.«

Brooke richtete sich auf. Unten konnte er Kat mit einem Kessel klappern hören.

»Sie haben Walsh und Ward – beide haben Geheimnisse, einer ist ein Bigamist, der andere ein Gemeindepfarrer, der unter dem Dach der Kirche ein Verhältnis zu einer Witwe unterhält. Beide sind angreifbar, beide in Reichweite, während Hendrie der Gemeinde angehört und Smith in seiner Hausmeisterunterkunft im Keller haust. Erpressung, Eden. Die Kennzeichen dafür sind alle da.« Er fummelte an der Schublade in seinem Nachttisch herum. »Öffnen Sie das Fenster, ja?«

Der alte Mann zündete sich eine Zigarette an. »Der Doc sagt, ich muss aufhören. Kat auch. Ich bezweifle, dass ich irgendjemandem etwas vormachen kann.« Er tippte die Asche auf dem Silberteller ab, den man ihm zu seiner Beförderung im Jahr 1931 im Spinning House übergeben hatte. »Ihr dringlichstes Problem ist Smith. Der Rest kann warten. Sie sagen, das Muster beinhaltet zwei Bomben, und bisher haben sie nur eine gelegt, ist das richtig?«

»Das ist zweifellos die übliche Vorgehensweise: zwei Explosionen, dann löst sich die Zelle auf. Also, ja, eine Bombe muss noch gelegt werden, und wir wissen, dass er die Ausrüstung hat, den Sprengstoff, denn wir können die Bombenwerkstatt nicht finden. Und er hat Mastix, den hat er möglicherweise von Hendrie bekommen. Das ist ein gebräuchliches Material auf Baustellen. Vielleicht wollte er ihn nicht herausrücken. Das nächste Ziel könnte womöglich ambitionierter sein. Wenn Smith Zugriff auf Hendries Laster hat, dann könnte er ihn einfach mit einem zeitgesteuerten Auslöser im Stadtzentrum stehen lassen.«

Edwardes umriss, was er tun würde: Jeglichen Urlaub

streichen, Uniformierte bei Tag auf die Straßen bringen, sämtliche Garagen und Werkstätten in der Upper Town durchsuchen, sich durch die Lagerhäuser in der Nähe des Flusses am Fuß des Castle Hill arbeiten.

»Finden Sie diesen Laster, dann finden Sie auch die Bombe«, sagte er.

Brooke seufzte und schloss die Augen, doch Schlaf schien weit entfernt. »Das Problem ist, dass wir im Grunde nicht wissen, wonach wir suchen sollen, Frank. Hendrie hat jedem in St. Alban's erzählt, dass er ein Fahrzeug besitzt, aber niemand hat es je gesehen. Eine Beschreibung würde uns diese Aufgabe erheblich erleichtern.«

»Einen Vorzug haben Sie dennoch«, wandte Edwardes ein. »Konfrontieren Sie Walsh, so schnell es geht – und den Pater auch, da wir schon dabei sind. Wenn Sie deren Geheimnisse kennen, sind es keine Geheimnisse mehr. Sollte es um Erpressung gehen, so ist das Ihre große Chance, denn dann hätten die nichts mehr zu verlieren.«

KAPITEL EINUNDVIERZIG

Wieder daheim befolgte Brooke Aldiss' Schlafreglement: Er aß, was von einem Shepherd's Pie im Ofen übrig und immer noch warm war, nahm ein Bad auf dem Dachboden und legte sich bei offenem Fenster in das dunkle Schlafzimmer. Der Fluss war noch immer unter Eis erstarrt, sodass weder vom Wehr noch von der Schleuse stromabwärts Geräusche herüberwehten. Das Letzte, was er hörte, war der Ruf einer Eule auf den Auen, und er stellte sich vor, wie sie zwischen den alten Gaslampen herabschoss, die den Weg für Schlittschuhläufer ausleuchteten. Aber jetzt waren dort draußen keine Schlittschuhläufer. Er hatte Joy wegen des vereinbarten Eislauf-Ausflugs enttäuscht, was er wieder gutmachen musste, sofern sie die Chance dazu bekamen. Er hörte die Uhr drei schlagen und schlief ein.

Beim Erwachen empfing ihn ein ganz besonderes Geräusch, das Klirren von Glas, hervorgebracht von den Kugeln und Tropfen in dem Reif aus Drahtgeflecht im Wohnzimmer, dem einzig noch erhaltenen Kronleuchter des Hauses. Draußen hatte ein Hund die Eule ersetzt, und zwei andere Hunde antworteten ihm irgendwo in der Stadt. Er schaltete das Licht an. Als er nach dem Wasserglas auf dem Nachttisch griff, fielen ihm die konzentrischen Kreise auf, die die Wasseroberfläche kräuselten. Während er auf dem Bett saß, lag seine Hand auf dem weißen, verschlissenen Leinenlaken, wo sie groben Staub ertastete, der von der alten Zimmerdecke gefallen sein musste.

Als er aufstand und gerade ans offene Fenster treten wollte, hörte er etwas, das wie eine Explosion klang. Ein deutliches *Karump* kündete von sich faltendem Metall, direkt gefolgt von dem dumpfen Schlag der Schallwelle, der das alte Gebäude bis in die Grundmauern erschütterte. Außer ihm war niemand im Haus, also schlüpfte er einfach wieder in seine Kleidung und hastete die Treppe hinunter. In dem Milchglasfenster über der Tür hatte sich ein Riss gebildet, der über die ganze Höhe reichte.

Er verriegelte die Tür und fing an zu rennen. Es hatte geschneit, und es schneite noch, sodass er auf sicheren Halt achten musste. In der näheren Umgebung war keine Spur von Flammen oder Rauch zu sehen. Die Explosion musste sich ziemlich weit entfernt ereignet haben und enorm gewesen sein, wenn ihre Auswirkungen selbst noch an diesem entlegenen Abschnitt des Flusses so spürbar waren.

Als er Coe Fen überquerte, sah er ein Polizeifahrzeug in der Ferne, das auf der Straße nach Süden in Richtung Bahnhof fuhr. Was hatte Jo Ashmore gesagt, als er sie in ihrem Beobachtungsposten auf dem Dach besucht hatte? *Wenn ich an deren Stelle wäre und es auf internationalen Budenzauber angelegt hätte, dann würde ich mir einen Munitionszug vornehmen.*

Am Speaker's Corner stand eine Gruppe von Leuten mitten auf der Kreuzung: drei Luftschutzhelfer, ein Constable und zwei Posten in Militäruniform aus dem Lager auf Parker's Piece. Der Konsens lautete, dass es in dem Gebiet nördlich des Bahnhofs zu zwei Explosionen gekommen war. Dort befand sich ein Verschiebebahnhof. Brooke begleitete den Constable zu einer Polizeizelle und wies ihn an, das Revier anzurufen. Der diensthabende Sergeant im Spinning House konnte mit genaueren Informationen dienen: Der Offizier vom Dienst in Madingley Hall hatte durchgeklingelt und um Unterstützung beim Abbey Depot gebeten, einem Komplex aus Eisenbahnschuppen und Abstellgleisen in dem Marschland am nördlichen Stadtrand. Brooke kannte die Gegend gut; in den Jahren nach dem Großen Krieg hatten Diebe die Bahnanlagen beinahe jede Nacht heimgesucht und nach allem gestöbert, das sie verkaufen oder essen konnten. Am Ende hatten sie einen Constable abgestellt, der regelmäßig eine Runde über das Gelände drehte.

Zwar schneite es nach wie vor, aber der Wind hatte sich gelegt, also blieb Brooke stumm bei dem Constable in der Polizeizelle stehen und rauchte eine Zigarette, eine Gewohnheit, die er sich in der Wüste zugelegt hatte, wo er stets zur Zigarette gegriffen hatte, sobald eine wichtige Entscheidung zu treffen war. Manchmal war es um Leben und Tod gegangen: ob sie vorrücken oder sich zurückziehen sollten, lagern oder die Nacht durchmarschieren. Seine Männer hatten dann still gewartet, während er versucht hatte, sich für einen Moment von ihnen abzusondern, um seine Möglichkeiten unter Anwendung aller Logik, die er aufzubringen imstande war, durchzugehen. Er fand, dass er ihnen zumindest das schuldig war und sich nicht mit den üblichen halbgaren Befehlen begnügen durfte, die oftmals nicht auf militärischen Informationen beruhten, sondern auf dem überwältigenden Bedürfnis, Befehlsgewalt auszuüben und Peinlichkeiten aus dem Weg zu gehen.

»Wer weiß, was da wirklich passiert ist«, sagte er schließlich, und sein Atem kondensierte in Form einer weißen

Wolke. »Ich gehe zum Schauplatz. Wenn ich eine ausreichend gute Vorstellung davon habe, was vorgefallen ist, rufe ich von einem Stellwerk aus im Spinning House an. Inzwischen gehen Sie zurück zum Revier und weisen den Diensthabenden an, das Krankenhaus zu alarmieren – die müssen sich bereithalten. Funkstreifenwagen sollen an den wichtigsten Straßen, die aus der Stadt hinausführen, Position beziehen. Alle Fahrzeuge müssen angehalten und durchsucht werden. Außerdem sollen sie beim Observer Corps anfragen – es gibt einen Posten bei Kew's Mill am Bahnhof. Die könnten mehr wissen.« Er warf einen Blick zur Uhr. Beinahe fünf. »Alles verstanden?«

Der Constable nickte.

»Dann los«, sagte Brooke. »Aber nicht rennen!« Regel Nummer eins für Constables: Niemals rennen, wenn es nicht eindeutig darum ging, Leben zu retten. Der Anblick eines rennenden Polizisten lud schlicht zu Panik in der Bevölkerung ein.

Brooke unterlag in seiner Zivilkleidung keinen derartigen Beschränkungen. Er rannte hinüber zu der Eisenbahnbrücke nach Romsey Town und im Zickzack immer weiter nach Norden, bis sich vor ihm eine öde Allmende ausdehnte, hinter der in einiger Entfernung der Fluss lag. Die Zufahrtsstraße zum Verschiebebahnhof war mit einem eisernen Tor ausgestattet, doch das stand offen und ein gepanzerter Wagen parkte auf der anderen Straßenseite. Brooke zeigte seinen Dienstausweis vor. Der Fahrer des Militärfahrzeugs hatte die Explosionen gehört und seinen CO hergefahren. Brooke rannte weiter, vorbei an Eisenbahnschuppen und Kränen und zu einem Stellwerk, an dem er Licht sehen konnte.

Während er die Stufen hinaufstieg, schaute er sich auf dem Verschiebebahnhof um. Die Schienen funkelten, aber er sah keine Flammen, nur eine kleine, verwehte Rauchwolke. Das Schneefeld schien unberührt. In der Ferne konnte er die Hecklichter eines Güterwagens sehen und dahinter einen ganzen Zug, der sich in die Finsternis erstreckte.

In dem Stellwerk telefonierte ein Captain der Army, während der Stellwart einen Plan des Verschiebebahnhofs auf einem Kartentisch ausbreitete. Über sich hörten sie ein Flugzeug im Tiefflug vorbeisausen. Der Captain knallte den Hörer auf die Gabel, nickte kurz, als Brooke ihm seinen Dienstausweis vorlegte, und forderte alle auf, sich bereitzuhalten, ehe er die Innenbeleuchtung ausschaltete und sie in tiefe Finsternis stürzte.

»Geduld, Gentlemen, ich habe uns ein wenig himmlisches Licht bestellt«, sagte er, und sie sahen ein Streichholz aufflammen, als er sich eine Zigarette anzündete. »Vielleicht besser draußen«, fügte er hinzu und stieß eine Tür auf der anderen Seite auf, die hinaus zu einer Beobachtungsplattform oberhalb des Hauptgleises führte.

Eine Minute zog dahin, in deren Verlauf sie viele Geräusche vernahmen, die auf Aktivitäten im Licht von Taschenlampen hindeuteten, während sich Männer in Gruppen einen Weg über den unter ihnen liegenden Bahnhof suchten.

Der erste Suchscheinwerfer flammte mit einem tiefen Brummen auf.

Bald beleuchteten drei Scheinwerfer die Szenerie, jeder montiert auf der Ladefläche eines Armeelasters. Das Erste, was Brookes Blick anzog, war eine ramponierte Dampflok, zweihundert Tonnen Messing und Stahl, die keine fünfzig Yard vom Stellwerk entfernt auf der Seite lag; nicht auf dem

Hauptgleis, sondern daneben. Dampf entwich aus geborstenen Rohren. Die Lok lag in einer runden Vertiefung, einer Drehscheibe, die dazu diente, die Lokomotiven zu wenden oder sie von einem Nord-Süd-Gleis auf ein Ost-West-Gleis umzuleiten. Die zentrale Drehbrücke, von der die Lokomotive gestürzt war, hing in Form eines verdrehten Stücks Stahl auf ihrem Ankerpunkt. Im Führerhaus der Lok winkte ein Mann mit einer Mütze. Zum ersten Mal sahen sie Flammen aufflackern, vermutlich aus ihrem eigenen Feuerkasten.

Ein Mann in einem gutgeschnittenen Mantel mit Pelzkragen gesellte sich zu ihnen und stellte sich dem Captain als Bezirksingenieur von GER, der Great Eastern Railway, vor.

»Jesus«, sagte er, während er den Schauplatz beäugte. »Die wussten, was sie wollten. Eine Bombe?«

»Ja«, entgegnete der Captain. »Direkt am Fuß der Drehachse angebracht. Musste gar nicht so groß sein, aber das Timing war perfekt. Die Lok stand auf der Brücke. Der zweite Knall kam von ihrem Aufschlag. Die Frage ist – müssen wir das in Ordnung bringen? Die zweite Frage lautet: Wenn wir müssen, wie lange wird das dauern?«

»Irgendwelche Opfer?«, fragte Brooke.

Der Captain schüttelte den Kopf.

Wieder zurück im Stellwerk benötigte der Ingenieur zehn Minuten, um die Fragen des Captains zu beantworten. Die Drehscheibe musste repariert werden. Cambridge hatte keine andere Möglichkeit, die Munitionszüge abzufertigen, um die Waffen zu den Häfen an der Ostküste zu transportierten. Es gab keine Verzweigung, die eine Richtungsumkehr in drei Zügen ermöglicht hätte, und auch keine Wendeschleife, die ein Zug majestätisch hätte umrunden können. Allerdings gab es zwanzig Meilen weiter nördlich in Ely eine. Die zu nutzen würde den Fahrplan jedoch um Stunden verzögern. Eine andere kurzfristige Lösung gab es nicht. Die Drehscheibe musste wiederhergestellt werden, und das könnte in drei Monaten zu schaffen sein.

Brooke hatte genug gehört.

»Sie sagen, der Zeitpunkt der Explosion war perfekt geplant. War dazu Sichtkontakt notwendig?«

Der Captain nickte und sah Brooke zum ersten Mal an. »Ja – ohne Sichtverbindung geht es nicht. Sie haben natürlich recht. Es sei denn, die hatten einfach nur Glück. Aber das sieht nicht nach Glück aus, nicht wahr? Es sieht aus, als hätte sich das ein kluger Kopf ausgedacht.«

Brooke hörte Hunde bellen. »Der Verschiebebahnhof wird durchsucht?«, erkundigte er sich.

»Ja. Sie haben Hunde dabei, um die Züge zu kontrollieren. Wer weiß, vielleicht nehmen die ja Witterung auf.«

Brooke folgte dem Gebell. Ein Pfad führte unterhalb des Hauptgleises durch einen feuchten Tunnel und hinaus in die dahinterliegenden Felder. Die Hunde waren vor ihm, eine Meute von einem halben Dutzend, deren Fell vor dem Hintergrund aus Schnee schimmerte, als sie ihre Hundeführer mit sich zerrten. Die Art, wie sie im Chor anschlugen, deutete an, dass sie tatsächlich einen Geruch aufgefangen hatten.

Der Boden stieg nach Norden hin zu einer Baumreihe an, in deren Windschatten eine kleine Kirche stand, die sein Vater immer als Leprakapelle bezeichnet hatte; ein normannisches Juwel, umgeben von einer Düne aus Schnee, die so hoch war, dass die Fassade beinahe bis zum Dach hinter ihr verschwand. Einst war sie eine Zuflucht für die Ausgestoßenen gewesen, und nun waren die Hunde einem anderen Außenseiter auf der Spur.

Brooke versuchte, im Schnee zu laufen, aber seine Stiefel rutschten nach links und rechts, weshalb er den holprigen Pfad, den die Männer hinterlassen hatten, genau im Auge behalten musste. Als er dann wieder aufblickte, stellte er erstaunt fest, dass sie schon wieder zurückkamen, angeführt von einem großen Mann in Eisenbahneruniform. Mit dem offenen Hemdkragen sah er aus, als würde er an einem Sommerabend einen Spaziergang mit seinen Hunden machen.

Brooke zeigte seinen Dienstausweis vor.

»Nichts zu sehen«, informierte ihn der Eisenbahner. »Die Schritte verlieren sich an der Straße. Dort gibt es Reifenspuren. Es hat wohl ein Fahrzeug gebraucht, um die Bombe nahe genug heranzuschaffen. Das war eine höllische Explosion. Selbst mit einem Wagen – ein Schwächling kann der Bombenleger nicht sein.«

Brooke dankte den Männern und ging weiter. Der Pfad führte zur Straße, die, von den Reifenspuren abgesehen, unter einer perfekten Schneedecke begraben lag. Aber dem Eisenbahner war ein wesentliches Detail entgangen. Die Geometrie der Spuren war zu komplex, um sie zu entschlüsseln, aber zwanzig Yard weiter oben an der Straße war das Muster klar. Es gab sechs Spuren, drei führten her, drei wieder weg, und es gab keine Überschneidungen, verursacht von Hinterrädern, die über die Spur der Vorderräder rollten. Die kurze Achse bestätigte Brookes Diagnose: ein dreirädriger Lastwagen. Nicht unverwechselbar, aber schwer zu verstecken.

KAPITEL ZWEIUNDVIERZIG

Brooke steuerte die Nil-Liege in seinem Büro an. Die Couch war als Ruhebett ausersehen, doch wenngleich er regelmäßig auf ihr zusammenbrach, wenn sein Körper ihn mit Schlaflosigkeit plagte, wurde er selten mit einem Schlummer belohnt. Wollte er sein Bewusstsein wirklich abschalten, so begab er sich in eine der Zellen im Untergeschoss, aber an diesem Abend ging es im ganzen Gebäude zu wie in einem Bienenkorb. Officers kamen und gingen. Der Chief Constable war unerhörterweise auch schon wieder in Erscheinung getreten und hatte einen Fotografen der *Cambridge News* im Schlepptau.

Brooke hatte etliche Militärfahrzeuge im Hof des Reviers stehen sehen. Folglich hatte er sich in den dritten Stock zurückgezogen, sich hinter den Fensterläden versteckt und die Füße hochgelegt. Derweil fanden in Carnegie-Browns Büro Diskussionen auf höchster Ebene statt. Aber bevor Brooke sich ins Getümmel werfen konnte, brauchte er etwas Ruhe, zehn Minuten, eine halbe Stunde; er würde nehmen, was immer er kriegen konnte. Und zur Abwechslung wurde ihm tatsächlich das Geschenk des Schlafs zuteil. Nach dem Lauf über schneebedeckte Felder zur Leprakapelle war er bis auf die Knochen durchgefroren, weshalb die plötzliche Wärme im Spinning House ihn fällte wie einen Baum.

Edison weckte ihn mit einer Tasse Tee. Durch die Schlitze im Rollo war die Morgendämmerung erkennbar.

Der Sergeant ließ theatralisch einen schweren Schlüsselbund auf Brookes Schreibtisch fallen, während er an seiner eigenen Tasse nippte.

»Walshs Schlüssel. Die, die wir von seinem Gürtel haben. Ich habe vergangene Nacht, als Sie zum Krankenhaus aufgebrochen sind, beschlossen, sie in Obhut zu nehmen. Es hat zwar eine Weile gedauert, aber ich konnte sie Stück um Stück zuordnen: Schlüssel für die Kirche, die Schule, sein Haus. Womit dieser übrig ist.« Edison öffnete seine Hand, in der ein alter Eisenschlüssel mit einem derben Bart zum Vorschein kam. »Die Frau hat das Haus offengelassen, also habe ich mich ein bisschen umgesehen.«

Edison hüstelte, die denkbar deutlichste Form, in der er einen Verstoß gegen die Regeln je einräumen würde, von einem Verstoß gegen das Gesetz ganz zu schweigen. »Tatsächlich gibt es da eine Tür unter der Treppe, die zu einem kleinen Keller führt. Der Schlüssel hat sich mühelos drehen lassen, das Schloss war gut geölt. Unten gab es nicht viel zu sehen bis auf einen sauber gefegten Betonboden und ein paar fast leere Säcke, die ein trockenes, ätzendes Pulver enthalten haben. Die Grafschaft hat einen Mann in der Universität, den sie öfter beauftragen. Der wird uns genaue Einzelheiten liefern, aber ich habe schon mal eine Handvoll zu einem mir bekannten Chemiker gebracht, der einen Laden in Chettisham hat. Er war ein bisschen verschlafen, hatte aber keinen Zweifel: Kaliumchlorid. Wenn es um Paxo geht, ist das Zeug sozusagen der Salbei zu Zwiebel und Salz. Eine tödliche Mischung.«

Mit einem befriedigten Seufzer nahm Edison Platz.

»Und es ist alles weg?«, hakte Brooke nach.

»Bis auf ein paar Krümel. Ich schätze, der Rest ist dafür draufgegangen, diese Lokomotive aus den Schienen zu blasen. Das dürfte Smiths Werk gewesen sein.«

»Walsh war ein Komplize«, sagte Brooke kopfschüttelnd. »Doch der ist kaum der Typ des verzweifelten Fenier-Helden, was?«

»Gibt solche und solche.«

Brooke sagte Edison, er möge sich ausruhen, während er frischen Tee aus der Kantine holte. Als eloquente Geste der Belobigung fügte er noch einige Kekse hinzu.

Die Auswirkungen dieser Entdeckung waren beiden klar, aber Brooke, der am Fenster stand, sprach sie dennoch aus.

»Also gehört Walsh zu dieser Zelle – entweder aus freien Stücken oder, was wahrscheinlicher ist, gezwungenermaßen. Die Bombenwerkstatt in seinem Keller führt uns zu der Frage: Wie viel hat seine Frau gewusst? Oder geahnt. Durch die Ankunft des kleinen Sean drohte Walsh die Enttarnung, was die ganze Zelle in einem entscheidenden Moment in Gefahr gebracht hätte, nicht zuletzt, weil sie dadurch eventuell ihre Macht über ihn verlieren konnten. Das Kind stirbt also. Wie? Das wissen wir immer noch nicht. Walsh wird reden, wenn er kann, denn er hat nichts mehr zu verbergen. Aber vielleicht weiß er nicht alles.«

Edison enteilte in das Büro der Sergeants, um sich nach dem Stand der Suche nach Joe Smith zu erkundigen. Brooke ließ sich telefonisch vom Addenbrooke's über den Zustand des Schulleiters informieren.

Liam Walsh war sediert worden und würde mindestens noch sechs Stunden ohne Bewusstsein bleiben, möglicherweise länger. Man war besorgt, ob sein Herz stark genug war. Als Brooke das Gespräch beendete, informierte ihn das Mädchen in der Vermittlungsstelle, dass der Detective Chief Inspector ihn in ihrem Büro sehen wolle. Der exakte Wortlaut enthielt eines der frostigsten Worte aus Carnegie-Browns Repertoire: *Umgehend.*

Sie begrüßte ihn mit einem Nicken in Richtung des freien Stuhls vor ihrem beeindruckenden Schreibtisch. Sie hatte eine Stunde mit dem Chief Constable, einem ehemaligen Militäroffizier und frisch geadelten Peer, zugebracht, und in ihrer Haltung drückte sich ein Hauch unterdrückten Ärgers aus.

»Rauchen Sie, wenn Sie wollen«, sagte sie und holte ein silbernes Etui, säuberlich gefüllt mit ihrer Lieblingssorte, und ein Feuerzeug mit Tartanmuster hervor.

»Bis zu einem gewissen Grad dürfen wir uns entspannen«, fügte sie nach einer Lungenfüllung Nikotin hinzu. »Nach dem Ermessen des Militärs in Madingley, aber vor allem dem von Scotland Yard, ist unser Attentäter weitergezogen. Bisher hat jede Zelle *maximal* zwei Bombenanschläge ausgeführt. Die schlechte Nachricht lautet, dass diese Bombe erheblich ausgeklügelter war als ihre Vorgänger. Das Home-Office hat eine Geheimhaltungsverfügung erlassen, also wird das nicht in die Presse kommen, jedenfalls nicht mehr in diesem Jahr. Man wird eine Razzia bei bekannten IRA-Sympathisanten in Liverpool, Birmingham, West London und Glasgow durchführen. Es herrscht …«

Sie setzte eine Brille auf und las die Notiz auf ihrer Schreibunterlage.

»Es herrscht ›absolute Entschlossenheit‹, die Effektivität

des S-Plans zu bremsen. Aber wie ich zu sagen pflege, die Karawane ist weitergezogen, überwiegend verfolgt sie jetzt Smith. Für uns bleibt übrig, die hiesige Zelle auszuräumen – und uns zu vergewissern, dass Smith nicht doch noch in der Stadt ist. Was ich offen gesagt für sehr unwahrscheinlich halte. Besonders, wenn ihm, wie Sie berichtet haben, ein Fahrzeug zur Verfügung steht. Dieser Walsh ist offenbar hier angeworben worden, also wird er nichts wirklich Wichtiges wissen.«

»Er könnte wissen, wer das Kind getötet hat.«

»In der Tat. Aber Smith genießt Priorität, Brooke. Er könnte unter den Aktivisten des S-Plans eine hohe Position bekleiden, trotz seines Alters. Oder gerade deswegen. Wenn wir ihn also finden können, dann müssen wir ihn finden. Das Fahrzeug?«

Brooke informierte sie über das Dreirad.

»So etwas ist zu auffällig, um es einfach auf der Straße zu parken«, sagte Brooke. »Es muss also irgendwo eine Garage geben. Da sind wir jetzt dran, Ma'am.«

»Ich verstehe. Halten Sie mich auf dem Laufenden. Machen wir weiter.«

Sie schlug die Akte zu und eine andere auf.

»Womit wir zur königlichen Visite kommen. Downing Street hat das Programm festgelegt, und ich nehme an, man ist bestrebt, sich unerschrocken zu zeigen. Wenn die Eisenbahnbombe nicht in den Zeitungen oder im Radio in Erscheinung tritt, warum sollte man dann den VIP-Besuch in unserer schönen Stadt absagen? Sie erkennen die Logik. Also nehmen Sie Verbindung zur Grafschaft auf, Brooke. Unsere Sicherheitsvorkehrungen müssen unüberwindbar sein. Man sagte mir, dass wir auch mit Tauwetter rechnen können, also wird das Fußballspiel wohl der Höhepunkt des Tages werden. Der Prinz freut sich dem Vernehmen nach schon sehr darauf. Für seine Sicherheit zu sorgen ist unsere vordringlichste Aufgabe. Ich bin überzeugt, ich kann mich auf Sie verlassen.«

KAPITEL DREIUNDVIERZIG

Brooke verbrachte einen Tag an seinem Schreibtisch; wie angewiesen vorwiegend mit der Zusammenstellung der letzten Einzelheiten zu dem Besuch Seiner Königlichen Hoheit, Prinz Henry. Außerdem kontaktierte er das Home Office wegen Grenzkontrollen für die Fahndung nach dem flüchtigen Hausmeister. Ein Paket mit Smiths Fahndungsfoto sollte den Beamten auf der Isle of Man geschickt werden, um die Fotos zu ergänzen, die an den Häfen in Umlauf waren. Alle wichtigen Eisenbahnunternehmen wurden gebeten, an sämtlichen größeren Bahnhöfen, vor allem an den Endpunkten in London und Glasgow, die Augen offenzuhalten.

Regelmäßig rief Brooke im Addenbrooke's an, aber Walsh war immer noch zu krank oder zu vollgepumpt mit Medikamenten, um mit ihm zu sprechen. Seine Frau war nicht von seiner Seite gewichen. Wenn sie sich Walsh und die pflichtbewusste Kathleen nicht bald vornehmen konnten, würden sie sich ihre Antworten anderenorts verschaffen müssen. Was wussten beispielsweise der Gemeindepfarrer und seine Haushälterin über die Geheimnisse von Walsh und Smith? Waren sie selbst widerstrebende Komplizen gewesen? Brooke stationierte einen Funkwagen vor der Kirche, um sie rund um die Uhr zu überwachen. Er wollte nicht erleben, dass noch ein Vögelchen davonflog.

Am Tresen des *British Restaurant*, einer von der Regierung betriebenen Kantine, in der herzhafte Speisen serviert wurden, tauschte er mit Edison Informationen aus. Über ihren Köpfen, weitgehend unbemerkt von den Arbeitern, die darunter aßen, befand sich eine edle Stuckdecke, an der Bilder von Zirkeln und Winkeln in Trompe-l'Œil-Malerei prangten, Beleg für die frühere Nutzung des Gebäudes als Freimaurerloge. Die Kulisse wertete den Speiseplan ein wenig auf. Bei Fleisch (nicht spezifizierbarer Art) und zwei Stücken Gemüse (von Edison mit all der Würde eines Kleingartenveteranen begutachtet) diskutierten sie die Chancen, Smiths Dreirad-Laster aufzuspüren.

Edison war nicht faul gewesen. Die Wartung von Dreirädern war in mancher Hinsicht eine Aufgabe für Spezialisten. Der Motor, der eine Treibstoffmischung aus Benzin und Öl benötigte, gehörte im Grunde zu einem Motorrad. Es gab sechs Werkstätten in der Stadt, die über den nötigen Sachverstand verfügten, allerdings konnte im Grunde jede Benzinpumpe zum Betanken verwendet werden, solange man das notwendige Zweitaktöl beimischte. Dafür legten sich manche Fahrer einen eigenen Vorrat an.

Sie teilten die Liste, die insgesamt ein Dutzend Anlaufstellen umfasste, untereinander auf und gingen getrennter Wege.

Draußen war es kalt, aber nicht eisig. Carnegie-Brown hatte recht, kühles Tauwetter lag in der Luft, eine Wohltat nach den vielen Stunden in seinem stickigen Büro. Der erste Werkstatteigner erinnerte sich gar nicht an ein Dreirad. Der beliebte Handwerkerwagen benötige, wie man Brooke erklärte, nur wenig Wartung, was auch der Grund war, dass er von etlichen kleineren Geschäften in der Stadt genutzt wurde. Die meisten Eigentümer waren Motorrad-Enthusiasten, die diese Wartungsarbeiten kostengünstig daheim durchführen konnten. Tatsächlich war die Begeisterung für die Zwei-Takt-Maschinen so groß, dass die meisten es sogar *vorzogen*, sie selbst zu warten.

»Ehrlich, es ist schwieriger, so einen Scheißmotor anzuhalten, als ihn zu starten. Das sind verdammte Wunderwerke«, sagte der erste Werkstatteigner. »Von denen bekommen wir nichts zu sehen, außer zum Tanken.«

Brooke marschierte weiter. Ein früher Sonnenuntergang überzog die Schneeverwehungen am Straßenrand mit orangefarbenen und goldenen Lichtpfützen. Der zweite Werkstatteigentümer hatte zwei oder drei regelmäßige Kunden, aber keiner von ihnen hatte einen Akzent, der ihn nach Irland oder ins East End verortete. Dasselbe galt für die Werkstätten drei, vier und fünf.

Die Crossways Garage stand an der alten Küstenstraße, ungefähr eine Meile nördlich der Upper Town. Ein kahler Abschnitt einer Straße mit nur einer Fahrbahn zog sich in die Ferne in Richtung der Fens. Der Eigentümer bot Brooke Tee an, denn der sehe, wie er meinte, müde und hoffnungslos aus. Sein eigener Sohn sei ein Constable in London, auch wenn er wohl sehr bald einberufen werden würde. Er hatte vier Dreiradbesitzer unter seinen Stammkunden, aber keiner passte auch nur ansatzweise zu der Beschreibung, die Brooke ihm lieferte.

»Natürlich gibt es manchmal auch Kunden, die nur einmal reinkommen«, fügte er hinzu. »Ich hatte einen vor einem Monat, höchstens. Dachte, er wäre ein Yankee, aber als ich ihm das gesagt habe, hat er nur gelacht. Die sieht man heutzutage ganz schön oft – ist Ihnen das auch aufgefallen? Piloten, schätze ich, die unsere Flugplätze ausprobieren. Wenn es richtig losgeht, kommen die uns vielleicht retten, was?

Er war einmal hier, wie gesagt. Die Bremsseile waren hin, und das ist eine furchtbare Arbeit, weil die Dinger innerhalb der Plastikummantelung rosten. Man muss sie rauszerren. Hab ich getan. Er hat sogar geholfen, darum hatten wir Zeit, uns ein bisschen zu unterhalten. Netter Kerl. Aber ich erinnere mich nicht mehr an den Laster, tut mir leid.« Er zuckte mit den Schultern. »Danach ist er nie wiedergekommen.«

Brooke starrte in den kleinen Ofen. Draußen war es beinahe vollständig dunkel.

Der Werkstattbesitzer zündete sich eine Pfeife an. »Aber *gesehen* habe ich ihn noch mal. Jedenfalls glaube ich das. Ist schließlich eine kleine Stadt. Ich war unten beim *Old Ferry*, kennen Sie das?«

Brooke nickte. Das war das Gasthaus am Fuß des Pound Hill, hundert Yards entfernt von Honey Hill.

»Gegenüber habe ich ihn gesehen, zu Fuß. Ist aus einer Gasse gekommen, die runter zum Fluss führt, auf der Rückseite der Colleges. Daran erinnere ich mich, weil wir uns auf der Straße begegnet sind und er mich wie Luft behandelt hat. Dabei war er so nett, wie man es sich nur wünschen kann, als er noch was von mir gewollt hat.«

Brooke brauchte zwanzig Minuten, um die beschriebene Stelle zu erreichen.

Das Gasthaus war geöffnet, zwei große Feuer brannten im Inneren. Arbeiter drängelten sich zum Tagesende um beide herum.

Brooke setzte sich mit einem halben Pint an ein Erkerfenster und sah zu, wie die Welt vorüberzog. Die Straße war zur Feierabendzeit recht belebt, das Pflaster im Dämmerlicht schlüpfrig, matschig und feucht. Gleich gegenüber lag eine schmale Gasse, nicht breiter als ein durchschnittlicher Wagen, die sich zwischen Läden entlangschlängelte. Der frisch gefallene Schnee war weich. Schmelzwasser gurgelte in den Abflussrohren. Am Ende der Gasse stand ein großes, mittelalterliches Gebäude mit gemeißelten Stürzen aus Stein und einem einst prächtigen Torbogen über dem Eingang, das Ähnlichkeit mit einer Scheune hatte. Dahinter, auf der anderen Seite einer Wiese, befand sich das St. John's College. Auf einem kleinen Schieferschild stand in geätzter Schrift zu lesen:

School of Pythagoras

Aus der Nähe konnte Brooke erkennen, dass das Gebäude ziemlich verfallen, das Dach jedoch noch in Ordnung war. Die Doppeltür zum »Scheunen«-Teil war mit einer schweren Kette und einem Vorhängeschloss gesichert. Über dieser Tür befand sich ein kleines Schutzdach aus Blech, das an dem alten Mauerwerk befestigt worden war, um den Eingang ein wenig abzuschirmen. In dem Schnee darunter zeichnete sich ein Gespinst dreier paralleler Reifenspuren ab.

KAPITEL VIERUNDVIERZIG

Mit ausgreifenden Schritten machte Brooke sich auf den Weg zu seinem alten College, marschierte über die Great Bridge und durch das dahinter liegende Bridgetown, in dem die Lichter der Geschäfte von vereisten Straßen reflektiert wurden. Die Dunkelheit hatte das zögerliche Tauwetter eingefroren. Im Schatten des Turms von St. John's bog er in das alte Ghetto ab. Hier in den schmalen Gassen war kein Schnee mehr zu sehen, aber die vormals feuchten Steine waren nun mit Eis überzogen, auf dem seine Budapester keinen Halt fanden. Er musste beide Hände einsetzen, um zwischen den eng beisammenstehenden Wänden Halt zu finden. Am Michaelhouse musste er nicht erst seinen Siegelring einsetzen, um das übliche Klopfsignal zu geben, denn die Tür stand offen. Studenten stürzten herein, eilten zu den offenen Kaminen und ihrem Abendessen.

Doric, der dabei war, einen Besucher einzutragen, musste seinen Dienst gerade erst angetreten haben, denn er trug noch den schwarzen Mantel und die Melone, die ihm das College zur Verfügung gestellt hatte. Ohne ein Wort ging Brooke an ihm vorbei und in den getäfelten Raum hinter dem Schalter, wo er sich, außer Sichtweite, gleich neben den glühenden Kohlen vor den Kamin setzte. Dieser Raum, den er als Student bewundert hatte, glänzte mit der verwitterten, polierten Patina einer Schiffskajüte. Das Nebeneinander des rührigen Geschehens am Schalter im Vorraum und der Ruhe in diesem versteckten Schlupfloch hatte etwas zutiefst Behagliches an sich.

Als der Besucher abgefertigt war, gesellte sich der Pförtner zu ihm.

»Unter Null, aber der Fluss ist frei von Eis«, sagte Doric, nahm die Melone ab und hängte sie behutsam an einen Messinghaken, ließ den Mantel jedoch an. Vor dem Feuer führte er eine Art stationären Marsch auf, hob abwechselnd seine Füße um ein oder zwei Zoll und stellte sie wieder ab. Brooke nahm an, dass er sich diese Gewohnheit zugelegt hatte, als er in kalten Nächten in Kapstadt oder Transvaal Wache gestanden hatte.

»Ich brauche Ihre Hilfe«, sagte Brooke. »Kennen Sie den Nachtpförtner von St. John's?«

Er kannte nicht nur ihn, sondern auch die School of Pythagoras.

»Die vermieten, Mister Brooke, und das macht reichlich Ärger. Das sagt jedenfalls Griffiths – das ist mein Kollege. Schimpft ständig, der Mann, weil die Bewohner in der einen Woche nicht bezahlen und in der nächsten auf und davon sind. Was wirklich eine Schande ist, sagt er, weil einer der Stipendiaten, ein Historiker, darauf beharrt, dass dies das älteste Haus in der Grafschaft sei – von der Stadt gar nicht zu reden. Älter als die *Universität*, Mister Brooke.« Doric legte eine kurze Pause ein, um seine Worte wirken zu lassen. »Das war auch nie eine Schule und hat nichts mit Pythagoras zu tun.«

Dorics Finger flatterten. »Er sagt, die Familie, die es erbaut hat, hat es einem College in Oxford verkauft, ausgerechnet. Die haben dann ihre Studenten zur Klausur dort hingeschickt. Vielleicht waren einige davon Mathematiker, das könnte es erklären.«

Das war eine lange Rede, und Doric wirkte regelrecht erschöpft. Also schüttelte er den Mantel ab und nahm auf einem Stuhl Platz, der auf der Seite stand und ihm erlaubte, den Eingangsbereich im Auge zu behalten. Wieder kam Bewegung in seine Füße, beinahe, als säße er an den Pedalen der College-Orgel.

»Mir geht es um den derzeitigen Bewohner«, sagte Brooke. »Tun Sie mir einen Gefallen, Doric. Rufen Sie diesen Griffiths an und sagen Sie ihm, ein Constable wird die Schlüssel abholen. Ich muss eine Durchsuchung vornehmen und eine Wache aufstellen. Instruieren Sie ihn, er soll das für sich behalten.«

Am Ende ging Brooke aber selbst hin, außerstande, seine Neugier zu bezwingen. Der Pförtner übergab ihm mit einem knappen Nicken den Schlüssel, nachdem Doric ihn telefonisch vorgewarnt hatte. Gemäß den Unterlagen war der derzeitige Bewohner ein Bauer namens Jackson, der eine Adresse in den Fens in der Nähe von Chatteris angegeben hatte. Brooke bahnte sich einen Weg durch die alten Höfe des Colleges und über die Seufzerbrücke zu den viktorianischen Gebäuden. Hinter ihnen lag die alte Scheune. Von dort schweifte der Blick über ein ausgedehntes Feld, auf dem etliche Schneemänner standen, zwei davon angetan mit Collegeschals. Allesamt gefroren, aber bereits ein wenig in sich zusammengesackt, warteten sie darauf, dass am nächsten Tag erneut Tauwetter einsetzte.

Die Tür war einen halben Fuß dick und hing an gut geölten Angeln, der Schlüssel ließ sich mühelos im Schloss drehen.

Im Inneren war es feucht, und der Geruch von Benzin lag in der Luft. Ein dreirädriger Transporter stand auf Stroh. Schmelzwasser von Schnee und Eis tropfte von ihm herab. Der Laderaum war, soweit er es durch die Glasscheibe der Hecktür erkennen konnte, leer. Er zog einen Handschuh aus und legte die Hand auf die Motorhaube: eiskalt. Die mittelalterlichen Mauern hielten alle Geräusche der Stadt ab, aber er konnte Mäuse in den Wänden und möglicherweise noch etwas Größeres in einem Haufen alter Säcke in einer Ecke hören.

Er dachte an PC Collins: Hatte er die Reifenspuren auf der Silver Street Bridge entdeckt und war ihnen hierher gefolgt? Hatte Smith ihm aufgelauert? Brooke durchsuchte die drei Räume im Erdgeschoss, fand aber keinerlei Spuren. An beiden Enden des Gebäudes führten Leitern zu Speichern. Einer enthielt Feuerholz, der andere war leer bis auf ein paar zu einem Schlafsack zusammengerollte Pferdedecken. Eine einzelne Schieferplatte war zum Aschenbecher umfunktioniert worden und voller Kippen. An der hinteren Wand lehnte das gerahmte Schwarz-Weiß-Bild einer glücklichen Familie, das er über Smiths Kellerofen in St. Alban's hatte hängen sehen.

Brooke blickte auf. Er würde eine Wache in einem nicht gekennzeichneten Wagen am oberen Ende der Straße postieren müssen. Sollte Smith zurückkehren, hatten sie ihren Mann.

KAPITEL FÜNFUNDVIERZIG

Die Schwester in Liam Walshs Station im Addenbrooke's Hospital forderte Brooke auf, am nächsten Tag wiederzukommen. »Der Mann ist immer noch sehr krank, Inspector. Sein Herz. Die Ärzte sind überaus besorgt. Seine Frau ist jetzt bei ihm – es geht ihr furchtbar schlecht.« Sie standen vor der Tür zur Station, und als sie sie öffneten, sah Brooke die Bettenreihen. Ein Krankenbett wurde von Sichtschirmen geschützt. Persönlich hier in Erscheinung zu treten ließ ihn sich wie ein Geier fühlen, doch die Zeit drängte.

»Ich würde nicht darum bitten, wenn es nicht um Leben und Tod ginge«, sagte er. »Er hat vielleicht Informationen, die weitere Gräueltaten verhindern könnten, Schwester. Sie wissen so gut wie ich, was in Coventry passiert ist. Fünf Tote. Das wollen wir auf den Straßen des nächsten Orts, den sie auswählen, nicht erneut erleben müssen. Norwich, Peterborough, Lynn. Wer weiß?«

Die Krankenschwester seufzte. »Ich rufe Sie im Revier an, wie klingt das? Sobald er kräftig genug ist. Jetzt hat es keinen Sinn. Der Mann ist delirant und die meiste Zeit gar nicht bei Bewusstsein.«

Brooke kannte die Schwester gut. Ihr Name war Heggarty, aber ihr Akzent war ihm bis jetzt nie aufgefallen; zu weich für Belfast, zu weich sogar für Dublin, roch er förmlich nach dem äußersten Westen Irlands. Erst jetzt, nachdem das alles geschehen war, nahm er ihn wahr, und das war eine Schande für sich. Sie dirigierte ihn freundlich zu Treppe und Ausgang. »Ein Constable wacht an seinem Bett. Alles ist in bester Ordnung. Mrs Brooke ist auf ihrer eigenen Station, und Ihre Tochter leistet gute Arbeit. Sie müssen aufhören, diesen Ort heimzusuchen. Gehen Sie nach Hause.«

Stattdessen marschierte Brooke zurück zum Spinning House.

Die Uniformierten hatten einen Constable in einem Wagen vor der School of Pythagoras postiert. Ein Vierundzwanzig-Stunden-Schichtdienst war eingerichtet worden. Der diensthabende Sergeant hatte eine Nachricht für Brooke, die gerade erst von einem Fahrradkurier abgeliefert worden war. Die Handschrift sah sauber und beherrscht aus und war auf den ersten Blick als die seines ehemaligen Zimmergenossen und heutigen Wissenschaftlers Peter Aldiss identifizierbar. Er las sie rasch, zündete sich eine Black Russian an und las sie noch einmal. Er hatte Aldiss gebeten, so viel wie möglich über die Galton Society herauszufinden, und er hatte ganze Arbeit geleistet. Die Ergebnisse waren beunruhigend.

Er machte sich auf die Suche nach Edison und fand ihn in der Kantine, wo er Tee aus einem beeindruckend großen Zinnbecher trank, den er mit seinen beiden großen und fleischigen Händen umfassen musste, um ihn an die Lippen zu führen. Erschrocken stellte er den Becher ab. »Sir, ja – ein Laster. Ich habe einen Zwei-Pint-Krug in meinem Schuppen. Er wärmt angenehm. Mrs Edison sagt, ich soll damit aufhören. Sie sagt, Tanninvergiftung sei eine üble Art zu sterben.«

Brooke bot dem Mann eine Zigarette an, die er zögernd annahm.

»Eigentlich bin ich ein Pfeifenmann, aber das macht nichts.« Er beugte sich vor, um sie anzuzünden, und der kleine goldene Papierstreifen kräuselte sich unter der Hitze. Eine Minute lang saßen sie schweigend beisammen.

»Was nun?«, fragte Edison schließlich.

»Der Geistliche«, sagte Brooke. »Walsh geht es zu schlecht. Dennoch können wir nicht einfach nur herumsitzen und warten.«

»Jetzt?«

»Ja, aber das kann ich allein machen. Gehen Sie nach Hause zu Mrs Edison. Aber bevor Sie gehen, tun Sie mir einen Gefallen.«

Brooke zog die Nachricht von Aldiss hervor. »Das hier macht mir Sorgen. Der Betriebsleiter von Newton ist ein Mann namens Rafe Forbes. Ein Akademiker – Mathematik, glaube ich. Er hat entweder Geld geerbt oder geheiratet. Lebt draußen in Newmarket. Wie auch immer, ich bin ihm am Tag nach der Bombenexplosion in der Fabrik begegnet, und da hat er ein Abzeichen getragen: ein silberner Mond, in den der Buchstabe G geprägt wurde, in blauer Farbe. Das ist eine Vereinigung; Cambridge ist voll von so etwas, nicht wahr, als wäre die Stadt nicht selbst schon ein exklusiver Club. Die Galton Society. Ich habe einen alten Freund gebeten, mehr darüber in Erfahrung zu bringen. Wie sich herausgestellt hat, ist das tatsächlich ein äußerst unangenehmer Club, Edison. Anfangs ging es nur um Wissenschaft. Aber als die Jahre ins Land zogen, haben die Mitglieder ein ganz besonderes Interesse entwickelt. Sie sind besessen vom Thema der selektiven Vermehrung.«

Edison atmete etwas Zigarettenrauch aus. »Newmarket ist ein guter Ort dafür, Sir. Die Gestüte. Wenn er die Mathematik gut genug beherrscht, hat er sein Geld vielleicht bei einem Buchmacher gewonnen. Sollte dem so sein, ist er eine seltene Ausnahmeerscheinung.«

»Ja, mag sein. Aber hier geht es nicht um Vieh, Edison. Es geht nicht um Pferde, sondern um Menschen. Sie wollen die Schwachen ausmerzen, die Missgestalteten, die Einfältigen. Sie nannten es Eugenik. Hier bei uns ist das inzwischen verrufen, aber in Berlin gibt es laut Aldiss eine Einrichtung zur Ausübung dieser ›Wissenschaft‹.« Er legte so viel Ironie in das letzte Wort, wie es ihm nur möglich war. »Die Nazis haben keine Geduld für natürliche Selektion. Sie töten Menschen. Zurückgebliebene, Invalide, Kriminelle, alle, die von der Norm abweichen – alle müssen sterben, um die Rasse reiner zu machen. Das geht schon seit Jahren so. Das besudelt hier den Ruf des ganzen Wissenschaftszweigs, aber wie gesagt, die echten Enthusiasten halten die Sache ganz offensichtlich am Köcheln, und zwar genau hier, in Cambridge.

Das mag nur Gerede sein, aber es ist gefährliches Gerede. Und es macht mich nachdenklich in Hinblick auf Forbes und die Bombe. Sind die Dinge, wie sie scheinen? Und dann ist da noch die verschwundene RADAR-Einheit. Ist sie wirklich aus dem geschlossenen Gebäude entwendet worden? Ich werde Forbes morgen aufsuchen. Aber wie gesagt, erst benötige ich einen Gefallen.« Brooke schrieb einen Namen aus der Nachricht ab. »Dies ist offenbar der Sekretär der Vereinigung. Er ist einer der Professoren im St. Benet's. Wenn er nicht dort ist, muss er eine Heimatadresse haben. Spüren Sie ihn auf, Edison. Ich will eine Liste der aktuellen Mitglieder. Aller Mitglieder. Lassen Sie sich nicht abwimmeln! Wenn Sie ihn dafür unter irgendeinem Vorwand festnehmen und in eine Zelle stecken müssen, dann tun Sie auch das. Ich will diese Liste haben.«

KAPITEL SECHSUNDVIERZIG

In der Kirche St. Alban's war es kalt. Offenbar war nach der Flucht des Hausmeisters niemand mehr da, der sich um die Heizkessel kümmerte, und die wenigen verbliebenen Kerzen reichten nicht aus, um die Temperatur anzuheben oder auch nur die schattenhafte Finsternis zu lichten. Drei Gemeindemitglieder saßen auf den Bänken, bereit für den Beichtstuhl, während ein weiteres vor dem Altar ein Bußgebet murmelte. Das einzige Geräusch in der Kirche stammte von dem sanften Klackern der Rosenkranzperlen. Als Brooke auf der Schwelle des Priesters aufgetaucht war, hatte Mrs Aitken ihn zur Kirche geschickt, doch die Beichtstunde hatte gerade erst begonnen, also würde der Detective warten müssen.

»Irgendwelche Neuigkeiten?«, hatte sie gefragt. »Wir haben Kathleen gar nicht zu Gesicht bekommen. Sie muss wohl im Krankenhaus sein.«

Sie hatte die Tür nur wenige Zoll weit geöffnet, als fürchtete sie, Brooke könnte etwas erblicken, das nicht für seine Augen bestimmt war. Der Korridor dahinter wirkte funktional, ausgestattet mit ausgetretenem Linoleum und einer langen Garderobe. Auf einem gerahmten Foto starrte ihm der neue Papst – Pius XII – aus dem tiefen Schatten an der Treppe entgegen.

Brooke lieferte ihr die neuesten Informationen über

Walsh. Der Schulleiter war nach wie vor bewusstlos. »Es gab Befürchtungen wegen seines Herzens.«

»Ich schließe ihn in meine Gebete ein«, sagte sie und schloss die Tür.

Brooke setzte sich in eine Kirchenbank und beobachtete mit unparteiischer Neugier die Andacht der Büßer. Nicht, dass Brooke keinen Glauben gehabt hätte, es war nur so, dass die Existenz Gottes in seinem Alltagsleben wenig hilfreich war. Er hatte schon immer den Verdacht gehegt, dass sein Vater insgeheim ein Agnostiker gewesen war, eine Position, die im Falle eines Wissenschaftlers besagte, dass der Gegenstand des Glaubens nicht von praktischem Interesse war. Professor Brooke hatte sein Leben mit dem Bemühen zugebracht, Heilmittel für Kinderkrankheiten zu finden, eine Mission, die spektakulär erfolgreich gewesen war und ihm einen Nobelpreis eingebracht hatte. Bis zu einem gewissen Umfang *war* sein Vater Gott.

Im flackernden Zwielicht der Kirche legte er seine Brille ab.

Eine Frau verließ den Beichtstuhl und kniete sich vor das Altargeländer. Ihr Nachfolger verschwand in dem frei gewordenen Schatten und zog den verschlissenen schwarzen Vorhang zu.

Brooke blieb weiter seiner eigenen Form des gedanklichen Gebets überlassen.

Sich nach der Rückkehr aus der Wüste dem Borough anzuschließen, hatte ihm eine Gelegenheit geboten, die Welt in Richtung auf das Licht zu kippen, fort von der Finsternis, wenn auch nur für den Bruchteil eines Grads. Doch selbst da, in jenen frühen Jahren, schien die Dunkelheit sich zu vertiefen und immer näher zu kommen. Im bescheidenen

Zuständigkeitsbereich des Borough ereigneten sich viele Verbrechen, und er hatte herausgefunden, dass einige dieser Verbrechen im Gesetzbuch standen, andere nicht. Und nun hatte Brooke es mit einem Mann – mehreren Männern – zu tun, so gefühllos, dass sie es fertigbrachten, ein Kind zu ermorden und unschuldige Männer und Frauen auf der Straße durch die feige Zündung einer Bombe aus der Entfernung kaltherzig zu töten. Er hatte nach wie vor nicht viel für Gott übrig, kam aber langsam zu der Erkenntnis, dass das Böse eine weitaus greifbarere Macht sein könnte.

Der letzte Büßer verließ den Beichtstuhl, über dem weiter ein rotes Licht leuchtete.

Brooke schlüpfte hinter den Vorhang und hinein in die finstere Kabine. An einem bestickten Sichtschutz zeichnete sich der Kopf des Priesters als Silhouette ab.

Es herrschte eine unbehagliche Stille. »Pater«, sagte Brooke schließlich und sprach hastig. »Wir haben nicht viel Zeit. Ich warte darauf, mit Liam Walsh sprechen zu können, vielleicht heute Nacht oder morgen. Nun, da ich sein Geheimnis kenne, hat er nichts mehr zu fürchten, wenn er mir die Wahrheit sagt.«

Das Gesicht des Priesters näherte sich dem Sichtschutz, sodass sich das Licht in einem seiner Augen fing.

»Ich weiß, Sie dürfen nicht preisgeben, was im Zuge der Beichte gesagt wird, Pater. In einer Gemeinde wie dieser ist das vermutlich ein schmaler Grat. Mrs Walsh die Wahrheit vorzuenthalten muss das Ergebnis einer sehr feinsinnigen moralischen Kalkulation gewesen sein. Nun weiß sie natürlich, dass ihr Ehemann in London eine Gattin hat und dass Sean sein Kind war. Und dass er den Mord in gewisser Weise stillschweigend geduldet hat.«

Ward legte eine Hand mit gespreizten Fingern an den Schirm. »Er trägt keine Schuld an dem Verbrechen, das kann ich reinen Herzens sagen.«

»Aber Sie kannten sein Geheimnis?«

Ward antwortete nicht. Der säuerliche Geruch menschlichen Schweißes füllte den Beichtstuhl aus, nur geringfügig gemildert von den Ausdünstungen der Politur.

»Irgendwann, Pater, werden wir dieses Gespräch im Spinning House führen müssen. Ich würde mir genau überlegen, was Sie sagen können und was nicht. Ich habe die Absicht, einen Mörder zu finden, und Sie werden mir dabei nicht im Weg stehen.«

»Ich kann Ihnen nichts sagen.«

»Liegt das daran, dass diese Männer auch Ihr Geheimnis kannten? Ist das heutzutage immer noch ein Skandal – Ihre Haushälterin? Ich bin sicher, in dem Punkt hat man ein Auge zugedrückt. Die Kinder dürfen es nicht erfahren, klar. Aber was, wenn der Bischof darüber in Kenntnis gesetzt würde?«

»Marie ist Witwe.«

»Das macht sich dann schon besser beim Bischof, nicht wahr?«

Jenseits des gemusterten Sichtschirms wurde hörbar Luft geholt.

»Ihr Mann ist während der Unruhen in Belfast 1921 gestorben«, sagte er in einem Ton, der eine sorgsam einstudierte Verteidigungsrede nahelegte. »In den Rücken geschossen. Es gab einen Sohn, aber der hat sein Zuhause verlassen. Also ist sie ganz allein, Brooke. Sie kam hierher, um die Erinnerungen hinter sich zu lassen. Als die Straßenkämpfe vorüber waren, ist sie hinausgegangen, um nach ihrem Mann zu suchen, einem guten Mann, und sie hat ihn im Rinnstein gefunden. Er ist verblutet, und das Blut ist die Gosse hinuntergeflossen. Damit muss sie an jedem einzelnen Tag ihres Lebens zurechtkommen.«

»Und Walsh und Hendrie und Smith? Wie viel wissen Sie über deren Geschichte?«

»Zu viel.«

Brooke hörte die Soutane des Priesters rascheln, als er seine Position auf dem Sitz veränderte.

»Liam ist ein problembeladener Mann. Nun wissen Sie, warum. Die anderen hatten ihn in der Hand. Vielleicht kannten sie sein Geheimnis, so wie sie das meine kannten. Die Beichte hat ihnen keine Erleichterung geboten, denn sie haben kein Wort gesagt – ganz gewiss nicht über Bomben und Morde. Sie verlangten Stillschweigen, und wir schwiegen still. Das war alles.«

Und da war es endlich: ein Eingeständnis von Schuld.

»Wem werden Sie diese Sünde beichten, Pater?«

In der Stille hörten sie, wie die Kirchentür mit lautem Schlag aufgestoßen wurde, dann Stimmen in den nahen Kirchenbänken.

»Liam war ein unwilliger Rekrut, Brooke«, sagte Ward. »Ein Mann, der an sein Land geglaubt hat. In Dublin ist er seiner Berufung gefolgt und Lehrer geworden. Sein Thema war die Chemie. Er war fasziniert davon, wie die Welt funktionierte. Zur Zeit des Osteraufstands haben sie ihn gebeten, Sprengstoff herzustellen. Zünder zu entwickeln. Männer starben – und Frauen und Kinder. Dazu hat er sich bekannt. Dann ist er nach London und in ein neues Leben geflüchtet. Er hat sich verliebt, wurde betrogen und kam hierher. Er fand eine neue Liebe und hat es darauf ankommen lassen. Aber sie haben ihn gefunden. Smith hat ihn gefunden, und er hat auch Hendrie rekrutiert. Die Intellektuellen führen, die Proleten kämpfen. Hendrie war die Infanterie, ein bereitwilliger Soldat. Walsh wurde dazu erpresst, Bomben herzustellen. Smith selbst war das Oberkommando.« Der Priester legte eine Hand an den Sichtschirm. »Und, Brooke, das sollten Sie wissen: Smith hat eine Waffe. Er hat sie im Keller am Feuer poliert. Als Einschüchterungstaktik war das außerordentlich wirkungsvoll.«

Schweigend saß Brooke da und dachte darüber nach, welche Konsequenzen es für sie hatte, dass ihr flüchtiger Mörder bewaffnet war.

»Und Ihre Sünden, Pater?«, fragte er schließlich.

Ward senkte den Kopf.

»Die hatten Sie auch in der Hand. War Schweigen der einzige Preis, den sie gefordert haben? Sie haben das Kind aus der Kirche in Smiths Keller verschwinden lassen. Haben sie in jener Nacht Hilfe gebraucht?«

»Niemals. Nein. Wie können Sie so etwas auch nur denken? Ich habe in jener Nacht geschlafen. Meine Hände sind rein.«

»Wissen Sie, wo Smith ist?«

»Nein.«

Brooke erhob sich. »Morgen, Pater. Dieses Mal im Spinning House. Neun Uhr.«

Brooke glitt aus dem Beichtstuhl, nickte einer Frau zu, die gewartet hatte, und ging davon, den Mittelgang hinauf und zur Tür hinaus, sodass er nie den verdutzten Ausdruck in ihrem Gesicht sah, dass er trotz dieser langen Beichte davongekommen war, ohne dass man ihm auch nur einen Moment der Buße auferlegt hatte.

KAPITEL SIEBENUNDVIERZIG

Ein Funkwagen des Borough parkte auf dem dunklen Spielplatz von St. Alban's. Dem uniformierten Fahrer zufolge hatte Liam Walsh das Bewusstsein wiedererlangt und darum gebeten, mit Brooke sprechen zu dürfen, obwohl die Ärzte ihm geraten hatten, sich auszuruhen. Die Befragung würde stattfinden, aber eine Krankenschwester musste zugegen sein: Schwester Heggarty würde ihn um zehn Uhr an der Eingangstür des Addenbrooke's abholen. Er habe fünfzehn Minuten mit dem Patienten, mehr nicht.

Während sie durch die in Nebel gehüllte Stadt fuhren, zwang sich Brooke, sich auf die bevorstehende Begegnung zu konzentrieren. Wards einstudiertes Geständnis hatte ein neues Licht auf die kleine Gemeinde innerhalb von St. Alban's geworfen. Die Zelle – Smith, Hendrie und der abgeneigte Walsh – hatte sich in einer Atmosphäre der Heimlichkeiten und dünn verschleierten Erpressungen prächtig entwickelt, so viel war offensichtlich.

Und so viel lag noch immer im Verborgenen: Wer hatte entschieden, dass Sean sterben musste – und warum? Wer hatte den tödlichen Schlag ausgeteilt? Wo war Smith und wo die nicht zu greifende Bombenwerkstatt?

Auf dem Beifahrersitz nutzte Brooke das Funkgerät, um sich die neusten Nachrichten aus dem Spinning House zu verschaffen. Noch immer gab es keine klaren Hinweise auf

Smiths Verbleib, wenngleich ein Mann, auf den seine Beschreibung passte, gesehen worden war, wie er in March, einem kleinen Ort im Marschland nördlich der Stadt, aus einem Zug gestiegen und von einem Automobil aufgesammelt worden war. Er hatte einen Koffer bei sich gehabt. Bei dem Gedanken, dass der Hausmeister – zweifellos der naheliegendste Verdächtige hinsichtlich des Mordes an dem Kind – davongekommen und womöglich schon in der Nähe eines der irischen Fährhäfen sein könnte, empfand Brooke eine quälende Übelkeit.

Es gab eine weitere Bekanntmachung von Carnegie-Brown. Nach einem kurzen Gespräch mit dem Home Office sollten Uniformierte am Morgen eine zweite Durchsuchung von St. Alban's – der Kirche wie der Schule – vornehmen und nach Hinweisen auf die verschwundene RADAR-Einheit aus der Newton-Fabrik Ausschau halten. Brooke schickte eine Nachricht zurück, in der er vorschlug, das Haus des Schulleiters und das Presbyterium ebenfalls einzubeziehen. Am Ende mochte das alles vergeblich sein; der Verdächtige, der in March gesehen worden war, könnte die gestohlene Einheit durchaus in seinem Koffer gehabt haben.

Der Wagen setzte ihn am Krankenhaus ab, und Schwester Heggarty begleitete ihn auf die Station.

Liam Walsh war wach, das Fenster halboffen, um die dunstige Luft herein und die dröhnende Hitze, die überall in den fünf Etagen des Gebäudes herrschte, hinaus zu lassen. Der Patient war sonderbar beschwingt, verglichen mit der schlurfenden, verunsicherten Gestalt, als die er sich für Brooke im Schulhof und im Klassenraum dargestellt hatte. Während er seinen Tee trank, brachte er sogar ein scheues Lächeln zustande. Die Last des Geheimnisses, zuvor erdrückend, war von ihm genommen worden. Der Constable zog sich zurück, jedoch nicht, ehe er – seinem Notizblock entnommen – eine Liste der Besucher dieses Tages vorgelegt hatte: Kathleen Walsh; Marie Aitken; einer der anderen Lehrer, ein älterer Mann namens Fisher; und noch einmal Kathleen Walsh.

Der zweite Besuch von seiner Frau schien besonders bedeutsam zu sein. Er deutete bestenfalls auf Versöhnung hin, schlimmstenfalls auf völlige Zurückweisung. Das war nach vielen Tagen extremer Beanspruchung vielleicht die Erklärung für Walshs beinahe heitere Stimmung. Brooke hoffte, dass sein Herz den Fragen gewachsen war, denen er sich jetzt stellen musste.

Schwester Heggarty setzte sich auf einen Stuhl ganz hinten am Sichtschutz.

Brooke hatte seine Eröffnung vorbereitet.

»Hatten Sie irgendetwas mit dem Mord an Ihrem Sohn zu tun, Mister Walsh?«

Zweifellos hatte er mit einem herben Schlag gerechnet, dennoch war seine Erschütterung nicht zu übersehen. Brooke ermahnte sich im Stillen, dass dieser Mann sich keine zwölf Stunden vorher ein Seil um den Hals geknüpft hatte. Die Male waren noch gut zu sehen, eine purpurblaue Schlinge aus Blutergüssen. Aber Brooke hatte nur fünfzehn Minuten, und er konnte die Ärzte, die sich jenseits des Sichtschutzes herumdrückten, flüstern hören.

»Nein«, sagte er mit dünner, angespannter Stimme.

Schwester Heggarty rutschte unruhig auf ihrem Stuhl herum.

Walsh hatte sich seine Geschichte zweifellos im Vorfeld zurechtgelegt, und er erzählte sie gut.

Er war nach dem Scheitern seiner Ehe nach Cambridge geflohen. Er vermisste seinen Sohn an jedem einzelnen Tag, aber er dachte, es wäre das Beste für den Jungen gewesen, bei seiner Mutter zu bleiben. Dass er Kathleen einen Antrag gemacht hatte, war, wie er sagte, eine Fehleinschätzung der Situation gewesen. In den Wirren des Krieges, so hatte er sich selbst eingeredet, könnte die Familie, die sie zusammen geplant hatten, sich ihr eigenes Leben aufbauen.

»Ich hätte ihr die Wahrheit sagen sollen«, räumte er ein. »Es war ein Betrug und ein egoistischer dazu. Ich kann mir nicht erklären, wie sie die Bereitschaft hat finden können, mir zu vergeben. Aber alles, was ich zu tun hatte, war, den Mund zu halten – verstehen Sie das? Ich war nicht stark genug, um der Versuchung zu widerstehen. Ich ließ die Zeit vergehen. Ich ließ zu, dass wir uns verliebten. Und ich habe nichts gesagt. Es tut mir leid. Es tut mir wirklich leid.«

Er schloss die Augen, und Brooke wartete geduldig.

Endlich griff er den Faden seiner Geschichte wieder auf.

»Lügen ist eine furchtbare Belastung«, sagte er. »Am Ende musste ich darüber sprechen.«

St. Alban's war zu einer Zuflucht geworden. In Colm Hendrie hatte er einen Freund gefunden, und der große Ire stand Smith nahe, dem jungen Hausmeister. Bei mitternächtlichen Whiskys am Heizkessel im Keller hatten sie Geheimnisse ausgetauscht. Dummerweise hatte er Einzelheiten aus seinem früheren Leben in London ausgeplaudert, und – vielleicht, weil er um die Freundschaft der Männer hatte werben wollen – seine Rolle als Bombenbastler während des Osteraufstands offenbart. Sie luden ihn ein, sich ihrer Zelle anzuschließen, sprachen von ihrer Entschlossenheit, ihre Rolle im S-Plan der IRA zu spielen. Seine ursprüngliche Weigerung wurde mit dem nicht eben subtilen Hinweis beantwortet, dass er kaum eine Wahl hatte, sofern er sein Leben mit Kathleen und ihrem noch ungeborenen Kind behalten wollte. Die Falle war zugeschnappt.

»Sie haben gesagt, ich müsse ihnen helfen. Dass es für eine gerechte Sache sei und keine Toten geben werde. Keine. Das haben sie mir versprochen.«

Seine Beteiligung war auf die Chemie begrenzt: Er musste die Chemikalien lagern, die explosive Ladung anmischen und den Zünder anbringen. Die Werkstatt war in seinem Keller, aber Kathleen war oft in der Schule und befolgte einen strikten Stundenplan, was es ihm leichtmachte, das Geheimnis zu bewahren. Seine Frau wusste von nichts.

Die Tage für die Bombenanschläge wurden festgelegt, begleitet von weiteren Versicherungen, dass niemand zu Tode kommen solle. Aber die Ziele waren ein Geheimnis, das Smith für sich behielt. Dann, nur Tage vor dem ersten Attentat, verrieten die Papiere aus der Diözese in Shepherd's Bush, dass Sean Flynn bald Schüler in St. Alban's werden sollte.

»Ich habe ihnen gesagt, ich würde es darauf ankommen lassen«, erzählte Walsh. »Ich hatte den Jungen beinahe drei Jahre nicht gesehen. Ich war nicht einmal sicher, ob er überhaupt wusste, dass es mich gibt. Und wenn seine Mutter zu Besuch käme, könnte ich verschwinden. Ich sagte ihnen, dass ich schon mit der Situation fertigwürde. Sie sagten, sie würden sich darum kümmern. Der Junge würde an irgendeinen sicheren Ort gebracht werden, bis die Anschläge ausgeführt werden konnten.«

Tränen standen in Walshs Augen, und er beugte sich hinüber, um das Fenster weiter aufzustoßen und den weißen

Streifen im Licht zuzusehen, dem feuchten Schnee, der beständig herabrieselte.

Brooke schüttelte den Kopf. »Aber als Sie erfahren haben, dass Sean tot ist … als wir seinen Leichnam gefunden haben …«

Walsh hielt sich mit beiden Händen den Kopf. »Ich habe Smith im Keller aufgesucht. Er sagte, er hätte vorgehabt, den Jungen an einen sicheren Ort zu bringen, aber es habe einen Unfall gegeben. Trotzdem sollten wir uns an den Plan halten, und ich hätte immer noch viel zu verlieren«, berichtete er. »Kathleen, meine Arbeit, das ungeborene Kind. Er sagte mir, ich solle mich bedeckt halten. Und ich konnte den Jungen ja nicht wieder zum Leben erwecken, nicht wahr?« Blut war ihm ins Gesicht gestiegen, und seine Hände zitterten heftig.

Schwester Heggarty stand auf und warf einen Blick auf ihre Taschenuhr.

»Es kommt noch schlimmer«, sagte Walsh. »Sie wussten, dass ich ein Bild von Mary hatte. Ich hatte es ihnen einmal am Feuer im Keller gezeigt: die Frau, die ich zurückgelassen hatte. Sie haben es mir abgenommen. Joe gab es Colm und sagte, das sei eine ›Versicherung‹. Sollte sie nach Cambridge kommen, würden sie sich auch um sie kümmern müssen. Colm hätte sie nicht angerührt. Aber Joe.« Er schüttelte den Kopf. »Ich konnte *nichts* tun.«

Brooke begegnete dem wehleidigen Tonfall mit Schweigen.

Schwester Heggarty tippte auf ihre Uhr und wechselte einen Blick mit Brooke.

»Der Priester, die Haushälterin, hatten die etwas damit zu tun?«

»Nicht direkt. Smith kannte ihr Geheimnis. Das hat gereicht, um ihr Schweigen zu erkaufen, aber das ist alles.«

»Wir haben den Transporter gefunden, aber Smith ist auf der Flucht«, sagte Brooke. »Hat er gesagt, wo sie die RADAR-Einheit versteckt haben, die sie aus Newtons Fabrik stahlen? Das ist wichtig, Liam: Wir müssen versuchen, sie daran zu hindern, nach Irland zurückzukehren. Oder, schlimmer, sie nach Deutschland zu bringen.«

Walsh setzte sich auf, die Augen geweitet. »Nein, nein. Die Bombe an der Fabrik war nicht von uns, Brooke. Ganz bestimmt nicht. Die Drehscheibe – das war ein direkter Befehl aus Dublin. Das sollte unser erster Anschlag sein, der zweite steht noch aus.«

Neben dem Bett des Patienten hatte man einen Krug Wasser und einige Gläser bereitgestellt. Brooke war übel, es kam ihm vor, als würde sich der ganze Raum um ihn drehen, also schenkte er sich etwas ein und ließ sich das kalte Wasser durch die Kehle rinnen.

»Die IRA hat am Schauplatz der Bombe eine Parole hinterlassen. Das *war* eine republikanische Bombe.«

»Nein – na ja, zumindest nicht von uns, Brooke. Smith war unerbittlich: Dublin leitet den S-Plan, und es gibt nur eine Zelle in der Stadt. Er hat gesagt, die Bombe an der Fabrik sei gelegt worden, weil jemand seine Spuren verwischen wollte und die Bombe als Ablenkung benutzt hätte. Er hat gesagt, das wäre perfekt für uns, ein echter Glücksfall, denn nun sei niemand auf den zweiten Anschlag vorbereitet.«

KAPITEL ACHTUNDVIERZIG

Die Neuigkeit, dass die IRA möglicherweise noch einmal zuschlagen würde, veränderte die Ermittlungsarbeit.

Trotz der späten Stunde unterrichtete Brooke telefonisch Chief Constable und Superintendent. Solange Smith nicht hinter Schloss und Riegel steckte, war jeglicher Urlaub gestrichen. Zudem sollten die kümmerlichen Truppen des Borough unverzüglich mit uniformierten Constables der Grafschaftspolizei aufgestockt werden, abkommandiert von Castle Hill, um potenzielle Ziele zu bewachen: das Treibstoffdepot des Marshall Airport, die Great Bridge, die King's College Chapel und diverse Fabriken, die für das Kriegsministerium arbeiteten.

Carnegie-Brown, deren Wohnung keine Minute Fußweg entfernt lag, eilte prompt herbei, nur um sogleich in eine angespannte Diskussion mit dem Special Branch und dem Home Office verstrickt zu werden. Der Premierminister war, wie dabei zur Sprache kam, über die Entwicklung informiert worden. Im Abbey Depot war eine große Anzahl Royal Engineers eingetroffen, um die Eisenbahnarbeiter bei der Entfernung der havarierten Lokomotive zu unterstützen und mit den Arbeiten an der Drehscheibe darunter zu beginnen. Inzwischen wurden wichtige Munitionszüge über Ely umgeleitet. Zusätzliche Kräfte wurden für die unauffällige Überwachung der School of Pythagoras abgestellt.

Brooke selbst rief mit Erlaubnis seiner Vorgesetzten im St. James Palace an, um ein letztes Mal um eine Verschiebung des königlichen Besuchs zu bitten, wenngleich er die Erfolgsaussichten für äußerst gering hielt.

Kurz nach Mitternacht ging Brooke hinunter zur Wache und erkundigte sich, ob irgendwelche Nachrichten eingetroffen waren. Edison, der seinen Wasp mit laufendem Motor am Rinnstein hatte stehenlassen, kam mit der versprochenen vollständigen Liste der Mitglieder der Galton Society herein.

»Die Wache hat angerufen«, berichtete er. »Ich dachte, Sie wollen das sicher so schnell wie möglich haben … Außerdem werden jetzt alle gebraucht.« Er reichte Brooke den Zettel. »Von wegen vergebliche Liebesmüh. Ich habe ihm gesagt, dass ich unser Anliegen dem Master des Benet's vortrage, wenn ich die Liste nicht bekomme – das hat ihn überzeugt. Er schwört, dass das alle Mitglieder der Galton Society sind. Ich bin dann wieder weg und löse den Funkwagen an der School of Pythagoras ab.« Mit einem zackigen Gruß enteilte der Sergeant.

Brooke las die Liste gleich an Ort und Stelle. Zweimal. Ein Name an mittlerer Stelle stach ihm direkt ins Auge. Fünf Silben, die alles änderten. Derzeit steckten die Ermittlungen voller komplizierter Drehungen und Wendungen. Brooke holte seine Zigaretten, warf einen Blick auf die Uhr des Reviers und ging zum Rauchen hinaus. Es war mitten in der Nacht: Was konnte er also tun? Am Morgen würde er Erkundigungen anstellen und eine ganz neue Untersuchung in Gang setzen. Aber jetzt blieb ihm nur, selbst in Aktion zu treten. Er ganz persönlich.

Wieder in seinem Büro holte er die Akte über den Bombenanschlag an der Newton-Fabrik hervor und notierte sich die Adresse der entscheidenden Person. Dann machte er sich auf den Weg nach Norden, flussabwärts über den Treidelpfad. Eineinhalb hurtige Meilen weiter hatte er das weiß schäumende Wasser bei Jesus Lock hinter sich gelassen, Newton's Bridge überquert und die feuchten Ausläufer der Stadt am Rand des Marschlands passiert, dort, wo der Fluss besonders breit war. Die gestiegenen Temperaturen hatten den Cam befreit, schwarzes Wasser strömte in Richtung der fernen See. Die tote arktische Luft war etwas gewichen, das grüner und milder war: dem ersten Anzeichen für echtes Tauwetter, sogar einem fernen Hauch von Frühling.

Der Liegeplatz befand sich gegenüber von Coldham's Common, dem Schauplatz des einstmals prachtvollen mittelalterlichen Marktes der Stadt. Nebelschwaden trieben hier über geflutete Auen. Pfosten, die ins Ufer getrieben worden waren, kennzeichneten eine Reihe von Anlegestellen, jede davon ausgestattet mit einem hölzernen Landesteg. Sechs waren belegt, ein Boot noch beleuchtet, und ein Mann saß rauchend auf einem Stuhl unter dem niedrigen Dach.

Liegeplatz Nummer sieben war frei.

»Kann nicht schlafen«, erklärte der Bootseigner und schüttelte den Kopf.

»Ich suche das Hausboot *Elsie*«, sagte Brooke. »Ich bin vom Borough.«

»Sie hat in der Abenddämmerung abgelegt«, informierte ihn der einsame Raucher. »Ich hab ihr gesagt, sie soll warten, bis es hell ist, aber sie ist keine Frau, die einen Rat annimmt. Kaum war das Eis aufgebrochen, da war sie weg.«

KAPITEL NEUNUNDVIERZIG

Brooke saß in Rafe Forbes' Büro und blickte hinaus zu dem fernen Fluss, eine fahl leuchtende Präsenz im noch immer in der Luft hängenden Morgennebel. Die Schemen von Kähnen in der Flussmitte kreuzten sein Blickfeld. Am gegenüberliegenden Ufer rülpste der Schlot des Wasserwerks von Barnwell Dampf in den Himmel, unschuldige weiße Wölkchen, die sich bald mit purpur-schwarzem Kohlenstaub vermischten. Von ferne konnte er das Stampfen großer Maschinen hören – oder sogar spüren. Kolben sausten auf und nieder, pumpten Wasser zu den Zapfstellen der Stadt. Im Vergleich dazu waren die Geräusche der Fabrik zart und unauffällig; irgendwo rotierte ein Bohrer, Förderbänder glitten voran, und ständig lag das eintönige Summen elektrischer Energie in der Luft.

Forbes hatte einen erschrockenen Eindruck gemacht, als er den Inspector gesehen hatte, und ihn zusammen mit der schlafenden Dogge in seinem Büro geparkt, während er sich um irgendeine dringende Angelegenheit in der Fabrikhalle kümmerte. Brooke, rauchend, war dankbar für diesen Moment der Besinnung. Scotland Yard und Downing Street hatten angerufen, um das Borough zu informieren, dass der geplante Besuch von Prinz Henry planmäßig durchgeführt werden sollte. Ein Beamter aus dem Adelsstand hatte einen flüchtigen Eindruck von der zugrundeliegenden Denkart vermittelt: »Das Kabinett ist der Ansicht, es dürfte nicht gestattet werden, dass die Machenschaften dieser undankbaren Iren in irgendeiner Weise die reibungslosen Abläufe am britischen Königshof stören.« Brooke ließ sich den Namen des Beamten geben, stets ein Akt milder Insubordination, und merkte an, er hoffe, die Entscheidung des Kabinetts werde sich bewähren.

Der Besuch des Prinzen sollte morgen stattfinden. Brooke konnte das unbehagliche Gefühl nicht abschütteln, dass ihm für die Ermittlungen nicht mehr viel Zeit blieb. Und nun hatten sie auch noch eine unvorhersehbare Wendung genommen.

Forbes kam mit einer Tasse samt Untertasse in der Hand und einem Klemmbrett unterm Arm zurück.

»Entschuldigen Sie. Wir stehen alle unter Druck, und es gab ein Problem an der Hauptfertigungsanlage. Jetzt ist es bereinigt. Eine gute Neuigkeit, denn die Jungs in Bawdsey haben es eilig weiterzukommen. Wer weiß, wann die Jerrys kommen.«

Er tätschelte den großen Kopf des Hundes unter dem Schreibtisch.

Brooke setzte ihm das Wesentliche an Liam Walshs Geständnis auseinander. »Was das bedeutet, ist klar. Die IRA hat diese Bombe nicht gelegt. Die mäßige Explosion war lediglich ein Ablenkungsmanöver. Eines, so viel muss gesagt werden, das sehr gut funktioniert hat. Die eigentliche Absicht bestand darin, die RADAR-Einheit zu stehlen und die Aufmerksamkeit auf die ›republikanische‹ Bombe zu lenken. Ich denke, unsere Hauptverdächtigen müssen deutsche Agenten sein. Deutsche Agenten mit einem Satz Schlüssel.«

Forbes sah ihn schockiert an. »Ich kann Ihnen versichern …«

»Die Galton Society«, fuhr Brooke fort. »Sie sind ein beflissenes Mitglied?«

Forbes richtete seine Krawatte. »Das war ich mal. Inzwischen fehlt mir dazu natürlich die Zeit. Wie ich schon sagte, Mathematik war mein Fach am Caius. Aber wissen Sie, ich streue meine Interessen gern breiter, und Statistik spielt dabei eine Rolle.«

»Wir sprechen über Eugenik?«

Forbes lachte. »Sie würden ein durchschnittliches Zusammentreffen der Society wohl ziemlich langweilig finden, Inspector. Eugenik war einmal Tagesthema. Aber das ist vorbei. Wie man so schön sagt: Die Debatte ist weitergezogen. Aber dass ein Krieg im Gang ist, bedeutet nicht, dass man die großen Themen nicht in Angriff nehmen kann. Rasse. Die Reinheit der Nation.«

Herausfordernd reckte Forbes das Kinn vor.

Brooke legte ein Stück Papier auf seinen Schreibtisch.

»Was ist das, Brooke? Noch mehr Überraschungen?«

»Das ist eine Liste der derzeitigen Mitglieder der Galton Society. Sie werden bemerken, dass ein Name eingekreist ist.«

Forbes zog seine Brille aus der Tasche seines Tweedjacketts.

»Augustine Bodart?«, fragte er dann achselzuckend.

»Sie kennen die Frau? Professorin für Naturwissenschaften am Davison College. Sehr interessiert an Vererbungsmustern. Eugenik für Pflanzen.«

»Wir veranstalten Dinners und Vorlesungen. Ich habe vielleicht mal mit ihr gesprochen.«

»Vielleicht oder *tatsächlich*?«

»Warum so ein einschüchternder Tonfall, Inspector?«

Unter dem Tisch knurrte der Hund.

»Weil sie die Frau ist, die müßig am Ufer entlangspazierte, unsere Fenier-Attentäter gesehen und Alarm geschlagen hat. Sie lebt auf einem Hausboot ungefähr eine halbe Meile weiter nördlich und muss sich zweimal pro Woche im Spinning House melden. Eine Österreicherin. Eugenik mag in diesem Land außer Mode gekommen sein, aber in Deutschland ist es mehr oder weniger Staatsdoktrin.«

Forbes setzte sich, fixiert – so empfand es Brooke – auf eine Art inneren Tumult.

»Was wäre …«, setzte Brooke an. »Was wäre, wenn sie gar nicht gesehen hätte, dass drei Iren vom Tatort geflüchtet sind? Was, wenn sie die RADAR-Einheit gestohlen und eine kleine Sprengladung angebracht hat, um ihre Spuren zu verwischen? Nachdem sie eine geschulte Hand eingesetzt hatte, um eine Fenier-Parole zu hinterlassen und uns in die Irre zu führen? Sie musste den Drahtzaun auftrennen, um hineinzugelangen, aber sie brauchte auch Zeit, um die Einheit zu stehlen. Also war eine Ablenkung von entscheidender Bedeutung. Und da wir gerade von entscheidenden Dingen reden, sie hat auch einen Satz Schlüssel gebraucht, um in die Fabrik zu gelangen, ohne bei ihrem Einbruch Spuren zu hinterlassen. Keine, die man hätte finden können, bevor es zu spät war.« Brooke blickte zum Fluss hinaus. »Aber nicht alles lief nach Plan. Sie sieht das Polizeiaufgebot am Fluss. Ein Constable nähert sich. Ich nehme an, sie hatte die RADAR-Einheit unter ihrem Mantel versteckt und saß in der Klemme. Sie musste sich schnell etwas einfallen lassen. Die Explosion stand unmittelbar bevor, und der Köder – die gefälschte irische Parole – war bereits gelegt. Daher denke ich, sie hat die Einheit irgendwo am Treidelpfad versteckt, sich dann eine Geschichte zurechtgelegt und die Beute wieder aufgesammelt, als ihr gestattet worden war, nach Hause zu gehen.«

Der Hund winselte, aber Forbes brachte ihn mit einem Tritt zum Schweigen.

»Sie hat sich für Hunde interessiert, für die Zucht und die Abstammungslinien«, sagte Forbes in einem matten, mutlosen Ton.

»Also kannten Sie sie gut.«

Forbes öffnete eine Schreibtischschublade, holte eine Flasche Whisky hervor und schenkte etwas davon in einen Becher.

»Wir hatten ein Dinner bei mir zu Hause – nicht nur Augustine war dort, sondern alle Mitglieder der Society. Wir wechseln uns als Gastgeber ab. Sie hat uns in den Festsaal ihres Colleges eingeladen. Alles ein bisschen schäbig, wenn Sie mich fragen. Nicht zu vergleichen mit dem Trinity.«

»Bei Ihnen zu Hause, sagen Sie. Nur ein Dinner?«, hakte Brooke nach.

Forbes zuckte mit den Schultern. »Was soll ich sagen? Wir sind zu einem der Gestüte in der Nähe spaziert. Ein kurzes Gespräch über Vollblüter. Faszinierendes Thema. Ich habe ihr auf dem Rückweg die Zwinger an unserem Haus gezeigt, während die anderen einen Sherry nahmen. Sie war überaus interessiert. Ich habe ihr erklärt, wie das alles funktioniert. Sie hat mir einige kluge Fragen gestellt. Über die anderen Züchter, wie wir Kontakt halten, wie die Aufzeichnungen verifiziert werden. Nach den Kosten hat sie sich auch erkundigt.«

»Die Zwinger stehen auf dem Gelände, verstehe ich das richtig?«, fragte Brooke. »Die Hunde sind wertvoll. Also gibt es Schlösser? Sie mussten sie in jener Nacht aufschließen? War sie irgendwann einmal allein mit den Schlüsseln? Ein kurzer Moment hätte genügt, um einen Gipsabdruck anzufertigen.«

Forbes legte seine Schlüssel auf den Schreibtisch. Ein Messingring, an dem die Fabrikschlüssel zusammen mit allen anderen hingen. Dann schlug er die Hände vor den Kopf.

KAPITEL FÜNFZIG

Eine Stunde später legte der Schleusenwärter an der Denver Sluice, vierzig Meilen nördlich der Great Bridge, den Hörer auf und ging die Notizen durch, die er sich gemacht hatte. Darin hatte er präzise Inspector Brookes Beschreibung des Hausbootes *Elsie* festgehalten. Das Schiff und seine Eignerin, eine österreichische Staatsbürgerin namens Bodart, wurden vermisst. Das Hausboot war zuletzt am Tag zuvor in der Abenddämmerung an seiner Anlegestelle gesehen worden. Luftaufklärer der RAF flogen Flüsse und Nebenflüsse ab. Ortspolizei, Jagdaufseher und Strompolizei kontrollierten die Hochwasserschutzdämme.

Von seinem hölzernen Stellwerk aus hatte der Schleusenwärter stromauf- wie stromabwärts freie Sicht. Bei Niedrigwasser nur ein schmales Band, rauschte der Fluss jetzt durch die schwarze Erde des Marschlands. Dahinter ergoss er sich in die Nordsee – oder, wie er in vielen der älteren Karten bezeichnet wurde, den Deutschen Ozean. Denver – auch bekannt als die Great Sluice – war eine Gezeitenschleuse mit mehreren Toren. Sie bändigte verheerende Fluten auf der einen Seite und die »neuen Flüsse«, erbaut von den Holländern zur Trockenlegung der Fens, auf der anderen. Schleusen und Sperrwerke bildeten das mechanische Herz der Fens. Die Anlagen rangen mit den Gezeiten und schützten das Land vor Überflutungen, während sie die

Flüsse – und die beladenen Boote – zwischen Land und See passieren ließen.

Die Anweisung des Detective Inspectors war unzweideutig: »Es könnte sein, dass die *Elsie* versucht, am helllichten Tag etwas außer Landes zu schaffen. Es handelt sich um eine kleine, schwere Metallkiste, bestückt mit Elektronik. Auf dem Hausboot wird eine Frau sein, die sich aber noch mit anderen treffen könnte. Wir dürfen nicht zulassen, dass ihr Boot die See erreicht oder an der Schleuse Kontakt zu irgendwelchen hochseetüchtigen Fahrzeugen aufnimmt. Wir müssen auf der Hut sein.«

Der Schleusenwärter befestigte eine Karte mit den wichtigsten Daten der *Elsie* – Länge, Lackierung und Motorisierung – an der Anschlagtafel für den Verkehr stromabwärts, versehen mit einer expliziten Anweisung in Großbuchstaben: DURCHFAHRT VERWEIGERN.

Das Eis auf dem Fluss war beinahe vollständig verschwunden. Die Militäreinheit, die am Ufer lagerte und dauerhaft über die Great Sluice wachte, hatte zusätzliche Posten aufgestellt. Sollte die *Elsie* auftauchen, so waren sie angewiesen, sie zusammen mit ihrer Eignerin festzusetzen. Der Schleusenwärter ging hinaus auf die Beobachtungsplattform, als ein Lastkahn von Cambridge aus in Sicht kam, der Koprolith und Zuckerrüben geladen hatten. Er zog die Jacke aus und fing an, die Winden zu bedienen, die benötigt wurden, um die Tore an Big Eye, der Hauptschleuse, zu öffnen. Gefrorener Schnee lag auf den Abdeckplanen des herannahenden Boots. Ein magerer Reiher stand regungslos auf dem Ruderhaus.

Das Boot glitt vorbei, die Tore wurden geschlossen, und der Schleusenwärter winkte dem am Heck stehenden Captain zum Abschied zu, als er Richtung Meer entschwand. Wieder drinnen, der Kälte entronnen, stellte er fest, dass er nicht zur Ruhe kam. Brookes letzte Worte hatten sich als verstörende Warnung erwiesen: »Falls die *Elsie* auftaucht, muss sie um jeden Preis aufgehalten werden.«

Der Schleusenwärter öffnete die verschlossene Kiste unter dem Beobachtungsfenster. Sie enthielt eine Pistole und eine Flinte. Er klappte das Gewehr über dem Arm auf und schob zwei Patronen in den Doppellauf.

KAPITEL EINUNDFÜNFZIG

Claire und Joy hatten parallel verlaufende Schichtpläne, was bedeutete, dass dieser Abend den Beginn dreier gemeinsamer freier Tage kennzeichnete. Sie waren auf dem Market Hill einkaufen gegangen und hatten ihre Lebensmittelkarten zusammengelegt, um ein Hühnchen zu besorgen, das sie mit Wintergemüse aus Edisons Lagerschuppen, immer noch geschwärzt und staubig vom Torf, verfeinern wollten. An Roses Teestand hatten sie »Inspector Brookes Standard« – Schinkenbrote – bestellt, und Joy hatte mit Roses Tochter Dawn Geschichten über Schwangerschaft, seltsame Gelüste und überfürsorgliche Mütter ausgetauscht. Schließlich hatten sie noch Brät beim örtlichen Metzger geholt, um das Festmahl zu vervollständigen.

Das Feuer war angefacht, ein Claret des Vaters geöffnet, und Joy hatte an der Green Street eine Schallplatte gekauft, die kräftig knisterte, ehe sie das Haus mit der neuesten Veröffentlichung der Ink Spots flutete. Die leicht erzwungene Partystimmung überstand sogar die Zeilen von »Address Unknown«.

Es hatte keine weiteren Neuigkeiten über Ben oder die vermisste *Silverfish* gegeben. Die gute Stimmung im Hause war brüchig, aufrechterhalten nur von der matten Maxime, dass keine Nachrichten gute Nachrichten waren. Sie hatten bei der Admiralität um Informationen gebeten, und die Familien zweier Mannschaftskameraden von Ben hatten sich bei ihnen gemeldet, um sich zu erkundigen, ob sie irgendetwas gehört hatten. Aber das hatten sie nicht. Joy hatte demonstrativ einen Schnappschuss, der Ben bis zum Bauchnabel im Wasser am Strand von Gosport zeigte, an die Uhr auf dem Kaminsims gelehnt und damit die Zeiger verdeckt.

Als Brooke die Tür öffnete, wurde er von Essensduft und Musik begrüßt, und für einen flüchtigen Moment dachte er, Roses Prophezeiung hätte sich am Ende doch bewahrheitet: Ein Brief war eingetroffen oder ein Telegramm, und hatte gute Neuigkeiten gebracht. Doch Claires Gesicht erzählte ihm schon auf den ersten Blick eine andere Geschichte. Ihr breites Lächeln passte nicht zu dem gedämpften Licht ihrer Augen. Sie umarmten einander, sagten aber nichts.

Nach Ink Spots wählte Brooke Beethoven aus, das fünfte Klavierkonzert, auch bekannt als *Emperor Concerto*. Die 78er knisterte, die Nadel hüpfte, dennoch verströmte die Musik ihre erhebende Kraft.

»Ich dachte, wir boykottieren die Deutschen«, sagte Joy und half ihrer Mutter, das Essen auf den Tisch zu bringen. Die Platte mit dem Huhn stellte sie beiseite, auf dass Brooke es tranchierte.

»Nicht alle«, sagte er, während er das Messer so gekonnt schärfte, wie sein Vater es getan hatte. Claire, die an ihrem Wein nippte, verkündete, sie würde eine Woche lang schlafen, sobald ihr Kopf das Kissen berührte.

Während des Essens unterhielten sie sich über das Tauwetter, darüber, dass die Wettervorhersage im Radio ein Ende der Kälte binnen weniger Tage verkündet hatte und sie die Gelegenheit, Schlittschuh zu laufen, damit verpasst hatten.

Dann klingelte das Telefon.

Joy war schon vor dem zweiten Klingeln aufgesprungen, so hastig, dass der Stuhl hinter ihr auf den Teppich fiel. Sie verschwand im Flur, und sie hörten, wie sie sich mit Namen meldete, dann einige Male »Aha« und »Ja, ich verstehe«.

Sie kam zurück, hob den Stuhl auf und leerte das Glas Wein, das Brooke sogleich nachfüllte.

»Nichts Neues. Nichts wirklich Neues. Nur ein paar Einzelheiten«, sagte sie und schloss die Augen, um sich zu konzentrieren und alles korrekt wiederzugeben. »Die *Silverfish* wurde vor zwei Tagen gesehen, in der Abenddämmerung, fünfunddreißig Meilen entfernt von St. Abb's Head, nördlich von Berwick, aufgetaucht und auf Ostkurs in rauer See. In der Nacht hat es einen Sturm gegeben, darum geht die Admiralität davon aus, dass sie höchstwahrscheinlich getaucht ist, um dem Seegang zu entgehen. Es gab keinen Funkkontakt. Am nächsten Tag hat eine Fregatte auf dem Weg nach Norden ein aufgetauchtes U-Boot fünfzig Meilen vor der Küste von Norwegen in der Nähe von Narvik gesichtet. Es war zu weit entfernt, darum können sie nicht sicher sagen, ob es die *Silverfish* war. Die Deutschen in Kiel haben auf ein Auskunftsersuchen reagiert; wir tun so etwas offenbar auch. Sie sagen, es gäbe keine Berichte über Kampfhandlungen mit einem U-Boot in den letzten zehn Tagen. Es bleibt also ein Rätsel.«

Brooke holte den Atlas von seinem Platz neben dem Kamin. Sie räumten den Tisch ab und versuchten, den Kurs des Bootes nachzuvollziehen, als es an der Tür klopfte.

Claire öffnete und fand Edison auf der Schwelle vor.

»Sie sind noch früh genug zum Essen hier. Ihr Gemüse ist ein wahres Wunder.«

Brooke tauchte neben ihr auf.

»Ein Cottage draußen bei Hornsea, Sir. Ein bewaffneter Mann hat Essen und Kleidung verlangt.«

KAPITEL ZWEIUNDFÜNFZIG

Als der Wasp auf der Straße war, hatte Edison bereits einige weitere Details berichtet: Die Waffe war eine Pistole, der Mann in den Zwanzigern, schlank und knochig. Die Frau des Schilfschneiders, die in den Dorfpub gelaufen war, um im Spinning House anzurufen, war überzeugt gewesen, dass es sich um einen Amerikaner handelte. Aber deren Akzent wurde häufig mit dem Irischen verwechselt. Bedachte man Smiths Fähigkeit, sogar den melodischen Cockney-Tonfall nachzuahmen, mochte es sich aber auch um eine weitere Tarnmaßnahme handeln, zudem eine, die er schon früher bei der Werkstatt eingesetzt hatte, als er den dreirädrigen Transporter hatte reparieren lassen.

Das Dorf lag an einer Straße, die, vorbei am örtlichen Pub, hinab zu einem Anlegeplatz am Fluss führte. Vor dem Pub stand eine Gruppe Männer, die sie über einen Feldweg zu dem Cottage dirigierten. Ein Mann mit einem Spaten schien es kaum erwarten zu können, die Verfolgung des Verbrechers aufzunehmen. »Wir warten auf Taschenlampen«, sagte er. »Milly meint, er wäre über die Allmende davongelaufen.«

Brooke stieg aus und forderte die Männer auf, sich zu beruhigen. »Wenn er eine Schusswaffe hat, sind Sie mit Ihren Taschenlampen ein leichtes Ziel für ihn. Es ist dunkel und kalt; gehen Sie nach Hause ins Bett. Wir schnappen ihn.

Das ist unsere Aufgabe. Sie müssen sicher früh wieder aufstehen, um ihrer eigenen Arbeit nachzugehen.«

Grummelnd zogen sie ab und gingen die finstere Straße hinunter. Im unsteten Mondlicht wirkte das Cottage wie eine mittelalterliche Elendsbehausung. Eine Gruppe dreier primitiver Häuschen bildete zusammen mit einigen Nebengebäuden ein bäuerliches Gehöft.

Milly, die Frau des Schilfschneiders, nahm sie mit einer Laterne in der Hand an der Tür in Empfang. »Haben Sie ihn erwischt?«, fragte sie. »Wir sind zu ängstlich, um Schlaf zu finden. Er mag ja eine Waffe gehabt haben, aber trotzdem hat er gezittert.«

Ein Mann tauchte hinter ihr auf und stellte sich als Fährmann Ted Brandon vor. Sie erhielten keine Einladung, das Haus zu betreten, also blieben sie draußen in der feuchten Kälte stehen.

»Ich habe ihn in der alten Scheune gehört, als ich gerade auf dem Weg zum Plumpsklo war. Also habe ich ein paarmal gerufen: ›Wer ist da?‹, und dann kommt er mit der Waffe in der Hand raus. Hat gemeint, ich soll mich ihm nicht in den Weg stellen. Ich hab gesagt, das ist unsere Scheune und er hätte da nichts zu suchen, da scheucht er mich ins Haus und zwingt Milly, ihm einen Proviantbeutel zu packen, einen Guernsey, einen Schal und Socken wollte er auch. Ich war beim letzten Mal dabei, in den Schützengräben. Da lernt man, nur durch Gucken zu erkennen, ob einer es in sich hat, den Abzug zu ziehen. Können nicht viele, wissen Sie? Nicht mal, wenn ihr Leben dranhängt. Die erstarren einfach und können sich nicht mehr rühren. Hab auch Tote im Niemandsland gesehen – der Arm steif, die Waffe immer noch in den Fingern und alle Kugeln in der Kammer. Aber dieser Kerl, der hätte ganz bestimmt abgedrückt.«

»Hatte er eine Tasche?«, fragte Edison.

»Einen Brotbeutel, hat ihn über der Schulter getragen.«

»Schwer?«, hakte Brooke nach.

»Und ob! Musste die Beine spreizen, um ihn auf seinen Rücken zu werfen. Er hatte ihn wohl in der Scheune versteckt – was immer da drin war.«

Edison schrieb sich Namen und Adressen auf. Dann durchsuchten sie die Scheune im Licht von Taschenlampen, konnten aber außer gefrorenen Karotten und faulendem Heu nichts finden. Durch ein Loch im Dach war der Mond erkennbar, verhüllt von Wolkenfetzen.

Sie hatten zugesehen, wie der Mann davonging, sagten sie. Er hatte mit der Last seiner Tasche gekämpft, das Gehöft in Richtung der fernen Stadt verlassen und eine windgepeitschte Wildnis aus grobem Gras überquert, die sich am Flussufer entlangzog.

»Und Sie sind sicher, dass Sie den Mann nicht kennen?«, fragte Edison.

»Das habe ich nie gesagt«, erwiderte Brandon. »Natürlich kenne ich ihn. Wir kennen ihn beide. Ein Student, dachten wir, obwohl er so kräftig ist, dass er eigentlich Uniform tragen sollte. Wir haben ihn meistens am Morgen gesehen. Er ist ein Läufer. Wie ein Uhrwerk, die ganzen letzten Monate seit dem Frühjahr. Etwa um halb sieben. Kommt immer bis zur Kirche, dann macht er kehrt. Läuft direkt über den Hof. Ein paarmal haben wir ihm einen Becher Tee gegeben. Wenn Sie mich fragen, war das ein Aufklärer und hat die Gegend ausgekundschaftet. Den werden wir nicht wiedersehen. Der kommt jetzt ungeschoren davon.«

Brooke ging zum Ende des Lichtkegels und versuchte, in der Dunkelheit die Biegung des Flusses zu erkennen. Der Fährmann hatte recht. Smith war davongekommen, und der Brotbeutel könnte durchaus die zweite Bombe enthalten, gerüstet und zusammengebaut von Walsh. Prinz Henry, faktisch an zweiter Stelle der Thronfolge, sollte binnen nicht einmal zwölf Stunden in der Stadt eintreffen.

Edison kam mit zwei Zinnbechern mit Tee zu ihm, den er den Brandons abgeschwatzt hatte. Vorsichtig nippte Brooke an dem Getränk. »Ich fürchte, das wird eine harte Prüfung, Edison. Es heißt, Prinz Henry sei ein leidenschaftlicher Soldat. Den Großen Krieg hat er um ein Jahr verpasst, und den größten Teil von diesem hat er bisher damit zugebracht, in einem Kommandowagen herumchauffiert zu werden. Dabei hat man ihn so weit wie möglich von der Front ferngehalten. Ich frage mich, ob er wohl weiß, dass er morgen in den Kampf ziehen wird.«

KAPITEL DREIUNDFÜNFZIG

Als Brooke später hellwach neben Claire im Bett lag, suchte ihn das von dem Schilfschneider heraufbeschworene Bild von der Westfront heim: Männer, die gestorben waren, unfähig zu feuern, die kalten Pistolen noch immer in kalten Händen. Ein Detail hielt Brooke für entscheidend: die *Pistole*. Ein Gewehr, ein Maschinengewehr, ein Infanteriegeschütz, ein Granatwerfer – sie alle waren unkritisch, das Ziel nicht als Mensch erfasst und unspezifisch, das Opfer namenlos. Aber einen einzigen Schuss aus einer Pistole abzufeuern war stets ein persönlicher Akt der Vernichtung. Ins Schwarze zu treffen war keine zureichende Vorbereitung darauf, unter realistischen Bedingungen auf einen anderen Menschen zu schießen. Brooke war in seinem Regiment mit einer Medaille ausgezeichnet worden, als er seine .45er erhoben hatte, um eine Kugel in das Zentrum einer Korkzielscheibe oder zwischen die Augen einer Strohpuppe zu jagen. In Alexandria und dann noch einmal auf der Straße nach Gaza hatte er seine Pistole unter realen Bedingungen eingesetzt, aber nur über die Köpfe einer Rebellentruppe an einem Bahnhof hinweg und bei einem nächtlichen Scharmützel, im Zuge dessen er seine Waffe wieder und wieder nachgeladen und blind auf Lichter und Schatten geschossen hatte.

Am Ende hatte Grandcourt ihm eine Hand auf die Schulter gelegt. »Sie sind weg, Sir. Es wurde befohlen, das

Feuer einzustellen.« Der Lauf seiner Pistole war glühend heiß gewesen und hatte nach Kordit gestunken.

Aber könnte er auch eine Pistole auf einen Mann abfeuern, dessen Gesicht er sehen konnte? Könnte er einem Mann eine Kugel in die Brust jagen, dessen Namen er kannte? Er hatte auf den Türken geschossen, der ihn während des Großen Krieges in der Wüste gefangen genommen hatte. Aber zu dem Zeitpunkt war er selbst schon getroffen und überzeugt gewesen, er würde an Ort und Stelle sterben, wenn er nicht zurückschlüge. Hätte er auch *zuerst* schießen können?

Vor seinem geistigen Auge sah er, wie Joe Smith die Waffe hob und auf sein Herz zielte. Er versuchte, sich den Moment auszumalen: selbst zielen, abdrücken, der Rückstoß, der in seinen Arm fährt. Aber wie sehr er sich auch bemühte, da war immer ein Sekundenbruchteil des Zögerns, und es fehlte das Gefühl, dass die Kugel ihr Ziel erreichte, das instinktive Rumsen, übertragen von einer hochenergetischen Form der Telepathie. Wenn er sich nicht einmal vorstellen konnte, es zu tun, was würde geschehen, wenn er mit der Realität konfrontiert wäre?

Als er nun da im Bett lag, war er schweißgebadet, und der Schweiß war eiskalt, weil das Fenster weit offen stand. Die Geräusche des jetzt wieder eisfreien Flusses, der über das nahe Wehr stürzte, drangen herein. Er drehte sich auf dem Kissen zum Zwielicht um und sah das grün-beige Tuch auf seinem Nachttisch. Darin eingewickelt war die übliche Dienstpistole, eine .45er Webley, ausgegeben von der Waffenkammer der Grafschaft auf schriftliche Anweisung von Carnegie-Brown. Sechs Feuerwaffen waren für den Sicherheitseinsatz rund um Prinz Henry ausgebucht worden, vier hatten Constables erhalten, eine Edison und eine war an Brooke gegangen. Smith hatte dennoch einen entscheidenden Vorteil. Er hatte schon getötet, und zwar auf extrem kaltblütige Art.

KAPITEL VIERUNDFÜNFZIG

Brooke und Edison standen im Bahnhof von Cambridge am Gleis und warteten auf den Zug von der Liverpool Street. Mrs Mary Flynn sah sonderbar substanzlos aus, als wäre sie eigentlich nur halb da. Sie sagte nichts, als Brooke ihr die Hand schüttelte, sondern umklammerte nur krampfhaft den Arm ihres Mannes. Mr Gerald Flynn war eine ganze Dekade älter als sie, hatte einen säuberlich gestutzten Schnurrbart und trug Filzhut zu einem eleganten Anzug. Seine Haltung hatte etwas Wichtigtuerisches an sich, etwas das aufgeblasen und verärgert zugleich erschien, als wäre diese Reise nach Norden eine milde Unannehmlichkeit, die schnellstmöglich fortgewischt werden sollte.

Draußen, jenseits der anmutigen Bögen der Bahnhofsfassade, lief der frisch geputzte Wasp am Taxistand im Leerlauf, und Edison öffnete die hintere Tür für die Flynns.

Brooke sprach durch das offene Fenster mit ihnen, als sie es sich bequem gemacht hatten. »Mein Sergeant wird sie zum *Bull Hotel* fahren. Wir haben ein Zimmer für Sie gebucht. Alles ist bereits bezahlt. Ich werde später, vielleicht auch erst morgen, mit Ihnen beiden sprechen müssen. Ihr Termin bei Doktor Comfort, dem Pathologen, ist um zwei Uhr heute Nachmittag. Mir ist bewusst, was für eine schreckliche Bürde das ist, aber wir benötigen eine eindeutige Identifizierung durch einen nahen Verwandten. Wenn

Sie Fragen haben, kann Sergeant Edison sie Ihnen beantworten. Ein Besuch der Schule oder der Kirche ist derzeit nicht möglich. Ich nehme an, Sie wurden bereits von der Polizei in Shepherd's Bush über die Lage in Kenntnis gesetzt?«

Beide nickten.

»Mister Walsh ist immer noch im Krankenhaus«, sagte Brooke.

»Wird er überleben?«, fragte die Frau, die ihn einst geheiratet hatte und immer noch mit ihm verheiratet war.

»Ja, aber es gibt Probleme mit seinem Herz.«

»Hat er unseren Jungen getötet?«, fragte sie. Wieder sahen ihre grauen Augen so leblos aus wie Strandkieselsteine.

Brooke berührte seinen Hut. »Die Ermittlungen laufen. Wie ich bereits sagte, wir werden uns später unterhalten müssen. Die Untersuchung schreitet rasch voran, und ich bin überzeugt, wir werden Ihnen Antworten auf all Ihre Fragen geben können.«

Mr Flynn wirkte vage beschwichtigt, während die Miene seiner Frau gänzlich ausdruckslos war. Zweifellos wappnete sie sich innerlich für die vor ihr liegende Prüfung.

Brooke tippte mit seinem Siegelring auf das Dach des Wagens, und Edison fuhr langsam davon, die Station Road hinunter in Richtung der munteren Statue »The Homecoming«.

Der Streifenwagen brachte Brooke nach Hause, damit er sich zur Vorbereitung auf seine zeremoniellen Pflichten umziehen konnte. Claire, die frei hatte, fegte Schneematsch vom Fußweg, eine Arbeit, die sie sich auferlegt hatte, um sich von der Tatsache abzulenken, dass sie nichts Neues über Ben gehört hatten. Sie ließ großzügig davon ab, um ihrem

Mann bei der Auswahl eines Hemds und einer Krawatte zu helfen, die zu seinem besten Anzug passten. Schwarze Budapester wurden auf Hochglanz poliert. Endlich stand er vor dem mannshohen Spiegel auf dem Dachboden, gleich neben der Badewanne.

»Du siehst aus wie dein Vater auf dem Bild im Flur«, sagte Claire, bemüht, den Augenblick zu genießen.

Beinahe absurd erfreut drehte Brooke den Kopf, um die Haltung seines Vaters auf dem Foto nachzuahmen. Es war ein formelles Porträt, das ihn an dem Tag, an dem er seinen Nobelpreis erhalten hatte, in Oslo neben dem König von Norwegen zeigte. Er hatte immer gedacht, wenn man nicht wusste, wer von beiden wer war, könnte man denken, Professor Brooke wäre die Königliche Hoheit. Ein Gefühl der Leichtigkeit und sogar ein mildes Amüsement drückten sich in dem sonst so ernsten Gesicht aus.

»Joy?«, fragte Brooke und zog den Knoten an seiner Kehle fest. Dies war die Krawatte vom Feldzug seines Bataillons in Palästina, und er hatte sie nur selten getragen. Er war zu dem Schluss gekommen, dass sie gerade passend schien, um den Unbekannten Soldaten zu ehren.

»Sie ist zu Fuß auf dem Weg nach Coton, um Grace zu treffen. Und noch ein paar andere Freundinnen. Alle scharen sich jetzt um sie. Je länger wir nichts hören, desto schlimmer wird es.«

Brooke begegnete ihrem Blick im Spiegel. »Solange wir nichts hören, wissen wir auch nichts. Aber noch vierundzwanzig Stunden, und ich würde sagen, wir sollten das Schlimmste in Betracht ziehen, auch wenn wir nicht darüber sprechen.«

An der Tür legte sie ihm den Mantel über die Schultern.

»Was ist mit Bens Eltern? Und einen Bruder hat er doch auch?«, fragte er.

»Sie haben gestern Abend angerufen. Joy hat mit seinem Vater gesprochen. Sie dachten, es würde sich nach einem Maschinenschaden anhören und die *Silverfish* würde sicher bald in irgendeinen Hafen einlaufen. Er war sehr optimistisch. Ich glaube, Joy mag ihn nicht. Sie fand, er hätte sie behandelt wie ein Kind. Sie ist eine Krankenschwester, ihr Realitätssinn ist genauso gut wie der eines Marineoffiziers im Ruhestand. Besser sogar.«

Claire setzte ihm den Hut auf und bugsierte ihn sanft von der Stufe, um ihn auf den Weg zu bringen.

Der Funkwagen setzte Brooke am großen Tor des Trinity Colleges ab, vor dem sich schon eine kleinere Menschenmenge versammelt hatte, in Schach gehalten von einer Handvoll uniformierter Constables. Brooke nahm seinen Platz in der Aufstellung ein, bereit, den Prinzen willkommen zu heißen; eine Situation, die an eine Hochzeitszeremonie erinnerte, an eine Formation, die Claire gern als »Wand des Todes« bezeichnete. Brooke war zwischen dem Lord Lieutenant und dem Master des Colleges eingeklemmt. Einige Studenten waren gezwungen worden, gegenüber in akademischen Talaren Aufstellung zu nehmen, um gemeinsam mit ihnen eine Ehrengarde zu bilden.

Eine Kolonne schwarzer Fahrzeuge rumpelte das Straßenpflaster herunter. Brooke hatte die königliche Wagenkolonne umgeleitet, um die Great Bridge zu umfahren. Das hatte den Zeitplan um einige Minuten verzögert, weshalb sie spät dran waren, was wiederum ausgereicht hatte, dass sich eine recht beachtliche Menge hatte ansammeln können.

Als der Prinz ausstieg, erhob sich höflicher Applaus, sogar ein vereinzelter Jubelruf erklang.

Brooke hörte die gestelzten Gespräche, als Prinz Henry sich seinen Weg an der Reihe der Würdenträger vorbei bahnte. Die königliche Stimme war dünn und piepsig und passte so gar nicht zu dem großen, gemütlichen Mann, der die Worte hervorbrachte. Während Brooke wartete, ließ er seinen Blick über die Menge gleiten, sah einen Soldaten mit Gewehr und einen weiteren an einem Fenster im ersten Stock über einem Buchladen. Er fragte sich, ob Jo Ashmore auf ihrem unsichtbaren Beobachtungsposten wohl Gesellschaft hatte.

Das College – oder zumindest alle wichtigen Räumlichkeiten – war am Morgen durchsucht worden. Der Bluthund des Borough hatte eine Runde über das Gelände gemacht. Einem Bombenanschlag zu entgehen war keine so große Sache, solange sie sicherstellen konnten, dass der Prinz niemals zur vorbestimmten Zeit an einem Ort in Erscheinung trat, der auf dem veröffentlichten Ablaufplan aufgeführt war. Sollte es sich um einen Sprengsatz handeln, den Smith bei Sichtkontakt zur Explosion zu bringen gedachte, erhöhte das die Gefahr, aber nicht in einem Ausmaß, das seinen Auftritt als übertrieben verwegen erscheinen ließ. Sie mussten den Prinzen einfach in Bewegung halten und wachsam bleiben.

Dann, aus heiterem Himmel, schüttelte Prinz Henry ihm die Hand. Der Mann hatte einen Mund voller schlechter Zähne, aber ein freundliches Gesicht und ein pragmatisches, unkompliziertes Auftreten. Seine Uniform war frei von Orden oder Schärpen, davon abgesehen aber mustergültig. Die Knöpfe fingen das schwache, winterliche Tageslicht ein.

Er hätte ebenso gut ein Bauer oder ein geselliger Metzger sein können. Brooke mochte ihn auf Anhieb.

»Ah, Professor Brookes Sohn? Ich bin ihm ein paarmal begegnet, wissen Sie – auf King's Parade. War damals berühmt. Auf mich hat da niemand geachtet – oder auf meinen nichtsnutzigen Bruder. Ich habe nur ein Jahr durchgehalten. Das Akademikerleben ist nichts für mich.«

Brooke war nicht sicher, ob der Prinz ihm eine Frage gestellt hatte, aber er hatte das Gefühl, frei sprechen zu können. »Wie war Frankreich? Mein Sohn ist bei der BEF, irgendwo südlich der Grenze zu Luxemburg. Seine Briefe verraten nicht viel, aber es scheint recht ruhig zu sein, Eure Hoheit.«

»So wird es auch bleiben.« Der Prinz trat näher, und Brooke sah, dass seine Augen leicht verhangen waren, die Haut gezeichnet von winzigen geplatzten Blutgefäßen. In seinem ruhigen Blick lag ein Ausdruck, der echte Anteilnahme signalisierte. »Vor zwei Tagen ist nahe der Grenze ein Flugzeug runtergekommen. An Bord war ein Bote mit militärischen Plänen. Wie es aussieht, schlagen sie wieder die gleiche Route ein wie beim letzten Mal, über die belgische Grenze, also dürfte Ihr Junge erst einmal sicher sein. Sagen Sie das seiner Mutter. Das hilft bestimmt für eine Weile.«

Prinz Henry ordnete die polierten Schuhe auf dem Pflaster neu an. »Man sagte mir, ich könne mir ein Fußballspiel ansehen, Inspector, trotz des besonderen Augenmerks der Fenier. Vielen Dank.«

Brooke nickte ihm zu. »Es stand auf dem Plan, aber wir haben den zeitlichen Ablauf geändert, also dürfte das kein Problem sein. Und ich habe über Nacht eine Wache auf dem Spielfeld postiert. Wir müssen einfach dafür sorgen, dass Sie nie genau da sind, wo man Sie gerade erwartet.«

»Das klingt ziemlich normal«, sagte der Prinz lächelnd. »Eine übliche militärische Vorgehensweise.«

»Bedauerlicherweise kann ich nicht für die Güte des Spiels bürgen.«

Der Prinz kniff verschmitzt die Augen zusammen und studierte Brookes Krawatte. »Allenby's Haufen, was? Haben Sie den großen Mann kennengelernt?«

»Lawrence oder Allenby?«

Der Prinz lachte.

»Lawrence habe ich ein- oder zweimal aus der Ferne gesehen. Eines Nachts an einem Beduinenfeuer. Aber die Legende ist ihm vorausgeeilt. In diesem Sinne war er einfach überall. Aber das ist das Wesen der Legenden, sie sind von Natur aus substanzlos.«

Prinz Henry nickte bedächtig. »Und ein bisschen zu grell, wenn Sie mich fragen. Mich nennt man den Unbekannten Soldaten, Brooke. Ich weiß nicht, was dann wohl er sein mag.« Wieder schüttelte er Brooke die Hand. »Ich vertraue voll und ganz darauf, dass mein Leben in guten Händen liegt, Inspector.«

KAPITEL FÜNFUNDFÜNFZIG

Prinz Henry verschwand außer Sichtweite und betrat das Trinity College, dessen Tor sich in der Höhe mit einer recht armseligen Statue seines entfernten Vorfahren Henry VIII schmückte, dem Gründer der Einrichtung. Der Applaus schwand, die Menge ebenso. Ein Detective Inspector der Grafschaftspolizei hielt die Stellung im College, wo die exakten Örtlichkeiten für das Mittagessen geändert worden waren. Statt in der Great Hall sollte es nun in der Master's Lodge stattfinden. Über die möglichen Gefahren des Besuchs in Kenntnis gesetzt hatte der Oberpförtner angeordnet, dass die Kellerräume nach Sprengstoff durchsucht wurden, fürchtete er doch eine Neuauflage des Mordversuchs an einem anderen Vorfahren des Prinzen, James I, im November 1605. Doch es war nirgends eine Spur von einem modernen Guy Fawkes zu finden.

Im College sollte sich der Prinz kurz ausruhen und dann ein frühes Mittagsmahl einnehmen. Die für später geplante Autofahrt zu Parker's Piece war durch einen Zick-Zack-Spaziergang ersetzt worden, der zweifellos zu spontanen Menschenaufläufen führen würde. Schließlich würde der königliche Gast in einem offenen Militärfahrzeug zum Abendessen zurückfahren und dann zum Queens' College hinübergehen. Eine letzte Sicherheitskontrolle in der Great Hall des Queens' sollte bei Anbruch der Abenddämmerung stattfinden. Vor dem Abendessen würden Drinks im neuen Fisher Building serviert werden, das der Prinz im Zuge einer kurzen Zeremonie offiziell eröffnen sollte. Im Falle einer Unterbrechung durch einen Fliegeralarm sollte der königliche Gast zu den Kellern der neuen Guildhall auf dem Market Hill geleitet werden. Brookes Rolle bestand darin, sich für unerwartete Zwischenfälle bereitzuhalten und greifbar zu sein, um persönlich die Aufsicht über den königlichen Prinzen zu übernehmen, sollte ein Notfall eintreten.

Nun, da sein Mündel sicher innerhalb der Collegemauern und er wieder allein war, sah er einen Constable auf sich zukommen. »Sir, die Polizeizelle in der St. Andrew's Passage, da ist ein Anruf.« Der blaue Kasten lag fast völlig versteckt in einer Nebengasse. Der Anrufer war der diensthabende Sergeant im Spinning House: Ein Wasserinspektor in Upware, zehn Meilen nördlich der Stadt, hatte die *Elsie* entdeckt; sie lag vertäut zwei Meilen vom Hauptfluss entfernt im Reach Lode. Er war nahe genug herangekommen, um die Identität des Boots zu verifizieren, und dann sofort in einen Pub am Ufer geflüchtet, in dem es ein Telefon gab. Nun wartete er auf Anweisungen.

Brooke sah zur Uhr. Ihm blieben zwei Stunden, ehe der Prinz wieder herauskäme, um seiner nächsten Verpflichtung gerecht zu werden. Da er nicht auf Edison und seinen Wasp zurückgreifen konnte, rannte er zum Fluss und der Great Bridge hinunter, wo die Bezirkspolizei ein Patrouillenboot stationiert hatte, das sich während des Besuchs des Prinzen in dauerhafter Bereitschaft befand. Er wedelte mit seinem Dienstausweis, erwirkte eine Requirierung und gab Anweisung, so schnell wie möglich auf dem Fluss gen Norden zu fahren. Sie hinterließen eine beachtliche Heckwelle, als sie die Schleusen bei Jesus und Baits Bite passierten und dann die Dörfer am Rand des Marschlands. Östlich des Cam lag das Lode Country, ein von geraden Einschnitten durchzogener Teil des Marschlands, die einst dazu gedient hatten, Güter per Boot aus höher gelegenen Gegenden zum Hauptfluss zu transportieren. Nach der Trockenlegung der Fens war die Erde zusammengeschrumpft, wodurch die Lodes nun oberhalb des Landes lagen, das sie entwässert hatten, eingerahmt von Dämmen nach dem Vorbild des Mississippi. Selbst für die Verhältnisse des Marschlands war dies die reinste Wildnis. Bodart hätte keinen einsameren Ort finden können, um das Boot aufzugeben und sich heimlich zu verdrücken. Oder war sie womöglich immer noch an Bord?

Upware, eine Ansammlung weniger Häuser rund um einen strohgedeckten Pub mit dem schönen Namen *Five Miles From Anywhere* lag gleich an der Schleuse zum Reach Lode. Der Wasserinspektor, ein gedrungener, umtriebiger Mann in einem schmuddeligen Mantel, führte Brooke zu Fuß einen Pfad hoch am Ufer des Wasserlaufs entlang. Das Wasser selbst floss träge dahin und stank nach verrottendem Torf. Auf der anderen Seite standen Wildpferde mit gesenkten Köpfen, die am vom schmelzenden Schnee freigegebenen Gras rupften. Im Sommer drängelten sich Boote an den Anlegern, im Winter blieben nur die ganz Hartgesottenen – die Einheimischen nannten sie Flussfahrer. Anfangs lagen noch ein paar dieser Boote auf ihrem Weg, doch bald waren auch die nicht mehr zu sehen. Dann, in weiter Ferne jenseits einer geringfügigen Abweichung von der sonst schnurgerade ausgeführten Wasserstraße, lag die *Elsie*.

Fünfzig Yards entfernt hielt Brooke inne. Das Boot war

säuberlich vertäut, eine Reihe Holzplanken schützte seinen Lack vor Abrieb am Anleger. Sie war vierzig Fuß lang, gehalten in Schwarz und Gold. Aus dem Ofenrohr quoll Rauch und verriet, dass im Inneren ein Feuer brannte. Die Plicht und die Tür zur Kajüte waren gepflegt, sauber und erst kürzlich neu lackiert worden – tipptopp. Eine Bilgenpumpe puckerte geduldig vor sich hin, spuckte am Ruder Wasser aus und schuf eine ständige Strömung, die, wie Brooke aufging, dazu beigetragen haben musste, das Boot auch während des Kälteeinbruchs eisfrei zu halten.

Brooke, dessen Zeit knapp bemessen war, beschloss zu handeln. Die RADAR-Einheit zurückzuholen hatte Priorität. War sie an Bord? Er rief ein Allerwelts-Hallo, trat näher, ging an Bord und spürte sofort das subtile Schlingern des Bootes in seinem nassen Bett, das ihm den Magen herumdrehen wollte. Er ging in die Knie und schaute in die Kajüte. Im Hauptraum standen mehrere Bücherregale, ein kleiner Schreibtisch und Aktenschränke. Der Ofen war in einem bayrisch anmutenden Stil gehalten; verkleidet mit blauen Fliesen und aufgebaut wie ein Hochzeitskuchen schraubte er sich in Stufen empor zur höchsten Stelle. Ein bemerkenswertes Gerät und zweifellos importiert. Eine Katze erschreckte ihn, als sie plötzlich auf dem Fenstersims auf der Innenseite auftauchte und das Fell flach gegen die dicke Glasscheibe presste.

Der Wasserinspektor zauberte ein Brecheisen aus seinem Mantel hervor, und sie knackten das Schloss der Kajütentür. Beginnend am Bug durchsuchte Brooke methodisch das Boot und achtete darauf, auch beide Bilgen zu überprüfen. Eine von Rafe Forbes' RADAR-Einheiten zu verstecken, war keine ganz leichte Aufgabe. Zwanzig Minuten später war er ziemlich sicher, dass Bodart mitsamt ihrer Beute geflohen war.

Als er wieder auf trockenes Land geklettert war, fand er den Wasserinspektor rauchend mit einem alten Hund zu seinen Füßen vor, der ihnen auf seinen arthritischen Beinen gefolgt sein musste. Die Katze saß inzwischen auf dem Kajütendach.

»Ist eine Rassekatze«, sagte der Wasserhüter. »Siamese. Zu seiner Zeit hätte der Hund sie sich im Nu geholt. So.« Er schnippte mit den Fingern.

»Danke für Ihren Anruf«, sagte Brooke. »Wir hätten sie vielleicht noch monatelang nicht gefunden.« Das war die reine Wahrheit. Dieser Anleger an dem schmalen Kanal war eine Meile vom Hauptfluss entfernt, und der kleine Knick sorgte dafür, dass das Boot trotz des offenen Geländes gut verborgen war.

»Ist meine Aufgabe«, sagte der Wasserinspektor geradeheraus. »Bootsleute, die flussaufwärts fahren, meinen, jedes Boot würde an der Denver durchsucht, stimmt das? Hinter was sind die her?«

»Wer sagt das?«, wollte Brooke wissen.

»Jeder Kapitän, mit dem man spricht. Flussabwärts auch, erzählen sie. In einer Geschichte heißt es, es gäbe einen Spion, der versucht, das Meer zu erreichen. Bewaffnet soll er auch sein und gefährlich dazu. Das hier ist das Boot, oder?«

»Tratsch ist doch etwas Wunderbares«, bemerkte Brooke. »Besser, Sie halten sich an die Fakten. Wir suchen eine Frau in mittleren Jahren, kräftige Statur, deutscher Akzent – aber sie ist Österreicherin. Halten Sie die Augen für uns offen, und können Sie das verbreiten – nach Norden und Süden?«

Der Wasserinspektor nickte.

Brooke war bereits auf dem Rückweg, fünfzig Yards von dem Boot entfernt, als ihm die Frage in den Sinn kam, die auf der Hand lag: Warum den Ofen brennen lassen? Er produzierte Rauch und vermittelte den Eindruck, dass jemand an Bord war.

Also ging er zurück und benutzte einen kleinen Satz Metallwerkzeuge, um die Ofentür zu öffnen. Im Inneren schwelten ein dicker Atlas und ein Satz gefalteter Karten. Brooke fegte sie in einen Metalleimer und breitete sie anschließend in einer Reihe auf einer feuchten Plane am Ufer aus. Diverse deutsche Hieroglyphen sprenkelten eine Reihe Generalstabskarten vom oberen Flusslauf, dem Wash und der Küste im nördlichen Norfolk. Die Seekarten deckten den Deutschen Ozean ab.

Brooke richtete seinen Hut und versuchte, sich so gut es ging in Bodart hineinzuversetzen. Gewiss hatte sie sich bemüht, möglichst viel von dem Gerede am Fluss aufzuschnappen. Wenn sie gehört hatte, dass der Weg flussaufwärts blockiert war, würde das erklären, warum sie beschlossen hatte, die *Elsie* stillzulegen. Die Verbrennung des Kartenmaterials signalisierte eine notgedrungene Planänderung. Aber wohin war die Frau verschwunden? Vielleicht stromabwärts zurück zur Stadt, statt es auf offenem Gelände zu versuchen? Das war eine Zehn-Meilen-Wanderung, aber sie hätte sie in der Nacht bewältigen können. Verzweifelt, ihre Pläne vereitelt und ohne einen Freund an ihrer Seite – hatte sie überhaupt noch Hoffnung?

KAPITEL SECHSUNDFÜNFZIG

Eine Stunde später stand Brooke an der Seitenlinie und beobachtete das Fußballspiel auf Parker's Piece auf einem Spielfeld, das vom Schnee geräumt worden war und nun mit einem Untergrund aus Stroh und Schlamm aufwartete. Dem Pförtner des Trinity zufolge war ein »leichtes Mittagessen« gereicht worden, zu dem mehrere Runden Brandy Alexander gehörten, ein Machwerk der Offiziersmesse aus Brandy, Sekt und Zuckerwürfeln; der Lieblingscocktail des Prinzen. Anschließend hatte er einen übermütigen und lauthals bejubelten Spaziergang durch die Stadt genossen, und nun stand er da und rauchte eine große Zigarre, während das Spiel mit einer Reihe von knallharten Angriffen und kaum beherrschter Gewalt im Stile mittelalterlichen Fußballs seinen Verlauf nahm. Die exakte Position des Balls schien für die Spieltaktik nur geringe Relevanz zu haben.

Brooke, der von seinem Schutzbefohlenen aus gesehen auf der gegenüberliegenden Seite des Fußballfelds stand, hatte inzwischen erfahren, dass die Mannschaften auf der einen Seite die Universität und auf der anderen das London Regiment repräsentierten und dass der königliche Besucher angedeutet hatte, beide Teams seien nach dem Abpfiff zum Tee im Trinity eingeladen. Er nahm an, dass das nur ein anderer Euphemismus für einige Runden hochgeistiger Getränke war. Feiertagsstimmung lag über dem Feld, weil der Großteil des tausend Mann starken Publikums Uniform trug und die Erlaubnis erhalten hatte, vor dem Anstoß die örtlichen Pubs heimzusuchen. Hundert Kinder – ausschließlich Jungs – verfolgten das Spiel hinter einem der Tore, wild jubelnd und Fahnen schwenkend.

Brooke beobachtete den Prinzen. Der Schluss schien kaum vermeidbar, dass er umgeben von Soldaten glücklicher war als in einem Kreis von Akademikern oder in Gegenwart seiner eigenen Entourage, einer mürrischen Gruppe von Männern in langen Mänteln, die im Schneematsch mit den Füßen aufstampften, silberne Zigarettenetuis untereinander weiterreichten und rauchten. Der größte Constable des Borough war zum nominellen Leibwächter des Prinzen befohlen worden und stand gleich hinter ihm.

Das Spiel hatte sich in ein Schlammbad verwandelt, und die Mannschaften waren nicht mehr voneinander zu unterscheiden; ein entzückter Prinz, der seine strikte Neutralität aufgegeben hatte, feuerte die Soldaten an. Der Schlusspfiff rief gewaltigen Jubel hervor, und beide Mannschaften nahmen in einer Reihe Aufstellung, um den Ehrengast zu begrüßen. Der wurde im Anschluss zu seinem Wagen geleitet, nachdem er die Spieler wie angekündigt zu einer Erfrischung eingeladen hatte. Brooke machte sich quer über den Rasen auf den Weg, gefolgt von beiden Teams, die eine lange, ungeordnete Reihe dampfender Athleten bildeten. Die Spieler, offenkundig im Vorgriff auf Wärme, Speisen und Getränke, sangen in den schmalen Straßen. Ihre Feierstimmung war ansteckend. Eine Menge, die sich an der Collegepforte versammelt hatte, jubelte ihnen ungesehen hinter dem Tor zu.

Auf dem Rückweg zum Trinity hatten sie den königlichen Wagen um fünf Minuten geschlagen, weil der aus Sicherheitsgründen eine Rundfahrt absolvieren musste, auf der er den einschlägigen Brücken erneut auswich. Endlich kroch der offene Militärwagen die Kopfsteinpflasterstraße hinab, und der Prinz verschwand außer Sicht und ließ einen dünnen Hauch kräftigen Zigarrenrauchs in der Luft zurück. Brooke warf einen Blick auf seine Uhr: exakt vier. Erste Anzeichen der Dämmerung zogen über den Himmel, und die Lichter der Pförtnerloge strahlten hell und einladend. Prinz Henry sollte das Queens' nach dem Dinner um sechs Uhr wieder verlassen.

Als die Menge sich auflöste, zündete sich Brooke eine Zigarette an und setzte sich an die Wand. Auf einer Seite des großen Tors ragte in einem höheren Stockwerk ein Erkerfenster aus der Mauer hervor. Dies war den Legenden zufolge der Raum von Isaac Newton gewesen. Darunter auf dem Rasen stand ein Apfelbaum, entstanden aus einem Kern, der von dem Apfelbaum in seinem Garten auf dem Land stammte, von dem die Frucht gefallen war, welche das Gravitationsgesetz und vieles andere mehr hervorgebracht hatte. Brookes Vater hatte nichts von der Geschichte gehalten und stets darauf verwiesen, dass es noch weitere Bäume gab – insbesondere im Botanischen Garten der Stadt – die auf Wurzeln des Originals gepfropft worden waren. Diese Bäume waren exakte Nachbildungen des Originals, botanische Zwillinge anstelle von Hybriden. Brooke kam in den Sinn, dass es in der Natur der Wissenschaft lag, dass eines Tages irgendwo irgendwer versuchen würde, das Gleiche mit einem Tier zu versuchen – vielleicht mit einem Schaf oder einem Meerschweinchen. Eine verstörende Vorstellung.

Eine Vorstellung, die ihn wieder an Augustine Bodart und ihre Platterbsen erinnerte. Er hatte weiterführende Anweisungen im Spinning House hinterlassen, um die Suche nach der Flüchtigen auszudehnen. Vor allem hatte er Befehl erteilt, alle Züge in südlicher Richtung zu durchsuchen, ehe sie nach London abfahren durften. Das Davison College hatte ein Foto von Bodart aus seinen Akten bereitgestellt. Brooke war fest entschlossen zu verhindern, dass die Österreicherin mit irgendjemandem zusammentraf, der möglicherweise imstande war, die RADAR-Einheit außer Landes zu schaffen. Ob sie wusste, wie sie in der Hauptstadt Kontakt zu anderen Agenten aufnehmen konnte?

Es fiel ihm schwer, Mitgefühl für ihre Notlage aufzubringen. Zweifellos ging ihre Hingabe an die Eugenik auf ihre Studienzeit in Heidelberg zurück. Die Raffinesse ihrer verdeckten Tätigkeit in Cambridge deutete auf eine umfassende Vorbereitung hin. Sie war beinahe drei Jahre am Davison gewesen. Zweifellos war sie Agentin der Abwehr, des deutschen Geheimdiensts. Aber hätte es das Flussgeschwätz nicht gegeben, hätte man sie schon an der Denver Schleuse erwischt.

Die Uhren läuteten die Stunde, und er sah Edison beinahe im Laufschritt die Trinity Street herunterkommen.

Außer Atem beugte er sich kurz vor und richtete sich dann wieder auf. »Sir, das Kind in der Leichenhalle … das ist nicht Sean Flynn.«

»Aber er muss es sein«, sagte Brooke und stand auf. Eine Krähenschar erhob sich aus den Bäumen am Torhaus und kreiste über ihnen am Abendhimmel.

»Die Mutter ist sicher. Beim ersten Mal ist sie in Ohnmacht gefallen, darum mussten wir eine Weile warten. Danach hat sie ihn noch ein zweites Mal angesehen und ihr Mann auch. Es gibt keinen Zweifel.«

Brooke überlegte, welche Auswirkungen diese Neuigkeit

haben mochte. Wenn das nicht der Leichnam Sean Flynns war, um wen handelte es sich dann? Er sah die Gesichter von Kindern vor sich, ihre Koffer und Etiketten. Und Pater Ward, bestürzt wegen des *einen*, das fehlte.

»Sie sind beide ziemlich schockiert«, fuhr Edison fort. »Sie haben sich in ihr Zimmer im *Bull* zurückgezogen. Ich habe gesagt, wir würden ihren Jungen finden, aber wo sollen wir anfangen?«

Brooke überlegte und kam zu dem Schluss, dass er einen Teil der Antwort auf diese Frage kannte: *Er* wusste, wo er Sean Flynn finden konnte. Und er wusste, dass er am Leben war. Was noch immer nicht greifbar war, das war das Motiv hinter der Täuschung.

»Wir müssen in St. Alban's alle zusammenrufen«, sagte er. »Alle Evakuierten, die Mitarbeiter, wirklich alle. Den Priester auch und die Haushälterin. Morgen, wenn möglich. Schicken Sie der Schule eine Nachricht, Edison, der Kirche ebenfalls.«

Hektisch zündete er sich eine neue Zigarette an. »Jetzt müssen wir jedoch erst einmal Prinz Henry sicher über die Stadtgrenze und von unserem Grund und Boden schaffen. Danach können wir uns auf das Kind konzentrieren.«

»Da war auch noch ein Anruf von Brandon, Sir. Der Schilfschneider aus Hornsea hat sich auf dem Revier gemeldet, um uns zu sagen, dass sein Boot weg ist. Es war unten am Treidelpfad vertäut. Ein Ruderboot. Es scheint, als wäre dieser Smith wirklich sehr vorausschauend. Die Ruder wurden in der Scheune aufbewahrt, und die sind auch weg. Sieht also ganz so aus, als hätte er das alles im Vorfeld geplant. Nun hat er die Bombe und ein Boot.«

KAPITEL SIEBENUNDFÜNFZIG

Brooke und Edison standen gemeinsam in den dunkler werdenden Schatten des großen Tors. Sie waren immer noch in ihr Gespräch über Smiths potenzielle Ziele vertieft, als einer von Prinz Henrys persönlichen Dienern von der Pförtnerloge halb auf sie zurannte, auf den Pflastersteinen strauchelte und einen Koffer voller Kleidung über die Steinplatten verteilte. Alles fiel heraus, die ganze Montur für das formelle College-Dinner: schwarze Krawatte, Smoking, polierte Schuhe, ein Kummerbund und ein paar gewagte Hosenträger in Gold und Blau, den Farben des königlichen Regiments.

Brooke half ihm, die Sachen wieder einzupacken, und zeigte ihm seinen Dienstausweis. »Planänderung?«

»Seine königliche Hoheit bevorzugt die Worte ›Element der Überraschung‹«, entgegnete der Mann unverkennbar erbittert. »Sie hatten alle ein paar Drinks. Die Soldaten sind natürlich in ihre Baracken zurückgekehrt, aber die Studenten sind sternhagelvoll. Habe ich ›ein paar Drinks‹ gesagt? Nun ja, es waren wohl eher ein paar *mehr*. Jemand hat einen Hindernislauf am Flussufer vorgeschlagen, über die Wiesen und Zauntritte rüber zum Queens'. Prinz Henry hat sich eine passende Montur geborgt, und dann waren sie auf und davon, eine Parforcejagd im wahrsten Sinne des Wortes. Sie wollen das Tageslicht nutzen, ehe es weg ist. Einer der Studenten hat ein Horn. Ein anderer hat sich freiwillig bereiterklärt, den Fuchs zu spielen. Ich muss den Pförtner des Queens' informieren, dass sie von der Rückseite über die Holzbrücke kommen werden. Ich mache mich besser auf den Weg.«

Damit zog er ab, und wie aufs Stichwort trug der Wind den Klang eines Jagdhorns heran. Selbst wenn sie den langen Umweg über die Auen nahmen, würde die Jagdgesellschaft in zwanzig Minuten, möglicherweise weniger, die Brücke überqueren, und einzuholen war sie nicht mehr.

Brooke dachte an das Kind im Sack, das flussabwärts in seinen Tod getrieben und unter der Mathematiker-Brücke hindurchgerauscht war. Das Gefühl, das Schicksal könnte eine Geschichte ausgeklügelt haben, die sich im Kreis drehte, die endete, wie sie begonnen hatte, gefiel ihm gar nicht.

»Gehen Sie mit, Edison«, sagte Brooke und zeigte auf den entschwindenden Kammerdiener. »Versuchen Sie, eine Nachricht zur Brücke zu übermitteln. Und wenn es möglich ist, diese Jagd auf die Silver Street umzuleiten, dann tun Sie es. Eigentlich besteht kein ernsthaftes Risiko. Das kommt aus heiterem Himmel, also kann Smith davon nichts gewusst haben, aber wir sollten dennoch auf Nummer sicher gehen.«

Edison rannte los und holte mit bewunderungswürdigem Tempo zu dem Kammerdiener auf.

Brooke hörte das Horn ein zweites Mal, ein Laut, der von den Auen hinter dem College über sein Dach herbeitrieb. Dann die Rufe der Läufer, das nachgeahmte wilde Gebell eines Beagles, eine Imitation, die mit lautem Gelächter beantwortet wurde, Jubelrufe und Geschrei, das bald die Worte »Zur Brücke!« aufgriff. Dann aber verhallten die Jagdgeräusche rasch, verloren sich hinter den Collegegebäuden und den Weiden am Flussufer.

Ein Plan, der voll ausgereift in Brookes Kopf zum Vorschein kam, trieb ihn die Straße entlang und dann die Garret Hostel Lane hinunter zum Fluss. Er hatte immer noch den Schlüssel für den Stechkahn des Michaelhouse, eine großzügige Spende Dorics. Der Anlegeplatz lag ganz am Ende hinter der verschlossenen Tür, zu der er ebenfalls einen Schlüssel hatte, weil dies der geheime Ort war, von dem aus er in Sommernächten zu seinen Schwimmausflügen aufzubrechen pflegte. Dieses Schloss ließ sich widerstandslos öffnen, aber das Vorhängeschloss am Stechkahn war so stur wie eh und je, und als er es mit Gewalt versuchte, hörte er bereits erneut das Horn, ganz nah, und in der Dämmerung sah er sie erstmals am Westufer; weiße Hemden, die in den Schatten leuchteten und in einer unebenmäßigen Schlange gen Süden zogen, auftauchten, verschwanden und wieder auftauchten, während sie eine Pappelreihe passierten. Die Meute hatte das falsche Gebell des Witzbolds aufgegriffen, ein perfektes Gegengewicht zu dem Jagdhorn.

Als er das eiserne Schloss endlich geöffnet hatte, stieß sich Brooke mit dem Fuß an dem gemauerten Anleger ab, um den Stechkahn in den Fluss zu befördern. Während sein Körper das zerbrechliche Gefährt steuerte, suchte sein Geist Bestärkung. Smith konnte unmöglich von der Routenänderung wissen. Aber die Besorgnis wollte sich nicht legen: Etwas, irgendein winziges Detail, war Brooke in seinen Überlegungen entgangen.

Eis stieß gegen das Boot, aber die Strömung flussabwärts

war schwach, also kam er gut voran, als er im Bug stand und den Staken in den Kies des Flussbetts rammte, um das Boot stromaufwärts zu drücken. Langsam umrundete er die weite Biegung, und die Mathematiker-Brücke kam in Sicht. Eine Menge, zweifellos von Freunden im Trinity alarmiert, hatte sich dort versammelt. Die Leute scharten sich zu beiden Seiten des eleganten Brückenbogens, säumten aber auch das Geländer, sodass die Läufer sich würden hindurchquetschen müssen, um das Wasser zu überqueren. An dieser Stelle war das Ufer auf der Westseite gerade einen Fuß hoch, und Brooke hatte freie Sicht auf die Jagdgesellschaft: zwanzig Männer in kurzen Hosen, die einen Studenten mit einer roten Schärpe verfolgten und sich in hohem Tempo der Brücke näherten.

Vor ihm, in der Flussmitte, saß ein Mann in einem Ruderboot, gerade fünfzig Yards von der Brücke entfernt, und kehrte Brooke den Rücken zu. Dieses eine Bild veränderte die ganze Szenerie. Die Zeit lief langsamer, als würde die ganze Welt ruhen. In der linken Hand hielt der Mann ein Kabel, dessen anderes Ende im Wasser verschwand. Seine Rechte arbeitete rabiat an einem im Boot verborgenen Mechanismus. Sein Körperbau, der adrette, fast kugelrunde Kopf, aber vor allem die lässige Kraft seiner Bewegungen, verrieten Brooke, dass dies Joe Smith war. Brooke hatte nicht gewusst, dass der Prinz diesen Weg nehmen würde; wie hatte Smith es wissen können?

Er hörte Jagdrufe im Wind. Der herannahende Mann an der Spitze – der Fuchs – war fünfzig Yards von der Brücke entfernt.

In seinem Boot kniend hatte Smith den Draht weggelegt und arbeitete nun mit Fingerfertigkeit anstelle von Kraft an etwas anderem. Die Haltung seiner Schultern, der gebeugte Kopf, wirkten spannungsgeladen.

Der Student mit der roten Schärpe trappelte unter dem Jubel der Menge auf die Brücke. Die Gruppe seiner Verfolger erging sich in einer Salve lauten Geschreis und wurde langsamer, verwickelt in ein Handgemenge gegenseitigen Schulterklopfens, bis sie schließlich wieder vorandrängten, um die Brücke zu überqueren. Brooke glaubte, den Prinzen in dem Grüppchen am Ende zu erkennen.

Smith stand in seinem Boot und balancierte geschickt dessen Schwanken aus. Das Kabel hing aus seiner linken Hand herab. Und in der halben Sekunde, die ihm für eine Entscheidung blieb, entdeckte Brooke ein zweites dünnes Kabel, das von der Brücke hinunter in die Untiefe nahe dem Ufer hing.

Damit war das Bild vollständig. Der flüchtige Zweifel – *Wie kann er das wissen?* – fortgewischt.

Die Hindernisläufer fingen an, die Brücke zu überqueren.

Wenn er nun schrie, könnte Smith die Bombe zur Explosion bringen.

Brooke hob die Pistole, stützte die rechte Hand mit der linken, zielte und schoss ihm in den Rücken.

Da war es, das fleischig-tödliche Geräusch einer Kugel, die ihr Ziel getroffen hatte.

KAPITEL ACHTUNDFÜNFZIG

Kaltblütig einen Mann getötet zu haben versetzte Brooke einen unterschwelligen Schock insofern, als dass er zwar imstande war, während der nächsten zwei Stunden ohne Leistungseinbußen seine Pflicht zu erfüllen, aber zugleich nicht mehr als der Beobachter seines eigenen Handelns war: eine außerkörperliche Erfahrung, ausgelöst durch den Tod, doch nicht durch seinen eigenen. Ein hartnäckiger Gedanke störte ihn sogar in dieser befremdlichen, leidenschaftslosen Verfassung: dass er eines Tages Joe Smiths Geschichte kennen würde, seinen wahren Namen, seinen Geburtsort, die Ereignisse, die ihn zu einem gewalttätigen Rebellen hatten werden lassen. Für einen Moment ging Brooke durch den Kopf, dass es irgendwo eine Liebste geben könnte, womöglich sogar eine Ehefrau. Dem Gedanken an Kindern versagte er jegliche Einflussnahme.

Smith's Leichnam war an Ort und Stelle zusammengesunken und lag nun in dem Boot und starrte zum Himmel empor, als Brooke seinen Stechkahn längsseits brachte. Dieser Augenblick hätte sich als Wendepunkt in seinem Leben erweisen können: Hatte er den richtigen Mann erschossen? Furcht vernebelte seinen Blick, und für eine Sekunde erkannte er das Gesicht des Mannes nicht, schließlich hatte der Tod das Leben aus seinen Augen gewischt, die Straffheit aus der Haut, die Spannung aus dem Kiefer. Doch es *war*

Smith, nur sein Geist war entfleucht. Auf dem Rücken liegend offenbarte er die Austrittswunde der Pistolenkugel in seiner Brust, knapp links der Körpermitte.

Auf der Mathematiker-Brücke verfolgte eine Menschenansammlung das Geschehen in totaler Stille, während von ferne das Schrillen einer Polizeipfeife herüberhallte und dann die Glocke eines Funkwagens. Edison traf mit dem Collegepförtner am linken Ufer ein. Brooke, dessen Ohren von diesem einen Schuss klingelten, tastete nach dem Puls des Mannes und fand vielleicht ein vages Echo fließenden, pulsierenden Bluts, das jedoch gleich wieder verschwunden war.

Auf der Plattform des Stocherkahns stehend legte er die Hände an den Mund und wandte sich an die schaulustigen Studenten. »Räumen Sie die Brücke. Machen Sie das langsam. An der Brücke wurde eine Bombe gelegt, und die ist immer noch scharf.« Die Gestalten verschwanden nach Osten und Westen. Bald stand die Brücke allein da in all ihrer geometrischen Pracht, ein eleganter Bogen, geschaffen aus brutal geraden Linien. Jetzt, aus der Nähe, konnte Brooke das Päckchen sehen, angebracht an den hölzernen Balken, befestigt mit den Tränen von Chios. Das Kabel eines elektrischen Zünders hatte der Tote in dem Moment losgelassen, in dem die Kugel ihn getroffen hatte. Das andere Ende war immer noch angeschlossen und hing von dem Sprengstoffpaket hinab in das braune, torfige Wasser.

Edison stand da und wartete auf Anweisungen.

»Wir treffen uns am Anleger des Michaelhouse«, rief Brooke ihm zu. »Flussabwärts am Ostufer. Die Tür ist offen.«

In der Stille und der linden Luft der Dämmerung vernahm er mit Erstaunen den ruhigen Klang seiner eigenen Stimme.

Brooke band das Ruderboot an seinem Stocherkahn fest und überließ es der Strömung, beide Fahrzeuge den Fluss hinunterzutragen. Mit elegischem Tempo treibend kam er sich vor wie in einem schwimmenden Trauerzug. Das vom Wasser getragene Leichenfahrzeug schlüpfte zwischen den Ufern hinab und umrundete die weite Biegung vor dem Anleger. Wenige Minuten später traf Edison in Begleitung zweier Constables ein, und gemeinsam gelang es ihnen, die Leiche an Land zu bringen.

Smith blickte in den Abendhimmel hinauf; die Augen geöffnet, darin ein Ausdruck erschrockener Verwirrung; die Stiefel an seinen Füßen, die er dem Schilfschneider gestohlen hatte, waren trotz der festen Verschnürung locker, und um den Hals trug er einen alten Wollschal mit blauen und weißen Streifen, dazu ein besticktes Abzeichen, auf dem ein springender Löwe zu sehen war, die Tatzen weit gespreizt wie ein spielendes Kätzchen. Dieser Anblick brachte eine Saite zum Klingen, aber Brooke schob den Gedanken beiseite.

Ein Ambulanzwagen traf ein, und die Sanitäter folgten gemächlich einem gut einstudierten Ritual und hoben den Leichnam sanft auf eine Trage. Das Anatomiegebäude der Universität und Dr. Comforts kalte Leichenhalle waren keine halbe Meile entfernt. Rasch, ehe er weggebracht werden konnte, durchsuchte Brooke die Taschen des toten Mannes, entnahm ihnen eine Pistole, eine Geldbörse mit beinahe 50 Pfund in Ein- und Fünf-Pfund-Noten und einen Zündschlüssel – vermutlich für das Dreirad, das er in der School of Pythagoras geparkt hatte.

Edison begleitete den Toten, während Brooke zur Pförtnerloge des Queens' ging, sich das Telefon im Büro aneignete und im Spinning House anrief. Es kostete ihn fünf Telefonate, bis er einen Waffenexperten auf der RAF-Basis in Witchford, nördlich von Cambridge, aufgespürt hatte. Der Mann konnte binnen einer Stunde vor Ort sein. Inzwischen klingelte Brooke bei den Konservatoren an, um sämtliche Fahrzeuge auf dem Cam stoppen zu lassen, und wies die Uniformierten an, den Fluss am Mill Pond und der Great Bridge mit Booten zu blockieren. Die Gebäude, die beidseits der Mathematiker-Brücke an den Cam grenzten, wurden evakuiert. Das Willkommensdinner für Prinz Henry würde eine Stunde später als geplant in der Great Hall vonstattengehen, die zwei Höfe weiter östlich lag.

Als Brooke den Hörer auflegte, hörte er eine Stimme im Vorraum seinen Namen rufen. Dort traf er auf Prinz Henry, immer noch in seiner schlammbespritzten Montur, der neben einem kleinen Kohlenfeuer saß und ein großes Glas mit einer Flüssigkeit umfasste, die ganz nach Whisky aussah. Ein zweites Glas hatte er auf den Herd gestellt, um es anzuwärmen, und das bot er nun Brooke an und deutete auf einen freien Stuhl.

Der Pförtner drückte sich in der Nähe herum.

»Ich glaube, ich erwähnte schon, dass ich der Ansicht war, mein Leben sei in guten Händen«, sagte Prinz Henry. Seine helltönende Stimme bildete einen auffallenden Kontrast zu dem fassförmigen Thorax. »Ich schulde Ihnen Abbitte. Diese Planänderung, das Pferde-und-Hunde-Spiel, es war kindisch. Offen gestanden, ich habe den Feind unterschätzt. Das ist eine tief verwurzelte systemimmanente Voreingenommenheit, Brooke. Wir respektieren Uniformen und Geschichte, Ritterlichkeit und Absprachen unter Ehrenleuten – denn so lauten die Spielregeln. Warum sollte ich, ein Angehöriger der königlichen Familie, mir Sorgen über einen Proleten machen, der im Schatten herumschleicht?«

Er hob sein Glas, und sie tranken beide.

»Wir sind versorgt«, sagte der Prinz, um den Pförtner aus seiner eigenen Loge zu entlassen. »Was ich nicht verstehe, ist, wie dieser Teufel wissen konnte, dass ich über diese Brücke laufen würde. *Ich* habe das erst eine halbe Stunde, bevor ich mit den anderen losgezogen bin, erfahren.«

Brooke ließ den Whisky durch seine Kehle rinnen. Ein Malt, ganz sicher, und von guter Qualität.

»Die Antwort auf diese Frage habe ich selbst gerade erst gefunden. Im hinteren Büro hängt ein großer Lageplan der Collegegebäude. Das Fisher Building, das Sie heute Abend hätten eröffnen sollen, liegt auf der anderen Seite des Flusses. Folglich hätten Sie die Brücke auf jeden Fall überqueren müssen. Er war lediglich frühzeitig vor Ort, und dann hat er die Studenten gesehen, die sich dort versammelt hatten, um eine Ehrengarde zu bilden, und dabei zweifellos lauthals die Änderung des Plans hinausschrien. Also hat er die Gelegenheit beim Schopf ergriffen.«

»Hat er früher schon getötet?«, fragte der Prinz.

»Ich denke schon; möglicherweise, um seine Identität geheim zu halten, bis er seine Mission beendet hätte. Ein Kind, fürchte ich. Es ist ein komplizierter Fall, der noch nicht ganz aufgeklärt ist und soeben eine unerwartete Wendung genommen hat.«

Prinz Henry starrte in die Glut. »Das ist ein unangenehmer Gedanke, Brooke, aber dem Tod so nahegekommen zu sein ist eine belebende Erfahrung, wenn man es übersteht.

Ich wollte immer ein Soldat sein, aber man hat mich nie auch nur in die Nähe der Front kommen lassen, obwohl ich alles versucht habe, um sie auszutricksen. So aber ist das alles seltsam erhebend. Doch ich fürchte, die Geschichte wird diesen Moment nicht festhalten. Meine Leute haben auch telefoniert. Downing Street ist der Ansicht, dieser Anschlag demonstriere, dass die IRA ihre Fähigkeiten optimiert und ihre Ambitionen erweitert hat. Die Republikaner würden die Schlagzeilen lieben, und es ist klar, dass die Deutschen sie mit Interesse zur Kenntnis nehmen würden. Folglich wurde bereits eine Geheimhaltungsverfügung für die ganze Affäre erlassen. Es ist nie geschehen.«

Brooke zuckte mit den Schultern. Dann plötzlich brachte die Erinnerung an den Schuss seine Hand zum Beben.

Prinz Henry wandte den Blick ab. »Das bedeutet jedoch nicht, dass dem, dem Ehre gebührt, die Ehre verwehrt bliebe. Sie haben mir das Leben gerettet. Das werde ich meinem Bruder gegenüber zur Sprache bringen, wenn ich ihn sehe. Es ist eine gute Geschichte, die bei der Erzählung ganz ohne Zweifel hinzugewinnen wird. Da könnte ein Orden drin sein, Brooke. Andererseits, Sie haben ja schon einen.«

Er kippte den Whisky hinunter und schüttelte Brooke die Hand.

An der Tür drehte er sich noch einmal um. »Und danke, dass Sie das Fußballspiel seinen Lauf haben nehmen lassen. Das war ein gewaltiges Vergnügen. Die Soldaten haben gewonnen, wissen Sie, und das hat mir enorme Freude bereitet. Auf Wiedersehen, Brooke.«

Das Bild der schlammbeschmutzten Spieler auf Parker's Piece schien mit dem von Smith zu verschmelzen, der tot in seinem Ruderboot lag, den blau-weißen Schal um den Hals gebunden. Und während Brooke in das knisternde Kohlefeuer starrte, fühlte er eine Offenbarung nahen. Er ließ seinen Gedanken freien Lauf. Die fahle Hand des toten Kindes suchte ihn heim, aber nun erinnerte er sich, den Kartoffelsack aufgeschnitten zu haben, erinnerte sich, wie sich das Licht in der billigen Anstecknadel aus Zinn spiegelte, auf der die goldene Kanone vor rotem Hintergrund abgebildet war. Und dann war da der neue Freund des Opfers, John McQuillan, ein schmuddeliges Kind, die Hände mit Tintenflecken verunstaltet, aber gleich oberhalb des ausgefransten Ärmelsaums geschmückt mit einem geschickt aufgetragenen Leitmotiv in filigranen Buchstaben: *QPR*.

Ein Wonneschauer der Erkenntnis entlockte Brooke ein breites Lächeln.

Er leerte den Maltwhisky und ging zurück in das Büro, um noch einmal zum Telefon zu greifen. Er erwischte Edison, als der gerade an der Wache des Spinning House vorbeigehen wollte. Brooke sagte ihm, die Suche nach Sean Flynn schreite ebenfalls fort. Er würde Mr und Mrs Flynn am nächsten Morgen um neun Uhr an der Vordertür der Kirche St. Alban's, Upper Town, treffen.

Aber zuerst erforderte eine andere Angelegenheit Aufmerksamkeit. Sein Detective Sergeant wurde in der Leichenhalle gebraucht.

KAPITEL NEUNUNDFÜNFZIG

Brooke ging zum Galen Anatomy Building und erklomm langsam die Stufen zum fünften Stock. Sein Körper war erschöpft, auch wenn ihm sein Geist überraschend klar vorkam. In Dr. Comforts Leichenhalle war es kalt, die Fenster auf drei Seiten geöffnet. Draußen brach die Nacht über die Stadt herein. Joe Smith lag nackt auf einem der Stahltische; die blutige Wunde in der Brust hatte sich zu einem tiefen Rotbraun verfärbt, das in einem scharfen Kontrast zur Haut des jungen Mannes stand, die durchscheinend wirkte und die Farbe von Schweineschmalz angenommen hatte.

»Ein ausgezeichnetes Exemplar«, sagte Comfort. »Zweifellos ein Athlet.«

Die »Diener« des Pathologen drückten sich am Ende des Saals herum, bereit, ihm zu helfen, wenn der Leichnam bewegt oder zum Handwerkszeug – Knochensägen und Bohrer – gegriffen werden musste.

Das ersterbende Tageslicht draußen und das elektrische Licht drinnen spielten mit den Schatten. Smiths Leichnam sah aus, als würde er schimmern und auf seiner metallenen Liege herumzappeln. Es schien beinahe, als hätte die außerordentliche Vitalität, die er im Leben gehabt hatte, ihm ein sonderbares Dasein im Jenseits beschert, als wartete er ungeduldig auf sein Grab.

»Ich kann die Autopsie nicht bezeugen«, sagte Brooke und sah zum Fenster hinaus. »Schließlich habe ich den tödlichen Schuss abgegeben. Ich habe Edison gebeten, das zu übernehmen. Er ist auf dem Weg. Die lasse ich auch hier.« Er legte seine Pistole auf einen leeren Sektionstisch. »Eine Kugel abgefeuert. Ich werde während der Nacht eine schriftliche Aussage anfertigen und dem Chief Constable auf den Schreibtisch legen.«

Comfort, der eine Tasse Tee umfasst hielt, nickte. »Ich glaube, da gibt es nicht viel anzuzweifeln, meinen Sie nicht auch, Brooke? Auf der Brücke waren fünfzig Zeugen. Und die Bombe, mit irgendeiner Klebemasse an der Unterseite der Brücke befestigt. Deren Zündkabel war auch angeschlossen. Die Grafschaftspolizei lässt die chemische Zusammensetzung des Sprengstoffs analysieren. Das Home Office wird gewiss alle Einzelheiten erfahren wollen.«

Brooke ging zurück zu Smiths Überresten.

»Die Todesursache ist ziemlich offensichtlich, Brooke.« Er legte eine Hand auf Brookes Schulter. »Sie haben das Richtige getan, Eden. Gehen Sie nach Hause, ruhen Sie sich wenigstens aus, falls Sie nicht schlafen können. Sprechen Sie mit Claire.«

»Ich habe ihn nicht vorgewarnt«, sagte Brooke.

»Dieses Risiko durften Sie nicht eingehen. Stellen Sie sich einfach für einen Moment vor, dort läge nicht sein Leichnam, sondern der des Prinzen. Und Sie hätten noch alle Kugeln in ihrer Pistole.«

Schwere Schritte auf der Treppe kündigten Edisons Ankunft an.

Er stieß die Doppeltür auf, kam aber nicht herein.

»Sir, ein Anruf von der Polizeizelle an der Great Bridge.

Jemand ist vor einer halben Stunde bei der School of Phytagoras aufgetaucht – mit einem Schlüssel. Sie ist immer noch drin. Sieht aus, als würde sie warten.«

Brooke schnappte sich seinen Hut. *»Sie?«*

KAPITEL SECHZIG

Eine Stunde lang warteten sie draußen in dem Funkwagen, der hinter der Kurve in der Gasse parkte, und beobachteten im Zwielicht das alte Gebäude. Mit Einbruch der Nacht begann der Frost, Muster auf die schmalen Fenster der School of Pythagoras zu zeichnen. Eine Schneewehe, gefangen im Schatten zwischen den kalten Strebepfeilern des Gebäudes, war zu einer spiegelglatten Flanke gefroren. Die Frau, wer immer sie auch war, musste im Dunkeln hocken und warten. War da ein Treffen geplant? Mit Komplizen oder Sympathisanten? Kerzenschein flackerte hinter einem der an Schießscharten erinnernden Fenster, was das alte Gemäuer nur noch trostloser und kälter wirken ließ.

Punkt acht verlor Brooke die Geduld, ließ den Wachposten auf der Straße zurück und näherte sich mit Edison dem Haus. Die Verkehrsgeräusche aus der Ferne mussten ihre Schritte überlagert haben, denn als sie die Tür aufstießen, blickte die Frau, die in einen Schal gehüllt auf einer Bank Platz genommen hatte, erschrocken auf. Eine brennende Kerze in einem Marmeladenglas auf einem hohen Regalbrett zeichnete sie in scharfen Kontrasten, das Gesicht halb im Dunkel verloren.

Es war Marie Aitken. Ihr Blick huschte zwischen ihnen hindurch, als würde sie nach jemand anderem suchen. Dann sackten ihre Schultern herab, und sie zog sich den

Schal fester um die Schultern. Die Lebhaftigkeit ihrer Mimik und Haltung, die sie jünger hatten erscheinen lassen, als sie tatsächlich war, schwand mit einem Mal dahin, und sie sah müde und bezwungen aus. Ein Kopftuch hielt ihr rotes Haar gefangen. Einer ihrer Mundwinkel hing herab, als hätte eine Lähmung ihr Gesicht befallen, und ihre sonst so strahlenden grünen Augen waren blutunterlaufen und sonderbar ausdruckslos.

»Ich dachte, wenn ich warte, wird er schon irgendwann kommen«, sagte sie. »Er wollte Geld und Kleidung, und ich habe Nein gesagt. Aber dann dachte ich: An wen kann er sich sonst wenden? Also bin ich zurückgekommen.«

»Mrs Aitken …«, hub Brooke an.

»Er ist geflohen, nicht wahr? Ich werde ihn nie wiedersehen. Das hat er mir angedroht, als ich ihm sagte, ich würde ihm nicht helfen. Dass er nach Norden gehen würde, dass sie ihn mit einem Schiff über das Meer schaffen. Und dann wäre er fort, ein neuer Mann mit einem Namen, den ich nie erfahren werde.«

Brooke setzte sich zu ihr. »Warum hat er *Sie* um Hilfe gebeten? Erpressung?«

Sie schüttelte den Kopf. »Er hat um Hilfe gebeten. Hat Hilfe *verlangt*, weil ich seine Mutter bin«, sagte sie.

Wie es schien, barg St. Alban's eine Menge Geheimnisse. Brooke fragte sich, ob dort noch mehr auf ihre Entdeckung warteten. Später würde er sich sagen, ihr nicht zu erzählen, dass ihr Sohn nackt und tot in der Leichenhalle lag, sei ein Akt der Güte gewesen. Ihr nicht zu sagen, dass er selbst ihm eine Kugel in den Rücken gejagt hatte.

Edison suchte einige Kerzen zusammen, alle in Marmeladengläsern, und fing methodisch an, eine nach der anderen anzuzünden. Brooke zog seinen Mantel aus und legte ihn ihr um die Schultern, ehe er seinen Sergeant losschickte, den Wasp herzuholen, den sie an der Schule zurückgelassen hatten.

Sie brauchte Wärme und etwas zu essen.

»Joe Smith war Ihr Sohn?«, fragte er schließlich.

»Ja. Mein einziger Sohn.« Sie zog sich Brookes Mantel fest um die Schultern. »Und dazu hat es kommen müssen …«

Sie weinte, dicke Tränen rannen über ihr Gesicht.

Nach ungefähr einer Minute schien sie sich wieder etwas erholt zu haben. »Er war zwei, als sein Vater starb. Das ist keine Entschuldigung, nur eine Tatsache. Wir haben in Belfast gelebt. Der Mob war auf den Straßen. Er war immer dort, weil das die Lebensart dieser Leute war. Der Süden hat um die Unabhängigkeit gekämpft, und der Norden musste auch kämpfen. Mein Declan war ein Patriot, aber kein Kämpfer. Ich weiß nicht, warum er an jenem Tag rausgegangen ist. Die Gewalt, der Hass und natürlich der Alkohol – das hatte alles keinen Reiz für ihn. Er war ein sanfter Mann, der Bücher liebte. Und die gälische Sprache.«

Sie holte tief Luft. »In den Rücken geschossen«, sagte sie, spie die Worte förmlich aus. »Vielleicht von einem Soldaten. Von welcher Seite? Wir haben es nie erfahren. Er ist in der Gosse verblutet und hat mich mit dem Jungen zurückgelassen.«

Brooke bekam einen trockenen Mund angesichts der entsetzlichen Symmetrie der Ereignisse: *in den Rücken geschossen.*

Sie legte die Hand an die Lippen, und das Licht fing sich in ihren bunten Armreifen.

»Darum sind wir nach London gegangen. Meine Schwester ist auch mitgekommen. Dort ist Joe aufgewachsen. Ich wollte weg von all dem. Einen neuen Anfang machen für den Jungen.«

Nach einer Minute, in der sie sich in ihren Gedanken verloren zu haben schien, brach Brooke das Schweigen: »Aber Joe ist nicht in London geblieben?«

»Nein. Wir wären heute noch dort, wenn Declans Bruder nicht wäre. Rory ist mit uns gekommen, wissen Sie. Und er hatte so viele Geschichten und erzählte gern. Rory war ein großer Schwätzer. Hat einen Helden aus Declan gemacht, der für die gute Sache kämpfte und von den verhassten Briten niedergestreckt wurde.

Ich habe Joe die Wahrheit vorenthalten, also ist das mein Fehler. Und eine Lüge hat ihren Platz eingenommen. Aber so ist das, er hatte ein Recht auf seine eigene Geschichte. Er hat Declan vermisst, obwohl er ihn nie gekannt hat. Ein Junge braucht einen Vater. Ich hätte ihm einen neuen geben sollen. Das war mein zweiter Fehler.

Und sehen Sie, wohin das geführt hat. Rory war von Anfang an bei der IRA. Er hat Joe rekrutiert, und der war eine Gottesgabe, ein Ire ohne Akzent. Und sie haben ihm eine Geschichte geliefert, an die er glauben konnte, eine, in der er eine Heldenrolle spielte, ganz wie sein Vater. Rory hat ihn vor allem gelehrt, zu hassen und den Hass zu mögen. Das ist eine Sünde.

Sie haben ihn nach Dublin gebracht und dann weiter in den Westen, um ihn an der Waffe auszubilden. Der Plan war, dass er nach London zurückkehren und bei mir bleiben sollte, wenn die Bombenanschläge losgingen. Aber ich wollte nichts davon hören. Ich hatte schon in Poplar und

Mile End als Haushälterin für die Kirche gearbeitet. Also habe ich die Stelle hier angenommen.

Er hat mich gefunden und hat mein Geheimnis entdeckt. Ich hatte einen Mann verloren. Ich hatte das Recht, mir einen neuen zu suchen. Es ist nicht meine Schuld, dass er Priester ist.

Joe aber fand das perfekt. Er brauchte eine Zuflucht, eine Nische, eine Basis. Irland hatte gerufen. Irland hatte Erwartungen. So hat er geredet. Gehirngewaschen, würde ich sagen. Ich hatte den Mund zu halten und zu helfen, wo ich konnte. Joe sagte, er stecke tief drin, und wenn ich ihm nicht helfen würde, dann würde er mit einer Schlinge um den Hals enden. Und er wollte kein Märtyrer sein. Noch nicht.«

Sie schüttelte den Kopf.

Brooke legte Schärfe in seine Stimme, auch wenn es ihm nicht leichtfiel. »Hat er das Kind getötet?«

»Wir beide …« Ihre Stimme brach, und sie presste die Hände an die Lippen. »Wir *alle* haben dieses Kind getötet. Sie wollten ihn auf dem Weg zur Station schnappen, ihn für einen Tag – vielleicht auch zwei – wegschaffen und im Keller verstecken. Und wenn sie getan hätten, was sie mit den Bomben machen wollten, würden sie ihn einfach vor der Tür abstellen, ohne einen Kratzer. Aber Colm ist nicht an den Jungen drangekommen, weil so viele Leute da waren. Also habe ich ihm an dem Abend etwas Laudanum in seinen Becher getan, damit er tief schläft. Als ich ihn durch das Gitter zu Joe runtergelassen habe, war er völlig weg.

Joe sagte, er hätte ihn im Keller schlafen lassen, während er losgegangen ist und Colm aufforderte, den Transporter zu holen. Sie wollten ihn hier einsperren. Aber als er wieder im Keller war, war da keine Spur mehr von dem Jungen. Der Keller war abgesperrt. Also wusste er, dass er sich versteckt hatte. Da ist ein Flaschenlager, und da haben sie ihn gefunden. Aber er hat versucht davonzulaufen, und Joe hat ihm mit einem Schraubenschlüssel gedroht, um ihm Angst einzujagen. Ein Schlag, und er war weg. Joe meinte, er hätte genug Tote gesehen und auf den ersten Blick Bescheid gewusst. Es war kein kaltblütiger Mord, hat er mir gesagt.«

Zornig blickte sie Brooke an. »Er hat gelogen, das weiß ich. Er hat ihn umgebracht. Habe ich ihm das von Geburt an mitgegeben? Kaltblütigkeit? Joe sagte, er sei im Kampf gestorben. Er sei ein kleiner Märtyrer.« Sie barg den Kopf in Händen und weinte. »Colm hat gesagt, sie müssten ihn schnell in den Fluss schaffen, also haben sie den Transporter benutzt. Joe ist mitgefahren.«

Sie hörten den Wasp über Eis und Schnee die Gasse heraufkriechen.

Sie schüttelte den Kopf. »Ich kann ihm nicht vergeben. Der Gedanke, dass das Kind noch gelebt hat … Er ist mein Fleisch und Blut, aber ich kann ihm das nicht vergeben. Er ist nicht seines Vaters Sohn. Für mich ist er jetzt gestorben.«

Brooke sah den bleichen, nackten Leib von Joe Smith auf dem Tisch in der Leichenhalle vor sich.

»Es tut mir leid«, sagte er. »Es gibt da etwas, das Sie wissen müssen.«

KAPITEL EINUNDSECHZIG

Brookes Haus, eines von zwei benachbarten Einfamilienhäusern, stand in einem Weidenhain im immergrünen Schutz einer großen Zeder. Am hinteren Gartentor hielt er inne, lauschte dem Tropfen des schmelzenden Eises an den Zweigen und genoss das Versprechen der Wärme, die ihn bald umfangen sollte; keine Sirene hatte geheult, und im Wintergarten brannte Licht, das durch eine Lücke in den alten Vorhängen hinausdrang. Rauch, weiß und quirlig, stieg über dem Schornsteinaufsatz auf. Ein Feuer brannte. Er konnte das herabrauschende Wasser am Wehr hören und – so gerade eben – die Laute der Jazzmusik im Inneren des Hauses.

Er steckte den Schlüssel ins Schloss und stieß die Haustür auf.

Seine Frau kam aus der Küche. Brooke wusste sofort, dass es, wie Rose vorhergesagt hatte, doch endlich gute Neuigkeiten gab. Sie hielt ein Telegramm in der Hand.

»Eden, es ist Ben. Er wurde gefangen genommen, aber er lebt.«

Joy war wenige Schritte hinter ihrer Mutter. Sie sagte nichts, nahm nur ihren Vater in die Arme, und dann umarmten sie sich alle, und Brooke fühlte, wie das Schuldgefühl nachließ. Das Wissen darum, einen Mann getötet zu haben, fügte sich ein in eine erweiterte Perspektive von Licht und Dunkel, Gut und Böse.

Die Fakten, dargelegt in dem Telegramm und ergänzt durch die Admiralität, waren dürftig. Ein deutsches U-Boot – U-541 – war an einem nicht näher spezifizierten Punkt nördlich von Helgoland vor der deutschen Küste aufgetaucht und hatte eine Rettungsinsel mit acht Mann an Bord entdeckt. Auf der *Silverfish* war ein Feuer ausgebrochen. Das Boot war mit drei aufblasbaren Rettungsinseln ausgestattet. Aber sie hatten es in der Nacht verlassen, als der Brand das Munitionslager zu erreichen drohte, und hatten die anderen Inseln seither nicht mehr gesehen. Die Männer waren an Bord geholt und nach Bremen gebracht worden. Nun wurden sie in einem Lager in der Nähe von Hamburg gefangen gehalten. Das Rote Kreuz war um eine Bestätigung der Einzelheiten und einen Bericht über ihren Zustand gebeten worden. Die Admiralität riet dazu, die weitere Entwicklung abzuwarten. Man hatte Kontakt zur Kriegsmarine aufgenommen und hegte die Hoffnung, dass man Bedingungen für eine Rückführung würde aushandeln könne, auch wenn Berlin dazu konsultiert werden musste.

Claire und Joy hielten einander an den Händen.

»Wir sollten feiern«, sagte Brooke.

»Ich könnte kochen«, schlug Claire vor. »Und wir haben bestimmt noch etwas zu trinken im Keller.«

Brooke knöpfte seinen Mantel wieder zu. »Ich sagte, *feiern*. Holt eure Mäntel.«

Zehn Minuten später waren sie unterwegs, untergehakt mit Brooke in der Mitte, und überquerten Coe Fen in Richtung der Colleges. Ein Restaurant gegenüber dem Trinity, das vornehmlich Studenten bewirtete, denen der Sinn nach einem guten englischen Mahl stand, hatte sich zum Lieblingslokal der Familie entwickelt. Die Karte war frei von Rationierungen und trumpfte mit Ente und Fasan auf, mit Eiscreme und Sponge Pudding. Bei einem Glas Sherry erzählte Brooke, was sich am Queens' zugetragen hatte. Er wollte die Feierstimmung nicht dämpfen, aber zu schweigen kam ihm ungebührlich vor.

Joy sagte ihm ganz sachlich das, was er hören wollte: »Du hast das Richtige getan, Dad. Gott sei Dank warst du da.«

»Du solltest dir einen Tag freinehmen, Eden«, riet ihm Claire. »Mach was, irgendwas, nur nicht arbeiten.«

Brooke erhob sein Glas. »Ben ist noch nicht zu Hause, aber wir wissen, er wird heimkommen.«

Sie gingen noch auf einen Drink ins *Boar's Head* und dann, unter prompter Missachtung von Claires Rat, zum Spinning House. Brooke sah nach den Gefangenen, während die anderen draußen auf der Straße warteten.

Marie Aitken war in Zelle sechs und hatte die Nahrungsaufnahme verweigert. Pater Ward befand sich in Zelle eins und hatte gut gespeist. Am Morgen würde Aitken den Toten in der Leichenhalle identifizieren müssen. Von allen Strafen, die sie zu erwarten hatte, war dies nach Brookes Dafürhalten die grausamste. Der Sergeant vom Dienst berichtete, dass Mr und Mrs Flynn zugesagt hatten, morgen um neun am St. Alban's zu sein.

Edison hatte Brooke eine getippte Notiz hinterlassen.

Sir. Nur, damit Sie es wissen. Dr. Bramley vom Caius hat das Paket untersucht, das unter der Mathematikerbrücke befestigt war. Es hat eine chemische Mischung enthalten, die dem, was das Home Office vorhergesagt hat, sehr ähnlich war. Es handelt sich um Paxo, den bevorzugten Explosivstoff der IRA. Ein

Zündkabel war angeschlossen und hätte die Sprengladung mittels eines elektrischen Impulses zur Explosion gebracht. Sie haben den Fluss ausgebaggert und das Kabel rausgeholt. Ein Zünder wurde in Sichtweite in der Flussmitte gefunden, nahe der Stelle, an der die Zeugen unseren Mann platziert haben. Kopie auf Ihrem Schreibtisch. E.

Auf der Schwelle wäre Brooke beinahe in PC Collins hineingerannt, den Constable, den er angewiesen hatte, sich an der Silver Street Bridge umzusehen, während er nach dem verschwundenen Kind gesucht hatte. Hier stand er nun in Zivilkleidung mit rabiat gekürztem Haar. Er hätte für sechzehn oder noch jünger durchgehen können.

»Sir«, sagte er und salutierte, was Joy und Claire, die auf dem Pflaster standen, zum Kichern brachte.

»Collins, wir haben Sie vermisst.«

Der junge Mann bekam kräftig Farbe, seine Wangen liefen leuchtend rot an. Er hob den Hut gegenüber Joy und Claire, die sich gegenseitig umklammerten, ehe sie sich lachend abwandten.

»Zu viel Wein«, erklärte Brooke.

»Sir.« Der junge Mann schien einen Knoten in der Zunge zu haben.

»Sie waren verschwunden«, soufflierte Brooke. »Wissen Sie noch?«

»Ich soll mich nächste Woche zur Musterung für die Army melden. Am Bahnhof. Ich wurde einberufen. Der Chief Inspector meinte, ich solle die Zeit, in der ich weg war, als Urlaub eintragen. Weil ich ja sowieso weggegangen wäre. Sie hat gesagt, ich hätte mit einer Disziplinarstrafe zu rechnen und es käme in meine Akte, darum wäre es das Beste, wenn ich einfach meine Uniform zurückgebe.«

Er hatte ein in braunes Papier gewickeltes Päckchen unter dem Arm.

»Tut mir leid, dass ich alle im Stich gelassen habe, Sir. Ich will dienen. In Frankreich. Ich glaube, ich habe mich von meiner eigenen Fantasie überwältigen lassen. Ich will das Richtige tun, ich habe nur Zeit zum Nachdenken gebraucht.«

»Wohin sind Sie verschwunden?«

»Zu einem alten Schulfreund, oben an der Straße in Peterborough. Nicht weit. Er hat mich wieder zur Vernunft gebracht.« Collins nickte die ganze Zeit, als wollte er seiner eigenen Version der Ereignisse zustimmen.

»Als Sie in jener Nacht für mich zu der Brücke gegangen sind, an der das Kind im Fluss gesehen wurde, was haben Sie da vorgefunden?«

Collins schüttelte den Kopf, und er schaute sich zur Tür um, unverkennbar erpicht darauf zu entkommen. »Keine Seele, Sir.«

»Wagenspuren? Fußspuren?«

Collins schüttelte den Kopf, aber Brooke erkannte es an seinen Augen: Er hatte gar nicht nachgesehen. Hätte er damals, zur rechten Zeit, seine Pflicht getan, wäre die ganze Angelegenheit vielleicht völlig anders verlaufen.

»Viel Glück«, sagte Brooke, wandte sich zum Gehen und ignorierte die ausgestreckte Hand.

Sie gingen über Parker's Piece zurück. Der übliche häusliche Frieden der Zeltkaserne war unverkennbar gestört worden. Eine große Menge hatte sich in der hinteren Ecke des Karrees versammelt. Grandcourt tauchte mit einem

Zinnbecher voll Kaffee in der Hand auf. Claire machte einen großen Wirbel um ihn, fragte nach seiner Frau, den beiden Mädchen, dem Haus in Romsey Town.

»Was ist hier los?«, erkundigte sich Brooke schließlich.

»In Schutzraum vier soll eine Leiche gefunden worden sein. Gestern Abend haben die Sirenen geheult, also war es hier rammelvoll. Könnte jeder sein. All die Aufregung und keine frische Luft, vielleicht Herzversagen.«

Brooke bahnte sich einen Weg durch die militärische Absperrkette, zeigte den Dienstausweis vor und duckte sich unter einer Planke auf Ölfässern hindurch, die als Barriere diente. Der Schutzraum sah genauso aus wie der von Grandcourt, ein in die Erde eingelassener Betonbunker.

An der Eisentür kam ihm ein junger Militärarzt entgegen. »Ach, die Polizei? Gut. Das ist definitiv ein Fall für Sie, nicht für den militärischen Geheimdienst. Scheußlich, lässt aber kaum Raum für Zweifel. Tot seit vierundzwanzig Stunden, vielleicht auch länger.«

Der Bunker hatte drei Kammern, jede so lang wie ein Eisenbahnwagen, aber etwa doppelt so breit. Bänke verliefen über alle Seiten an den Wänden entlang. Sämtliche Habe, jeglicher Proviant und alle während des nächtlichen Alarms zurückgelassenen Abfälle waren entfernt worden. Deckenlampen spendeten schwaches Licht. Der Betonboden war sandig, die Luft feucht.

Brooke wickelte sich den Schal fester um den Hals und folgte dem Arzt in die letzte Kammer.

»Hier«, sagte der und schaltete eine Taschenlampe an. Zu einem fötalen Ball zusammengerollt, das Kinn an die Brust gezogen, lag der Leichnam in einen voluminösen, mit Pelz gefütterten Mantel gewickelt unter einer Bank.

Brooke kniete sich zu Boden, und der helle Lichtschein der Taschenlampe riss das Gesicht aus dem Dunkel. Es war Augustine Bodart. Ihre Mimik war schwer zu deuten, aber Brooke sah Schmerz und vielleicht so etwas wie einen flüchtigen Triumph. Ihr Kissen war ein Koffer, verborgen unter einer Decke. Gemeinsam zogen sie ihren Körper von der Wand weg. Die Glieder waren steif und fest, ein Umstand, der sie zu einem Objekt degradierte. Brooke benutzte ein Taschenmesser, um das schwache Schloss an ihrem Koffer zu knacken, und klappte den Deckel zurück. Im Inneren lag eine von Rafe Forbes' kostbaren RADAR-Einheiten, die ihn mit ihren Drähten und Elektronenröhren an den Zündmechanismus einer Bombe erinnerte.

»Hier ist der kleine Teufel«, sagte der Arzt, zog einen Wildlederhandschuh an und schob damit die Oberlippe der toten Frau etwas weiter hinauf, worauf ein metallisches Glitzern zwischen zwei Backenzähnen erkennbar wurde. »Ich bin kein Experte«, sagte er schnuppernd. »Aber wenn das der Geruch von Mandeln ist, dann nehme ich an, dass dies eine Zyanidkapsel war. Den gleichen Geruch können Sie auch an ihrer rechten Hand an den Fingern feststellen. Und sie hat etwas in der anderen Hand«, fügte er hinzu.

Vorsichtig stemmte Brooke die Finger von der Handfläche, und zum Vorschein kam eine merkwürdige Sammlung von Dingen aus dem Wald, darunter ein geflügelter Ahornsamen, eine Rosskastanie und ein sehr kleiner Nadelbaumzapfen. Obwohl sich ihre Finger verkrampft hatten, hatte sie offenbar auch sorgsam darauf geachtet, die Schätze nicht zu zerdrücken.

»Was mag das bedeuten?«, fragte Brooke. Im Augenblick des Todes hatte sie beschlossen, diese Dinge festzuhalten, statt nach einer anderen menschlichen Hand zu greifen. Er glaubte nicht, dass sie je die Wahrheit erfahren würden.

Er untersuchte ihre Taschen und fand ein Zugticket nach London. War sie zum Bahnhof gegangen, nur um festzustellen, dass die Constables die Eisenbahnwagen durchsuchten? In ihrer Brieftasche befanden sich eine Zehn-Schilling-Note und ein paar Münzen. Brooke fand die Vorstellung sonderbar berührend, dass Bodart einen Bunker voller Menschen, Eltern, Kinder, Enkel und Großeltern, Söhne und Töchter für diesen einsamen Tod gewählt hatte.

Für einen Moment stellte er sich die Verzweiflung vor, die sie in den Selbstmord getrieben hatte: allein, in einem fremden Land, ihr Plan nach Hause zu gehen und – zumindest aus ihrer Sicht – ihre Pflicht zu tun, vereitelt. Hatte sie, flüchtig, Neid auf die sie umgebenden Menschen empfunden? Oder war sie tief im Herzen bis zum bitteren Ende überzeugt gewesen, sie wäre besser als diese Leute, die Angehörige einer überlegenen Rasse? Brooke hatte keine Antworten, mit Ausnahme von dieser: Im Tod waren alle gleich.

KAPITEL ZWEIUNDSECHZIG

Brooke saß allein in einer Kirchenbank von St. Alban's, benommen nach dem dreistündigen Schlafanfall daheim im Bett, aus dem er sonderbar beschwingt erwacht war; beinahe wie neu geboren, betrübt nur von der Erkenntnis, dass er diese Form des Erwachens, erfrischt und munter, schon fast vergessen hatte. Claire lag neben ihm, ihre Laken ineinander verwickelt. Zum ersten Mal seit einiger Zeit fiel Sonnenschein auf das Bett, ein ebenmäßiges, klares Licht, das durch den sich lichtenden Nebel hinter dem Fenster schien. Erst nach einer Minute zeitlosen Verharrens erinnerte er sich daran, diesen Schuss abgefeuert zu haben, fühlte den Aufprall, als die Kugel ihr Ziel getroffen hatte.

Nun saß er in der Kirche. Dieselbe Sonne schien zu den bescheidenen Buntglasfenstern von St. Alban's herein und verbreitete knallig bunte Farben. Jeden Moment würde der fünfjährige John McQuillan durch die Nebentür hereinkommen, die zum Spielplatz führte. Der Fall war geschlossen, abgesehen von einem kleinen, tragischen Akt. Er bedauerte die Furcht, die der Knabe angesichts der Aufforderung, ihn zu treffen, zweifellos empfinden musste. Aber das Kind hatte sich das selbst aufgeladen, auch wenn seine Motive – wie die seines Freundes – beinahe vollkommen unschuldig waren.

Die Kindheit war eine Zeit der Spiele, und genau darüber würden sie sprechen müssen. Über die Spiele, die Kinder auf langen Zugreisen spielten. Die Spiele, die verzweifelte Männer spielten, waren nun Geschichte: Liam Walshs Doppelehe, die Bombenlegerzelle der IRA, der brutale Mord an einem kleinen Jungen. Hatten Joe Smith und Colm Hendrie gewusst, dass der Knabe immer noch am Leben war, als sie den Sack über das Geländer der Silver Street Bridge stemmten? Das würden sie nie zweifelsfrei wissen, aber in einem Punkt war Brooke völlig sicher: Joe Smith war der geborene Mörder. Er hatte einmal getötet, er hatte wieder getötet, und wäre nicht eine Kugel im Rücken dazwischengekommen, dann hätte er noch viel mehr Menschen getötet. Selbst seinen Kumpanen Hendrie hatte er umgebracht, entstellt, gemetzelt, alles im Namen der patriotischen Mission. Mit der ersten Bombe hatte Smith das nationale Verkehrswesen empfindlich getroffen. Mit der zweiten hatte er einen politischen Mord begehen wollen, gleichsam ein Schlachtruf im Kampf gegen die Oberherrschaft der britischen Krone. Die Ironie war, dass sein eigener Vater, der vorgebliche Held, der ihn zu seinen Taten inspiriert hatte, ihn höchstwahrscheinlich gehasst hätte für das, was er verbrochen hatte.

Die Tür wurde geöffnet, und John McQuillan kam zum Vorschein, blieb aber zögernd halb im Licht, halb im Schatten stehen.

»Man hat mir gesagt, ich soll herkommen«, sagte er.

»Komm rein, John«, rief Brooke. »Hab keine Angst.«

Der Junge sah so blass und gequält aus wie zuvor.

Brooke hatte sich an das innere Ende der Bank gesetzt, damit er den Mittelgang im Auge behalten konnte, und nun winkte er dem Jungen zu, sich ihm gegenüber zu setzen.

Bang bearbeitete der Knabe mit beiden Händen eine blaue Mütze.

»Zeig mir das noch mal«, sagte Brooke und berührte seinen eigenen Ärmel.

Der Junge schob Pulloverärmel und Manschette hoch, um die Haut bloßzulegen, auf der noch immer die eleganten Bögen der blaufleckigen Buchstaben *QPR* auf ihrer Fahne zu sehen waren.

»Sieht aus wie neu.«

»Ich male es jeden Tag mit einem Stift nach und halte es sauber.« Er mochte Brooke nicht ansehen, starrte erst seinen Arm an und dann seine Schuhe.

»Der Mann, der Sean getötet hat, deinen Freund Sean, der hat einen Fußballschal getragen. Der war blau-weiß, John. Und dein Freund hat mit seinem Onkel zusammengelebt, der Hafenarbeiter in London ist. Also, welche Mannschaft hat er gemocht?«

»Millwall – die Lions«, sagte der Junge deutlich munterer und federte auf und ab, trotz des harten, hölzernen Sitzes.

»Genau. Und das hat mich dazu gebracht, darüber nachzudenken, wie es kommt, dass wir bestimmte Mannschaften mögen. Bei mir ist es Cambridge Town, dabei sind die nicht mal in der Liga. Und dann ist da noch Sean. Als ich ihn gesehen habe, da hatte er eine Plakette mit einer Kanone: ein roter Hintergrund und eine goldene Kanone. Sehr hübsch. Also, was war seine Mannschaft?«

»Arsenal«, flüsterte er.

»Richtig, John. Nur, dass es nicht passt, nicht wahr? Weil Sean aus Shepherd's Bush kam, und da spielt QPR, an der Loftus Road. Das hat mich nachdenklich gemacht, John. Ich habe deine Akte auch noch mal gelesen, das Formular, das die Schule von deiner Mutter bekommen hat. Und du bist aus Archway, nicht wahr? Das ist im Norden von London, und wir alle wissen, wer dort spielt, nicht wahr?«

Der Junge brachte keinen Ton heraus.

»Und wegen all dem musste ich an zwei Dinge denken. Ich musste daran denken, wie unglücklich du gewesen bist, nachdem dein neuer Freund verschwunden war, und an die Spiele in Zügen. Du hast gesagt, ihr habt Galgenmännchen gespielt und Ich-sehe-was-was-du-nicht-siehst.«

Der Mund des Jungen stand offen und gab den Blick auf eine weiche Kehle und Milchzähne frei.

»Aber nach ein paar Meilen wird das langweilig, nicht wahr? Darum, denke ich, habt ihr beschlossen, ein richtig gutes Spiel zu spielen, eines, mit dem ihr all die Erwachsenen zum Narren halten könntet, ohne jemandem zu schaden. Auch wenn ihr es irgendwann wieder würdet aufgeben müssen, würde das nicht gleich am ersten Tag passieren oder in der ersten Woche. Aber wenn die Wahrheit ans Licht käme, würden alle wissen, dass ihr zwei sie genarrt habt. Nicht nur die Lehrer, sondern auch die anderen Kinder. Das hört sich doch nach einem tollen Spiel an, nicht wahr?

Ihr habt also eure Etiketten getauscht, richtig? Namen und Adressen. Das war kinderleicht. Du bist John McQuillan geworden, und er Sean Flynn. Das war ein Geheimnis zwischen neuen Freunden. Unter Blutsbrüdern. Das ist eine Verpflichtung, John – entschuldige, *Sean*. Ich schätze, das ist dir nicht schwergefallen – auf John zu reagieren. Es ist ja nur Englisch für Sean.«

Der Junge nickte, und dann liefen die Tränen.

»Und dann, als der Zug gehalten hat, musstet ihr ein Galgenmännchen-Spiel abbrechen. Die Antwort war *ARCHWAY* – Sean, Johns Zuhause. Es ist schon gut, nichts davon ist deine Schuld«, versicherte ihm Brooke. »Gar nichts – lass dir nur von niemandem etwas anderes einreden, Sean. Deine Mum und dein Dad werden bald hier sein.«

»Dad hasst mich«, sagte der Junge und ließ die Unterlippe hängen, während sein Körper von einem Schluchzen durchgeschüttelt wurde. »Seine Jungs sind schon erwachsen und verdienen Geld. Ich bin nur eine Last. Ich habe gehört, wie er das gesagt hat. Eine Last. Er wollte mich nicht mal Sean nennen – er hat gesagt, John wäre besser, weil das ein anständiger Name wär. Er sagt, ›die Familie muss stets in Bewegung bleiben‹. Wir würden nicht mit den anderen in der Gosse liegen, das sagt er immer. Wir haben ein Haus, da gibt es sogar oben ein Klo. Ich spiele aber lieber auf der Straße. Ich wollte jemand anderes sein. Aber ich vermisse Mum. Ich hatte solche Angst, als John verschwunden ist. Ich dachte, das wäre wegen dem, was wir gemacht haben, darum hab ich's niemandem erzählt.«

»Deine Mutter liebt dich«, sagte Brooke.

»Aber sie will mir nichts über meinen echten Dad erzählen. Sie sagen, ich würde mich nicht an ihn erinnern, das könnte ich gar nicht. Aber ich tu's. Er hat mich zum Fußball mitgenommen. Er hat auf der Tribüne gestanden, und ich hab auf seiner Schulter gesessen. Und ich hab Bovril gekriegt. Ich erinner mich.«

»Du solltest deine Mum noch einmal nach deinem Dad fragen. Da gibt es eine Geschichte zu erzählen.«

»Haben Sie ihn getroffen?«

»Ja. Er ist weggegangen, weil er gedacht hat, das wäre das Beste für dich. Er vermisst dich jeden Tag, das hat er mir gesagt. Und er ist jetzt sehr traurig. Ich glaube, er vermisst dich sehr.«

Brooke stand auf, schlug seinen Hut in Form und streckte die Hand aus. »Komm. Sie warten. Das wird eine ganz schöne Überraschung werden.«

KAPITEL DREIUNDSECHZIG

Später, in der Abenddämmerung, saß Brooke in seinem Büro im Spinning House. Vor ihm lag die Akte von John McQuillan, in der als Eltern Fergus McQuillan (verstorben) und Bernadette McQuillan aus der Bedford Street, Archway, aufgeführt waren. Für den Beruf der Mutter war Zugehfrau angegeben. Fünf Kinder wurden aufgelistet.

Inzwischen war es beinahe vier Uhr an einem Sonntagnachmittag, wenn sie also zur Messe gegangen war, dann an diesem Morgen. Nun würde sie zu Hause sein, vielleicht sogar ein Sonntagsessen genossen haben. Angesichts der verfügbaren Lebensmittelmarkenhefte mochte sogar Fleisch auf dem Tisch gewesen sein. Brooke stellte sich ein bescheidenes Feuer vor, Bernadette mit einer Tasse Tee in einem Lehnsessel. Sie würde den kleinen John vermissen, möglicherweise aber zugleich die Ruhe und den Frieden genießen. Wenn Sean Flynns Charakterbild von seinem neuen Freund zutreffend war, dann war er ein kleiner Rabauke und vermutlich eine rechte Last für seine verwitwete Mutter gewesen. Vielleicht waren einige der Jungs alt genug, um zu arbeiten, sofern sie nicht einberufen worden waren, und eventuell war die ein oder andere Flasche Bier im Haus. Genug Geld schien vorhanden, denn in dem Formular war eine Telefonnummer verzeichnet: *ARCHWAY 6787*

Brooke drückte die Zigarette aus, griff zum Telefon und bat die Vermittlung, ihn mit der Nummer zu verbinden. Es klingelte in einer fernen Welt der Echos, dann – plötzlich – eine Stimme, so laut, als stünde sie neben ihm.

Eine Frau mit einem starken irischen Akzent sagte »Archway sechs-sieben-acht-sieben«, ihr Ton klang freundlich und lud zu Nachfragen ein.

KAPITEL VIERUNDSECHZIG

Wie erwartet hielt das Tauwetter nicht vor, und der Schnee kehrte zurück auf Fenner's Cricketfeld. Eiszapfen hingen an den kunstvollen Eisentoren, als Edison den Wasp vor Frank Edwardes Haus parkte. Er hatte den rubinroten Lack poliert, und auf der Rückbank lag eine säuberlich zusammengelegte Wolldecke im Schottenmuster. Während Brooke den Pfad hinaufging, um das Haus zu betreten, wo sein alter Vorgesetzter, eingepackt in Schal und Handschuhe, bereits abfahrbereit auf einer Bank im Hausflur wartete, machte Edison noch ein großes Aufheben um den Rollstuhl im Kofferraum.

Kat kam mit einem strahlenden Lächeln aus der Küche.

»Er ist schon seit sechs hier unten. Die Stufen ist er auf dem Hinterteil runtergerutscht. Der Arzt hat ihm ein Schmerzmittel gegeben – eine Spritze. Er sollte also zurechtkommen. Aber, bitte, Brooke, bringen Sie ihn am frühen Nachmittag zurück; und ich werde Hilfe brauchen, um ihn wieder nach oben in sein Zimmer zu bringen. Hier«, fügte sie hinzu und reichte ihm eine Flasche, »das ist mehr oder weniger unverdünnter Whisky mit einem Schuss schwarzen Tees, aber es führt zum gewünschten Ergebnis.« Dann gab sie Brooke noch einen Picknickkorb. »Nur ein paar Sachen, um die Party in Schwung zu bringen«, erklärte sie.

»Sie wollen uns nicht begleiten?«, fragte Brooke.

Sie schüttelte den Kopf. »Schlittschuh laufen auf dem Fluss war ein besonderes Vergnügen, als wir noch poussiert haben. Aber ich habe meine Erinnerung, ich muss das nicht noch einmal sehen. Ich fürchte, ich würde es traurig finden, nur zuzuschauen.«

»Ich möchte es noch einmal sehen«, sagte Edwardes.

»Und ich werde in einem leeren Haus die Füße hochlegen«, entgegnete Kat. »Das wird ein Segen.«

Sie packten Edwardes in den Rollstuhl. Als Edison ihn zum Wagen schob, hinterließ er Spuren im Schnee, die Brooke an Smiths Dreirad-Laster erinnerten.

Kaum waren die zwei außer Hörweite, ergriff Brooke Kats Hand. »Wie steht es?«

»Die Schmerzen sind so schlimm, dass sie angefangen haben, ihm mehr Morphin zu verabreichen. Das wird ihn am Ende umbringen. Vermutlich im Schlaf. Heute Nacht, morgen, bald. Darum ist das hier jetzt besonders schön, Eden. Ich werde mich ausruhen und schlafen, dann kann ich nach dem Dunkelwerden bei ihm sitzen.«

»Ich kann helfen«, erbot sich Brooke und rückte seinen Hut zurecht. »Wir werden ihn sicher wieder zurückbringen.«

Als der Wasp auf der kompakten Schneedecke davonkroch, warf er einen Blick in den Rückspiegel und sah, wie ihr Passagier seiner Frau eine Kusshand zuwarf.

Die Sonne war gerade aufgegangen, die Straßen der Stadt lagen im Schatten, und goldene Lichtkeile lagen auf Dächern und Kuppeln, Türmen und Turmspitzen. Etliche Schneemänner verteilten sich auf Parker's Piece.

Die Route nach Newnham Croft zu Brookes Haus war mehr als einfach, aber Edison bog in die Regent's Street ab und fuhr stattdessen in Richtung Stadtzentrum, damit sie unterwegs am Spinning House vorbeikamen. Auf dem Pflaster vor dem Gebäude stand in einer ordentlichen Reihe die gesamte Belegschaft des Borough. Brooke drehte sich auf seinem Sitz um. »Schauen Sie nach links, Frank. Das war nicht meine Idee. Die Anweisung kam vom Chief Constable.«

Als die Scheinwerfer des Wasp aufflammten, nahm die ganze Reihe der Constables Haltung an und salutierte zackig. Der Wasp glitt vorüber, und Edwardes presste sein Gesicht an das kalte Glas.

Im Haus öffneten sie die Terrassentür, um freie Sicht auf die Auen zu haben, auf denen das Hochwasser zu einer perfekten Schlittschuhbahn gefroren war. Grandcourt, der darauf bestanden hatte zu helfen, war schon vor Anbruch der Dämmerung mit einem Transporter und sechs leeren Fässern erschienen. Die hatte er auf dem Eis aufgestellt, um einen Rundkurs zu markieren, den er anschließend vom losen Schnee befreit hatte. Nun stand er da, begutachtete seine Arbeit, und sein Kopf verschwand beinahe in einer riesigen Wolke Pfeifenrauch.

Raureif hing an den Bäumen am Fluss, und das erste Tageslicht sah göttlich aus, ein eigenartiges Rosa mit grünlich goldenen Rändern; Sonnenstrahlen, in Bewegung wie himmlische Suchscheinwerfer.

»Ein guter Tag für eine Hinrichtung«, bemerkte Edwardes, als Brooke ihm in den Rollstuhl half. »Irgendwelche Neuigkeiten, Brooke?«

»Die richterliche Anordnung setzt die Vollstreckung für neun Uhr an«, sagte er mit einem Blick auf seine Armbanduhr. »Noch in dieser Stunde.«

»Was für ein Gedanke«, sagte Edwardes. »Ich musste einmal eine in Bedford bezeugen. Ich war Vertreter der Anklage, damals, vor dem Großen Krieg. Ich hatte unter dem Gerüst zu stehen und darauf zu warten, dass der Verurteilte fällt. Das ist eine Erinnerung, auf die ich lieber verzichten würde. Die schlimmsten zehn Minuten meines Lebens.«

Brooke zog den Schal fest um seinen Hals. »Edison behält das Funkgerät im Haus im Auge. Zur vollen Stunde wird es etwas Neues geben. Vor den Gefängnistoren hat sich eine Menschenmenge versammelt. Anscheinend waren die Leute schon die ganze Nacht dort. Die reinsten Ghule.«

Die Coventry-Attentäter sollten im Winston Green Prison in Birmingham gehängt werden. Aber es wurde allgemein erwartet, dass sich der Innenminister Sir John Anderson dem Druck beugen und eine Begnadigung unterzeichnen würde. Die irische Regierung hatte um Barmherzigkeit ersucht, und auf den Straßen von Dublin hatten Demonstrationen stattgefunden, während Anderson im Parlament gedrängt worden war, die unvermeidliche Blutgier in der Bevölkerung zu ignorieren. Es waren größere Probleme im Spiel. Die Regierung war darauf angewiesen, dass irische Männer und Frauen auch weiterhin ihren Beitrag zum Funktionieren der Wirtschaft leisteten: schwere körperliche Tätigkeiten, Reinigungsdienste, Fabrikarbeit. Außerdem wünschte sie, dass in Zukunft weiterhin Iren in His Majesty's Army kämpften. Folglich lebte auch an diesem Morgen Hoffnung in den Herzen der jungen Fenier. Brooke stellte sich die Männer in diesem Moment im Todestrakt vor, wie sie vielleicht beteten oder die Morgendämmerung beäugten und auf die Schritte im Korridor warteten, die gute Nachrichten ankündigten.

Brookes Gefangene von St. Alban's befanden sich im selben Gefängnis. Pater John Ward, Marie Aitken und Liam Walsh mussten sich ebenfalls Mordanklagen stellen. Ihr Schicksal war ungewiss. Wenn die beiden Coventry-Attentäter es schafften, der Schlinge zu entgehen, mochte sich der Zorn der Öffentlichkeit gegen sie richten. Der Galgen hatte einen langen Schatten. Was, wie Brooke dachte, ungerecht wäre. Alle drei waren auf die eine oder andere Weise erpresst worden, und keiner von ihnen hatte den Tod des Jungen gewünscht. Smith hatte die Anschläge federführend geplant und leichtgläubige und charakterschwache Patrioten unter Druck gesetzt, die hin- und hergerissen waren zwischen widerstreitenden Treuepflichten. Auch Smiths ultimatives Los stand nicht fest. Zwar war auf dem Gelände des Cambridge Gaol ein Schandbegräbnis geplant, doch ein kleiner Teil der irischen Öffentlichkeit bedrängte Dublin, die Rückführung eines Helden der Republik zu fordern.

Brooke sah Joy und Claire zu, die in der eisigen Ferne Hand in Hand Schlittschuh liefen, immer schneller wurden und eine silbrig glitzernde Linie in dem schneebedeckten Eis zurückließen. Lachend fingen sie Grandcourt ein und zogen ihn mit sich auf den Rundkurs. Die idyllische Szene half ihm, die Gedanken an die vor ihm liegende Woche zu verdrängen. Der Leichnam von John McQuillan war um Mitternacht vom Gerichtsmediziner freigegeben worden und nun auf dem Weg nach Highgate zu dem großen viktorianischen Friedhof, auf dem der Junge bei seinem Vater Fergus begraben werden sollte. Die Bestattung würde morgen Nachmittag stattfinden, und Brooke und Edison würden als Vertreter des Borough dabei sein. Sollte er die Gelegenheit bekommen, dann würde er den Victoria-Penny von

1899, den er in dem Wadi in der Wüste aufgesammelt hatte, in das Grab des Jungen werfen.

Joy und Claire gaben Grandcourt wieder frei, kamen schnurstracks auf Brooke zu und warteten, während er sich in die alten Schlittschuhe seines Vaters quälte.

»Schau, da ist Jo – mit ihrem neuen Mann«, sagte Claire, und Brooke erkannte das auffällige freudige Trällern, das sich bei der Aussicht auf einige gehaltvolle Gerüchte in der Stimme seiner Frau niederzuschlagen pflegte.

Er wurde als Flight Lieutenant George Wentworth vorgestellt, derzeit in ambulanter Behandlung im Royal Air Force Hospital in Ely.

»George fliegt Blenheims«, berichtete Jo und nahm seinen Arm.

Brooke wusste auf den ersten Blick, wo das Problem lag. Als *er* nach dem Großen Krieg Patient im Sanatorium in Scarborough gewesen war, hatten andere Männer, deren Gesichter durch eine Verletzung entstellt worden waren, die gleiche Strategie angewandt. Wentworth hielt den Kopf stets zur Seite gewandt, als wäre er gebannt von einer Vision ferner Schlittschuhläufer und dem Dampf, der von dem eisigen Fluss aufstieg. Aber am Ende, als Joy ihm einen Becher Tee anbot, musste er sich ihnen zuwenden, um zu trinken, und offenbarte eine heftige Verbrennung, die derzeit nur grob von einem Transplantat überdeckt wurde. Ein Auge war leicht deformiert und sah aus, als wäre es mitten im Zwinkern erstarrt. Da begriff Brooke: Dass der Spiegel aus Jos Unterstand verschwunden war, sollte der Furcht vor Reflexionen abhelfen, während ihre wohlüberlegte Art, sich abzuwenden, um eine Zigarette zu entzünden, das plötzliche Aufflammen des Streichholzes verdeckt hatte.

»Geh Schlittschuh laufen, Jo«, sagte Wentworth, entspannte sich ein wenig und gab sich alle Mühe, seinen Lippen ein Lächeln abzuringen.

Sie sahen zu, wie Joy, Jo und Claire eine Kette bildeten und immer schneller im Kreis herumwirbelten, bis sie beinahe vor ihren Augen verschwammen.

»Jo ist hier aufgewachsen, hat sie das erzählt?«, fragte Brooke. »In dem Haus dort. Sie hat immer frischen Wind reingebracht. Wo haben Sie zwei sich kennengelernt?«

»Ich komme mir wie ein Heuchler vor«, gestand Wentworth. »Ich habe dauerhaft Startverbot, und die Ärzte halten mich fest in den Klauen. Noch ein Jahr, mindestens. Darum habe ich mich freiwillig zum Observer Corps gemeldet. Ich bin mit Jo in der Spätschicht. Sie hat mir das Leben gerettet«, fügte er hinzu und trank hastig einen Schluck Tee.

»Ich gehe fest davon aus, dass Sie ihres gerettet haben«, entgegnete Brooke.

Wentworth wurde gleich darauf von Jo weggezerrt, um Rose King vorgestellt zu werden, die den Teestand ihren Töchtern überlassen hatte, um an der Party teilzunehmen. Claire, sofort bereit, die Rolle zu wechseln, servierte Tee in Bechern.

Jemand berührte Brookes Arm, und als er sich umdrehte, sah er Peter Aldiss mit einem Glas Whisky in der Hand vor sich. Er war so daran gewöhnt, ihn nur bei Nacht zu sehen, im fahlen Licht seines Labors, wo er Experimente überwachte, dass ihn der Anblick regelrecht überrumpelte.

»Bisschen früh«, sagte Brooke und deutete mit einem Nicken auf das hochprozentige Getränk.

»Zeit ist relativ, Eden«, erwiderte Aldiss und hielt den

großen, klobigen Kopf gesenkt, als würde er seine eigenen Schuhe studieren. »Ich war die ganze Nacht mit Beobachtungen beschäftigt. Aber ich dachte, ich folge deiner Einladung und sehe zur Abwechslung mal ein bisschen Tageslicht. Spüre die Sonne. Also habe ich mich bedient …«

Er hob das Glas. Dann wühlte er in seiner Manteltasche und zog einen kleinen Papierumschlag hervor, der einige der Samen enthielt, die sie in Augustine Bodarts toter Hand gefunden hatten. Für einen Moment glaubte Brooke tatsächlich, den feuchten Gestank des Schutzraums zu riechen.

»Erle, Berg-Ahorn, Eiche, Birke«, dozierte Aldiss und berührte dabei die zugehörigen Samen. »Sonderbar, nicht wahr? Wir haben immer angenommen, sie wäre eine alte Jungfer. Ich habe ein paar Erkundigungen in den Old Schools angestellt.« Brooke zog die Brauen hoch.

Die Old Schools waren das administrative Herz der Universität und standen weithin in dem Ruf, ein Nest bürokratischer Ränke zu sein. »Am Ende haben sie ihre Akte ausgespuckt. Der ganze Fall hat Unruhe in den Colleges ausgelöst, wie du dir vorstellen kannst. Man war der Meinung, dass wir so viel wie möglich in Erfahrung bringen sollten. Wie sich herausgestellt hat, war sie mit einem deutschen Akademiker verheiratet – Professor Karl Lewin aus Heidelberg. Ein Kommunist, und nicht nur Sympathisant, sondern zahlendes Parteimitglied. Und folglich, fürchte ich, in Ungnade gefallen. Tatsächlich hat man ihn in ein Lager an einem Ort namens Dachau in der Nähe von München verschleppt. Dort ist er schon seit neunzehnhundertsiebenunddreißig, dem Jahr, in dem seine Frau ihre Stelle in Cambridge am Davison College angetreten hat. Sie hatten sie also von Anfang an in der Hand.« Bedächtig faltete er den Umschlag zusammen und steckte ihn wieder ein. »Er ist ein führender Experte für die Reproduktion von Bäumen. War. Neuesten Informationen zufolge, und die können wir unmöglich erhärten, wurde er vor ein paar Tagen erschossen. An einen Pfosten gefesselt und standrechtlich hingerichtet. Das pure Böse, Eden. Einen Menschen dazu zu benutzen, einen anderen zu kontrollieren.«

Schließlich ergriff Claire Brookes Arm, und sie liefen eine Weile zusammen Schlittschuh, beschrieben Achten rund um zwei entfernt stehende Gaslampen. Brooke rief sich die *Rubāʿiyāt* von Omar Chayyām ins Gedächtnis: *Sei glücklich in diesem Moment. Dieser Moment ist dein Leben.*

Nach einer Stunde auf dem Eis sank Brooke neben Edwardes in einen Liegestuhl.

»Irgendwelche Neuigkeiten von Joys U-Boot-Fahrer?«, fragte der alte Mann und nahm eine von Brookes Black Russians.

»Nicht viele. Dem Roten Kreuz wurde mitgeteilt, sie seien alle wohlauf. Was uns nicht weiterhilft, denn die Rückführung wäre einfacher, würden sie medizinischer Hilfe bedürfen. So sitzt er für die Dauer des Krieges in der Falle, Frank. Hoffen wir, dass es ein kurzer Krieg wird.«

»Wann ist der große Tag?«, erkundigte sich Edwardes.

»Die Geburt? Am zehnten Juni. So steht es im Kalender. Aber Sie wissen ja, das erste Kind kommt vielleicht erst später. Wir reden ständig darüber. Ich werde Großvater, Frank. Ich werde meine Verantwortung ernst nehmen müssen.«

Heimlich beobachtete er Edwardes aus den Augenwinkeln. Der alte Mann saugte den Anblick vor sich auf: den blauen Himmel, das weiße Eis, die fernen Spitztürme der Universität. Er fragte sich, ob Edwardes an die Tage zurückdachte, in denen er Kat umworben hatte in einem der langen kalten Winter vor dem Großen Krieg.

Claire tauchte mit einem Tablett mit heißem Grog auf, den sie mit der kundigen Hilfe Dorics aufgesetzt hatte. Der war nun doch noch aufgetaucht, trotz seiner Aversion gegen jede Art von Sport, hatte aber sogleich in der Küche des alten Hauses Zuflucht gesucht. Brooke genoss zwei Gläser, ehe er es sich am Flussufer in einem Liegestuhl bequem machte, eingewickelt in Mantel und Schal.

Edison rüttelte ihn sanft an der Schulter, um ihn zu wecken. Für einen Moment verschwamm alles vor Brookes Augen, und der plötzliche grelle Lichteinfall war schmerzhaft. Er setzte sich auf, schüttelte den Kopf und lachte laut darüber, dass er so überraschend eingeschlafen war.

Auf der anderen Seite der Aue kniete Dr. Comfort, der eingeladen worden war, den Brooke aber bisher nicht gesehen hatte, neben Frank Edwardes Sessel.

Edison beugte sich ein wenig näher heran. »Ich glaube, Mister Edwardes ist von uns gegangen, Sir. Ich befürchte, wir können nichts mehr tun.«

Eine Gruppe sammelte sich allmählich um den alten Mann, der Schnee funkelte, und der Himmel erstrahlte in souveränem, makellosem Blau – eine denkwürdige Szene, wie Brooke dachte.

»Und wir haben soeben über Funk Neuigkeiten erhalten, Sir«, fügte Edison hinzu. »Sie haben die Männer gehängt. Seite an Seite. Keine Begnadigung. Sie haben nur die Akte mit der altbekannten Anweisung zurückgeschickt: *Möge das Recht seinen Lauf nehmen*. Anscheinend hat einer von ihnen am Galgen noch eine Rede gehalten. Gott segne Irland. Die Blutgier wird damit gesättigt sein. Was bedeutet, unser Häuflein wird weiterleben.«

»Ja«, sagte Brooke. »Das ist Gerechtigkeit, denke ich. Sie nicht?«

DANKSAGUNG

Wieder habe ich mich auf das Werk von Mike Petty, dem örtlichen Historiker von Cambridge, verlassen, um dem Alltag in der Stadt im Jahr 1940 Leben einzuhauchen. Wer mehr wissen will, sollte www.mikepetty.org besuchen. Bradleys und Pevsners *The Buildings of England – Cambridgeshire* hat sich als unschlagbarer Leitfaden erwiesen, ebenso wie *111 Places in Cambridge That You Shouldn't Miss* von Rosalind Horton und Sally Simmons. Besonderen Dank schulde ich Professor Enda Delaney von der Edinburgh University für seine Hilfe beim Abstecken der Situation der Iren in England in der Zeit von 1939–45. Sein Buch *Demography, State and Society: Irish Migration to Britain, 1921–1971* ist trotz des komplexen Themas ein Muster der Klarheit. Und schließlich danke ich den Conservators of the Cam, der Navigation Authority, die nicht nur meine Fragen beantwortet hat, sondern mit ihrer Hingabe das Buch um eine – in meinen Augen – kennzeichnende Szene bereichert haben: die große Trockenlegung des Flusses. Außerdem danke ich Steven Fielding für *Hanged at Birmingham*, David O'Donoghue für *The Devil's Deal: The IRA, Nazi Germany and the Double Life of Jim O'Donovan* und Julie Summers für *When The Children Came Home*.

Ich muss auch meiner Verlegerin Susie Dunlop und dem Team von A&B meinen Dank ausdrücken, vor allem meiner Lektorin Kelly Smith, Ailsa Floyd aus dem Marketing und meiner Redakteurin Becca Allen. Sie sind wirklich der Wahnsinn. Ich bin all jenen dankbar, die die Entwurfsfassung gelesen und mir mit unschätzbarer Kritik, Ermutigung und Expertise halfen. In der Reihenfolge des Lesens sind das meine Frau Midge Gillies – die mir zudem stets mit ihrer Unterstützung und ihren Ideen zur Seite gestanden hat –, Mick Sheehan, Chris Simms sowie Lesley Hay, die den endgültigen Entwurf Korrektur gelesen haben. Und meiner Agentin Faith Evans, die eine stete Mahnung für mich ist, beim Geschichtenerzählen höchste Maßstäbe anzulegen, wofür ich oftmals nicht so dankbar bin, wie es vielleicht scheinen mag.

Wie frei können Menschen sein?

Andreas Eschbach
FREIHEITSGELD
Roman

528 Seiten
ISBN 978-3-7857-2812-3

Europa in nicht allzu ferner Zukunft. Die Digitalisierung ist weit fortgeschritten, Maschinen erledigen die meiste Arbeit, während ein bedingungsloses Grundeinkommen, das »Freiheitsgeld«, dafür sorgt, dass jeder ein menschenwürdiges Leben führen kann. Als Robert Havelock, der Politiker, der das Freiheitsgeld eingeführt hat, tot aufgefunden wird, wirkt es zunächst wie Selbstmord. Doch als auch sein einstiger Gegenspieler, der Journalist Günter Leventheim, stirbt, fragt sich der junge Polizist Ahmad Müller, ob die beiden Fälle wirklich so unverdächtig sind – und sieht sich plötzlich mit übermächtigen Kräften konfrontiert, die vor nichts zurückschrecken …

Lübbe

Lesejury